A

Amy Bloom

Zwischen hier und hier

Erzählungen

Aus dem Amerikanischen
von Adelheid Dormagen und
Kathrin Razum

Atlantik

Die Erzählungen sind den Bänden *Come To Me* (Harper Collins, New York 1993), *A Blind Man Can See How Much I Love You* (Random House, New York 2000) und *Where The God Of Love Hangs Out* (Random House, New York 2010) entnommen und 2010 unter dem Titel *Wo der Gott der Liebe haust* (Hoffmann und Campe Verlag, Hamburg) erstmals auf Deutsch erschienen.

Atlantik Bücher erscheinen im
Hoffmann und Campe Verlag, Hamburg.

1. Auflage 2016

www.hoca.de *www.atlantik-verlag.de*
Umschlaggestaltung: Hannah Kolling © Hoffmann und Campe
Umschlagabbildung: © Everett Collection / shutterstock
Satz: atelier eilenberger, Leipzig
Gesetzt aus der Caslon
Druck und Bindung: CPI books GmbH, Leck
Printed in Germany
978-3-455-60054-4

HOFFMANN
UND CAMPE

Ein Unternehmen der
GANSKE VERLAGSGRUPPE

Inhalt

Zwischen hier und hier

Für ESBL

Ich hatte schon immer vor, meinen Vater umzubringen. Mit zehn malte ich auf die Wand hinter meiner Kommode ein Grab, auf dessen Stein ALVIN LOWALD stand. Hin und wieder fügte ich ein bisschen Unkraut oder eine Ranke hinzu. Mit Beginn meiner Highschool-Zeit waren die Bäume von Kopoubohne überwuchert, der Granit wies Sprünge auf, und ein paar dunkle Gänseblümchen sprossen. Als mich meine Mutter einmal nicht mit dem Rad in die Stadt fahren ließ, schrieb ich *Peggy Lowald ist eine fette, dumme Kuh* an die Wand hinter der Kommode, doch noch am selben Tag übermalte ich es wieder mit schwarzem Marker, denn eigentlich liebte ich meine Mutter, und ich wusste, dass sie mich liebte. Der ganzen Familie war klar, dass meine Mutter *sensibel und verletzlich* war. Mein Vater betonte das immer wieder. Auch mein Vater war sensibel, aber auf eine andere Weise, als ich es mit zehn verstehen konnte; vielleicht sollte man eher sagen, dass er extrem empfindlich war. Andy, mein Bruder, zeichnete cartoonartige Wetterkarten von den Gefühlslagen meines Vaters: dunkle *Ich-hasse-dich*-Wolken, aus denen *Wofür-hältst-du-dich-eigentlich*-Graupelschauer niedergingen, durchzuckt von *Blinde-Wut*-Blitzen.

Die meisten Mütter in der Nachbarschaft waren Hausfrauen, wie meine Mutter. Aber meine Mutter war wirklich eine sehr gute Köchin und eine vollendete Gastgeberin, auch wenn sie ihre Gäste anders bekochte, als ich es getan hätte (zum Unabhängigkeitstag gab es Lammwürstchen im Schlafrock, auf denen Zahnstocher mit roten, weißen und blauen Papierkrausen steckten, zur Feier des Frühlingsbeginns Platten mit gefüllten Eiern und *Œufs en gelée*, jedes *Œuf* mit Eigelb und einer winzigen Schnittlauchtulpe garniert). Meine Mutter gab sich viel Mühe mit dem, was sie für ihre Aufgabe hielt, ohne jeden Dank von uns und ohne Lohn, abgesehen von dem Recht, zu Hause zu bleiben.

Mein Vater machte es sich gern fünf Minuten vor Beginn einer Cocktailparty oder eines Bridge-Abends auf dem Sofa im Wohnzimmer bequem und verteilte Zigarrenasche über die marineblauen Samtkissen, oder er stellte sich in Unterwäsche in die Küche und las Zeitung, während meine Mutter und ich um ihn herum Platten bereitstellten und Hors d'hœuvres darauf anrichteten. Manchmal setzte er sich auch an den Küchentisch, schlug die Zeitung auf und senkte sie fast bis auf den Tisch, sodass wir die Servierteller auf die Küchentheke räumen mussten. Einmal an einem 4. Juli, ich glaube, ich war damals zwölf und Andy zehn, nahm sich mein Vater eine Auster im Speckmantel von dem Tablett, mit dem meine Mutter gerade an ihm vorbeiging. »Was ist denn das, aufgespießte Scheiße?«, fragte er und schlug ihr das Tablett aus den Händen, sodass wir, meine Mutter, Andy und ich, dann auf dem Boden herumkrabbeln und die heißen, feuchten, öligen kleinen Dinger aus dem Ficus und unter dem Buffet hervorangeln durften. Mein Vater hob ein paar auf, steckte sie meiner Mutter in die Schürzentasche und sagte: »Ihr seid wirklich zum Schreien.« Er lachte immer noch leise vor sich hin, als es klingelte und meine Mutter wieder in die Küche und Andy und ich auf unsere Zimmer gingen, und lächelte noch, als er Mr und Mrs Rachlin, die immer die Ersten waren, die Tür öffnete.

Als ich aufs College kam, hatten andere viel schlimmere Geschichten zu erzählen. Eine meiner Mitbewohnerinnen hatte ihren Eltern in ihrem letzten Highschool-Jahr erzählt, dass sie schwanger war, worauf diese sie an Heiligabend in ein Heim für unverheiratete Mütter brachten und aus der Stadt wegzogen. Ein Junge, den ich mochte, hatte von einem Gürtelhieb eine lange, strangartige Narbe auf dem Rücken; meine Zimmergenossin hatte Zigarettenbrandmale an der Innenseite ihrer Füße. Geschmacklose Grausamkeiten im Zusammenhang mit Appetithappen oder Übellaunigkeit schienen da kaum der Rede wert. (Erstaunlicherweise entschloss sich mein Bruder in seinem zweiten Highschool-Jahr, unseren Eltern zu eröffnen, dass er schwul war. Er sagte, meine Mom habe sich rasch eine Träne weggewischt, ihn in den Arm genommen und ihm gedankt, dass er es ihr erzählt habe, und als ich gerade sagen wollte, das ist doch prima, erzählte mir Andy, Dad habe die Zeitung sinken lassen, ihm einen Finger in den Bauch gebohrt und gesagt: »Eine fette Schwuchtel? Na, dann mal viel Vergnügen«, um sich daraufhin wieder seiner Zeitung zu widmen.) Während meines Jurastudiums wurden abends, wenn wir zusammensaßen und etwas tranken, lustigere Familiengeschichten erzählt, und niemand zog sein Hemd hoch oder rollte die Socken herunter, um seine Narben zu zeigen. Bloß wenn es richtig spät wurde, erzählten ein paar von den Jungs Geschichten, die meiner ähnelten, und fügten dann freimütig oder traurig oder liebevoll hinzu, so was sei nur passiert, wenn ihr Alter getrunken habe.

Mein Vater trank nicht. Auf Cocktailpartys genehmigte er sich ein Glas Weißwein und im Sommer, wenn er Hamburger grillte, ein Bier. *Ein* Glas Weißwein. *Ein* Bier. Ich musste nicht aufpassen, ob dies das Glas war, das aus dem *lieben Daddy* den *bösen Daddy* machen würde; es gab keine langsame, allabendliche Desintegration des Selbst. Ich musste nie auf Zehenspitzen um *Daddy, der seinen Rausch ausschläft*, herumschleichen. Mein Vater lief jeden Tag sechs Kilometer, und wenn es regnete, ruderte er eine Stunde lang auf dem Hometrainer im Keller. Andy und ich fuhren immer erst mit dem Spätbus nach Hause, und nach dem Abendessen machten wir in unseren Zimmern Hausaufgaben, und als ich zu meinem fünfzehnten Geburtstag eine Stereoanlage bekam, lagen Andy und ich oft bei mir auf dem Boden und hörten – ganz, ganz leise – lauten Rock'n'Roll.

»Verdammt noch mal, führe ich hier eigentlich Selbstgespräche?«, fragte mein Vater eines Abends beim Essen, und in die Stille hinein sagte Andy: »Sieht so aus, Dad«, woraufhin ich lachte, was ein Fehler war, das wusste ich bereits, als sich mein Mund öffnete. Mein Vater stand auf und ließ seine Hände zwischen unseren Köpfen hin und her schnellen, unentschlossen, wen er zuerst umbringen sollte. Ich schubste Andy unter den Tisch, zog ihn durch den Flur in mein Zimmer und betätigte das jämmerliche kleine Druckknopfschloss an der Tür. Mein Vater schmiss unser Essen auf den Boden. Meine Mutter blieb am Tisch sitzen und versuchte ruhig zu bleiben, was manchmal klappte, aber manchmal auch nicht, etwa als er ihre beiden Lieblingsseidenschals benutzt hatte, um seine Tomatenpflanzen festzubinden, oder als er – der Vorfall ist in unserer Familie legendär – ihr Auto zum Gebrauchtwagenhändler fuhr, es verkaufte und mit einer Tüte voller Geld in der einen und einem Pizzakarton in der anderen Hand im Taxi heimkam.

»Diese Sahnezwiebeln sind ja lebensgefährlich«, sagte er, während er über sie hinwegstieg, und ich hörte meine Mutter irgendetwas Zustimmendes murmeln, woraufhin er freundlich erwiderte, die Kinder seien manchmal einfach frecher, als ihnen guttue. Meine Mutter murmelte wieder etwas Zustimmendes, und mein Vater sagte, er werde sich noch den Rest der Nachrichten anschauen. Etwa eine Stunde später klopfte meine Mutter bei mir an die Tür und reichte uns auf zwei mit Frischhaltefolie bedeckten Tellern unser Abendessen: die wiederhergestellten Scheiben Hackbraten und dazu, anstelle der Sahnezwiebeln, Karotten-Rosinen-Salat.

Ich ging mit ein paar Jungs von der Sorte, die man bei einem Mädchen wie mir mit einem Vater wie meinem erwarten würde, ohne dass irgendein größerer Schaden entstanden wäre, und mitten im Jurastudium lernte ich dann Jay Johnson kennen. Ich gewann ihn so, wie mittellose Menschen manchmal in der Lotterie gewinnen, durch schamlose Hartnäckigkeit und geradezu unverschämtes Glück, und jedes Mal, wenn ich im Fernsehen eine dieser verschlagenen, zahnlosen, abgewrackten Gestalten mit einem Gewinnlos in der Hand sehe, denke ich: Weiter so! Als wir nach Wisconsin zu seiner Familie fuhren, um unsere Verlobung bekannt zu geben (was meine Seite betrifft, lud meine Mutter uns zum Mittagessen in ihr Lieblingsrestaurant am Northern Boulevard ein, und mein Vater lernte Jay erst am Abend vor der Hochzeit kennen), fand ich eine zweite Familie. Die Johnson-Frauen waren gute und unermüdliche Köchinnen, und die Männer, meiner eingeschlossen, konnten alle binnen weniger Nachmittage einen Schaukelstuhl aus Weidenrohr oder zwei schöne Nachttische bauen. Und wie es der Zufall wollte, waren sie fast alle trockene Alkoholiker. Ich verliebte mich in die ganze Familie. Die Johnsons tranken von morgens bis abends Kaffee und Cola Light (sogar die Kleinkinder bekamen zum Frühstück Highballs aus frischer Milch mit einem Spritzer schwarzem Kaffee), und zur Cocktailstunde servierte meine Schwiegermutter Ritz-Kräcker mit Cheddar und einen riesigen Krug Virgin Mary mit Tabasco, garniert mit Selleriesticks. Wenn man wollte, konnte man ein Päckchen Zigaretten rauchen oder ein ganzes Blech Streuselkuchen vertilgen, und keiner sagte etwas. Die meisten Johnsons sind fettleibige Kettenraucher, und wenn man das nicht ist, so wie ich, und zudem nie exzessiv getrunken hat, wird man fast täglich bewundert – in jeder Hinsicht. Ich bin die Jackie Kennedy der Familie Johnson, und es ist ganz wunderbar. Unseren Haupturlaub verbringen wir bis heute in Racine.

Mein Bruder ging einen anderen Weg, um es in der Sprache der Besetzungschefs in Hollywood auszudrücken, wo er sich niederließ und ein ebensolcher wurde. Nachdem er zwanzig Jahre lang täglich gekifft hatte, seiner Gesundheit zuliebe, wie er behauptete, saß er eines Tages bei einer Abendgesellschaft in West-Hollywood neben einem attraktiven, auch ohne Koks wohlgestimmten Baumchirurgen, der die passende politische Einstellung, keinerlei Krankheiten und nicht das geringste Interesse an Berühmtheiten hatte. Andy zufolge, der mich aus den Eingangsbereichen von Restaurants, aus Herrenbekleidungsgeschäften und aus seinem eigenen Bad telefonisch auf dem Laufenden hielt, hatten die beiden vierzehn Tage hintereinander unglaublichen Sex, und zwar ohne Haschisch oder Alkohol, und am Ende sagte Andy: Bitte heirate mich, worauf Michael sagte: Na klar!, und dann kauften sie ein Haus in Silver Lake, das am selben Tag erst auf den Markt gekommen war. Andy meinte, wenn Michael und ein bezahlbares Haus nicht Zeichen einer höheren Macht seien, dann wisse er nicht, was es sonst sein könnte, und er setzte sich am Tag ihres Einzugs – angefangen damit, dass er seine Vierhundert-Dollar-Huka aus Marokko und ein paar mundgeblasene Glasbongs im Obdachlosenasyl für Männer abgab – auf Totalentzug. Seit acht Jahren macht er nun jeden Morgen eine Stunde Yoga, ganz ähnlich, wie die Johnsons Kaffee trinken, backen und schnitzen. Abgesehen davon, dass er viel besser in Form ist als früher, ist Andy derselbe gute und liebe Mensch, der er immer war, auch wenn Michael bei meinen Besuchen sagt, so wie Jay es umgekehrt bestimmt auch tut, dass nicht alles eitel Sonnenschein ist. Man wird bemerkt haben, dass keiner von uns Kinder hat.

Schon seit seinem siebzigsten Geburtstag wartete ich auf den Anruf wegen meines Vaters. Ich dachte mir, dass das doch ein schönes Geschenk des Universums wäre – zehn, fünfzehn Jahre Witwenschaft bei guter Gesundheit, in denen meine Mutter mit Freunden verreisen und bei Elderhostel Kurse belegen könnte, um schließlich in ihren Mittachtzigern auf irgendeiner Hotelveranda zu sitzen und mit jemandem, der wie Mr Rachlin aussah, einen fruchtigen Longdrink zu schlürfen. Ich hoffte, dass Mr Rachlin noch lebte und dass mein Vater sich nicht allzu viel Zeit lassen würde, ehe er von der Bühne abtrat. Er hatte mit achtundsechzig einen ziemlich schweren Autounfall gehabt und hinkte seither etwas, außerdem war er ein starker Zigarrenraucher, was vielversprechend schien. Ich schickte ihm zum Geburtstag kristallene Aschenbecher und silberne Zigarrenabschneider, zu Weihnachten teure Humidore und ein Abonnement dieses dämlichen Zigarrenmagazins, und als Freunde von mir nach Kuba fuhren, bat ich sie, meinem Vater ein Kistchen mitzubringen. Kurz gesagt, ich konnte es kaum erwarten.

Ihre Nachbarin fand meinen Namen auf der winzigen Liste mit Telefonnummern, die meine Mutter in der Küche an die Wand geklebt hatte. Dein Vater ist völlig verstört, sagte Mrs Cannon, deshalb rufe ich an. Andy und ich trafen uns am Flughafen, mieteten ein Auto und fuhren zu uns nach Hause. Mrs Rachlin begrüßte uns sehr herzlich, und Mr Rachlin erwartete uns im Wohnzimmer, er saß neben meinem Vater, der Zeitung las. Mr Rachlin sprang auf, um uns zu umarmen. Er wies mit dem Kopf auf meinen Vater: »Es ist noch nicht richtig zu ihm durchgedrungen«, und Andy und ich nickten. Mein Vater sagte: »Hallo, ihr zwei.« Mrs Cannon ließ eine Lasagne für uns auf dem Küchentisch zurück. Von Broadway-Delikatessen kamen zweimal Fleischplatten: das Krankenhaus, wo meine Mutter ehrenamtlich tätig gewesen war, hatte Brathähnchen, die Anwaltskanzlei meines Vaters pünktlich zum Abendessen sechs Pfund Corned Beef und Rauchfleisch sowie jeweils ein Pfund Krautsalat und koschere Dillgurken schicken lassen. Wir verabschiedeten die Rachlins, und ich gab Mr Rachlin meiner Mutter zuliebe ein Küsschen. Mein Vater packte das Corned Beef aus und machte sich ein Sandwich.

»Wollt ihr auch was?«

Wir sagten, wir hätten keinen Hunger. Mein Vater aß sein Sandwich über dem Spülbecken.

»Du bist schlank geworden«, sagte er zu Andy. »Das Kunststück ist, es zu bleiben. Disziplin. Sonst sammeln sich die Pfunde im Nu wieder an.«

Ich verstaute das ganze Essen im Kühlschrank, und aus dem gleichen Grund, aus dem ich bei Blumensträußen die Stiele anschneide, ehe ich sie in die Vase stelle, und Duftseife zu meiner Unterwäsche sowie im Mai Zedernholzstücke zwischen meine Pullover lege, nämlich weil ich die Tochter meiner Mutter bin, veranlasste ich, dass wir uns *zum Reden* im Wohnzimmer zusammensetzten.

»Schieß los«, sagte mein Vater, den Blick sehnsüchtig auf die Titelseite der Zeitung gerichtet.

»Daddy«, setzte ich an, doch dann bekam ich kein Wort

mehr über die Lippen. Am Telefon nannte ich ihn aus Spaß immer Alvin, als wäre das ein Witz.

Andy übernahm das Gespräch und zog es durch. Nein, sagte mein Vater. Kein Schiwe-Sitzen, eure Mutter und ich haben an so etwas nicht geglaubt. Und kein Gedenkgottesdienst, das hätte eure Mutter nicht gewollt. Ich konnte mir zwar nicht vorstellen, warum sie das nicht gewollt haben sollte, aber mein Vater war stur. Einäscherung, sagte er, da war eure Mutter sehr entschieden – ihr wisst, dass sie Friedhöfe gehasst hat. Und ich werde mich darum kümmern.

»Wir würden uns gern beteiligen«, sagte ich.

»Tatsache ist«, sagte mein Vater, »dass ich mich bereits darum gekümmert habe.«

»Wo ist die Urne?«, wollte ich wissen.

Mein Vater lachte. »Wie, glaubst du mir nicht?« Er deutete auf das Buffet, und wir sahen neben einer Flasche Tia Maria, zwei Flaschen Sherry und einer Flasche Scotch, die jemand meinem Vater vor vierzehn Jahren geschenkt hatte, einen mit goldenem Klebeband versiegelten schwarzen Behälter, etwa so groß wie ein Henkelmann. Andy und ich standen auf, um einen genaueren Blick darauf zu werfen.

»Und das Testament?«, sagte Andy, »ich frage nur, weil –«

»Sie hat alles mir vermacht«, sagte mein Vater, »aber wenn ihr zwei was aus ihrem Schmuckkasten wollt, bedient euch.«

Mein Vater griff mit beiden Händen nach der Zeitung, und wir gingen in das Schlafzimmer, das so ordentlich war wie eh und je, abgesehen davon, dass auf der Bargello-Bank meiner Mutter jetzt Unterwäsche von meinem Vater lag. Ihr Schmuckkasten stand auf der Frisierkommode, genau in der Mitte unter dem großen venezianischen Spiegel.

»Ich wünschte, sie hätte irgendwas gehabt, was dir gefallen könnte«, sagte ich.

»Sie hat unten in dem Kasten Poppas Uhr aufbewahrt«,

sagte er. »Die nehm ich mir. Ich glaube, die Erwin-Pearl-Clips sind dann doch eher nichts für mich.«

Die schöne alte Hamilton-Uhr unseres Großvaters lag nicht im Schmuckkasten. Auch die guten Perlen meiner Mutter fehlten, ihre diamantbesetzte Uhr und die Saphirohrringe mit dem passenden Armband, die sie sich zu ihrem sechzigsten Geburtstag von dem Erlös der von ihrem Vater geerbten Pfandbriefe gekauft hatte.

»Daddy«, sagte ich. »Mommys gute Sachen fehlen alle.«

»Nichts fehlt«, sagte er kalt, und ich dachte, herrje, ich muss es ihm wohl erst zeigen, doch er räusperte sich und sagte: »Ich habe all ihre Wertsachen in einem Tresorfach deponiert. Bei den vielen Leuten, die hier ein und aus gehen, schien mir das sinnvoll.«

Darauf ließ sich nichts erwidern. »Ah ja, gute Idee«, sagte ich. Mit einer Handvoll Plastiktüten ging ich wieder ins Schlafzimmer zurück.

»Nimm dir einfach die Hälfte«, sagte ich zu Andy. »Für den Fall, dass du mal eine Tochter hast oder einen Freund mit einer Tochter oder irgendwann anfängst, dich aufzutakeln. Nimm einfach die Hälfte von dem ganzen Mist.«

Er griff nach einem Türkisarmband und ein paar billigen indischen Armreifen, und ich nickte. Ich steckte die schönen italienischen Schuhe, die sie getragen hatte, bis sie Probleme mit den Fußballen bekam, in eine Mülltüte und legte die schönen, schweren französischen Seidenschals, in die sie sich gehüllt hatte, bis sie starb, in meinen Koffer. Als Andy und ich den Schmuckkasten und ihren Schrank ausgeräumt hatten – bis auf die Trainingsanzüge, Turnschuhe und praktischen Polysilk-Blusen, um die sich mein Vater würde kümmern müssen –, gingen wir in mein Zimmer. Ich betätigte das Druckknopfschloss an der Tür.

»Bitte schlaf hier«, sagte ich.

Andy tätschelte meine Hand. »Wir haben ihm nicht gute Nacht gesagt.«

»Gute Nacht«, schrien wir beide durch die geschlossene Tür.

»Gute Nacht, ihr zwei«, schrie er zurück. »Ich bin zum Mittagessen wieder da.«

Am nächsten Morgen machten wir einen Spaziergang und warfen etwas von dem billigen Modeschmuck in den Long Island Sound, weinten und unterhielten uns, während über uns die Möwen kreisten. Wir gingen nach Hause und warteten, bis mein Vater zurückkam. Ich machte uns drei Corned-Beef-Rauchfleisch-Krautsalat-Sandwiches, und jeder nahm sich ein Light-Getränk von A&P aus der Packung auf der Küchentheke.

»Also«, sagte Andy. »Kein Gottesdienst, kein Begräbnis, keine Todesanzeige, keine Beileidsbesuche. Richtig?«

»Richtig«, sagte mein Vater.

»Brauchst du noch irgendwas?«, fragte ich.

»Was denn zum Beispiel?«, fragte mein Vater.

»Dann fahren wir jetzt zum Flughafen«, sagte Andy.

»Klar«, sagte mein Vater. »Ihr habt schließlich zu arbeiten, oder?«

Ich brach den Kontakt zu meinem Vater nicht ab. Ich tat das, was sich meine Mutter von mir gewünscht hätte. (Ich denke oft, dass es ihr am liebsten gewesen wäre, wenn mein Vater schon wenige Stunden nach Andys Geburt schmerzlos in irgendeine tiefe Erdspalte gestürzt und nie wieder zurückgekehrt wäre, aber ich habe sie nie dazu bringen können, das zu sagen. Ich für mein Teil habe mir immer gewünscht, ich wäre bis an meine noch nicht vorhandenen Zähne bewaffnet aus dem Mutterleib geschlüpft und hätte ihn mit meinen Superkräften umgebracht, ehe auch nur meine Nabelschnur durchtrennt war.) Bei meinen wöchentlichen Anrufen verzichtete ich auf die Floskeln und Verbindlichkeiten meiner Mutter. (Es schadet nicht, nett zu sein, hatte sie immer gesagt, doch in diesem Fall stimmte das nicht.) Aber ich vergewisserte mich, dass mein Vater nicht tot war und dass er nicht durch seinen Fahrstil andere oder durch irgendeinen Altmännerausfall in Hygiene oder Ernährung sich selbst gefährdete. Ich stellte Delphine Jones ein, die das Haus sauber hielt und dreimal die Woche nach ihm sah, und wenn sie ihn nicht mehr ertrug (»Ihr Vater ist ein sehr fordernder Mann«, sagte sie, ihr Long-Island-Singsang nach Tagen und Wochen mit Alvin Lowald mehr oder weniger erstorben), übergab sie ihn an eine Kollegin und legte eine Woche Erholungsurlaub ein.

An einem Mittwochnachmittag im Januar rief Delphine mich an.

»Es hat hier offenbar einen Wasserrohrbruch gegeben«, sagte sie. »Ihr Vater ist sich nicht sicher, wo er anrufen soll.«

Ich telefonierte mit Andy, und der rief einen Installateur an, der für nur vierzehnhundert Dollar Vorkasse bereit war, alles zu richten, dann tat ich die Cutler Brothers Catastrophe Company auf, deren Vorzimmerdame sehr freundlich erklärte, sie seien »auf solche Sachen« spezialisiert. Ich sagte meine Termine ab und stieg ins nächste Flugzeug, um mich zu vergewissern, dass alles in Ordnung war. (»Du kriegst eine Million Dollar von mir, wenn ich diesmal nicht hin muss«, sagte Andy. »Das meine ich ernst. Ich schenke dir ein Wochenende in einem Badeort deiner Wahl. Ich kaufe dir Diamantohrringe.«)

Ich klingelte, und mein Vater ließ mich ein. Abgesehen davon, dass er mal zum Friseur musste, sah er gut aus. Das Haus nicht. Und es roch so, wie es vierzig Jahre zuvor gerochen hatte, als wir alle zusammen auf der Küchenveranda gesessen und zugeschaut hatten, wie der Long Island Sound anstieg, am Birnbaum vorbei, die Zufahrt hoch und dann ins Fernsehzimmer, das sich davon letztlich nie erholt hat.

»Besser spät als nie«, sagte er. »Das Mädchen hat dir eine Nachricht hinterlassen.«

Die Nachricht besagte, wie nicht anders zu erwarten, dass Delphine zu viel zu tun habe, um weiter für meinen Vater zu putzen, außerdem habe sie den deutlichen Eindruck, dass er eigentlich mehr als eine Putzfrau brauche, denn, so schrieb sie in ihrer sauberen rundlichen Handschrift, was da im Laufe einer Woche an Schmutz zusammenkomme und der Mangel an persönlicher Hygiene seien schon extrem (unten auf der Seite hatte sie die widerwärtigsten Vorfälle aufgelistet). Sie könne mir Beate Jaszulski empfehlen, eine Polin, die sie in der Erwachsenenbildung kennengelernt habe und die in Polen Krankenschwester gewesen sei. Beates Nummer stand dabei. Mein Vater und ich aßen das Einzige, was sich im Kühlschrank befand, nämlich hartgekochte Eier und amerikanischen Käse, und er fragte, warum Andy nicht gekommen sei. Ich sagte, Andy sei sehr beschäftigt, und mein Vater schnaubte.

»Damit beschäftigt, irgendeinem Burschen den Schwanz zu lutschen«, sagte er.

»Weißt du«, erwiderte ich im Plauderton, »wir versuchen, nett zu dir zu sein. Wir versuchen, nett zu sein, was nicht einfach ist, weil du ein emotionales schwarzes Loch bist und der kälteste, egozentrischste Scheißkerl, den ich kenne; wir versuchen, nett zu sein, um das Andenken an unsere Mutter zu ehren. Wenn du dich nicht wie ein zivilisierter Mensch benehmen kannst, dann halt doch einfach dein verdammtes Maul.«

Mein Vater ging mit seinem Stück Käse ins Wohnzimmer und las, bis er mich ins Bett gehen hörte.

Am nächsten Morgen wusch ich mich unter der Dusche

mit der Arpège-Seife meiner Mutter, trocknete mir mit ihrem Uraltfön die Haare, zog mich an und begann von neuem. Ich regte an, dass er vielleicht lieber das Haus verkaufen und in eine Einrichtung für Betreutes Wohnen ziehen solle. In meiner Nähe, sagte ich sogar.

»Dieses Haus verlasse ich nur mit den Füßen zuerst«, sagte er.

Ich muss zugeben, dass ich lachte und sagte: »Kein Problem.« Ach, wir hätten ihn gleich an dem Abend nach dem Tod meiner Mutter ersticken sollen, hätten uns in ihr gemeinsames Schlafzimmer schleichen, die Decke mit dem venezianischen Damastbezug, auf den sie so stolz gewesen war, zurückziehen, ihm die zugehörigen Kissen aufs Gesicht pressen und so lange dort festhalten sollen, bis er aufgehört hätte, sich zu bewegen.

»Hör zu«, sagte ich. »Du kannst entweder das Haus verkaufen und in eine Einrichtung für Betreutes Wohnen ziehen, oder du stellst jemanden ein, der dich versorgt – so eine Art Haushälterin –, solange du es dir leisten kannst, wobei der Plan dann wäre, zu sterben, bevor dir das Geld ausgeht.«

»Gut«, sagte mein Vater. »Stell jemanden ein. Ein paar hübsche Titten können nicht schaden.«

Beate Jaszulski zog in mein ehemaliges Zimmer. Mein Vater händigte ihr die Autoschlüssel aus. (Warum soll ich mir den Stress machen? Die Leute hier fahren eh wie die letzten Idioten.) Jeden Freitag brachte sie ihn zur Fünf-Uhr-Vorstellung ins Kino und erledigte dann die Einkäufe. Sie halte das Haus sauber, sagte er (Verdammt, hier kann man vom Boden essen), und koche die Sorte Essen, die ihm schmecke (Ganz normales Essen, sagte er, kein französischer Firlefanz). Jeden Morgen zwei gekochte Eier und dazu trockenen Roggentoast, zum Mittagessen jeden Tag ein überbackenes Käsesandwich und abends zwei gegrillte Lammkoteletts mit Reis oder manchmal, ganz wagemutig, ein kleines Rib-Eye-Steak mit Kartoffelbrei. Ich wusste das, weil ich jeden Sonntag mit Beate telefonierte und sie mir über die zubereiteten Mahlzeiten, die unternommenen Spaziergänge und die kleineren Reparaturen, die ihr Cousin Janek erledigte und die sie uns in Rechnung stellte, genauestens Bericht erstattete. Sie beklagte sich nie über meinen Vater und kritisierte mich nie dafür, dass ich nicht zu Besuch kam. Am Ende jedes Telefonats bat ich, noch meinen Vater sprechen zu dürfen, und sie sagte: »Natürlich. Natürlich wollen Sie mit Dad reden«, in verständnisvollem Ton, so als sehe sie ein, dass ich es kaum abwarten könne, endlich mit meinem Vater zu sprechen, und deshalb keine Sekunde länger weiterplaudern wolle.

»Alvin«, sagte ich.

»Alison.«

»Wie geht's?«

»Kann nicht klagen.«

»Okay. Gut. Mit Beate alles okay?« Was dachte ich denn? Dass sie ihn bestahl und er es bemerkte und mir rechtzeitig meldete? Dass sie ihm mit ihren kaum 1,50 Metern Größe und ebensolchem Leibesumfang und ihren mindestens fünfundsechzig Jahren etwas antun oder ihn verführen würde?

»Alles okay.« Manchmal sagte er, Beate höre zu laut Radio oder verwende zu viel Salmiakgeist für den Küchenboden, oder das Lamm sei ein bisschen zäh gewesen, und ich sprach sie dann ganz dezent darauf an, worauf sie jedes Mal sagte: »Ich mache recht.« Keine Klage wurde je ein zweites Mal geäußert. Andy sprach immer nur von Mutter Beate und riss Witze über die vielen alten Männer, die sie begraben habe, und über deren dankbare Kinder. (»So ist sie zu ihrem Porsche und ihrem Haus auf Cap Ferrat gekommen«, sagte er. »Gott segne sie.«)

Nach etwa einem Jahr mit Beate:

»Alvin«, sagte ich.

»Alison. Alibaloo.«

»Dad? Ist alles in Ordnung?«

»Bestens. Bea – wie geht es mir?«

Ich hörte im Hintergrund Beate etwas sagen, und mein Vater gluckste: »Siehst du. Ich bin – wie alt bin ich, Bea? – achtundachtzig und wohlauf, werde halt nur langsam steif. Nein, das soll kein Wortspiel sein.«

Beate kam ans Telefon und erzählte mir, ihre Mutter liege in Polen im Sterben, und sie müsse nach Hause fliegen.

»Nur für eine Woche. Komme zurück für Mr Lowald. Fahre Samstag, zurück nächsten Sonntag.«

Ich fragte Beate, ob sie eine Idee habe, wer meinem Vater Gesellschaft leisten, für ihn kochen, ihn bei Bedarf fahren und seine Wäsche machen könne. »Vergessen Sie die Wäsche«, sagte ich. »Die kann sich auch eine Woche lang ansammeln. Aber wer macht all das andere?«, worauf ein langes, ausdrucksloses polnisches Schweigen folgte.

»Gut«, sagte ich. »Dann komme ich am Samstag, und wir können die … Übergabe machen.«

Beate verstand sehr wohl, was ich meinte, und ihre Stimme wurde fröhlicher, als wir wieder über ihre Pläne sprachen, zum Beispiel wollte sie ihren Regenmantel in die Reinigung bringen, sich ein Paar ordentliche Stiefel kaufen, einen Wochenvorrat an tiefgefrorenen Lammkoteletts und sauberen Boxershorts für meinen Vater anlegen und Erdnussbutter nach Ruda Slaska mitnehmen.

»Janek bringt mich zu Flughafen«, sagte sie. »Newark.«

Mein Taxi hielt um vier vor dem Haus. Beate zeigte mir die Eier, den geschnittenen amerikanischen Käse, das Roggenbrot und die vierzehn tiefgefrorenen Lammkoteletts. Sie gab mir die Schlüssel. Sie deutete zum Schlafzimmer hinüber.

»Er macht Nickerchen«, sagte sie. »Ich sehe ihn Sonntag. Sieben Tage.« Sie hielt sieben Finger hoch, dann griff sie nach ihrem Koffer und winkte zum Abschied. Kaum war sie auf die Veranda getreten, fuhr ein Auto vor – vermutlich hatte ihr Cousin ein paar Häuser weiter geparkt und nur darauf gewartet, dass mein Taxi verschwand.

Beate war fort, und die nächsten sieben Tage würden nur Alvin und ich da sein, es sei denn, ich brachte ihn um, dann würde ich mindestens die Hälfte der Woche im Gefängnis verbringen. Das Haus sah dem Haus meiner Kindheit ähnlicher, als es das seit zwanzig Jahren getan hatte. Beate hatte die alten Frühlingsschonbezüge meiner Mutter gefunden und die marineblaue, von Zigarrenbrandflecken übersäte Couch mit rosa-gelbem Chintz überzogen, ja sogar die gelben Chintzkissen und den gelb-weiß gestreiften Chintz-Schonbezug für den Armsessel meines Vaters hatte sie aufgetan. Alles war von einer aggressiven, hoffnungslosen Fröhlichkeit, und ich rechnete fest damit, dass jeden Moment meine Mutter aus der Küche kommen, sich die Hände an ihrer sauberen Schürze abtrocknen und entweder sagen würde: »Wer möchte ein Stück Quiche?«, dann war es ein guter Tag, oder: »Es gibt keinen Grund, ihn zu verärgern«, dann war es keiner.

»Bea? Bea?«, brüllte mein Vater, ziemlich laut.

Ich öffnete die Tür einen Spaltbreit. Ich hatte keinerlei Bedürfnis, mich mit meinem Vater im Schlafzimmer meiner Eltern aufzuhalten, wo er weiterhin auf seiner Seite des Bettes schlief und wo auf dem Nachttisch meiner Mutter weiterhin eine Schachtel Papiertaschentücher stand und ein Taschenbuch lag.

»Ich bin's, Dad. Alison. Beate ist in einer Woche wieder da. So lange bin ich hier.«

»Was?«, sagte er, setzte sich auf und tastete den ganzen Nachttisch nach seiner Brille ab, die auf dem Boden lag. Ich reichte sie ihm.

»Danke. Bist ein braves Mädchen.«

Sein Haar stand in alle Himmelsrichtungen ab, und auf der Brust und beiden Handrücken hatte er lauter kleine verschorfte Stellen. Er kratzte an einer, bis sie blutete, und presste das blutende Handgelenk gegen das Laken.

»Wo ist Bea?«

»Sie besucht ihre Mutter. In Polen. Ihrer Mutter geht es nicht gut.« Ich versuchte nicht zu schreien, denn ich wusste, dass einen die Leute dadurch auch nicht besser verstehen.

»Das ist traurig«, sagte er. »Meine Mutter ist gestorben, als ich neunzehn war, und mein Vater hat das, glaube ich, nie verwunden. Er ist über Nacht zum alten Mann geworden. Verstehst du?« Natürlich verstand ich, aber da ich meinen Vater noch nie über seine Mutter oder seinen Vater oder den Gefühlszustand irgendeines anderen Lebenwesens hatte reden hören, war ich sprachlos.

»Über Nacht zum alten Mann geworden, Alison«, sagte er.

»Ja, verstehe«, sagte ich. »Willst du was zu Mittag essen?«

Ich bereitete zwei überbackene Käsesandwiches zu und überlegte, ob ich meinem Vater ein Bier anbieten sollte, denn einerseits hatte ich keine Ahnung, wer er war und ob ihm Alkohol in seinem veränderten Zustand womöglich schaden würde, aber andererseits, herrje, warum denn nicht. Mein Vater und ich aßen unsere Sandwiches. (»Lass es anbrennen«, sagte er. »Das haben sie im Diner immer gesagt. Setz einen Farmer aufs Floß und lass es anbrennen.« »In was für einem Diner?«, fragte ich, worauf mein Vater nicht unfreundlich antwortete: »Na ja, du bist halt keine Julia Child.«) Und wir tranken unser Bier.

»*Salud, amor, y dinero*«, sagte er und stieß klirrend mit mir an. »Geht's den anderen gut?«

»Ja«, sagte ich. Ich hatte keine Ahnung, wer die anderen sein sollten. Andy nannte er immer Fettsack, Michael nannte er *Faigele*, Perversling, Jay nannte er *Babe, the blue ox*, und meine Mutter war seit zwei Jahren tot.

»Ich nehme ein überbackenes Käsesandwich«, sagte er.

»Noch eins? Okay.« War das gut? Vielleicht schon, vielleicht war es ein Zeichen von Lebenshunger oder so, aber vielleicht erinnerte er sich auch einfach nicht, ob er schon gegessen hatte oder nicht.

»Ich darf ja wohl was zu Mittag essen?«, antwortete er, also machte ich ihm sein Sandwich, an dem er etwas herumknabberte, dann sagte er: »Ich leg mich ein bisschen aufs Ohr.« Er stand auf und wartete darauf, dass ich ebenfalls aufstand.

Ich führte ihn ins Schlafzimmer zu seinem Bett, und er stützte sich auf meinen Arm, als er die Beine aufs Bett schwang.

»Braves Mädchen«, sagte er und tätschelte meine Wange.

Ich rief Jay an, und er sagte: »Du hast eher zu viel von Julia Child«, wir tauschten ein paar zärtliche Worte aus, er bat: »Komm bald heim«, und ich sagte: »Mach ich.«

Ich rief meinen Bruder an und riet ihm, er solle sich die Wiederkunft des Alvin Lowald nicht entgehen lassen, unser Vater sei von Außerirdischen entführt worden, die uns statt seiner einen liebenswürdigen alten Mann geschickt hätten, der sich bei mir bedankte und mich als braves Mädchen bezeichnete.

»Ist das von Dauer?«, fragte Andy.

»Weiß nicht. Vielleicht ist er morgen wieder der Alte.«

»Toll. Zurück in die Gruft. Wirkt es so, als stünde er kurz vor dem Tod? Ist das prämortale Liebenswürdigkeit?«

Ich beteuerte, unser Vater scheine keineswegs kurz vor dem

Tod zu stehen, er habe anderthalb überbackene Käsesandwiches und ein Heineken vertilgt und liege jetzt laut schnarchend im Bett. Andy wiederum beteuerte, er werde am Donnerstag mit dem Nachtflug kommen, sobald sie die Besetzung eines Fernsehkrimis abgeschlossen hätten, in dem weder die Verbrecher noch die Frauen größer als 1,60 Meter sein dürften, die Körpergröße der Kommissarin.

»Erkennt er dich?«, fragte Andy.

»Ich weiß nicht. Er scheint sich zu freuen, mich zu sehen, insofern nein. Aber er hat mich Alison genannt, insofern ja.«

»Also, wir sehen uns am Freitag, es sei denn, er erholt sich, dann sehen wir uns nicht.«

»Und vergiss nicht, mir diese Ohrringe zu besorgen«, sagte ich, und wir legten auf. Ich las in den Zeitschriften meines Vaters, bis ich einschlief.

In meinem Traum regnet es in Strömen, und ich fahre unseren alten Dodge Dart. Mein Vater steht geduldig auf der Treppe der alten Bibliothek, ohne Mantel oder Schirm. Er steigt ein, und ich muss ihm mit dem Sicherheitsgurt helfen. Er hält die nassen Hände gefaltet im Schoß. Ich will ihn zu seiner neuen Wohnung im Betreuten Wohnen fahren, aber er weiß die Adresse nicht, und ich auch nicht.

Ich geh mal kurz nach dem Weg fragen, Daddy, sage ich, in der Hoffnung, dass die beiden Frauen, die ich unter der grünen Markise eines hübschen Restaurants stehen sehe, ortskundig und hilfsbereit sind und uns den Weg zum Betreuten Wohnen erklären können. Nichts davon trifft zu. Eine der Frauen fragt: Ist das Ihr Vater da im Auto? Ich sage: Ja, deshalb suchen wir ja seine Wohnung, und sie sagt, das habe es bei ihr ja nun nie gegeben, dass sie ihren Vater mitten in einem gottverdammten Monsun durch die halbe Weltgeschichte gekarrt habe, ohne überhaupt zu wissen, wohin, und die andere fügt hinzu, was für eine schwachsinnige Idee, und zusammen klingen sie genauso, wie mein Vater früher klang. Ich steige wieder ins Auto, und mein Vater schaut mich hoffnungsvoll und ein wenig ängstlich an.

»Geht's den anderen gut?«, fragte er.

»Ja, uns geht's allen gut«, sage ich und fahre aufs Geratewohl durch den strömenden Regen, in der Hoffnung, dass einer von uns irgendetwas wiederkennen wird.

Mein Vater brüllte: »Bea, Bea«, und ich wachte auf und rannte zu seinem Zimmer. Ich schaltete die Deckenlampe ein, setzte mich auf die Bettkante und reichte meinem Vater seine Brille.

»Oh«, sagte er und griff nach meiner Hand. Es war völlig offensichtlich, dass er mich erkannte. »Du bist hier.«

»Ich bin hier. Du hast wahrscheinlich schlecht geträumt.«

»Kann sein.« Es interessierte ihn schon nicht mehr. »Das ist eine hübsche Halskette«, sagte er. »Ist die von deiner Mutter?«

»Nein. Ich habe keinen Schmuck von Mom.«

»Das ist aber schade«, sagte er. »Ich dachte, du hättest ein paar Stücke behalten wollen, als Erinnerung.«

Ich nickte.

»Wir hatten wirklich Glück als Familie«, sagte er. »Überall um uns herum haben die Kinder Drogen genommen und sind in Schwierigkeiten geraten. Und wo man nur hinschaute, haben sich die Leute scheiden lassen. Ich hab damals oft gesagt – auf Partys und so, weißt du –: ›Das ist immer noch meine erste Frau.‹ Wir hatten Glück.«

Ich nickte erneut und holte so tief Luft, dass ich zu spüren meinte, wie sich meine Rippen vom Brustbein lösten.

Mein Vater legte sich wieder hin, und ich tätschelte seine Hand. Ich strich das Laken glatt.

»Ich mach jetzt das Licht aus. Bis morgen.«
Ich ging zur Tür und schaltete das Licht aus.
Mein Vater fragte: »Geht's den anderen gut?«

William und Clare

Deine Grenzen, deine Flüsse,
deine kleinen Dörfer

Ich mag es, wenn du kommst,
ich hasse es, wenn du gehst

Das alte Unmöglich

Mitgefühl und Barmherzigkeit

Deine Grenzen, deine Flüsse, deine kleinen Dörfer

Um zwei Uhr morgens gelten mildernde Umstände. Wir sahen gerade fern – CNN, ein Katastrophenschauplatz nach dem anderen, erst ein Reporter, der vor Ort von einer mutmaßlichen neuen Anthraxepidemie berichtete, dann ein Militäranalytiker im Studio mit neuen Entwicklungen in Kabul –, als mir William die Hand auf die Brust legte. Mein Mann war oben und schlief, träumte von dem Geschäftsabschluss, durch den wir auch dann noch sicheren Boden unter den Füßen haben würden, wenn die gesamte Wirtschaft zusammenbrach, und Williams Frau hielt im Gästezimmer ihren achtstündigen Erholungsschlaf. Isabel, finde ich, folgt ihren Gewohnheiten mit enormer Regelmäßigkeit und Eleganz, sie wiederum findet zweifellos, dass ich in dieser Hinsicht etwas chaotisch bin.

Williams Hand zitterte leicht. Unsere schlichten goldenen Eheringe schimmerten im Licht des Fernsehers. William berührte meine Brust durch Morgenmantel und Schlafanzug hindurch – ich hatte mich zum gemeinsamen Fernsehen angezogen, als wollten wir, so wie Verlobte nach alter Sitte, bekleidet nebeneinander die Nacht verbringen –, und er verharrte sehr lang dort. Seine Berührung, linker Zeigefinger auf linker Brustwarze durch Wolle und Flannel hindurch, hätte in ihrer selbstvergessenen Wiederholung etwas Betäubendes haben können, doch dem war nicht so; vielmehr weckte sie jeden Nerv in meinem Körper. Wir hielten den Blick auf den Fernseher gerichtet. Schließlich griff er unter meinen Morgenmantel und nestelte die obersten zwei Knöpfe meines Schlafanzugoberteils auf. Seine Hand glitt über meine Brust, und ich seufzte. Ich hörte ihn schwer und feucht atmen und legte die Hand auf seinen dicken Bauch. Es ist schwer zu glauben, dass wir zusammen drei Kinder, zwei Ehen und hundertundzehn Jahre vorzuweisen haben.

Der erste Mann, mit dem ich mich im Auto vergnügte, war Roger Saleta aus Far Rockaway. Wir versuchten damals den Krieg in Vietnam zu stoppen, indem wir die örtliche Einberufungsbehörde mit Briefen überschwemmten und, wann immer unser Stundenplan es zuließ, vor dem Gebäude demonstrierten. Ich hatte auf einer großen Demo gesprochen, in einem rückenfreien Top aus stahlblauem Nylon und mit enger Schlaghose, auf deren rechtes Bein ein gekreuzigter Jesus gemalt war. (Ich tat, als wüsste ich nicht, und vielleicht wusste ich es damals tatsächlich nicht, warum manche Leute das anstößig fanden. »Ich mache mich nicht über Jesus lustig«, erklärte ich meiner Mutter. »Ich bilde ihn nur ab, auf meiner Jeans.«) Roger umkreiste nach der Demo den Parkplatz in seinem goldenen Camaro und bot an, mich mitzunehmen. Wir fuhren zum Jones Beach, kilometerweit entfernt von den Protesten, von Gemeinschaftskunde und Hauswirtschaftslehre, und dort blieben wir im Auto sitzen, während die Wellen tosten, und bearbeiteten einander. Hände und Mund. Hals und Ellenbogen. Er leckte mich durch meine Jeans, bis sie vom Schritt bis zur Gürtelschnalle ganz nass und dunkelblau war. Ich hätte vor Lust am liebsten mit dem Kopf gegen die Rückenlehne geschlagen, stattdessen vergrub ich die Hände in seinen schwarzen Locken. Dieser Junge, keineswegs meine Vorstellung von einem Liebhaber, eigentlich nicht einmal mein Typ, versetzte meinen ganzen Körper in Schwingung und ließ mich dort auf der Rückbank einen kleinen wilden Tanz vollführen. Seine Hände unter mir, sein Mund schamlos an mich gepresst, als könnte die ganze restliche Welt im Meer versinken, ohne dass wir auch nur einmal mit der Wimper zuckten, oder doch, vielleicht einmal, kurz und ermattet, ehe wir wieder in die reale Welt meiner Muschi und seines Mundes zurückkehrten. Später gingen wir zu seinem Abschlussball, und ich sah, dass er nicht tanzen konnte, was ich nicht gewusst hatte, und dass seine Augen zu eng beieinanderstanden, was ich gewusst, aber ignoriert hatte. An diesem Abend enttäuschte ich ihn sehr.

William flüsterte mir etwas zu, aber im Fernsehen wurde gerade eine nächtliche Bombardierung gezeigt, und der schreiende Korrespondent übertönte ihn. »Darf ich?«, fragte er noch einmal und schloss die Lippen um meine Brustwarze. William ist Brite und hat ausgezeichnete Manieren. Man kann sich stets darauf verlassen, dass er einem die Tür öffnet, den Stuhl zurechtrückt, aus dem Mantel hilft, Blumen mitbringt und eine Dankeskarte schreibt. Das ist nicht aufgesetzt. Charles, mein Mann, ist genauso, und auch bei ihm ist es nicht aufgesetzt. Sie sind beide Söhne entschlossener englischer Mütter und ruhiger amerikanischer Väter, die ihre Frau schalten und walten ließen. Charles und William sind befreundet, Isabel und ich sind befreundet. Es ist alles genauso schlimm, wie es klingt. William und ich waren immer am engsten befreundet, schon von dem Moment an, wo wir bei jener ersten Fakultätsversammlung kichernd zusammenstanden. Alle wissen, dass William und ich – unerklärlicherweise, aber zweifelsfrei – beste Freunde sind. Ich glaube, sein Umfang und meine Schüchternheit, sowie natürlich Isabels

Schönheit und Charles' gutes Aussehen, haben es uns erlaubt, uns zu lieben und in aller Öffentlichkeit Händchen zu halten, wobei wir bestimmt aussehen wie ein zotteliges Mammut und eine Ruderente, genauso seltsam und genauso lächerlich.

Auch als die beiden nach einem Jahr in New Haven wieder nach Boston zurückgingen, zurück zu seiner Universität und ihren Immobilien, blieben wir befreundet. Isabel und ich sind gemeinsam zur Pediküre gegangen, haben unsere Männer bis ins Detail analysiert und zusammen überlegt, dass etwas Collagen um den Mund herum vielleicht keine schlechte Idee wäre. Wir haben zu viert um den Küchentisch gesessen und uns über den gnadenlos missglückten Prag-Aufenthalt ihrer Tochter und die Beinahe-Verlobung unseres Sohnes Danny mit einem furchtbaren Mädchen aus Bryn Mawr unterhalten. Mir gefällt es, dass William so gut erzählen kann; ihr gefällt es, dass Charles so geschickt mit den Händen ist. Wenn wir die beiden besuchen, hat Isabel immer eine »Wärst du so nett«-Liste für ihn bereitliegen, und dann flitzt er den ganzen Nachmittag mit dem Werkzeugkasten durchs Haus, gefolgt von Isabel, die ihm Nägel und Fugenpistole reicht, während William und ich Scrabble spielen. Früher hat sie mich oft um Rat gebeten, wie sie William dazu bringen könnte, besser auf sein Gewicht zu achten, und ich habe ihr Tipps gegeben, wenn auch ohne jeden Erfolg, was mir sehr leid für sie tat. Nach seinem ersten Herzinfarkt rief sie mich in Tränen aufgelöst an, und ich dachte: Na ja, natürlich muss er Sport treiben, weniger trinken, mit dem Rauchen aufhören und auf den Schinkenspeck verzichten, und wenn ich seine Frau wäre, bekäme er bloß Eiweiß und einen Fingerhut voll Sherry, aber ich bin nicht seine Frau. William rief mich vom Krankenhaus aus an und sagte: »Bitte iss etwas Butter für mich.« Wir trafen uns weiterhin in jedem verlockenden Restaurant, von dem er hörte, Abbot's Lobster in the Rough, Ma Glockner wegen des Huhns, und einmal verbrachten wir einen halben Tag auf der Suche nach einem kleinen Restaurant in Kent, wo es erstklassige Makkaroni mit Käse gab.

Unser Quartett hat im Erwachsenenalter zusammengefunden, als wir alle schon unsere langjährigen Überzeugungen, Gewohnheiten und Schrullen hatten, und keiner von uns hat sich seither groß verändert. Isabel ist deutlich fitter und William etwas fetter, Charles spielt jetzt Golf statt Tennis, kommt mit geröteten Wangen nach Hause, sehr attraktiv, und schimpft aufgekratzt über sein Handicap und seinen Schlag. Charles, William und Isabel mailen sich jeden Tag die neuesten Nachrichten, und wenn wir zusammen sind, schauen Charles und William stundenlang zusammen CNN und trinken ihr Guinness. Sie reden, als kämen sie gerade von einem Treffen mit den Vereinigten Generalstabschefs, und Isabel schließt sich ihnen an, hockt sich auf die Sofaecke neben William und schnalzt mit der Zunge, wenn der Liveticker unten auf dem Bildschirm anzeigt: LUFTANGRIFFE AUF SÄMTLICHE AL-QUAIDA-AUSBILDUNGSLAGER IN AFGHANISTAN ... BEIM ANGRIFF AUF BEIT DSCHALA HAT DIE ISRAELISCHE ARMEE 10 PALÄSTINENSER FESTGENOMMEN UND 6 GETÖTET. Ich weiß nicht, ob sie mit der Zunge schnalzt, weil sechs zu wenig oder entschieden zu viel sind. Isabel liest jeden Tag das *Wall Street Journal* und die *New York Times*, ich nicht. Es ist nicht so, als würde ich jeden Tag mit einer großen Schleife in meinem blonden Haar auf der Wiese vor dem Farmhaus herumspazieren, Gänseblümchen pflücken und darauf warten, dass die Erwachsenen kommen und das leckere Abendessen zu sich nehmen, das ich ihnen gekocht habe. Ich unterrichte, ich gehe ins Kino, ich rede oft mit meinen erwachsenen Söhnen (Adam guckt die Nachrichten, Danny guckt sie nicht, aber für mich ist nur wichtig, dass sie beide in ungefährlichen kleinen Städten im Mittleren Westen leben und keine Kinder haben). Ich verfolge die Nachrichten nicht mit der gleichen Begeisterung wie meine Freunde; ich habe keine Karte von Afghanistan im Kopf, auf der ich die Truppenbewegungen, Bombenangriffe und Lebensmittelabwürfe nachvollziehen könnte, und ich weigere mich, auch nur darüber zu diskutieren, ob wir Bobby Bernstein, Charles' neuen Golfpartner, anrufen und um Doxycyclin bitten sollten.

William und ich hatten uns verabredet, um *Mrs Dalloway* anzuschauen. Charles und Isabel hatten sich einen Gutenachtkuss gegeben, so wie wir uns oft küssen, etwas mehr als nur Lippen auf Wange, eine nette Andeutung von unterdrückter Leidenschaft, so als würden Charles und Isabel und William und ich uns bei der nächsten günstigen Gelegenheit sofort aufeinanderstürzen.

»Lass uns erst noch ein bisschen Nachrichten schauen«, sagte William. Ich machte Popcorn für später. Wir würden mit meinen Füßen in seinem Schoß dasitzen, er würde um ein weiteres Bier und mehr Salz bitten, und ich würde es ihm bringen. Dann würde William zufrieden seufzen, weil er alles hatte, was er wollte, und ich würde es ihm nachtun.

Der Appalachian Trail durch New Jersey gleicht dem Weg zur Hölle. Danny, mein Freund, und ich stapften durch Sumpf und flaches Wasser an Dutzenden orangefarbener Wegzeichen vorbei, die nicht den Wanderweg, sondern mögliche Routen durch das Fegefeuer markierten, bis wir im Dunkeln eine flache, grasbewachsene Fläche fanden. Kaum hörten wir auf, uns zu bewegen, fielen Moskitos über uns her und attackierten jede feuchte, warme Stelle. Sie flogen uns in Augen, Mund und Ohren, wühlten sich durch unser nasses, salziges Haar bis zur Kopfhaut durch. In dem sirrenden schwarzen Nebel warfen wir, so schnell wir konnten, unsere Planen und Schlafsäcke auf den Boden und hechteten hinein, voll bekleidet samt Wanderschuhen. Draußen waren es über fünfundzwanzig Grad und in den Schlafsäcken bestimmt fünfunddreißig, aber wir standen vor der Alternative, entweder die ganze Nacht gepiesackt zu werden oder bis zum Morgen in einer Schweißpfütze zu liegen. Danny verband unsere Schlafsäcke mit dem Reißverschluss, und wir drehten uns Rücken an Rücken, stinkend, zerstochen und wütend aufeinander, das weiß ich noch sehr genau: ich auf ihn, weil er den Weg durch den Rattlesnake Swamp ausgesucht hatte, er auf mich, weil ich an diesem Nachmittag jedes Mal, wenn er die Sierra-Club-Karte aufgefaltet und gesagt hatte: »Das sieht doch alles genau richtig aus«, unfreundlich gelacht hatte. Kurz vor dem Morgengrauen verschwanden die Stechmücken, um zu verdauen und sich auf die nächste Runde vorzubereiten. Danny, ein ausgesprochen sanfter Junge, grazil und hingebungsvoll, legte sich auf mich, schob mir die Unterhose mit einer Hand bis zu den Knöcheln hinunter, drückte meine Beine auseinander und drang in mich ein wie ein Fremder. Von den Hüften bis zum Schlüsselbein aneinandergepresst, die Gesichter abgewandt, blieben wir liegen, bis es hell genug war, um aufzubrechen.

William sagte: »Komm her, auf mich drauf. Setz dich auf meinen Schoß, Liebste.« Im Laufe von sechs Jahren hat er mich nie anders als bei meinem Namen genannt. Nur einmal, als wir am Telefon plauderten und sein anderer Apparat klingelte, sagte er: »Moment mal bitte, Schatz.« Ich kletterte wie gewünscht auf ihn, drapierte mich um seinen Bauch, schmiegte mein Gesicht an seine Schulter und küsste sie durch das Hemd. Ich knöpfte seinen Kragen auf und fuhr mit den Fingern um seinen dicken Hals, in sein Haar und durch das graue Brusthaar.

»Oh ja«, sagte er. Ich drehte mich um und schmiegte mich an ihn, er legte unter meinem Schlafanzugoberteil die Hände um meine Brüste, und so schauten wir uns Jeff Greenfield und danach die junge Frau an, die sich die Haare braun gefärbt hatte, um nach Afghanistan zu gehen. »Wenigstens ist es nicht Fox«, sagte William. »Fox News, dieser grässliche Bill O'Reilly. Ein echter Kotzbrocken.« Er legte mir die Hände um die Taille und presste mich an sich, und ich spürte seinen Bauch, seine Hemdknöpfe, seine Gürtelschnalle an meiner Wirbelsäule und seine sehr harte Erektion.

Ich sagte ihm, dass ich ihn spürte, und lehnte den Kopf zurück, damit er meinen Hals küsste. Er ließ die Lippen darüberwandern, die Zähne, die Zunge. Er drückte mich fester an sich. »Du hättest mich vor zwanzig Jahren erleben sollen«, sagte er. »Vor dreißig Jahren. In der Blüte meiner Jugend.« Ich sagte ihm, es sei völlig okay für mich, ihn nicht in der Blüte seiner Jugend erlebt zu haben, ich hätte nicht damit gerechnet, ihn überhaupt je auf diese Weise zu erleben, auch nicht in all seiner herbstlichen Pracht.

»Und jetzt?«, fragte er, und wir schauten beide nach rechts und nach links, zu Isabel auf der einen und Charles auf der anderen Seite und auf den Fernseher vor uns. Ich zuckte mit den Achseln und merkte, dass William ebenfalls mit den Achseln zuckte. »Dreh dich zu mir um«, sagte er. »Ich muss dich ansehen.«

Ich wandte mich um und öffnete einen weiteren Knopf. »Das ist wirklich schrecklich«, sagte ich, und er wusste, glaube ich, nicht, ob ich damit meinte, was wir sahen oder was wir taten.

»Wir sind keine schrecklichen Menschen«, sagte er.

Er war so massig, so umfänglich; es war äußerst wohltuend,

seinen warmen Körper zu spüren, wohin ich mich auch drehte und wendete; seine dicken Oberschenkel unter mir waren wie fester Boden. Im vorigen Jahr hatte er am Strand Leinenhose und Guyabera anbehalten (»Dicke dürfen sich nicht in Badekleidung zeigen«, hatte er zu mir gesagt), nur seine breiten weißen Füße auf dem Sand hatte er sehen lassen. Ich stellte mir vor, dass jeder Teil seines Körpers von einem rosigen Weiß sein musste, breit und dick und absolut gepflegt. Sein Herz klang wie eine Trommel.

»Vielleicht ist das mein Ende«, sagte er. »Der große Knall. Das wird sich nicht so leicht erklären lassen.«

»Was dann aber nicht mehr dein Problem sein wird«, sagte ich, und er lachte und wippte mich ein bisschen auf seinem Schoß auf und ab.

»Fass mich an«, sagte er.

Ich machte seinen Reißverschluss auf, griff in die riesigen, blau gestreiften Boxershorts und nahm seinen Penis in die Hand. Ich fasste ihn an, so gut es ging, bewegte meine Finger in dem beschränkten Raum unter seinem Bauch, in der kleinen Höhle aus Hose und Boxershorts. Er legte den Kopf zurück, schloss die Augen und sah dabei genauso aus wie bei unseren Mittagessen: gierig, entzückt und äußerst aufmerksam. Sein ganzer Körper erbebte, als er kam, und noch bevor er die Augen wieder aufmachte, hatte er bereits ein schönes weißes Taschentuch hervorgezogen und alles weggewischt.

»Was für eine Schweinerei«, sagte er. »Grandios.« Er räusperte sich und steckte das Taschentuch weg. »Liebling. Und du?« Er hob mich hoch und legte mich auf die Couch. Ich schüttelte den Kopf. Ich hatte immer noch meine Socken und Hausschuhe und alles andere an. William zog mir die Hausschuhe aus.

»Du hast wohl Quasselwasser getrunken«, sagte er, und während ich noch lachte, kniete er sich vor mir auf den

Boden, murmelte irgendetwas über seine Knie und den Zustand des Teppichbodens, zog mir die Schlafanzughose herunter und schob den Kopf zwischen meine Beine. Ich legte meine Brille neben seine auf den Wohnzimmertisch. Als er sich schnaufend wie eine Dampflok wieder auf die Couch setzte und meinen Schlafanzug glatt zog, war Greta Van Susteren immer noch dabei, in ihrer Sendung, die William zufolge ein ausgezeichnetes Forum für mäßig Informierte war, Fragen zu beantworten. Er reichte mir die Fernbedienung.

»Bitte mach aus«, sagte er. »Und leg deinen Kopf hierhin.«

Ich lehnte den Kopf an seine Schulter und schlüpfte wieder in meine Hausschuhe.

»Es ist fast drei«, sagte ich.

»Ich weiß«, sagte er. »Noch nicht ganz.«

Wir hielten Händchen, dann hievte er sich hoch und zog mich gleich mit.

»So sind sie, die Menschen«, sagte er. Ich nickte.

»Es ist doch kein Schaden entstanden, hoffe ich? Du wirst mich morgen nicht mit kaum verhohlenem Entsetzen anschauen?«

»Nein«, sagte ich. »Nichts dergleichen.«

Ich räumte das Popcorn weg und spülte die Schüssel ab, während William sein Bier austrank.

»Wie wär's mit einer Zigarre?«, fragte er.

William ist von Zigaretten zu Zigarren übergegangen, nicht gerade die radikale Veränderung, auf die seine Ärzte gehofft hatten, und statt Sahne gibt er jetzt fettfreie Kondensmilch in seinen Kaffee, wovon er so spricht wie andere Männer von ihren Besuchen im Fitnessstudio. Wenn er raucht, nehme ich auch immer ein paar Züge, um ihm Gesellschaft zu leisten.

Wir setzten uns auf die hintere Veranda; das Holz unter meinem Arsch war kalt. »Brauchst du einen Mantel?«, fragte er.

»Nein, ist schon okay. Und du? Du hast ja nicht mal eine Jacke an.«

»Ich halte mich selbst warm«, sagte er. »Mein Thermostat ist ziemlich hoch eingestellt.« Der Mond schien zwischen den Wolken hindurch.

»Die Blätter fallen«, sagte er.

Ich paffte an seiner Zigarre.

»William«, sagte ich.

Er stand langsam auf, zog sich am Geländer hoch.

»Die Nacht ist immer noch schön«, sagte er. Er legte sich auf den Boden. »Steig auf«, sagte er. »Wir machen einen kleinen Ritt.«

Der Mond erhellte den gesamten Garten und auch William, der unter mir lag; er war ganz weiß. Ich faltete meinen Morgenmantel zusammen und schob ihn unter seinen Kopf. Winzige Blätter fielen von den Bäumen, rieselten auf uns herunter wie bronzefarbener Schnee und landeten sanft auf seinem und meinem Haar, bis wir fast von ihnen bedeckt waren.

Ich mag es, wenn du kommst, ich hasse es, wenn du gehst

William hat Gicht.

Es sind die schlimmsten und peinlichsten Schmerzen, die er je hatte. Sein wahres Wesen, seine Wünsche und seine geheime Vergangenheit werden offenbart. Durch seinen Fuß.

Der Anrufbeantworter springt an, bevor er das Telefon erreicht.

»Ich bin's. Ich hab gehört, du hast wieder Gicht. Ruf mich an.«

Clares Nachrichten sind immer so. Besorgt und gereizt, als werde die Notwendigkeit, diesen Anruf zu tätigen, dazu führen – ja, als hätte sie bereits dazu geführt: Der Flieger rollt los, während Clare noch spricht –, dass sie ihren Flug verpassen wird.

»Ich bin dran«, sagt William.

»Okay, wollen wir einfach zum Thailänder in Springfield?«

Springfield liegt ziemlich genau in der Mitte zwischen ihnen. William hat nicht einmal genug Energie für den Thailänder in Springfield.

»Herrje. Komm einfach her und bring was zum Essen mit.« Er würde gern gut Wetter bei Clare machen, aber schon allein den Hörer aufzulegen jagt ihm zwei dicke, lange Harnsäurenadeln in den Knöchel. Er sollte Blumen im Haus haben. Er sollte sich rasieren. Es wird nicht romantisch sein.

Clare fährt in die Waschanlage und dann zu ihm. Sie muss sicherstellen, dass ihr Besuch zu einer Zeit stattfindet, wo ihr Mann nicht mitkommen will, außerdem gibt es Termine, die sie nicht absagen kann, sowie andere, die sie nicht absagen will, und schließlich hängt sie einfach einen Zettel an ihre Tür, auf dem steht, dass und wie ihre Sprechzeiten sich verändert haben, und bepackt das Auto. Normalerweise bringt sie William Corned Beef auf Roggenbrot mit oder Pumpernickel und Pastete, dazu eine große Dose Guinness, und zu ihren besten Zeiten hat sie mal eine Schachtel Krispy Kremes und eine Flasche Sancerre mitgebracht, aber für jemanden mit Gicht ist das alles nicht das Richtige. Sie packt zwei gekochte, von der Haut befreite Hühnerbrüste ein, blanchierte Brokkoli, ein Körbchen Blaubeeren aus Maine (nach seinem ersten Gichtanfall hat sie sich im Netz informiert, und auf jeder einzelnen Website stand »Blaubeeren«), einen Karton Schokoladen-Soja-Shake und eine kleine Packung Tofu. Es ist nicht romantisch.

Clare klopft zweimal und tritt ein. Wäre Isabel da, würden sie sich umarmen und küssen, bevor Clare zur Audienz vorgelassen würde. Und wäre Isabel oben und nicht zu nah bei ihnen, würde William Clare fest auf die Lippen küssen und sie dann bitten, Dinge zu tun, um die er Isabel nicht bäte. Wäre Isabel da und es würde spät werden, dann würde sie Clare drängen, über Nacht zu bleiben, und ihr ihren elfenbeinfarbenen Leinenpyjama leihen. Clare würde wachliegen und nach William lauschen und sich vorstellen, dass er unter der pinkfarbenen Steppdecke im ehemaligen Zimmer seiner Tochter nach ihr lauschte. Keiner von beiden würde nachts um zwei durch den Flur huschen, keiner von beiden würde das vom anderen erwarten, doch beim Frühstück, während Isabel duschte, würde Clare William mit einer Art freundlicher Geringschätzung ansehen, und er wiederum würde sie anschauen, als verkaufte sie Drogen an Schulkinder.

William ruft aus dem Wohnzimmer nach ihr. Er wäre ja aufgestanden, aber es tut zu weh. Normalerweise rasiert er sich zweimal am Tag. Normalerweise trägt er maßgeschneiderte Hemden und ein altmodisches Rasierwasser mit moosiger Note, und es wäre ihm lieber, wenn Clare nicht sähe, wie er sich in Pantoffeln und grünen Schlabberhosen von Zimmer zu Zimmer schleppt, den Fuß nachziehend wie ein überfahrenes, vom Auto mitgeschleiftes Tier, doch als er das sagt, lacht sie.

»Ich habe dich schon in schlechterer Verfassung gesehen«, sagt sie, und dem lässt sich nichts entgegensetzen. William hat das Gefühl, dass Clare ihn zuletzt vor anderthalb Jahren in guter Verfassung, ordentlich gekleidet und im Vollbesitz seiner Kräfte, erlebt hat, bevor sie ein Liebespaar wurden. Inzwischen hat sie ihn mit Schläuchen gespickt gesehen, auf allen Seiten mit Plastikbeuteln behängt, schwitzend wie ein Schwein in einem dünnen Krankenhauskittel, der ihn nur ungefähr zu einem Drittel bedeckte.

Clare verstaut ihre Lebensmittel in Isabels Küche. Isabel bittet William seit zwanzig Jahren, seine Lebensweise zu ändern, und jetzt muss er es tun. Clare legt die Hühnerbrüste in den Kühlschrank und denkt, dass das für Isabel doch schön sein muss.

William lehnt sich in seinem Armsessel zurück und bringt seinen rechten Fuß in Sicherheit. Wenn Clare sanft gegen seinen Fuß drückt oder auch nur ihren Hosenaufschlag über seinen Knöchel streifen lässt, wird das schmerzhafter sein als seine beiden Herzinfarkte. Er sieht, wie Clare von der Seite auf ihn zukommt, und zieht sein Bein noch etwas weiter zurück.

»Stoß mich nicht«, sagt er.

»Hatte ich nicht vor.«

Clare setzt sich auf die Armlehne und schaut kurz auf seinen Fuß. Es ist ihre Aufgabe, ihm keine Beachtung zu schenken. Sie darf den Pantoffeln und der grünen Gärtnerhose Beachtung schenken, und sie darf irgendetwas Kluges darüber sagen, wenn ihr etwas Kluges einfällt, was nicht der Fall ist. Isabel sagt kluge, freundliche Dinge zu William, wenn er nicht auf der Höhe ist. Clare hat das schon erlebt. Isabel setzt William vorteilhaft in Szene, sie schmeichelt ihm, damit er sich anständig aufführt, sie kauft Stühle, auf die er passt, und imposante abstrakte Gemälde als Gegengewicht zu den Stühlen; sie drapiert sich wie eine Glyzinie um ihn herum und trägt seine Tabletten gegen Bluthochdruck, sein Indometacin, seine Cholesterinpillen und sein Prednison in einem gravierten silbernen Kästchen mit sich herum, als gäbe es nichts Schöneres. Als William und Clare das letzte Mal miteinander geschlafen haben, blieb William einen Moment lang auf ihr liegen, um wieder zu Atem zu kommen. Seine Ellbogen rutschten ihm weg, und er landete mit seinem vollen Gewicht auf ihr. »Großer Gott«, sagte sie. »Du hättest mich umbringen können.« William lachte zwar, trotzdem denkt sie nicht gern daran zurück.

»Meine Güte, das sieht ja aus wie eine riesige Kohlrübe«, sagt Clare und schlägt sich die Hand vor den Mund.

Es sieht exakt so aus wie eine riesige Kohlrübe, und William freut sich, sie das sagen zu hören. Sein Herz wird von einer kleinen, sich brechenden Welle der Liebe emporgetragen, einfach, weil Clare, die so selbstverständlich, wie sie atmet, genau das Falsche, das Taktlose sagt, bei ihm ist und fast vierundzwanzig Stunden lang bei ihm bleiben wird.

»Wirklich, wie eine gekochte Kohlrübe.«

»Tja, der Arzt hat gesagt, in ein paar Tagen wird die Haut anfangen, sich abzuschälen, dann wird es also noch widerlicher. Eine heiße, sich schälende, nackte Kohlrübe.«

»Hat Isabel dir was zum Essen dagelassen?«

»Fast nichts. Die drei Sachen, die ich essen darf. Wenn sie zurückkommt, könnt ihr zwei hier eine Party veranstalten, mit Wodka und Kaviar direkt aus dem Glas.«

»Das würde Isabel dir nicht antun.«

»Aber du schon.«

»Wahrscheinlich«, sagt Clare und beugt sich zu ihm hinunter, um ihn zu küssen. Alles, was sie auf der Herfahrt gedacht hat, wie viel Mühe er macht, wie egoistisch er ist und was er sich durch seine schamlose Gier alles eingehandelt hat (die Gicht und sie), wird unbedeutend, als er sie küsst, als ihre Lippen sich berühren und seine weiche, salzige Zungenspitze auf ihre trifft, wobei ihr durchaus bewusst ist, dass es nicht die besten Küsse ihres Lebens sind.

Als sie aufhören, sich zu küssen, sagt William: »Zieh doch diesen scheußlichen braunen Mantel aus und bleib ein bisschen, ja?«

Einen Monat vor dem Gichtanfall hatte Clare William zu einem Besuch bei ihrem Onkel David überredet. William umklammerte mit beiden Händen das Treppengeländer und ließ Clare seinen Hut, seine Jacke und die Flasche Wein tragen.

»Du hast mir nicht gesagt, dass man hier Treppen steigen muss.«

»Es ist im zweiten Stock, William, mehr nicht. Mach einfach eine kleine Pause.«

Es war keine gute Idee. William sagte es, als er die Treppe hochkeuchte, und er sagte es noch einmal, als Onkel David in die Küche ging, um ihm ein Glas Wasser zu holen. Und Onkel David sagte es, als William auf Toilette ging.

William wusch sich das Gesicht mit kaltem Wasser und nahm seine Bluthochdrucktabletten. Er schaute auf die Viagra-Pillen, die er seit einiger Zeit mit sich herumtrug, in einem kleinen Stückchen Plastikfolie, das wie die Wachspapier-Salzstreuer zusammengedreht war, die seine Mutter für Picknicks gefertigt hatte. Er hoffte schon seit einigen Wochen, dass Clare und er irgendwann ein richtig elegantes Picknick in den Berkshires machen und anschließend in einem der schmierigen Motels an der Route 183 absteigen könnten. (Als sie diesen Ausflug dann tatsächlich machten und das Glen Aire Motel gefunden hatten, vertrug sich das Viagra schlecht mit Williams Bluthochdrucktabletten, und unmittelbar nachdem er die Sorte Erektion bekam, die ihnen die Online-Apotheke in Aussicht gestellt hatte, wurde er ohnmächtig. Clare fuhr sie beide auf ihre aggressive, geistesabwesende Art nach Hause, hupte unterwegs laut und streute die sechs übrigen Viagra-Tabletten aus dem Fenster, während sich William, das Gesicht an die Scheibe gepresst, erholte.)

»Warum sollte ich ihn kennenlernen wollen?«, fragte Onkel David. »Er scheint ein netter Mensch zu sein, aber ich mag Charles.«

»Er ist mein bester Freund. Ganz einfach. Ich wollte, dass mein bester Freund meinen Lieblingsverwandten kennenlernt.«

»Deinen einzigen Verwandten.« David zuckte die Achseln.

Es war so offensichtlich keine gute Idee, und es war so offensichtlich, dass alle Beteiligten dieser Ansicht waren, dass Clare dachte, eigentlich sollte sie einfach mit William wieder hinuntergehen und ihrem Onkel eine Schachtel Pralinen und ein Entschuldigungskärtchen schicken.

William kam von der Toilette zurück, wischte sich den Schweiß von der Stirn und schüttelte Onkel David noch einmal die Hand.

»Schöne Wohnung. Tut mir leid, dass Clare mich mitgebracht hat.«

»Mir auch. Es ist schwer, ihr zu widersprechen.«

Die beiden Männer lächelten, und William griff nach seinem Mantel.

»Diese Treppe wird Sie umbringen«, sagte David. »Trinken Sie doch erst noch ein Bier, bevor Sie gehen.«

Sie tranken ihr Bier, als wäre Clare gar nicht da. Sie unterhielten sich über Baseball, denn die Saison lief gerade, und sie unterhielten sich über Elektroautos, was noch langweiliger war als Baseball. Clare saß auf dem Fensterbrett und baumelte mit den Beinen.

Bevor sie aufbrachen, ging William noch einmal auf Toilette. David und Clare schauten sich an.

David sagte: »Einen Mann von diesem Umfang kannst du nicht verstecken. Wo würdest du ihn hintun wollen, Herzchen? Aus dem Schrank würde er herausragen, und unters Bett passt er nicht.«

Clare wusste, dass Charles nie bei William und ihr hereinplatzen würde. Es war vermutlich keine sonderlich gute Idee, mit William zu schlafen; eigentlich war ihr das schon fast unmittelbar nach dem ersten Mal klar gewesen. Es war ihr gelungen, ein solides Fundament ins Wanken zu bringen, und selbst wenn William die Schuld auf sich nahm, selbst wenn Charles so nett war, William die Schuld zu geben, war Clare doch schon immer der Ansicht gewesen, dass man einem Mann, der zugriff, wenn ihm Sex angeboten wurde, keinen Vorwurf machen konnte, genauso wenig, wie man einem Hund einen Vorwurf machen konnte, wenn er sich auf einen vom Teller gefallenen Essensrest stürzte. Sie wusste, dass sie mehr als nur die Freundschaft zwischen ihnen vieren aus dem Lot gebracht hatte, aber andererseits ruinierte sie ihrer aller Leben keineswegs mit pomadisierten Liebhabern, Sidecars und einem gehörnten Ehemann, so wie ihr Onkel es darstellte. Sie ruinierte überhaupt niemandes Leben, und man sollte meinen, dem Mann, der in ihrer Familie als der Lord Byron von Greater Nyack galt, wäre das klar.

»Was soll ich sagen?«

»Dass du dich durch ihn so jung fühlst?«, flötete David. »Frisch erblüht, das ganze Leben ein Lied – so was?«

»Nein. Du brauchst gar nicht so gemein zu sein. Ich glaube … durch mich fühlt er sich lebendig.«

David schüttelte den Kopf. »Daran habe ich keinen Zweifel. Deswegen macht man so was.«

Clare schaute aus dem Wohnzimmerfenster und zählte drei Frauen, die Kinderwagen schoben, vier Jungs, die Zigaretten rauchten, und sieben Müllsäcke.

»Bring ihn nicht noch mal mit.«

»Ich hab's kapiert«, sagte Clare. »Tut mir leid.«

»Du hörst mir nicht richtig zu. Mach das nicht.«

»Ja, ist ja gut.«

William kam herein und sah, wie Onkel David Clare etwas ins Ohr flüsterte und wie Clare ihren Mantel anzog. William hätte lieber nackt in einem Greyhound-Busbahnhof getanzt, er hätte lieber mit einem großen rosa Partyhütchen auf dem Kopf und passenden rosa Stiefelchen nackt getanzt, als noch eine Minute länger bei Clares Onkel zu bleiben.

Die Männer gaben sich erneut die Hand, Clare küsste ihren Onkel auf die Wange, und er tätschelte ihr das Gesicht. Sie stritten nicht gern.

Im Auto fragte William: »Und was sollte das jetzt?«

»Ich dachte, ihr würdet euch mögen.«

»Du hast ihn in Verlegenheit gebracht«, sagte William und dachte, dass es doch typisch Clare war, diesen anständigen alten Mann mit ihrem Geliebten zu konfrontieren und ihn zu zwingen – nicht dass Clare je das Gefühl hätte, irgendjemandem irgendetwas aufzuzwingen –, entweder Charles zu verraten, indem er nichts sagte, oder aber Clare zu verraten, was er natürlich niemals tun würde. Und ebenso typisch war es, dass sie sich jetzt verhielt, als wäre es ein netter Besuch unter ganz normalen Umständen gewesen.

William setzte Clare auf dem Parkplatz der Universität ab und fuhr nach Boston zurück. Sie sah ihm nach, als er wegfuhr, das graue Autodach silbern im Halogenlicht der Straßenlampen, der Innenraum für einen kurzen Moment vom grünen Display seines Handys und der tiefgelben Flamme seines Feuerzeugs erleuchtet.

Um vier nimmt William die diversen Tabletten, die Isabel ihm in einem Schnapsglas neben dem Spülbecken gerichtet hat. Um fünf schläft er ein, und Clare liest die Tageszeitung der beiden und danach Williams alten *Economist.* Um sechs, William schnarcht immer noch in seinem Liegesessel, ruft sie Charles an und sagt ihm, William sei nicht ganz auf der Höhe, Isabel komme bei ihrer Mutter noch ihren Tochterpflichten nach, und sie, Clare, werde über Nacht bei William bleiben. Während sie redet, holt sie sich ihren Pullover aus dem Wohnzimmer und befördert schwungvoll ihre Schuhe in den Rattankorb in der Diele.

»Bring ihn nicht um«, sagte Charles. Clare ist nicht gerade als begnadete Krankenpflegerin bekannt.

»Er ist wirklich unerträglich«, sagt Clare, nicht nur aus dem schwachen, aber reflexhaften Impuls heraus, Charles und die anderen in die Irre zu führen. Isabel, Charles und ihre versammelten Kinder könnten auf der Stelle mit misstrauischem Blick durch das ganze Haus gehen, sie würden auf nichts stoßen, kein Anzeichen, keine Spur, keine Witterung, kein mysteriöses loses Ende, das auf irgendetwas anderes hinwiese als auf eine brüchig werdende alte Freundschaft.

William schnauft und wacht auf, sein wirres Haar wie wogende silberne Palmwedel. Er scheint schlecht geträumt zu haben, so wie er aussieht, und Clare lächelt ihm beruhigend zu. Er schaut sie an, als hätte er sie noch nie zuvor gesehen oder zumindest noch nie *so* gesehen, was nicht zutrifft – er hat sie schon tausendmal genau so gesehen, in Gedanken versunken auf dem Sessel ihm gegenüber, die Beine der Bequemlichkeit halber über die Armlehne geschwungen.

»Ach, da bist du ja«, sagt er.

Clare lässt die Zeitschrift auf den Boden fallen. William schaut ermunternd zu dem schönen Zeitschriftenständer aus Bambus hinüber, der auf der anderen Seite des Sessels steht, und Clare erhebt sich.

»Soll ich was zum Abendessen machen?«

»Wie denn?«, fragt William. »Was für ein Abendessen?«

»Du kannst einem wirklich leidtun.« Clare geht zu ihm und streicht sein traumzerzaustes Haar glatt. Sie verharren so lange in dieser Haltung, ihre Hände auf seinem Kopf, sein Kopf an ihrer Brust, dass keiner von beiden sagen könnte, was der logische nächste Schritt wäre.

»Wir könnten ins Bett gehen«, sagt William.

Clare geht in die Küche, trägt zusammen, was vom Mittagessen übrig ist und was sie an vielversprechenden Plastikbehältern findet, unter anderem etwas Olivenpaste und viel Hüttenkäse mit Ananas. Sie breitet das Ganze samt Gabeln und Servietten vor William auf dem Wohnzimmertisch aus.

»Du übertriffst dich selbst«, sagt er.

»Ich weiß nicht, wie Isabel es schafft, dich zu versorgen. Wenn Charles so ein Baby wäre wie du, würde ich einen Krankenpfleger einstellen und ins Hotel ziehen.«

»Daran habe ich keinen Zweifel.«

Er schlägt nicht noch einmal vor, dass sie ins Bett gehen könnten; sie hat es beim ersten Mal gehört. Vielleicht ist dieses lausige Picknick das letzte Mal gewesen. Vielleicht ist das hier nicht unbedingt das Abschiedsessen (es lässt sich kaum als Abendessen bezeichnen – es ist nicht einmal ein Imbiss, eher das, was jemand, der am Verhungern ist und keine Geschmacksnerven besitzt, sich reinstopfen würde, während er durch ein brennendes Haus rennt), aber es fühlt sich so an. Sie hat ihm gesundes Essen und keinen Wein mitgebracht; sie hat sich nicht über seine Pantoffeln und die Gartenhose lustig gemacht; sie hat den hässlichen braunen Mantel angezogen anstelle des hübschen blauen, den sie zusammen in Boston gekauft haben. Ein intelligenter, unparteiischer Beobachter hätte gesagt, es sieht nicht gut aus für den Dicken.

»Also, gehen wir ins Bett«, sagt Clare. Ehepaare können den Sex auslassen, ohne dass es ein Drama gibt, ja, ohne dass das auch nur als Anlass für ein Drama betrachtet wird, aber Clare kann sich nicht vorstellen, wie man zu dem Menschen, den man in der expliziten Absicht besucht, mit ihm ins Bett zu gehen, sagen kann: Lass uns einfach ein bisschen Zeitung lesen.

»Du siehst aus wie ein Balthus«, sagt William später. *»Akt mit blauen Socken.«*

»Tatsächlich? Dafür bin ich doch mindestens dreißig Jahre zu alt. Außerdem, Balthus – brrr.« Sie zieht die Socken aus und wirft sie auf Williams Nachttisch. Es sind seine Socken. Er hat mindestens ein Dutzend Paar solcher marineblauer Kaschmirsocken und hat nie darum gebeten, diese hier zurückzubekommen. Und Charles hat nie gefragt: Wem gehören die denn? Sie gehen Clare fast bis an die Knie, die leere Ferse beult sich sanft über ihrem Knöchel. Sie trägt sie ständig.

William legt sich unter die Steppdecke, nur den Fuß lässt er draußen, bettet ihn wie die königliche Kohlrübe auf ein rundes Samtkissen, das er von Isabels Seite des Betts genommen hat.

»Geht's ein bisschen besser?«, fragt Clare.

»Ja. Ich wünschte, du müsstest das nicht sehen.«

Clare zuckt die Achseln, und William weiß nicht, ob das heißt, dass selbst der Anblick seines grausig geschwollenen und lila verfärbten Fußes ihre Leidenschaft nicht zu mindern vermag, oder ob ihre Leidenschaft sowieso nicht mehr zu mindern ist.

»Das macht mir nichts aus«, sagt sie. Es macht ihr wirklich nichts aus. Es hat ihr auch nichts ausgemacht, als bei ihren Kindern schwallartiges Erbrechen auf nässende Windpocken folgte, die wiederum auf Soor und Durchfall gefolgt waren; auch der strenge, dunkle, pudrige Geruch ihrer sterbenden Mutter und der endlose Kreislauf von Bettpfanne und Ganzkörperwaschung haben ihr nichts ausgemacht. Sie wäre eine hervorragende Krankenschwester, denkt Clare, wenn nur die Patienten nicht reden würden.

»Du hast wirklich süß ausgesehen mit diesen Socken, das muss ich sagen.« William legt Clare die Hand auf den Bauch.

»Ich weiß nicht«, sagt Clare. »Ich glaube … vielleicht sollten wir das Ganze beenden. Ich glaube …«

William lacht, bevor er ihr Gesicht sieht. Genau diese Worte hat er gehofft, nicht hören zu müssen, und er dachte, wenn Clare nackt neben ihm läge, auch ohne seine Socken und ohne ihre Lesebrille, würden sie gut durch die Nacht kommen und müssten diese Unterhaltung nicht führen.

Clare dreht sich auf die Seite, um ihn anzuschauen. »Ist dir noch nie der Gedanke gekommen, dass ich ein schlechtes Gewissen haben könnte?«

William setzt sich auf und greift nach seiner Brille. Er glaubt nicht, dass Clare ein schlechtes Gewissen hat; er glaubt nicht, dass sie überhaupt ein Gewissen hat. Sie liebt Charles, sie liebt ihre Söhne, und sie mag William sehr gern. Sie hat sich auf Sex mit William eingelassen, als Afghanistan bombardiert wurde und der Weltuntergang bevorzustehen schien, und jetzt wird der Irak bombardiert, und die Abendnachrichten sind grauenerregend statt zutiefst schreckenerregend, und was immer zwischen ihnen war, ist mittlerweile ein alter Hut; es ist die Anthrax-Hysterie, es ist Homeland Security; es ist etwas, was eine Weile lang ausgesprochen wichtig war und dann nicht mehr so sehr.

»Du könntest natürlich ein schlechtes Gewissen haben. Manche Leute verwechseln das allerdings mit der Angst, erwischt zu werden.«

Clare sagt nicht, dass sie William eher die Kehle durchschneiden und seine Leiche auf die Müllkippe schmeißen würde, als zuzulassen, dass Charles sie zusammen überrascht, und dass eindeutig etwas mit William nicht stimmen kann, wenn er davon auch nur spricht.

»Sagen wir so: Ich will kein schlechtes Gewissen kriegen.«

William schubst die Socken vom Nachttisch. Diskutieren bringt nichts. Was zwischen ihnen ist, hat für ihre Ehen keine Bedeutung. Clare gegenüber Isabel, er gegenüber Charles: zwei Gläser Wasser gegenüber dem Meer. Es gibt keinen Grund zu sagen: Weißt du noch, wie du in dem Motelzimmer mein Hemd getragen und es mit meiner Krawatte wie einen Trenchcoat gegürtet hast, als du Eis holen gegangen bist? Oder wie du dich im East Rock Park auf mich gesetzt und dein T-Shirt ausgezogen hast und das Sommerlicht auf deine weißen Schultern fiel und du dich zu mir heruntergebeugt hast, sodass dein Haar über mein Gesicht streifte, und gesagt hast: »Ein Sherpa ist nichts gegen mich, Mann.« Ich bin noch nie einer anderen Frau begegnet, die *Die Piraten von Penzance* in voller Länge ertragen, geschweige denn singen kann, und wer sonst wird mich je so ausgiebig, intensiv und gierig lieben?

»Wir machen, was immer du willst«, sagt er.

Jetzt lacht Clare. »Wohl eher nicht. Ich fürchte, was ich in dieser Hinsicht will, ist nicht machbar.«

»Wahrscheinlich nicht.«

Komm, reg dich auf, denkt Clare. Schmeiß irgendwas an die Wand. Mach einen Aufstand. Sag mir, dass das Ganze sinnlos sein mag und wir womöglich teuer dafür bezahlen müssen, dass wir aber solch ein Glück zusammen erleben und dein Verlangen nach mir so gewaltig ist, dass, egal, wie es ausgeht – und wir sind beide zu alt, um nicht zu wissen, dass es entweder so ausgehen wird wie jetzt, mit gesundem Menschenverstand, mäßigem Verlustschmerz und einem traurigen gemeinsamen Kaffee, oder mit etwas Schlimmerem in ein paar Monaten auf irgendeinem Parkplatz, jedenfalls wird sich vermutlich keiner von uns mit Ruhm bekleckern –, dass es also, egal, wie es ausgeht, die Sache trotz allem wert ist.

William schließt die Augen. Es wäre schön, wenn mich dein Anblick immer glücklich machen würde, denkt Clare. Es wäre schön, wenn nicht unterwegs etwas verloren gegangen wäre.

»Was meinst du?«, fragt sie.

William macht die Augen nicht auf, und Clare denkt: Jetzt habe ich ihn verloren – als hätte sie nicht die ganze letzte Stunde versucht, ihn zu verlieren, ohne ihm wehzutun. Sie verschränkt die Arme auf der Brust, die klassische Haltung des Verstimmt-zu-Bett-Gehens (die William womöglich gar nicht erkennt – soweit Clare weiß, klären Isabel und er jeden Konflikt, egal, wie viel Uhr es ist), und denkt: Vielleicht will ich ihm einfach nur ein bisschen wehtun, mir anschauen, wie er den Schlag einsteckt und weitermacht, denn er gehört zu dieser Sorte Mann. Außer wenn er krank ist und genauso klingt wie jeder andere jüdische Mann, den Clare kennt, hat William durch seinen presbyterianischen Stoizismus eine sehr männliche, schöne Art zu leiden, was man von Charles nicht behaupten kann. Sie löst die Arme wieder voneinander und legt William eine Hand auf die breite, weiche Brust. Er betrachtet die Hand und atmet tief, wobei er aufpasst, dass die Steppdecke nicht gegen seinen Fuß stößt.

»Ich weiß nicht«, sagt er. »Fahre wohl, glückselig Feld?«

»Du machst es uns nicht leichter.«

»Das will ich auch gar nicht.«

»Ach so.«

»Es ist schon spät«, sagt William.

»Ich weiß.« Clare dreht sich zu ihm.

»Pass auf die Kohlrübe auf.«

»Mach ich doch.«

Ihr Kopf liegt auf seiner Brust, ihr Kinn über seinem Herz. Seine Hand steckt tief in ihrem Haar. So schlafen sie ein, eine Minigemeinschaft, eine Teilehe, und im Traum ist Clare mit Charles verheiratet, und sie sind im Steeplechase Park in Coney Island, noch vor dem großen Brand, sie reiten in dem mechanischen Pferderennen zu zweit auf Nummer sieben, sind auf Erfolgskurs und reiten immer weiter, und die Sterne stehen dicht wie Schnee am Himmel. Und im Traum ist William mit Isabel verheiratet, die mit ihrer gemeinsamen Tochter aus dem Krankenhaus zurückkommt, und als William das Baby in die Wiege legt, die viel größer und schöner ist als diejenige, die sie in der Elm Street tatsächlich hatten, sieht er, dass das Kind kleine himmelblaue Flügel und Klauen an den Füßchen hat.

William küsst die perlweiße Stirn des Babys und sagt zu seiner Frau im Traum und zu Clare neben ihm: Davon geht die Welt nicht unter, mein Schatz.

Das alte Unmöglich

Clare kann nicht laufen.

Sie hat sich so übel den Knöchel verstaucht, dass er genauso gut gebrochen sein könnte. Marmortreppe, ein feuchtes Blatt, ein Moment der Ablenkung, und schon zog es ihr schwungvoll die Füße unter den Beinen weg, und sie plumpste wie ein Sack Wäsche auf die Treppe, die Finger rutschten am nassen Geländer ab, und ihre Füße klatschten auf und bogen sich wie Fische. Drei ihrer vorderen Bänder sind abgerissen, als sie aufschlug, an den Enden sind zwei kleine Knochenstückchen hängen geblieben, und die gummiartigen weißen Fasern und die kleinen dreieckigen Knochensplitter befinden sich auch jetzt noch da, wo sie sich nicht befinden sollten, nämlich oberhalb des Gelenkspalts.

Ihr Mann lehnt die Krücken an den Couchtisch, die Griffe zu Clare gedreht, und nachdem er ihr ein Kissen unter den rosa-blau marmorierten Knöchel, ein Handtuch über das Kissen und auf das Ganze schließlich einen Beutel Eis gelegt hat, bringt er Clare und ihrem Onkel David Tee. Dann geht er ein paar Erledigungen machen. Keiner der beiden fragt Charles, was für Erledigungen das sind oder wann er wiederkommt; er hat den ganzen Vormittag für sie gemacht und getan, und wenn er gesagt hätte, dass er weggeht, um auf

Hunderennen zu wetten oder mal ein bisschen Ecstasy auszuprobieren oder Schlimmeres, hätten Clare und David dafür vollstes Verständnis gehabt. Beide finden es furchtbar, körperlich eingeschränkt zu sein oder körperlich eingeschränkte Menschen zu versorgen. David ist bei Clare und Charles, um sich von einer dreifachen Bypass-Operation zu erholen und seine Nichte während ihrer Zeit der eingeschränkten Mobilität zu unterhalten. Meistens lesen sie gemeinsam im Wohnzimmer.

»Er ist wirklich lieb«, sagt Clare laut. So etwas sagt sie normalerweise nicht über ihren Mann. Sie denkt Gutes, denkt »interessant«, denkt »gutaussehend« (die ersten tausend Mal, als er aus der Dusche trat und ihm das Wasser noch die schmale Kuhle in der Mitte seines Rückens hinabrann, dachte sie: Jesus, Maria und Joseph, wie kann ein Mensch so schön sein!), sie denkt, dass er netter ist, als William es je war. William hätte angesichts ihres hässlichen Knöchels den Kopf geschüttelt, sich einen Kaffee gemacht und wäre nach oben gewatschelt, und sie hätte dort unten auf der Couch liegen bleiben müssen wie in *Was geschah wirklich mit Baby Jane?*. Clare denkt nicht mehr jeden Tag an William; sie denkt hauptsächlich beim Einschlafen an ihn oder wenn sie ihn gleich sehen wird, so wie jetzt. William und Isabel halten gerade vor dem Haus. William müht sich mit seinem Stock, sich selbst und einem Sack Nektarinen ab. Isabel greift nach den Lebensmitteln und einer Segeltuchtasche mit geheimnisvollem Inhalt. Sie schaut weg, als William sich schaukelnd vom Beifahrersitz hoch und aus dem Auto hievt.

Onkel David greift nach seinem Tee, der wahrscheinlich nicht so ist, wie er ihn gern trinkt, aber er hat beschlossen, sich nicht zu beklagen. Immerhin hat sich der Mann die Mühe gemacht, Tee zu kochen. David hat nicht mitbekommen, was Clare über Charley gesagt hat. Hoffentlich hat sie sich nicht beschwert. Sie ist nicht gerade ein kleiner Sonnenschein, seine Nichte, und der verstauchte Knöchel hat keinen fröhlicheren oder netteren Menschen aus ihr gemacht. An Charleys Stelle hätte er dringende Geschäfte in Baltimore vorgeschoben – was sind schon ein paar Erledigungen in der Stadt.

»Schmeckt doch«, sagt Onkel David. »Ist völlig okay. Er macht besseren Tee als du.«

»Dann ist ja gut. Halber Engländer. Magna Charta. Herrenschuhe. Tee.«

»Roast Beef«, ergänzt David und will noch hinzufügen: »Und Sodomie«, um den Ball in Bewegung zu halten, da kommt Isabel Wie-war-noch-gleich-ihr-Nachname mit Taschen voller Zeug ins Zimmer. Niemand hat es für nötig befunden, ihm zu sagen, dass sie kommt. Er hätte ein frisches Hemd angezogen. Sich vielleicht rasiert. Sie ist eine gutaussehende Frau und für eine Maklerin durchaus belesen, außerdem hat sie diese Art, diese Ausstrahlung, die unmissverständlich signalisiert, wie wichtig es ihr ist, dass er bekommt, was er will, und das macht selbst reizlose Frauen – und Isabel ist nicht reizlos – sehr attraktiv. Clare ist interessanter; als Mensch würde er Clare vorziehen, aber er versteht nicht, wie man mit Isabel verheiratet sein und trotzdem Clare nachstellen kann. David findet das absurd, allerdings erinnert er sich daran, wie er – erfolgreich – einem massigen Mädchen mit buschigem Haar und Oberschenkeln wie Smithfield-Schinken nachgestellt hat und danach einer ägyptischen Ballerina, deren Kajal ihm auf sein leinenes Sportsakko rann, sodass er es, verschmiert und in einen Abfalleimer gestopft, im Grand Central Terminal zurücklassen musste, und das alles, während er mit der schönsten Frau der Welt verheiratet war, einer Frau, die bis zu ihrem letzten Tag die Blicke auf sich zog. Im Geiste sieht er seine Frau und diese Mädchen und noch ein paar andere Frauen vor sich, ein zarter Reigen im schummrigen, trügerischen Licht.

»Wir haben feine Sachen mitgebracht«, sagt Isabel und küsst sie beide.

»Du riechst gut«, sagt Clare. Clare riecht nicht gut. Sie riecht nach ranziger Butter und feuchter Wolle. Wie ein Yak riecht sie, die eine klägliche Dusche hat daran nichts geändert und sie hat auch nicht verhindert, dass ihre Haare in schlaffen Zotteln herunterhängen, sodass sie jetzt also auch noch Yak-Ohren hat. Onkel David, für den das Wort »schick« eigens erfunden wurde und der gern erzählt, seine Frau habe sich immer hinter verschlossener Tür bettfertig gemacht und sei, soweit er es wisse, morgens immer mit gebürstetem Haar und einer Andeutung von Lippenstift aufgewacht, sollte seine Nichte nicht so sehen müssen. Sie ist nicht präsentabel, nicht einmal gegenüber Isabel und William, und es sind nie nur Isabel und William. Wer da gerade durch die Tür kommt, das ist William, wie nur Clare ihn kennt, nackt auf einem Motelbett, schwitzend wie ein Fiebernder, oder im Restaurant, wo er ihr unters Kinn fasst und sich mit bewusster, großer Anmut vorbeugt und sie küsst. Und direkt nach diesen heimlichen Bildern folgen die von Isabel und William, ihren alten Freunden, und wie sie zu viert auf Cape Cod Monopoly spielen, und danach Charles, ihr Mann, beim Limonenschneiden, und nach Charles ihre gemeinsamen Söhne, nicht so, wie sie jetzt sind, sondern rosig und entzückend in ihren Schlafanzügchen mit Füßlingen, Danny, der die Hand seines Vaters hält, Adam, der seine Aktentasche trägt. Ein paar von euch müssen jetzt verschwinden, würde Clare am liebsten sagen. Sie streicht den Eisbeutel glatt, sieht zu, wie ihr Onkel lüstern nach Isabel schielt, und sehnt sich nach den zähflüssigen, wohligen Stunden unter Percocet.

William kommt herein, mit seinem ganzen Gewicht auf

einen Gehstock gestützt, und Clare kann ihn nicht einmal begrüßen; beim Anblick des Stocks klappt ihr schlichtweg der Mund zu.

David steht auf, um William die Hand zu geben, und versucht ihm den Sack Nektarinen abzunehmen. Er steht auf, um Isabel zu demonstrieren – und es ist völlig in Ordnung, dass auch William und Clare es sehen, von ihm aus dürfen sie es beide gern bemerken –, dass David und Isabel die einzigen Personen in diesem Zimmer sind, die sich ganz nach Belieben auf Sitzmöbel niederlassen oder von ihnen erheben können. William drückt die Nektarinen an sich.

»Was ist denn mit dir passiert?«, fragt David.

Wie immer bedauert William es, David zu sehen. David ist die Inkarnation von Williams schlechtem Gewissen wegen seiner Affäre mit Clare, und er ist kein reuiges, nachsichtiges Gewissen. Er ist *Das Gewissen* in Gestalt eines sarkastischen, sinnlichen, mürrischen alten Mannes.

»Nicht der Rede wert«, sagt William. »Was macht das Herz?«

Isabel fragt: »Wo ist Charles?«

»Ein paar Erledigungen machen«, sagt Clare. Isabel greift nach dem Tablett für das Teegeschirr. Wenn sie unter sich sind, nennen Charles und Clare Isabel die Gouvernante. Isabel schürzt kaum wahrnehmbar die Lippen, während sie die Tassen einsammelt, und Clare sieht förmlich, wie sie denkt, dass Charles sich amüsieren geht – genau so würde Isabel das nennen, *sich amüsieren gehen* –, obwohl er doch zu Hause sein und ein Auge auf Clare haben sollte, die womöglich versuchen könnte, sich ein Glas Wasser zu holen, oder gar Schlimmeres. Es tut gut, ist geradezu herzerwärmend, dass ausnahmsweise einmal der arme, brave Charles Zielscheibe von Isabels Missbilligung ist, und Clare drückt ihre Schultern nach hinten und unten, damit ihr Hals länger wird, und schaut lächelnd zu William hoch, der ihr Lächeln erleichtert erwidert und denkt: Ihr geht's nicht schlecht, sie ist es bloß leid, Charles' kleiner Krüppel zu sein, was wohl jedem so ginge.

William steht vor Clare.

»Setz dich«, sagt Clare, und er setzt sich in den Armsessel gegenüber von David, kilometerweit von Clare entfernt, nah genug bei David, um ihm wahlweise das Knie zu tätscheln oder ihm an die Gurgel zu fahren und ihn umzubringen.

»Erledigt«, sagt William. »Sonst noch Wünsche?«

»Was soll das mit dem Stock?«

»Er erleichtert das Gehen.« Die Vorstellung, mit Clare über seine rheumatoide Arthritis zu sprechen, ist entmutigend. Unerträglich.

»Ach so«, sagt Clare. Sie schaut auf die Tasche mit Büchern, die Isabel mitgebracht hat, und zieht eines heraus. »Die gute Isabel. Diese Serie mag ich.«

William lächelt höflich.

»Ich lese die nie«, sagt er. »Isabel liest die zu Hunderten.«

»Hast du Schmerzen?«, fragt Clare vorwurfsvoll.

»Ja«, sagt er, und Clare denkt: Oh Gott, er stirbt.

»Ich habe einfach nur Schmerzen«, sagt er. »Es ist nicht so, als würde ich sterben.«

Er hätte nicht kommen sollen. Er hätte Isabel allein herschicken sollen, und dann hätten die Frauen einen Weibernachmittag machen und ein bisschen über die Torheit beziehungsweise Triebhaftigkeit der Männer herziehen können, die er selbst nie in Abrede stellen würde, und dazu hätten sie ein paar wohlbemessene Gläser Weißwein getrunken (was in keiner Weise seiner Erinnerung an Clare entspricht, die schon dreißig Kilometer vor dem Motel eine Flasche Balvenie aus dem Koffer zog). Er wird Clare nicht sagen – schon gar nicht jetzt, wo sie wie das kleine Mädchen mit den Schwefelhölzern vor ihm liegt, und erst recht nicht, während ihr Onkel David wie eine Kreuzung aus Zerberus und Mel Brooks vor ihnen sitzt –, dass er sich schon eine ganze Weile so fühlt, als ob er stürbe. Er kann sich an keinen Morgen erinnern, an dem er mit Freude das Tageslicht erblickt hätte, und er schläft abends ein, als hätte man ihn in Ketten geschlagen und über Bord geworfen.

»Es ist nicht so, als würde ich sterben«, wiederholt er.

»Das will ich doch hoffen«, sagt Clare und verlagert ihr Gewicht, um ihn besser betrachten zu können.

»Gott im Himmel«, sagt David. »Er stirbt nicht, er hinkt. Du hältst dich wohl für Dr. Kevorkian?«

Clare schaut William an und lächelt. David bemerkt es. Womöglich wird er den ganzen Abend hier sitzen, denkt er, um ein Auge auf diesen fetten Schmachtlappen zu haben, der noch genauso verrückt nach Clare ist wie eh und je. Clares Gefühle kann er nicht erahnen. Sie sieht alt und müde aus, und nach Davids Erfahrung ist alt und müde keine gute Ausgangsbasis für verbotene Liebe. Jedenfalls bei Frauen. Bei Männern führt es manchmal dazu, dass sie sich etwas mehr anstrengen, um die Frau zu erobern und dadurch das »alt und müde« zu vertreiben.

»Was für ein Paar«, sagt David. »Ein Paar lahmer Enten.« Sie zucken die Achseln, wie ein Paar.

»Seit der Sache mit meinem Knöchel«, sagt Clare, »lese ich nur noch Geschichten über Bewegungsfreaks. Cowgirls, Bergsteigerinnen. Willensstarke Frauen, die mit bloßen Händen den Amazonas hinunterpaddeln. Mit Schrumpfköpfen in ihren Spitzenridiküls. Bananenblättern an den Füßen.«

»Tatsächlich«, sagt William.

»Deine Mutter war sehr gut zu Fuß«, sagt David. Clares Mutter ins Spiel zu bringen, scheint ihm eine gute Idee. Seine Schwester war gnadenlos, was Techtelmechtel betraf, und alle wussten es. Sie hat David viermal vor die Tür gesetzt, jedes Mal wegen eines Techtelmechtels. Einmal saß er nach Thanksgiving auf dem Bordstein vor dem Haus, das sie damals in, wo war es noch gleich, Lake Success hatten, er saß in einem Haufen Laub, und da war es die kleine Clare, die mit seinem Mantel herauskam, seinen Hut auf dem Kopf, und ihm ein Bier und eine Handvoll Würstchen im Schlafrock herausbrachte. Das Leben ist kurz, denkt David und geht hinaus.

»Setz dich doch zu mir«, sagt Clare. »Dann hab ich was zum Beinhochlagern.« Eigentlich würde sie ihn gern um neues Eis bitten, sie könnte welches gebrauchen, aber wenn William es holen geht, wird Isabel ihn abfangen und das selbst übernehmen, damit es richtig gemacht wird, denn William wird Clare drei Eiswürfel in einem tropfenden Geschirrhandtuch bringen. Wäre es tatsächlich neues Eis, was Clare am dringendsten wollte, würde sie Isabel darum bitten.

William hievt sich hoch, auch wenn es ihm lieber wäre, wenn Clare das nicht sähe, und hinkt zum Sofa hinüber. Sie hat ihn bereits hinken sehen, da ist also nichts zu machen; er hebt ihre Füße an, schiebt sich darunter und lässt sich mit einem nagenden Schmerz in der Hüfte ins Sofa sinken.

»Was für eine Aktion«, sagt Clare.

»Oh ja, gewaltig«, sagt William. »So schnell kehre ich nicht wieder zu diesem Sessel zurück. Meinetwegen kann David mit Hera und ihren Pfauen hereinkommen, ich bleibe auf dieser Couch sitzen, unter diesen knubbeligen schwarzblauen Füßen.«

»Wozu sind die Pfauen da?«

»Sie ziehen Heras prächtigen Wagen. Ich habe keine Ahnung, warum. Sie hat alle verrückt gemacht. Eine selbsternannte Kämpferin wider den Ehebruch. Die meisten der Sagen über sie handeln davon, dass sie irgendjemanden mit ihren Verdächtigungen in den Wahnsinn treibt.«

»Hm, ich frage mich, wer diese Geschichten geschrieben hat. Und sie lag ja nicht falsch, oder? Zeus hat doch alles zwischen Himmel und Erde gevögelt. Vom Ochsen bis zur Gans. Was weiß ich.«

»Oh ja.«

Isabel kommt herein und sieht die beiden an. Sie könnte etwas sagen, könnte einiges sagen über ihren Mann, der es nicht mag, wenn ihr Mantel ihn beim Autofahren streift, und so großen Wert darauf legt, genügend Abstand zwischen sich und allen anderen zu haben, dass er für vier reserviert, selbst wenn sie nur zu zweit sind, und der sich jetzt als Fußstütze für ihre gemeinsame Freundin Clare zur Verfügung stellt. Aber Clare sieht furchtbar aus, zerknittert und wächsern, und dann ihre Haare, die beiden werden sich ganz gewiss nicht auf eine flotte Nummer davonstehlen – wie könnten sie, und überhaupt, was war das zwischen den beiden schon je anderes als ein tröstendes Aneinanderreiben gebrochener Flügel. Außerdem glaubt Isabel, dass das Leben das ist, was man daraus macht. Sie rückt Clares Kissen zurecht.

»Brauchst du irgendwas? David möchte gern ein bisschen spazieren gehen, und es ist so herrliches Wetter heute –«

Clare und William schauen durch das Erkerfenster im Wohnzimmer in den schönen Herbsttag hinaus und seufzen, als hätten sie jede Hoffnung verloren, jemals wieder an einem schönen Tag ohne Hilfe laufen zu können.

»Es ist wirklich schön draußen«, sagt Clare. Ich bin der schlechteste Mensch auf dieser Erde, denkt sie.

»Stimmt«, sagt William. Geh, in drei Teufels Namen, denkt er, und nimm diesen grässlichen kleinen Mann mit.

»Wir haben eine Stunde für uns«, sagte William. »Womit fangen wir an?«

»Wie geht es Emily?«

»Oh. Gut. Ihr gefällt das Jurastudium – was soll ich sagen? Willst du dich mit mir über unsere Kinder unterhalten?«

»Nein. Was ist mit deinem Bein los?«

»Oh, verdammt! Da rede ich lieber über die Kinder. Ich habe schlimme Arthritis, mehr nicht. Sie macht mir Ärger. Ich tue alles, was ich tun soll. Glucosamin-Chondroitin. Krankengymnastik. Vollkornprodukte. Was willst du von mir?«

»Gut«, sagt Clare. »Da bin ich froh.« Sie sieht nicht froh aus. Sie sieht gedämpft und mürrisch aus, und sie zupft an einer Ecke der Steppdecke herum, bis ein Fetzen Baumwollwatte zum Vorschein kommt.

»Was ist denn los? Vergleichst du dich mit Isabel? Denkst du, dass ich längst in Embryohaltung daläge, wenn ich in deiner Hand wäre?«

Es ist schrecklich, so etwas zu denken, und schrecklich, bei diesem Gedanken ertappt zu werden: Isabel ist die bessere Ehefrau, aber Clare ist froh, dass William sie so gut kennt.

»Herrgott, sei nett zu mir. Netter.«

»Ich muss nicht nett sein. Lass die Decke in Ruhe. Ich vermisse dich jeden Tag, und wir sind nicht mal mehr Freunde.«

»Natürlich sind wir das.«

»Nein, sind wir nicht, und beleidige bitte nicht das Andenken an diesen schönen Zustand, indem du das Gegenteil behauptest. Du weißt, dass es nicht stimmt.«

Clare wischt sich mit einem Zipfel der Decke das Auge. »Von mir aus. Meine Güte.«

»Weniger als eine Stunde. Sofern dein Onkel nicht vorher zurückgeeilt kommt, um nach uns zu schauen.« William hebt Clares Hand hoch und küsst sie. Er nimmt eine Nektarine aus dem Sack und legt ihre Hand darum.

»Ist die riesig«, sagt Clare.

Sie dreht die Nektarine ruckartig auseinander und hat zwei Hälften in der Hand, beide von einem glänzenden kräftigen Gelb mit einem faserigen, leuchtend rosafarbenen Mittelpunkt. Der Stein fällt in Clares Schoß. Sie essen ihre Hälften und sehen einander dabei zu, und beide tropfen ein bisschen Saft auf die Decke. Clare wischt sich mit ihren nassen Händen das Kinn ab, und dann wischt sie sich mit der Steppdecke noch mal übers Gesicht.

»Servietten wären nicht schlecht gewesen«, sagt Clare.

William zuckt die Schultern. »Mir gefällt es so.« Er hebt die Decke an und wischt die Hände an Clares Jeans ab.

»Was gibt das denn?«, sagt sie. Wenn sie jetzt anfangen, sich wie die Seniorenversion von *Tom Jones* zu benehmen, sich das Gesicht mit Nektarinensaft zu verschmieren und rumzuknutschen, dann werden sie als Nächstes in ein Motel humpeln und in Sexratgebern nach Stellungen für Invaliden suchen. William sieht alles andere als verlegen aus, er guckt so, wie er immer guckt: gleichmütig und mäßig interessiert, geneigt, Wohlwollen walten zu lassen, wenn keine Unannehmlichkeiten damit verbunden sind. Wenn sie unter sich sind, nennen Isabel und Clare William den Letzten Kaiser, und es hat Zeiten gegeben, da hat Isabel Clare angerufen und gesagt: »LK treibt mich in den Wahnsinn. Wollt ihr nicht vorbeikommen, du und Charles, ehe ich ihm noch Glassplitter in seine Cornflakes mische?«

»So eine gute Nektarine ist was Feines«, sagt William. »Meine Mutter hat früher Nektarinenkuchen gemacht, das weiß ich noch. Nektarinenschnitze mit etwas braunem Zucker drauf, und das Ganze auf einem dicken Tortenboden, so einem fetten Trumm – ausgesprochen lecker.«

William küsst Clares rechte Hand, dann die linke, flüchtig, geistesabwesend, wie nebenbei.

»Und was gibt das?«

»Nichts«, sagt William. »Erzähl mir irgendwas. Ein Geheimnis.«

»Ach – ein Geheimnis. Was bist du für ein Baby. Du meinst, etwas, was Charles nicht weiß?«

William beißt sich auf die Zunge. Er glaubt, dass Charles ohnehin nicht viel weiß, aber womöglich täuscht er sich. Er glaubt, dass Charles, weil er schon so lange solches Glück hat und so gut aussieht, zu der Überzeugung gekommen ist, die Welt sei voller ehrlicher Menschen, die faire Geschäfte abschließen, und schlechten Menschen werde von den guten ein Strich durch die Rechnung gemacht. Das ist Williams bevorzugte Sichtweise, was Charles betrifft. Bevor er mit Clare schlief, war William der Ansicht, Clare sei von den zweien besser weggekommen. Er hat das sogar ein paarmal zu Isabel gesagt. Clare ist eine anregende, widerborstige Gesprächspartnerin, und sie ist die beste Gefährtin, die man in einer schwierigen Lage haben kann. Probleme locken den Optimismus hinter ihrer Düsternis hervor, wohingegen das Alltagsleben meist den gegenteiligen Effekt hat, außerdem trinkt sie jeden unter den Tisch, aber Charles muss sich mit diesem verqueren, unnachgiebigen Naturell herumschlagen, und er tut das, findet William, mit wahrer Grazie. Wenn sie unter sich sind, nennen die Männer Clare den Kaktus.

Ein kleiner Junge steckt den Kopf durch die Tür und starrt William aus seinen langwimprigen Augen mit ziemlich kühler Miene an. Es ist der gleiche Ausdruck, mit dem auch David ihn betrachtet, nur findet er sich diesmal auf einem runden braunen Gesicht. William weiß, dass er den Jungen kennt, weiß, wer das ist und wo er einzuordnen ist (dritte Klasse, Enkel der Putzfrau; Clare mag ihn; Charles würde ihn nicht erkennen, selbst wenn er über ihn stolperte), aber mehr als das, sein Name etwa oder warum er bei Clare durchs Haus spaziert, fällt ihm nicht ein.

»Du hast Besuch«, sagt er. Kleine Jungs sind nicht sein Ding. Kleine Mädchen sind hinreißend; wenn nötig, würde er ein ganzes Zimmer voller kleiner Mädchen unterhalten.

»Hey, Nelson.« Clare winkt dem Jungen zu. Der Junge sagt kein Wort.

»Jetzt komm schon, Nelson Slater. Du kennst Mr Langford doch. Von letztem Sommer.«

Nelson nickt. Clare seufzt. Es ist nicht das kurze, böse Fauchen, das ihre Verärgerung zum Ausdruck bringt. Und es ist auch nicht der milde, matte Laut, den sie von sich gibt, wenn ihre Kinder sie während der Arbeit anrufen. Es ist das Seufzen eines Menschen, der sich auf ein kurzes, befriedigendes Kräftemessen einstellt. Wenn sie aufrecht säße, würde Clare die Ärmel hochkrempeln.

Der Junge setzt sich ihnen gegenüber auf den Boden. Clare und William lächeln hilflos. Er gleitet regelrecht zu Boden, so leicht, so geschmeidig, und später wird er einfach wieder aufspringen. Es ist schön anzusehen, wie er die Schwerkraft mehr oder weniger ignoriert.

Nelson ist gekommen, um Dame zu spielen. Clare hat es ihm beigebracht, als er noch klein war, und seit ihrem Unfall lässt Nelson es sich nicht nehmen, alle paar Tage vorbeizukommen, die Plätzchen zu essen, die stets auf dem Tisch stehen, und rasch eine Runde Dame zu spielen. Heute holt seine Großmutter hier alte Kleider für die Kirche aus der Garage ab, und sie hat ihm gesagt, dass er eine Viertelstunde Zeit hat. In einer Viertelstunde kann er Clare vielleicht schlagen. Es wäre besser, wenn der Dicke rausginge, aber es ist okay – Nelson kann ja einfach auf das Brett und auf Clares schmale Hände schauen, kann die verästelten Adern auf ihren Handrücken betrachten, die sich wie blaue Zweige zu ihren Fingern hinstrecken.

»Also gut«, sagt Clare, als gäbe sie nach, als wäre sie nicht längst bereit, ihm eine ordentliche Abreibung zu verpassen. »Stell die Steine auf.«

Nelson spielt, wie er immer spielt, der Tod im Smoking, er bewegt seine Front vorsichtig nach vorn und träumt dabei doch schon von den Damen, die er in ihren Burgen niedermetzeln wird und die voller Angst und Bewunderung auf seine Männer hinabblicken, während orange-blaue Flammen über die Holzwände züngeln.

»Das Spiel der Pharaonen«, sagt William. Das Kind muss sich mit Ägypten beschäftigen. Mumien, die Pyramiden, die Erkenntnis, dass Kleopatra schwarz war, das ist es, was man heutzutage unter Geschichte versteht. Nur noch eine halbe Stunde, und sie werden sie mit Clares kleinem Freund verbringen.

Nelson hält vor einem von Clares Steinen inne. Es ist kein günstiger Zug.

»Du musst springen, wenn du kannst«, sagt William.

»Sei still. Das weiß er.«

Clare wendet sich Nelson zu und verdreht die Augen: Ignorier ihn. Nelson nickt. Er hat einige sehr nette Weiße kennengelernt, aber es waren nie Männer. Er überspringt Clares Stein, und sie überspringt seinen.

»Pass auf, junger Mann«, sagt Clare.

»Pass selber auf«, sagt Nelson und lacht.

»Harter Bursche«, sagt William, worauf Nelson angespannt lächelt und wegschaut.

William sieht Nelsons Chance, ein ungedecktes Feld, das ihm das ganze Brett erschließen wird. Du hast sie, denkt William, also solltest du sie auch nutzen. Er schaut Nelson unverwandt an, so wie er früher beim Scrabble-Spielen seine Tochter angeschaut hat. Sieh hin, denkt er, sieh genau hin. Tu es. Nelson schaut William an, als hätte er etwas gesagt, und lässt den Blick über das Brett schweifen. Nelson denkt heftig nach. Das Gesicht des Mannes leuchtet richtig, so sehr will er, dass Nelson gewinnt. Nelson und der Dicke werden Clare schlagen, das ist es, was Nelson sieht. Nelson springt wie verrückt, setzt den Stein zwei, dreimal hintereinander auf und hämmert mit den Fäusten auf den Boden.

Clare klatscht.

»Großer Gott. Dann wollen wir mal sehen, was sich nach diesem … vernichtenden Schlag noch retten lässt.« Die Sache ist schnell erledigt. Nelson überspringt ganz gemütlich einen Stein nach dem anderen, und da Clare nur schlecht drankommt, nimmt er für sie die geschlagenen Steine vom Brett, wirft sie ein-, zweimal in die Luft und reiht sie dann fein säuberlich neben dem Brett auf. Gut sehen sie aus, ein roter Kreis neben dem anderen.

Mrs Slater hupt, was sie normalerweise nicht tut, aber sie muss heute noch den Flohmarkt vorbereiten und den Tisch für die Backwaren aufbauen, und dieser Zwischenstopp hier, um die Winterkleider abzuholen, ist eigentlich ein Umweg. Es geht nun mal nicht anders – die arme Clare –, und angesichts der sechs Mäntel, der vielen Paar Schuhe und der Herrenanzüge, die alle schnell weg sein werden, lohnt es sich allemal, aber für Sonstiges hat sie heute keine Zeit.

Nelson, der nur ungern den Schauplatz seines Triumphs verlässt, springt auf, anmutig und entschlossen wie ein Ritter im Turnier, um sich noch einmal ein bisschen vor den beiden zu produzieren, und stolpert dabei über seine offenen Schnürsenkel. Er streckt die Hände aus, prallt jedoch mit dem Gesicht heftig gegen die steinerne Tischkante, und schon liegt er auf dem Teppich und schreit vor Angst und Schmerzen und weil ihm Blut ins Auge fließt. William legt ganz sanft Clares Füße zur Seite, hebt den Jungen auf und trägt ihn in die Küche.

»Ist ja gut«, sagt er. »Ist ja gut. Das ist nur Blut, es ist nicht schlimm.« Vielleicht stimmt das gar nicht, aber William sieht, dass beide Augen intakt sind und kein Knochen zu sehen ist, und wenn der Junge nicht blind oder verkrüppelt ist, kann es so schlimm nicht sein.

Clare kommt auf ihren Krücken herein, ganz weiß um den Mund. Sie lässt das kalte Wasser laufen und reicht William dann ein eiskaltes Geschirrhandtuch, das er auf die schmale, bogenförmige Wunde legt, ein kleiner roter Mund, der Blut speit. Nelson hört auf zu schreien. Blut durchtränkt das Geschirrhandtuch.

William fragt: »Pflaster, Clare?«, und drückt die Ränder der Wunde fest zusammen, so fest, dass Nelson zusammenzuckt, doch William lässt nicht locker und klebt ihm über Kreuz zwei Pflaster auf.

»Clare, sagst du seiner Mutter, seiner Großmutter Bescheid, damit die arme Frau keinen Herzschlag kriegt, wenn sie ihn sieht?«

Clare würde eigentlich gern bleiben, aber Nelson hat es sich auf der Küchentheke bequem gemacht und sitzt an William gekuschelt da, also muss sie wohl der Großmutter die schlechte Nachricht überbringen und William den Held sein lassen. (Isabel hat ihr erzählt, sie und William hätten sich früher, wenn Emily in ihrer Wiege schrie, oft mehr oder weniger in der Tür verkeilt, weil sie beide versuchten, als Erster bei dem Baby zu sein, und sich dabei gegenseitig versichert, es mache ihnen gar nichts aus, sie wollten dem anderen die Mühe ersparen. Clare konnte sich nicht daran erinnern, dass Charles sich je mit ihr um das Privileg gestritten hätte, Dannys Windel zu wechseln.) Als sie sich ein letztes Mal nach den beiden umdreht, sieht sie, wie Nelson in Williams Brust hineinlacht; Zeus, der Ganymed unter seinem dunklen Flügel birgt.

Nelsons Großmutter hat drei Jungen und ein Mädchen

großgezogen, und ein Unfall, der nicht mit gebrochenen Gliedmaßen oder sonstigen ernsthaften Beeinträchtigungen einhergeht, ist in ihren Augen das Beste, was man von dieser tückischen Welt erwarten kann.

»Es ist alles in Ordnung«, sagt Clare. »Er hat sich an der steinernen Tischkante die Stirn aufgeschlagen. Sie wissen schon.« Sie haben sich an diesem Couchtisch beide schon übel die Knie gestoßen, und jetzt müssen sie mit anschauen, wie Nelson, gefolgt von William, aus der Haustür kommt, und sie denken beide, wenn Clare und Nelson nicht Dame gespielt hätten, wenn Nelson brav seiner Großmutter in der Garage geholfen hätte, dann käme er jetzt nicht wie ein verwundeter Kindersoldat herausmarschiert, über seinen schönen Augen zwei blassrosa Pflaster, die in der Mitte vom Blut bereits dunkel verfärbt sind. Sein Hemd ist ruiniert.

»Ich habe ein paar schlichte weiße T-Shirts«, sagt Clare. »Ich weiß doch, dass Sie es eilig haben.« Sie hält Nelson die Tür auf, und er rutscht auf den Rücksitz und legt sich dann hin. Sein Kopf tut weh, und es gab keine Plätzchen, und es scheint Jahre her zu sein, dass er Clares Steine übersprungen und ihre Damen geschlagen hat. Er legt den Kopf auf den Stapel Mäntel.

»Mach keine Blutflecken auf die Mäntel, junger Mann. Ist alles in Ordnung? Soll ich dich zu deiner Tante bringen?«

»Nein.« Seine Freunde sind bestimmt in der Kirche. Es wird aussehen, als käme er von einem harten Kampf, was ja irgendwie auch stimmt, und das ist doch cool. Clare dreht das Mantelinnere nach außen, sodass das seidige Futter an seiner Wange liegt. Niemand außer Clare würde so etwas für ihn tun. »Alles in Ordnung. Wir können fahren.«

»Ich gehe noch schnell ein T-Shirt holen«, sagt Clare.

Nelson sucht im Rückspiegel den Blick seiner Großmutter. Er wird auf keinen Fall, und seine Großmutter wird das auch bestimmt nicht von ihm erwarten oder es auch nur zulassen, auf dem Herbstfest der Kirche eines von Clares weißen T-Shirts tragen, und ein T-Shirt von ihrem Mann wäre wie ein Kleid für ihn. Seine Großmutter lächelt ihn im Rückspiegel an und schüttelt dann, zu Clare gewandt, den Kopf.

»Machen Sie sich keine Gedanken – auf dem Rücksitz liegen sicher ein paar schöne Hemden. Da kann sich Nelson eins raussuchen. Also, Wiedersehen.« Damit gibt sie Gas, und sie fahren die Auffahrt hinunter.

Nelson setzt sich auf und sieht, wie Clare ihm nachwinkt und der Dicke ihm salutiert. Er lässt sich wieder auf die schwarze Seide sinken und denkt an die letzten Minuten des Damespiels, bis sie die Kirche erreicht haben.

»Mein Knöchel bringt mich schier um«, sagt Clare. »Wie geht's deiner Hüfte?«

»Ein großer Junge.«

»Ja, das ist er.«

»Er spielt Basketball, nehme ich an.«

»Oh Mann. Hättest du das über Adam auch gesagt?«

Ihr Sohn Adam ist 1,90 Meter groß, und William mag ihn zwar gern, aber da sich die Natur an dem Jungen so ausgetobt hat, hat er immer gehofft, dass sich seine große, breitschultrige Emily nicht irgendwann in ihn verlieben würde, denn die beiden hätten ziemliche Monsterkinder bekommen, so eine Art fortentwickelter Menschentypus, der keine Kontrolle mehr über seine riesigen fuchtelnden Gliedmaßen gehabt hätte.

»Adam? Dieser Junge wäre Adam beim Eins-gegen-eins schon jetzt überlegen. Ich liebe dich.«

Es geht also nicht um die beschränkten Möglichkeiten für nicht weiße Kinder und auch nicht um das schreckliche Schicksal junger Schwarzer, und es gibt keinen Grund, jetzt über Adam zu reden. Clare kann den Blick nicht von ihrer Uhr losreißen. Der Minutenzeiger hämmert um das Zifferblatt herum.

»Ja, ich weiß«, sagt sie. »Wie wär's mit ein bisschen Percocet? Nur eine Vierteltablette, um runterzukommen.«

»Hältst du das wirklich für eine gute Idee?«, fragt William. Hätte sie ihm eine Flasche von irgendetwas angeboten, egal was, hätte er zugegriffen, aber vor verschreibungspflichtigen Medikamenten, die einen in bessere Stimmung versetzen, hat er einen Höllenrespekt.

Clare zieht eine weiße Tablette aus der Tasche und beißt sie in der Mitte durch. Sie spuckt die eine Hälfte auf ihre Handfläche, die andere schluckt sie herunter.

»Hier. Eine halbe. Du musst sie nicht nehmen.«

William nimmt sie. Es kommt ihm zwar ausgesprochen leichtsinnig und pubertär vor, aber schließlich bedient er keine schweren Maschinen, fährt nicht Auto und bewirbt sich auch nicht um irgendein Amt, er sitzt einfach nur mit seiner alten Freundin auf der Couch und wartet auf die Rückkehr seiner Frau.

Die Tablette löst sich in Clares Kehle auf und hinterlässt eine sandige, salzige Spur. Clare rutscht näher an William heran und umarmt ihn.

»Das hast du richtig gut gemacht mit Nelson. Auch wenn's ein bisschen gedauert hat.«

»Ein prima Kerl. Er hatte Glück.«

»Glück ist halt unschlagbar.«

»Wir hatten auch Glück. Bis jetzt«, sagt William.

»Ja, das stimmt.« Clare legt sich wieder hin, den Kopf in Williams Schoß gebettet, die Füße auf der Sofalehne. William blickt ihr ernst in die Augen, und sie schaut weg.

Vielleicht, denkt Clare, wird William, wenn Isabel und David zurückkommen, wieder in seinem Armsessel sitzen und irgendetwas Anspruchsvolles lesen, und ich werde attraktiv ruhen oder ebenso attraktiv lesen. Und wenn Charles zurückkommt, wird er uns vier in angeregter Unterhaltung vorfinden, bei einem Drink und dem Ziegenkäse mit Kräckern, die Isabel mitgebracht hat. Er wird sich zu uns gesellen. Er wird die Hand auf mein scheußliches Haar legen, als wäre es schönes Haar, und wird da sitzen, wo William jetzt sitzt.

Es ist solch ein sonniges Bild, sie fünf zusammen. Sie sechs – Clare sieht auch Nelson vor sich, der in einem sauberen Hemd zu ihrer anderen Seite sitzt, ein paar Kekse in der Hand, die, die sie vorhin vergessen hat, ihm hinzustellen. Das Licht fällt auf Charles' schönes nordisches Haar, eine Mischung aus Blond und Grau, als würden der Junge und der Mann auf ewig nebeneinander bestehen, und Isabel, so freundlich und ermutigend wie nur je, bringt in allen das Beste hervor, als wäre es schon immer ihr größter Wunsch gewesen, Clare eine nette Party zu ermöglichen, und David erzählt seine Second-Avenue-Geschichten, in denen aber nichts vorkommt, was Clare zum Weinen bringt, weder Großtante Frieda noch der Tod der kleinen Cousine Renee, und William sagt ihr, dass er sie immer lieben wird und dass gar nichts verloren gegangen ist, er formt die Worte nur mit den Lippen, sodass keiner ihn hört, außer ihr natürlich, und alles ist in das strahlende, flutende Licht dessen, was nicht ist, getaucht, und es ist so schön, dass sie die Augen schließt, um es noch besser zu sehen, und einschläft.

William entspannt sich. Es gibt eigentlich nichts mehr zu tun. Auch er kann einfach die Augen schließen. Clares Haare sind fächerförmig auf seinem Schoß ausgebreitet. Ihre Hände pressen seine an ihre Brust. Die Gegenstände im Zimmer werden dunkler, bis sich ein schwarzes Riff von Couch zu Tisch zu Stuhl erstreckt, und keiner macht das Licht an.

William und Clare schlafen, als wäre es eine ruhige Nacht bei ihnen zu Hause, als lägen sie nackt und vertraut in ihrem eigenen Bett.

Mitgefühl und Barmherzigkeit

Für JOB

Kein Strom.

Auf den Straßen lagen Kiefernäste und ganze Birken, die dicken Äste brachen ab und landeten auf Häusern und Autos und vor Ausfahrten. Die niedrigen, geschwungenen Stromleitungen hingen bis auf die Straße durch, und Clare konnte sogar vom Schlafzimmerfenster aus die silbernen Äste sehen, die sich in den Kabeln verfangen hatten. Die Highways waren geschlossen. Der Unterricht fiel aus. Das Telefon funktionierte nicht. Die Außentreppe war höllisch glatt.

William hielt im Wohnzimmer ein Feuer in Gang, und Clare röstete zum Frühstück Roggenbrot auf Fonduegabeln, und am frühen Nachmittag wickelten sie Käsesandwiches in Alufolie und warfen sie für eine Viertelstunde in die Glut. William war fürs Abendessen zuständig und erhitzte Wasser für eine Instant-Thai-Ingwersuppe. Den Chardonnay kühlten sie in einer Schneewehe vor der Küchentür.

Sie lasen und spielten Scrabble, und als um vier das Tageslicht in ein tiefes Indigo überging, zündete Clare zwei Dutzend Kerzen an, und sie krochen unter einen Berg von Steppdecken und Kissen.

»Okay«, sagte William. »Karten auf den Tisch. Ein Schiffbruch verschlägt dich auf eine einsame Insel. Wen willst du bei dir haben, Nelson Slater oder mich?«

»Meine Güte«, sagt Clare. »Nelson natürlich.«

»Gute Wahl. Das mit dem Brennholz hat er wirklich gut gemacht.«

William hielt das Feuer die ganze Nacht in Gang. Jede Stunde musste er sich auf die Seite rollen, in die Hocke gehen, Halt finden, sich mit Hilfe seines Gehstocks aufrichten und dann das Gleichgewicht wahren. Und da Clare ihm besorgt zusah, musste er das alles mit einem Anschein von Leichtigkeit tun. Clare lag im Dunkeln und versuchte, die Decken möglichst weit auf die eine Seite zu schieben, damit William sich nicht mit den Beinen darin verfing.

»Das ist nicht sehr hilfreich«, sagte er. »Ich weiß, wo die Decken sind, und kann gut darübersteigen. Aber nicht, wenn du sie dauernd verschiebst.«

»Tut mir leid«, sagte Clare.

»Ich werde noch irgendwas kaputt machen, wenn du damit nicht aufhörst.«

»Lass mich dir helfen.«

Wenn die Kälte die beiden weckte, reichte Clare William die Holzscheite. Sie redeten darüber, ob es sich lohnte, die Truthahnknochen für eine Suppe auszukochen und ob man im Kamin tatsächlich eine anständige Suppe zubereiten konnte. William sagte, bis zum Ende des achtzehnten Jahrhunderts hätten die Leute vorwiegend auf Feuerstellen gekocht. Er erzählte Clare von seinem Besuch beim Kardiologen und dem Grad an körperlicher Fitness, den er angeblich erreichen könne. (»Es gibt viele Männer in Ihrem Alter, die sieben, acht Kilometer am Tag laufen«, hatte der Arzt gesagt. »Mein Schwiegervater hat sich einen Privattrainer genommen, und das mit achtzig.«) Clare schlug vor, dass sie ja an den Wochenenden zu Fuß zum Diner gehen könnten. Sie unterhielten sich über Clares Söhne Adam und Danny, deren Frauen und die zwei Enkel, und sie unterhielten sich über Williams Tochter Emily, ihre Schwangerschaft und den furchtbaren Mann, den sie geheiratet hatte. (»Da wäre es mir noch lieber gewesen, sie wäre ins Kloster gegangen«, sagte William. »Die Kleinen Schwestern von Gehenna.«) Wenn das Thema zur Sprache kam, sagten William und Clare auch Nettes über die Menschen, mit denen sie verheiratet gewesen waren.

William und Clare hatten fünf Jahre gebraucht, um ihre Ehen zu beenden. Williams Scheidungsanwältin war die Schwester eines alten Freundes. Sie war in Williams Alter, trug ein elegantes schwarzes Kostüm und hatte unglaublich schwarzes Haar und blutrote Fingernägel. Ihr einziges Zugeständnis an das Alter waren die flachen Absätze ihrer schwarzen Lackschuhe, und William war sich sicher, dass sie während eines großen Teils ihres Lebens in hochhackigen Schuhen auf der Pirsch gewesen war.

»Also«, sagte sie. »Sie sind seit fünfunddreißig Jahren verheiratet. Nun, Dr. Langford –«

»›Mister‹ tut's auch«, sagte William. »Oder ›William‹.«

»›Bill‹?«, fragte die Frau, und William schüttelte verneinend den Kopf, worauf sie lächelte und sich eine Notiz machte.

»War nur ein Scherz. Also, es sieht so aus: Sofern Ihre Frau nicht Crack nimmt oder mit jungen Mädchen und Nutztieren Sex hat, wird das bisschen, was Sie besitzen, zu gleichen Teilen gesplittet.«

»Das ist in Ordnung, Mrs Merrill«, sagte William.

»Nicht ganz«, sagte die Frau. »Nennen Sie mich Louise. Ihre Frau hat sich offensichtlich schon lange vor Ihnen einen Anwalt genommen. Ich habe heute ein Fax bekommen, eine Liste all der Besitztümer, auf die Ihre Frau ein Anrecht zu haben meint. Ölgemälde, etwas Schmuck, Silber.«

»Das ist in Ordnung. Egal, was es ist.«

»Es ist nicht in Ordnung. Aber sagen wir, all diese Sachen bedeuten Ihnen nichts. Und sagen wir, alles zusammen hat einen Wert von rund zwanzigtausend Dollar. Lassen Sie sich die zwanzigtausend Dollar von ihr auszahlen, und dafür bekommt sie den ganzen Kram. Es gibt keinen Grund, warum wir von vornherein die Waffen strecken sollten.«

»Was immer sie will«, sagte William. »Sie sollten wissen, dass ich nicht Sex mit einer Studentin habe. Oder mit Pornosternchen.«

»Das glaube ich Ihnen«, sagte Mrs Merrill. »Am besten sagen Sie es mir gleich – es wird sowieso herauskommen. Mit wem haben Sie Sex?«

»Sie heißt Clare Wexler. Sie unterrichtet. Sie ist eine sehr gute Lehrerin. Sie bringt mich zum Lachen. Sie kann ziemlich schwierig sein«, fügte er strahlend hinzu, als ließe er sich über einen Aspekt ihrer Schönheit aus. »Sie würde Ihnen gefallen.« William wischte sich die Augen.

»Also gut«, sagte Louise Merrill, »dann sehen wir mal zu, dass wir Sie unter die Haube bringen, bevor wir alle zu alt sind, um noch Spaß an der Sache zu haben.«

Als sie schließlich heiraten konnten, rief Clare ihre Söhne an.

Danny sagte: »Vielleicht solltest du einen Ehevertrag abschließen. Ich mein ja nur.«

Adam sagte: »Meine Güte, ich dachte, Isabel wäre deine Freundin.«

William rief Emily an, die sagte: »Wie kannst du mir das antun? Ich versuche, schwanger zu werden«, und Kurt, ihr Mann, musste ihr den Hörer aus der Hand nehmen, weil sie so heftig weinte. Er sagte: »Wir versuchen, neutral zu bleiben, weißt du.«

Drei Tage nach dem Sturm ging der Unterricht wieder los, verdreckte Autos füllten die matschigen Straßen, und Clare rief ihre beiden Söhne an, um ihnen zu sagen, dass es ihnen im Prinzip gut ging.

»Was heißt denn das, ›im Prinzip‹?«, fragte Danny, und Clare sagte: »Das heißt, meine Haare sehen furchtbar aus, ich habe siebzehnmal im Scrabble verloren, und William hat Rückenschmerzen, weil er am Kamin geschlafen hat. Das heißt, es geht mir rundum gut. Ich hätte nicht ›im Prinzip‹ sagen sollen.«

William lachte und schüttelte den Kopf, als sie das Gespräch beendet hatte.

»Mittlerweile sollten sie mich doch wirklich kennen«, sagte Clare.

»Das tun sie sicher auch«, sagte William. »Aber wissen und verstehen sind zwei unterschiedliche Dinge. *Verstehen versus Erklären*.«

»Wie klug du bist«, sagte Clare und küsste seinen Nacken, die kahle Stelle auf seinem Kopf und die kleinen roten Dellen hinter seinen Ohren, die von fünfundsechzig Jahren Brilletragen stammten. »Morgen muss ich nach Baltimore fahren. Das weißt du doch noch?«

»Natürlich«, sagte William.

Clare wusste, dass er sie am nächsten Tag anrufen und nach ihren Essenswünschen fragen würde, ob thailändisch oder kubanisch oder doch lieber Rührei mit Salami, und wenn sie dann sagte, dass sie auf dem Weg nach Baltimore sei, würde er einen Moment lang niedergeschmettert sein und dann munter und britisch.

Sie telefonierten, als Clare im Zug saß. William hatte sein salzarmes, fettarmes Mittagessen ausgepackt. (»Widerlich«, sagte er. »Eine echte Strafe.«) Clare war die Notizen zu ihrem Vortrag über *Jane Eyre* durchgegangen (»in dem ich meinen furchtbaren, längst überholten theoretischen Unterbau offenlegen werde«), und sie verabredeten sich für zehn Uhr zu ihrem Abendtelefonat, wenn William noch zu Hause am Schreibtisch sitzen und Clare in ihrem Bett im University Club liegen würde.

Clare rief von zehn Uhr bis Mitternacht alle halbe Stunde bei William an und redete sich dann ein, dass er wohl früh eingeschlafen sein musste. Sie versuchte es in seinem Büro an der Uni, auf dem Handy und zu Hause. Am nächsten Morgen rief sie ab sieben Uhr alle Viertelstunde an, bis sie ihren Vortrag halten musste, und um elf, nach dem Vortrag, versuchte sie es von neuem. Sie sagte ihre Teilnahme am Fakultätsmittagessen ab und erklärte, ihrem Mann gehe es nicht gut, sie werde zu Hause gebraucht; ihre Stimme zitterte, und niemand zweifelte ihre Worte an.

Im Zug überlegte Clare, wen sie anrufen könnte. Emily kam nicht in Frage, obwohl sie nur sechs Straßen weiter wohnte; Clare konnte kaum eine Schwangere bitten, nachzusehen, ob mit ihrem Vater alles in Ordnung war. Bis sie Emily begreiflich gemacht hätte, was sie von ihr wollte, wo der Schlüssel versteckt war und dass es keinen Grund zu ernstlicher Sorge gab, würde Emily bereits in Tränen aufgelöst sein, und Clare würde Mühe haben, Emily nicht anzuschreien, dass sie sich gefälligst beruhigen solle. Isabel wäre die richtige Person für diesen Anruf, aber bei ihr konnte Clare unmöglich anrufen. Sie stellte sich lebhaft vor, wie Isabel sagte: »Aber natürlich, Clare, überlass das nur mir«, und von Boston hergefahren kam, um alles in Ordnung zu bringen; sie würde die Betten machen, die Bilder zurechtrücken, die überfälligen Büchereibücher neben der Haustür aufstapeln. Sie würde William schelten, weil er ihnen allen solche Sorgen gemacht hatte, und dann würde sie Clare zurückrufen und ihr sagen, alle Scherben seien gekittet.

Clare hatte keinen blassen Schimmer, was mit William passiert sein könnte. Sein Gesicht schwebte ihr vor Augen, sein großes, liebes Gesicht, sein Gesicht, wenn er Zeitung las, sein Gesicht, als er zu ihr gesagt hatte: »Es tut mir *so* leid«, und sie gedacht hatte, oje, wir trennen uns wieder, dabei hatte ich gedacht, es würde wenigstens bis April halten, und dann hatte er gesagt: »Du bist mein Ein und Alles – ich fürchte, wir müssen heiraten«, und sie hatten beide so heftig geweint, dass sie sich draußen vor dem Diner auf die Bank setzen und einander mit Servietten das Gesicht abwischen mussten.

Clare sah, dass sie der Mann ihr gegenüber unsicher anlächelte; sie hatte Williams Namen gesagt. Clare lief zum Wagenübergang und rief Margaret Slater an, ihre ehemalige Putzfrau. Niemand meldete sich. Margarets Enkel Nelson kam erst um drei nach Hause, möglicherweise war Margaret also noch zwei Stunden unterwegs. Der Zug fuhr in die Penn Station ein. Falls Margaret ein Handy hatte, kannte Clare die Nummer nicht. Clare rief alle halbe Stunde an, erst zu Hause, dann bei Margaret, hinterließ Nachrichten und den Zeitpunkt ihres Anrufs, und las zwischen den Anrufen ein paar Seiten Zeitung. Herrgott noch mal, Margaret, dachte sie. Du bist im Ruhestand. Geh ans Telefon, verdammt.

Clare bog in die Einfahrt ein, als die Sonne gerade unterging, und gleich nach ihr bog Margaret ein. Von den Dachrinnen und den Ecken des Hauses tropfte immer noch das Wasser, nachts würde es wieder frieren.

»Oh, Clare«, sagte Margaret, »ich habe eben erst Ihre Nachrichten abgehört. Ich war den ganzen Tag unterwegs. Es tut mir so leid.«

»Schon in Ordnung«, sagte Clare, und sie schauten beide zu Williams erleuchtetem Fenster hinauf. »Wahrscheinlich hat er das Telefonkabel aus der Steckdose gezogen.«

»Männer«, sagte Margaret.

Clare wühlte in ihrer Tasche nach dem Haustürschlüssel, pfefferte wütend Taschentücher, Kulis, Fettstift, Münzen auf den Boden und dachte dabei immer wieder: Warum bist du denn so hektisch? Gleich weißt du Bescheid, Dummchen, also mach langsam. Aber ihre Hände bewegten sich hastig, zerrissen das Seidenfutter der Tasche, bis sie aus dem Augenwinkel den Hausschlüssel aus Messing auf Margarets runzliger Handfläche liegen sah. Am liebsten hätte sich Clare auf die Türstufen gesetzt und gewartet, bis noch jemand kam. Sie schloss auf, doch am liebsten hätte sie sich umgedreht und die Tür wieder hinter sich zugemacht.

Sie sollten seinen Namen rufen, dachte sie. Das macht man doch, wenn man nach Hause kommt und seinen Mann den ganzen Tag nicht erreicht hat, man ruft *William, William, Schatz, ich bin wieder da*, und dann rafft er sich von seinem mit grünem Leder bezogenen Schreibtischstuhl hoch und kommt oben an die Treppe, die Haare zerzaust, die Brille auf der Nasenspitze. Mit einer Mischung aus Ärger und Erleichterung sagt er: *Liebling, warum hast du denn nicht angerufen, ich habe die ganze Zeit auf deinen Anruf gewartet.* Und dann sagt man: *Ich* habe *angerufen, ich habe die ganze Nacht versucht, dich anzurufen, aber du hast den Stecker rausgezogen, das Telefon war nicht angeschlossen*, worauf er sagt, das habe er ganz gewiss nicht getan, und Margaret würde verwirrt zuschauen. Sie hat die Scheidung missbilligt (um ein Haar hätte sie gesagt: Ich dachte immer, Charles würde Sie verlassen, nicht umgekehrt), doch am Hochzeitstag hat sie die Waffen gestreckt, hat Platten mit gefüllten Eiern mitgebracht, Nelson in einen marineblauen Anzug gesteckt und scheu geweint.

»Fulminant«, sagte William nach der Trauung, und er wiederholte es noch mehrmals, vom Champagner etwas angeheitert. »Absolut *fulminant.*« Es hätte auch nichts ausgemacht, wenn niemand gekommen wäre, aber bis auf Williams Schwester waren alle da, und sie brachten sogar noch einen eleganten Foxtrott unter, ehe Williams Knöchel Probleme zu machen begann. William wird herunterrufen: »Tut mir leid, dass wir Ihnen Umstände gemacht haben, Mrs Slater«, und Margaret wird liebevoll den Kopf schütteln und gehen, und man selbst wird im Flur Mantel und Tasche fallen lassen, während er die Treppe herunterkommt, langsam und vorsichtig wegen seines Knöchels, und dann wird er Tee machen, um sich dafür zu entschuldigen, dass er einen zu Tode geängstigt hat.

Margaret wartete. So gern sie geholfen hätte, war es doch weder ihr Haus noch ihr Mann, und während der letzten zwanzig Jahre war Clare diejenige gewesen, die in ihrer beider Beziehung den Ton angegeben hatte; dies war nicht der richtige Moment, um die Führung zu übernehmen. Clare ging die Treppe hinauf und dann geradewegs ins Schlafzimmer, als hätte William vorher angerufen und ihr gesagt, womit sie zu rechnen habe. Er lag auf dem Bett, ohne Schuhe, aber voll bekleidet, die Hand auf *Jane Eyre*, die Augen geschlossen, die Lesebrille auf der Brust. (»›Er ist für sie nicht, was er für mich ist‹«, dachte Jane, »›solange ich atme und denke, so lang muß ich ihn lieben.‹«), Clare legte sich neben ihn und murmelte vor sich hin, bis Margaret ihr sanft an die Schulter fasste und sie fragte, ob sie im Krankenhaus oder bei sonst jemandem anrufen solle.

»Ich habe keine Ahnung«, sagte Clare, den Blick zur Decke gerichtet. Man tut diese Dinge, dachte Clare, bewusst oder unbewusst. Man ruft im Krankenhaus an, benachrichtigt das Bestattungsunternehmen, die Leiche wird fortgeschafft, mit einigen Schwierigkeiten, denn er war ein massiger Mann, und die Treppe ist alt und schmal. Die Söhne und Schwiegertöchter rufen alle Leute an, die angerufen werden müssen, auch die furchtbare Schwester in England, die ihnen eine angeschlagene Vase und ein paar Zeilen geschickt hatte, in denen sie erklärte, sie könne sich nicht durchringen, zu einer Hochzeit zu kommen, die so offensichtlich nicht sein sollte.

Margaret kommt am nächsten Tag wieder und richtet sicherheitshalber eines der Kinderzimmer für einen her, doch als die beste Freundin aus Cleveland eintrifft, liegt man im eigenen Bett, in Williams Morgenmantel gehüllt. Und trägt Williams Morgenmantel und eins seiner Unterhemden, als die Freundin einem gegenübersitzt, ihre festen Schuhe direkt neben Williams mit Ziernähten versehenen Lederschuhen, und hilft, zu entscheiden, ob Kapelle oder Bestattungsinstitut, Lunch oder Brunch, Bier oder Wein und wer sprechen wird. Die Söhne kommen mit Frau und Kindern, und es ist weder schlimmer noch weniger schlimm, sie im Haus zu haben. Man bewegt sich langsam und vorsichtig, man schwimmt durch einen tiefen, aber passierbaren Strom Scheiße. Man darf nicht einatmen, man darf nicht innehalten, darf aus keinem Grund innehalten. Am Boden zerstört, unerreichbar, kann man sich auf die andere Seite legen, wenn alle gegangen sind.

Während der Beerdigung war Clare vorsichtig. Sie hörte nicht zu, was gesagt wurde. Sie sah Isabel bei Emily und Kurt sitzen, ein kleines Häuflein Langfords; Isabel trug ein graues Kostüm und hielt Emilys Hand, und sobald die Trauerfeier vorbei war, ging sie. Zu Hause stellte sich Clare vor, Isabel neben sich zu haben; sie stellte sich vor, von Isabel umfangen zu sein. Selbst im Schlafanzug und mit einer schlimmen Erkältung bewegte sich Isabel wie eine Frau, die edle Seide trägt. Clare gab sich alle Mühe, sich ebenso zu bewegen. Sie dankte den Leuten mit Isabels angenehmer Gouvernantenstimme. Sie zog mit Isabels Händen Dannys Krawatte gerade und wischte Schokoladenfingerabdrücke von der Rückseite einer Stuhllehne. Clare benutzte Isabel, um sämtliche Fragen zu beantworten und um Treffen mit Leuten zu vereinbaren, mit denen sie sich nicht zu treffen gedachte. Sie umarmte Emily so, wie Isabel es getan hätte, mit genau der angemessenen Rücksichtnahme auf Emilys Schwangerschaft und Wut. Clare ging nach oben, legte sich auf das breite Bett und weinte in die großen, maßgeschneiderten Kissen, die William verwendet hatte, um im Bett zu lesen. Clare hielt seine Lesebrille wie einen Rosenkranz. Clare ging zu ihrer Frisierkommode, nahm eines von Williams großen Taschentüchern aus irischem Leinen heraus und tupfte ihr Gesicht damit ab. (William zufolge hatten Clare und Isabel ihre Kommoden nach dem gleichen Prinzip organisiert: in der obersten Schublade dies und das, dann Unterwäsche, dann Pullover, dann Jeans und T-Shirts und weiße Socken.) Clare stellte Williams fast leere Flasche Tabac zu ihrer Unterwäsche. Sie arrangierte die beiden absurden Plüschtiere neu.

»Oh, Nashorn und Pickvogel«, hatte William gesagt. So sah er sie beide, und im Frühling vor zwei Jahren hatte sich Clare eines Nachmittags vor einem exquisiten Spielzeugladen in Guilford wiedergefunden und war mit einem sehr teuren grauen Plüschnashorn und einem samtigen kleinen braunweißen Vogel heimgekommen, die sie abends auf dem Bett drapierte.

»Du bist ja gar nicht so ein harter Knochen«, sagte William.

»Das war ich mal«, sagte Clare. »Du hast mich verdorben.«

Clare hätte gern mit Isabel über Emily geredet; früher hatten sie das ständig getan. Nach Williams zweitem Herzinfarkt, als er noch Isabels Mann war, hatten Clare und Isabel einmal in Williams Krankenhauszimmer Karten gespielt, Emily und Kurt waren gerade rausgegangen, um ein paar Sandwiches zu besorgen, und Clare mühte sich, irgendetwas Nettes über Kurt zu sagen, bis Isabel ihre Karten auf den Tisch knallte und zischte: »Sag, was du willst. Er ist dumm, und das noch auf diese grässlich adrette Art, er ist Republikaner, und wenn er noch einmal ›Das war nicht persönlich gemeint‹ sagt, dann zünde ich ihn an.« William sagte: *»De gustibus non est disputandum«*, was er zu vielem sagte, und Isabel antwortete: »Das hilft auch nicht weiter, Schatz.«

Clare betrachtete Williams Manschettenknöpfe aus Lapislazuli und die Uhr, die sie ihm geschenkt hatte, als sie sich im dritten Akt ihrer Affäre befanden. »Du kannst mir keine Uhr schenken«, hatte er gesagt. »Ich habe bereits eine, die mir beste Dienste leistet.« Clare nahm ihm die Uhr vom Handgelenk, legte sie auf den Asphalt und fuhr zweimal darüber. »Da«, sagte sie. »Ein schrecklicher Unfall, du warst dermaßen achtlos. Du musstest dir eine neue besorgen.« William nahm die schöne Uhr, die sie ihm gekauft hatte, aus der Schachtel und küsste Clare auf dem Parkplatz des Marriott Hotels, das sich auf halbem Weg zwischen ihrem und seinem Zuhause befand. Er hatte die Uhr jeden Tag getragen, bis zum letzten Donnerstag. Clare ging mit Williams Schmuck hinunter, und als sie an ihren Söhnen vorbeikam, die den Gästen Wein einschenkten, ließ sie die Uhr in Dannys Tasche gleiten. Adam drehte sich zu ihr um und fragte: »Mom, willst du dich vielleicht für einen Moment zurückziehen?«, und Clare wurde bewusst, dass ihr die Zeit oben nicht gutgetan hatte. Sie legte die Manschettenknöpfe in Adams freie Hand. »Es war William sehr wichtig, dass du die bekommst«, sagte sie, und Adam schaute überrascht drein – völlig zu Recht, dachte Clare.

Clare nahm sich das Semester frei. Sie verbrachte Wochen in der Stadtbücherei, weinte und wanderte durch die Krimiabteilung, auf der Suche nach etwas, was sie noch nicht gelesen hatte. Eine Frau, die sie nicht kannte, tauchte hinter einem der Regale auf und drückte ihr ein kleines elfenbeinfarbenes Heftchen in die Hand, dessen Seiten von einem dunkelblauen Seidenbändchen zusammengehalten wurden. Auf dem Titelblatt stand: GOTT MUTET UNS NIE MEHR ZU, ALS WIR VERKRAFTEN KÖNNEN. Die Frau lief davon, und Clare schaute zur Bibliothekarin hinüber, die das Wort »Eierstockkrebs« mit den Lippen formte. Clare nahm das Heftchen mit auf den Parkplatz hinaus, vergewisserte sich mit einem Blick über die Schulter, dass die Frau nicht mehr da war, und warf es in die Mülltonne.

Nach der Bücherei ging Clare ins Café oder ins türkische Restaurant, wo man mit Witwen umzugehen wusste. Jeden Abend um sechs strömten Männer aus der Kirche gegenüber dem Café. Einige rauchten im Vorraum, viele kamen herein, bestellten Kaffee und Plätzchen und begannen Schach zu spielen. Sie waren anders als die Schachspieler, die Clare bis dahin erlebt hatte.

Eines Abends kam einer der Älteren, ein Mann mit ordentlichem silbernem Bürstenschnitt und etwas zu hoch gezogener Hose, zu Clare. (William war immer sehr gut gekleidet gewesen. Clare und Isabel hatten sich oft darüber unterhalten, dass er sich so gut kleidete. Clare hatte damals gesagt, er ziehe sich an, wie es der Herzog von Windsor getan hätte, wenn er fünfzig Kilo schwerer und nicht so ein Hänfling gewesen wäre, worauf Isabel sagte: »Das ist ja wunderbar. Darf ich ihm das erzählen?«)

Der Mann fragte sanft: »Warten Sie auf das Treffen?«

Clare antwortete mit ihrer Isabel-Stimme, es sei sehr nett, dass er nachfrage, aber sie warte auf kein Treffen.

Er sagte: »Na ja, ich habe Sie einfach schon oft hier gesehen. Da dachte ich, Sie überlegen vielleicht noch, ob Sie auf das nächste Treffen gehen wollen.«

Clare sagte, sie sei noch unentschieden, was möglicherweise stimmte. Sie konnte genauso gut zu einem AA-Treffen gehen wie zu einem »Die Mühsal endet nie«-Treffen oder einem »Lebensüberdrüssigen«-Treffen. Und mit dem Trinken, dachte Clare, kannte sie sich durchaus ein bisschen aus. Nachdem William und sie zum tausendsten Mal übereingekommen waren, dass ihre Affäre eine Schande war, dass ihre Liebe zu ihren Ehepartnern viel größer war als ihre Liebe füreinander, dass William und Isabel *zusammenpassten*, so wie auch Charles und Clare zusammenpassten, und dass die Geschichte zwischen William und Clare nichts anderes war als ein seltsames Sommerwetterleuchten, das vorbeigehen würde, sobald die Jahreszeit wechselte, hatte Clare irgendwann festgestellt, dass sie jeden Abend drei Gläser Wein trank. Ihr Ziel war es, jeden Abend, früh ins Bett zu gehen, erschöpft und angesäuselt, und in Tiefschlaf zu sinken, bevor sie Charles irgendetwas über William erzählen konnte. Es war ihre Version von *One day at a time*, und es funktionierte zwei Jahre lang, bis sie eines Nachts weinend erwachte und wieder und wieder Williams Namen ins Kopfkissen sagte. Allerdings bezweifelte Clare, dass dies die Art von leichtsinnigem Verhalten war, für die sich die Leute auf der gegenüberliegenden Straßenseite interessierten.

Der Mann legte die Broschüre »AA für ältere Alkoholiker« vor Clare auf den Tisch und sagte: »Sie sind nicht allein.«

Clare sagte: »Das ist ja so was von unwahr.«

Sie ließ die orange-graue Broschüre ein paar Wochen für etwaige Besucher auf dem Küchentisch liegen, weil der Gedanke an derlei Treffen sie belustigte. Ihre Lieblingsphantasie (und sie hatte mehrere, insbesondere die stoische Aufzählung ruinierter Ehen, toter Kinder, entfremdeter Kinder, alkoholsüchtiger Kinder, mehrfacher Unfälle – mit dem Auto und als Fußgänger –, erzwungenen Ausscheidens, knallharter Entlassung, Veruntreuung, missglückter Selbstmordversuche, diabetischen Komas), ihr absoluter Favorit – der Kategorie des vielsagenden Details zugehörig – war eine alte Frau, die in einer Garnspule verborgen ein Fünftel Wodka bei sich trug. Clare räumte das Heftchen schließlich weg, damit es Nelson nicht länger irritierte, wenn er freitags zum Abendessen kam. Margaret brachte ihn um sechs und holte ihn um halb neun wieder ab, genug Zeit für sie, um Bingo spielen zu gehen, und für Nelson und Clare, um zu essen und Cribbage, Dame oder Risiko zu spielen.

Nelson Slater wusste nicht, dass Williams Sulka-Pyjama noch unter Clares Kopfkissen lag, dass das Schlafzimmer noch nach seinem Rasierwasser roch (und Clare zwei große Flaschen davon gekauft hatte und jeden Sonntag das Schlafzimmer damit einsprühte) oder dass Williams Lederschuhe mit den Ziernähten und seine schlichten schwarzen Leinenschuhe noch unten im Schlafzimmerschrank standen. Er wusste, dass Williams Gehstöcke weiterhin im Schirmständer neben der Haustür standen und dass der Kühlschrank gemäß Williams Vorlieben gefüllt war (Hühnerleberpastete, saure Gurken, eingelegte Rote Bete, Orangenmarmelade und Zingermans Speckbrot), außerdem gab es immer zwei oder drei große Tupperschüsseln mit Williams Lieblingsgerichten, die Clare freitags, wenn Nelson kam, zubereitete und dann für den Rest der Woche in halbe oder Viertelportionen aufteilte. Nelson machte das nichts aus. Er kannte und liebte Clare schon fast sein ganzes junges Leben lang und hatte Verständnis für die Verrücktheiten alter Leute. Seine Großtante glaubte, dass sich jedes Ereignis in der Bibel tatsächlich zugetragen und konkrete Beweisstücke hinterlassen hatte, die man kaufen konnte, wie etwa den Splitter aus Noahs Arche, den sie neben ihrem Bett aufbewahrte. Sein Cousin Chick saß auf der hinteren Veranda, schoss Eichhörnchen und Streifenhörnchen den Kopf ab und rezitierte Gedichte. Nelson hatte William Langford seit seinem fünften Lebensjahr gekannt, und er hatte sich an ihn gewöhnt. Mr Langford war ein imposanter Mann mit einem imposanten Lachen und einem imposanten Stirnrunzeln gewesen. Er hatte Nelson so, wie er war, und für das, was er im Haus tat, respektiert, und er hatte ihn bezahlt, was Clare ständig vergaß. (Schließlich muss ein Mann sein Auskommen haben, hatte Mr Langford einmal gesagt, und das hatte Nelson gut gefallen.) Nelson mochte die freitäglichen Abendessen, und solange Clare nicht anfing, irgendetwas wirklich Absonderliches zu tun, wie zum Beispiel einen dritten Teller auf den Tisch zu stellen, würde er auch weiterhin kommen.

»Schweinebraten mit Äpfeln, Zwiebeln und Rotweinsoße. Und geschmorter Rotkohl. Ist das was?«

Nelson zuckte die Achseln. Clare war schon immer eine gute Köchin gewesen, nur wusste das fast niemand. Als er einmal mit sechs Jahren nachmittags in der Küche der Wexlers gestanden und Lebkuchen gegessen hatte, war Mr Wexler früher als sonst nach Hause gekommen. Er hatte sich einen noch warmen Lebkuchen genommen, und als Nelson ihm sagte, die habe Clare gerade gebacken, sah Mr Wexler ihn überrascht an. »Clare kocht eigentlich gar nicht«, sagte er, und Nelson hatte weitergegessen und gedacht: Für mich schon, Mister.

Clare tat Nelson Schweinebraten und Äpfel auf und goss ihnen beiden Apfel-Cider ein. Als Nelson die Gabel an den Mund hob, kaute, dann seufzte und lächelte, froh, geliebt und bekocht zu werden, musste Clare für einen Augenblick die Küche verlassen.

Ein Jahr später hatte sich wenig geändert. Clare kochte freitagabends für Nelson, sie unterrichtete mit einer halben Stelle, sie weinte unter der Dusche, und jeden Abend zog sie eins von Williams Button-Down-Hemden und ein Paar seiner Socken an und machte es sich mit einem seiner dicken Bücher oder einem englischen Krimi bequem. Als das Telefon klingelte, schrak Clare zusammen.

»Clare, wie geht's dir?«

»Gut, Lauren. Und euch? Wie geht es Adam?«

Ihre Schwiegertochter ließ sich nicht beirren. Sie versuchte ihren Mann dazu zu bringen, seine Mutter jeden Sonntagabend anzurufen, und wenn er es nicht tat (Clare konnte ihn förmlich hören, ihren lieben Jungen – unbeweglich wie Granit: »Sie kommt schon zurecht, Lauren. Was soll ich denn tun?«), erledigte Lauren, die eine anständige Kinderstube gehabt hatte, den Anruf.

»Wir würden uns sehr freuen, wenn du uns besuchen kämst, Clare.«

Ganz bestimmt, dachte Clare. »Oh, nicht vor Ende des Semesters, das geht nicht. Aber ihr könntet hierherkommen. Jederzeit.«

»Das wäre nun wirklich nicht angebracht.«

Clare sagte nichts.

»Ich meine, so ist es doch einfach », sagte Lauren so höflich wie hartnäckig.

Sie tat Clare leid. Clare hätte sich selbst auch unter den besten Bedingungen nicht als Schwiegermutter haben wollen.

»Ich würde mich sehr freuen, wenn ihr kämt«, sagte Clare. Das stimmte nicht ganz, aber es war ihr eindeutig lieber, die anderen zu Besuch zu haben, als selbst irgendwo zu sein, wo kein William war. »Das Jungszimmer mit dem Doppelstockbett ist hergerichtet, und euer Zimmer, das für dich und Adam, natürlich auch. Es gibt mehr als genug Platz, und ich habe gehört, dass in ein paar Wochen der Cirque du soleil hier gastieren wird.« Margaret und sie würden mit Nelson hingehen, solange er noch nicht zu alt war, um sich mit zwei alten Damen in der Öffentlichkeit zu zeigen.

Lauren senkte die Stimme. Clare wusste, dass sie gerade aus dem Wohnzimmer, wo sie Wäsche zusammengelegt und ferngesehen hatte, in einen Bereich des Hauses ging, wo Adam sie nicht hören konnte.

»Es ist egal, wie viel Platz bei dir ist. Dein Haus ist wie ein Mausoleum. Wie soll ich den Jungs das erklären, Clare? Soll ich ihnen sagen, dass Grandma Grandpa William so sehr geliebt hat, dass sie sich mit allem umgibt, was er je besessen oder gelesen oder sogar gegessen hat?«

»Ich habe keine Probleme damit, wenn du ihnen das sagen willst.«

Ich werde es ihnen sogar selbst sagen, Miss Nennen-wir-einen-Spaten-ein-Gartengerät, dachte Clare, und sie hörte William förmlich sagen: »Liebling, du bist so klar und scharf wie Essig, aber nicht jeder will seinen Abfluss durchgeputzt bekommen.«

»Ich will ihnen das aber nicht sagen. Ich will einfach – ach, wir alle wollen es –, dass du endlich mal anfängst, na ja, wieder ein bisschen nach vorn zu schauen.«

Clare sagte, und sie fand, dass sie mehr denn je klang wie Isabel, Meisterin des gepflegten, gelassenen Tons: »Das verstehe ich vollkommen, Lauren, und es ist sehr lieb von dir, dass du anrufst.«

Lauren holte die Jungs ans Telefon, und sie sagten genau das, was sie sagen sollten: Hallo, Grandma, danke für das Lego. (Clare heftete Merkzettel auf ihren Küchenkalender, und zu Monatsbeginn schickte sie jedem ihrer Enkel ein pädagogisches Spielzeug, damit ihr niemand vorwerfen konnte, sie vernachlässige sie.) Lauren ging zurück ins Wohnzimmer und zwang Adam, ans Telefon zu gehen. Bevor er irgendetwas sagen konnte, versicherte sie ihm: »Mir geht's gut, Adam, keine Sorge«, und er sagte: »Ich weiß, Mom«, und dann fragte sie nach seiner Arbeit und Laurens Unterricht und Jasons Karate und dem zahnenden Baby, und als sie alles abgedeckt hatte, sagte sie: »So, mein Lieber, lass uns mal Schluss machen«, und setzte sich auf den Boden, das Telefon noch in der Hand.

Eines Sonntags rief Danny an und fragte: »Hast du das mit Dad schon gehört?« Clare schnürte es das Herz zusammen, genau so, wie es immer beschrieben wird, und als sie nichts sagte, räusperte sich Danny und sagte: »Ich dachte, du wüsstest es vielleicht schon. Dad heiratet.« Clare war so erleichtert, dass ihr fast schwindlig wurde. »Oh, das ist ja wunderbar«, sagte sie. »Diese nette große Frau, die Golf spielt?« Danny lachte. Fast alles, was man über seine künftige Stiefmutter sagen konnte, machte deutlich, wodurch sie sich von seiner Mutter unterschied – ausgesprochen nett, groß, Golfspielerin. Clare beendete das Telefonat und schickte Charles und seiner Braut – an ihren Namen erinnerte sie sich nicht, deshalb adressierte sie das Paket an Mr und Mrs Charles Wexler, was schön altmodisch klang – die Sorte schöne große Tiffany-Vase, die sie selbst sich zu ihrer Hochzeit mit Charles gewünscht hatte.

Die einzige Person, bei der Clare anrief, war Isabel. Sie rief spätnachmittags an, wenn Isabel nach Hause kam. (Clare kannte Isabels Gewohnheiten bis ins Detail. Sie hatten drei Sommer hintereinander zusammen ein Strandhaus gemietet, und Clare hatte Dutzende Male in dem Gästezimmer in Boston übernachtet. Sie wusste, was Isabel gefiel, ob es um Bettwäsche, Küchen, Bodylotions, Make-up oder Filme ging. Clare hätte an jedem beliebigen Ort auf dieser Welt zuverlässig sagen können, was Isabel dort gepasst hätte und was nicht.) Sie wählte die Nummer, Williams alte Nummer, und wenn Isabel ans Telefon ging, legte sie natürlich auf.

Clare rief Isabel etwa einmal in der Woche an, nach *Widows Walk*, der abstoßendsten, unwiderstehlichsten Talkshow, die sie je gesehen hatte. Dort saßen drei, manchmal auch vier Frauen zusammen und sagten Dinge wie: »Es ist kein Ende, es ist ein Anfang.« Was das Ganze für Clare erträglich machte, war die Tatsache, dass die Frauen im Gegensatz zu ihr durchweg leidenschaftliche Katholikinnen waren, bis auf die Diskussionsleiterin, die so offensichtlich Jüdin war und aus der Bronx stammte, dass Clare es sich nicht verkneifen konnte, nach ihr zu googeln, und herausfand, dass sie über irgendetwas Philosophisches promoviert hatte und nach einer persönlichen Tragödie zum Katholizismus übergetreten war. So bekam Clare aus dem Mund einer Frau, die sehr nach ihrer Großtante Frieda klang, zu hören: »Ich bete für alle Witwen, und wir müssen alle an unserem Glauben festhalten und dürfen nie vergessen, dass es uns mit dem Herrn an nichts mangeln wird.« Clare wartete auf die Pointe, auf den Moment, wo sich die Frau das Kreuz vom Hals reißen und sagen würde: »Und wenn du das glaubst, *bubbeleh*, hätte ich hier noch eine Brücke zu verkaufen«, doch dazu kam es nie. *Was* sie allerdings gelegentlich in dem prüfenden, bohrenden Ton eines guten Rabbis sagte, war: »Ist es nicht interessant, dass so viele weibliche Heilige eben durch die Witwenschaft zu Heiligen geworden sind? Sie waren arm und verzweifelt, allein und schutzlos auf dieser Welt, doch die Schwestern nahmen sie auf und unterrichteten sogar ihre Kinder. Ist es nicht *interessant*, dass sie durch ihre Witwenschaft zu heiligen, außergewöhnlichen Frauen wurden und sich selbst und Jesus besser kennenlernten?« Die anderen Witwen, die echten Katholikinnen, sahen alles andere als interessiert aus. Die

Gutaussehende in ihrem roten Kostüm und den roten Stöckelschuhen erinnerte alle immer wieder daran, dass sie erst kürzlich zur Witwe geworden (und jung und hübsch) war, und die anderen beiden, ein Gartenzwerg in Schlabberhosen und schwarzen Sneakers, die den Boden nicht berührten, und eine großgewachsene Frau mit Rüschenbluse und einer mit Klebeband reparierten Brille, sprachen in wahrhaft kummervollem Ton von ihrem Leben, nun, da sie allein waren. Ihre Männer erwähnten sie kaum, allerdings sagte der Gartenzwerg mehr als einmal, wenn sie ihrem verstorbenen Mann verzeihen könne, dann könne jeder jedem verzeihen.

Clare wählt, sobald die Orgelmusik verklungen ist, und Isabel geht nach einmaligem Klingeln ran. Clare sagt nichts.

»Clare?«

Clare seufzt. Gleich aufzulegen war nicht in Ordnung.

»Isabel.«

Isabel seufzt ebenfalls.

»Ich habe Emily vor ein paar Wochen getroffen. Ich habe ihr ein Geburtstagsgeschenk für die kleine Charlotte vorbeigebracht. So ein hübsches Kind. Emily schien sehr glücklich zu sein. Ich meine, nicht, mich zu sehen, sondern ganz allgemein.«

»Ja, sie hat es mir erzählt.«

»Ich hätte nicht hingehen sollen.«

»Na ja. Wenn du ihr eine Beziehung und großzügige Geschenke anbietest, ist es an Emily, zu entscheiden, was sie will. Kurts Mutter ist tot. Es kommt wohl einfach darauf an, wie viele Großmütter Charlotte Emilys Meinung nach haben soll, egal, wer sie sind.« Isabel war einfach unvergleichlich.

»Ja, das stimmt wohl. Ich meine, ich will mir nichts anmaßen. Ich werde nicht alle naselang mit einer Schachtel Rugelach und einem handgestrickten Pullover vorbeikommen.«

»Das würde ich auch nicht vermuten. Clare –«

»Ach, Isabel, du fehlst mir.«

»Gute Nacht, Clare.«

Nachdem Clare das Telefonat beendet hat, sieht sie einen Waschbär auf der Küchentheke sitzen. Das Tier – *er*, denkt Clare sofort – isst eine Scheibe Speckbrot. Er hält es in seinen kleinen, flinken und sehr menschlichen schwarzen Händen. Er schaut sie über das Brot hinweg an, wie ein Mann, der über seinen Brillenrand blickt. Ein dicker, frecher, nicht aus der Ruhe zu bringender Mann mit einem Zwinkern in den dunklen Augen.

Obwohl sie es besser weiß, und obwohl William darüber sehr verärgert gewesen wäre, sagt Clare leise: »William.«

Der Waschbär antwortet nicht, und Clare lächelt. Sie hätte nicht gewollt, dass der Waschbär »Clare« sagt. Denn dann hätte sie ihre Söhne anrufen und sich einweisen lassen müssen, und auch wenn ihr derzeitiges Leben nicht das ist, das sie sich erhofft hatte, ist es allemal besser, als in der Psychiatrie zu sein. Der Waschbär hat seine zweite Scheibe Speckbrot in Angriff genommen. Clare würde ihm gern die Orangenmarmelade und einen Teller mit Honig hinstellen. William hat nie Erdnussbutter gegessen, aber Clare würde freudig ein Glas für den Waschbär aufmachen. Sie hat gelesen, dass Waschbären Erdnussbutter lieben, und sie will nicht, dass er wegläuft.

In einer idealen Welt hätte der Waschbär Clare Ratschläge erteilt. Er hätte zu ihr gesprochen wie Guanyin, die buddhistische Göttin des Mitgefühls und der Barmherzigkeit. Oder er spräche wie die heilige Paula zu ihr, die Schutzheilige der Witwen, über die Clare in letzter Zeit so viel gehört hat.

Ohne sich vom Fleck zu rühren, sagt Clare: »Warum ist die heilige Paula eigentlich eine Heilige? Sie schiebt ihre vier

Kinder ins Kloster ab, nachdem das jüngste gestorben ist. Und dann verschwindet sie, um mit dem heiligen Hieronymus ihre Traumreise zu machen. Wie kann diese Frau eine Heilige sein? Ganz Amerika ist voll mieser Mütter, die am liebsten ihre Kinder irgendwohin abschieben und auf Reisen gehen würden.«

Der Waschbär knabbert an seinem Brotkanten.

»Ach, es ist so schwer«, sagt Clare und setzt sich langsam hin, nicht zu nah bei ihm. »Er fehlt mir so sehr. Ich hab das nicht gewusst. Ich habe nicht gewusst, dass es mir so gehen würde, dass das die Folge ist, wenn man jemanden so sehr liebt. Ich hatte keine Vorstellung. Niemand sagt einem: Es gibt kein Happy End. Niemand sagt einem: Wenn du in die Zukunft schauen könntest, würdest du das Ganze vielleicht lieber jetzt abbrechen. Ich weiß, ich weiß, ich weiß, ich kann mich glücklich schätzen. Ich kann mich unendlich glücklich schätzen, weil ich hatte, was ich hatte. Das weiß ich jetzt. Wirklich.«

Der Waschbär hebt zwei dicke Krümel auf und stopft sie sich ins Maul. Er lässt den Blick über die Küchentheke und die Dosen schweifen und mustert Clare eingehend. Er hüpft von der Theke auf den Küchenhocker, dann auf den Boden und spaziert zur Küchentür hinaus.

Clare erzählte Nelson von dem Waschbär, und sie lockten ihn mit Brotkanten und Erdnussbutter in Plastikbehältern, die ihn die Küchentreppe hinaufführen sollten, aber er kam nicht wieder. Sie erzählte Margaret Slater von ihm, die sagte, Clare könne froh sein, dass sie sich keine Tollwut eingefangen habe, und sie erzählte Adam und Danny von ihm, die das Gleiche sagten. Sie kaufte einen Plüschwaschbär mit runden schwarzen Samtpfoten, die viel hübscher waren als die des echten Waschbären, und setzte ihn aufs Bett zu dem

Nashorn, dem kleinen Vogel und Williams großen Kissen. Sie erzählte der kleinen Charlotte Waschbärengeschichten, wenn sie zum Babysitten bei ihr war (wie hätte Emily zu einer Babysitterin nein sagen können, die nur sechs Straßen weiter wohnte und frei und großzügig über ihre Zeit verfügte?). Sie erzählte es sogar Emily, die kurz zögerte und dann etwas besorgt anmerkte, dass Waschbären sehr gefährlich sein könnten.

»Ich weiß nicht, ob du es schon gehört hast«, sagte Emily. »Meine Mutter heiratet. Einen wunderbaren Mann.«

Clare wippte Charlotte auf ihren Knien. »Oh, gut. Dann sind ja alle glücklich.«

Permafrost

Schrecklich ist schrecklich, fand Frances. Man konnte nicht eine furchtbare Sache mit einer anderen vergleichen. Was immer es war – abgerissene Hände auf einem angolanischen Minenfeld, Kinder in Tschernobyl mit Tumoren wie Softballs, ein Autounfall gleich um die Ecke –, Leid ließ sich nicht messen. Mrs Shenker sah das anders. Nachts, wenn ihre Tochter Beth vom Morphium außer Gefecht gesetzt war, saß Mrs Shenker in dem Wintergarten, der als Wartezimmer der jugendmedizinischen Abteilung diente. Sie lehnte sich in ihrem Liegesessel zurück und las laut aus einem Stapel ausgedruckter Berichte über die fleischfressenden Bakterien vor, die Beth vor neun Tagen attackiert hatten.

»Hören Sie sich das mal an«, sagte sie zu Frances. »Und halten Sie sich fest. ›Bei mir wurde nach einem Urlaub auf den Bahamas eine nekrotisierende Fasziitis diagnostiziert. Wir wissen nach wie vor nicht, wodurch sie ausgelöst wurde. Obwohl ich dreiundvierzig Mal operiert worden bin, drei Hauttransplantationen an den Beinen und im Lendenbereich hatte und Probleme mit Lunge und Nieren habe, schätze ich mich glücklich. Meine Frau und ich sind in finanzielle Nöte geraten, und ich kann nicht mehr Auto fahren, aber wir machen uns jeden Tag aufs Neue klar, wie gut es uns geht.‹

Das ist doch unglaublich! Na ja, für Sie wahrscheinlich nicht, Sie sind ja Sozialarbeiterin.«

Frances fand das keineswegs unglaublich. Ihr Vater hatte sie und ihre Schwester Sherri mit Geschichten über Polarexpeditionen großgezogen, Expeditionen, die mit fürchterlichen Fehleinschätzungen begannen und damit endeten, dass Männer über gefrorenen Leichnamen weinten, dass Menschen entsetzlich litten und trotzdem Gott noch dafür dankten, dass er sie nicht gleich zu Beginn ihrer Seereise umgebracht hatte. Als Sherri achtzehn und Frances elf war, sagte Sherri: »Ich will Jesu Liebe erfahren und anderen jungen Menschen helfen, zu erkennen, dass sie nicht verworfen sind.« »Inwiefern verworfen?«, hatte Mr Cairn gefragt, aber er hatte es in den leeren Flur hinein gefragt, denn Sherri war längst aus der Tür, und letztlich war es auch nicht anders, als wenn ein Mädchen von zu Hause wegläuft und Deadhead wird oder sich mit irgendeinem ultracoolen Typen nach Los Angeles absetzt, um Pornostar zu werden. Wenn Leute aus der Nachbarschaft fragten, wo Sherri sei, sagte Mr Cairn: »Wir haben sie verloren«, und niemand hakte nach, jedenfalls ahnte ganz gewiss keiner, was er damit meinte, nämlich dass sie sich Exodus International in Indianapolis angeschlossen hatte, einer christlichen Organisation, derzufolge Homosexualität durch die Kraft des Glaubens umkehrbar ist. Sherri schickte jedes Jahr eine Weihnachtskarte, und ansonsten waren Frances und ihr Vater, der Geschichtenerzähler, für sich.

S.S. *Terra Nova*

»Hier, das ist doch ein echter Mutmacher«, sagte Mrs Shenker. »Dieser Typ ist auch amputiert und ein Weltklasse-Athlet …« Mrs Shenker überflog die nächsten paar Zeilen.

»Na gut, also Weltklasse offensichtlich nicht. Aber Athlet, und er hat spezielle elastische Füße erfunden, die Energie an das Bein zurückgeben, sodass man nicht so steif herumstampft, wump, wump, wump, und die haben einen speziellen Saugnapf, sodass das ganze Bein –« Sie machte ein zischendes, saugendes Geräusch.

Mr Shenker stand auf. »Ich gehe ein bisschen spazieren«, sagte er. Mrs Shenker und Frances sahen durch die Glasbausteinwand, wie er mit Theresa, der Stationsschwester, plauderte, und prompt tauchten wie herbeigezaubert zwei weitere Krankenschwestern auf, die eine Schachtel mit Doughnuts herumreichten, worauf Theresa für einen Augenblick verschwand und mit echten Kaffeetassen zurückkehrte, von denen sie eine Mr Shenker gab. Mrs Shenker hatte den Wintergarten und die Ärzte, und Mr Shenker hatte die Krankenschwestern. Frances war ihm ein paarmal über den Weg gelaufen, als er gerade aus einem leeren Untersuchungszimmer trat und dabei seine Krawatte zurechtrückte, und bei einem nochmaligen Blick über die Schulter hatte sie jedes Mal irgendeine Krankenschwester nach ihm herauskommen und die Tür abschließen sehen. Die Krankenschwestern sahen verwandelt aus, als hätte man ihnen irgendetwas unendlich Kostbares und Zerbrechliches gegeben, das man der Obhut einer normalen Frau nicht hätte anvertrauen können. Mr Shenker sah aus wie immer, schön und verworfen.

Frances sagte zu Mrs Shenker: »Ich muss noch nach ein paar Patienten schauen. Wollen Sie sich zu Beth setzen?«

»Ich dachte, sie hält gerade ein Nickerchen?«

Frances räumte ein, dem sei wohl so. (Allerdings war Nickerchen nicht ganz das richtige Wort; Beth Shenker stand unter Methadon in einer Dosierung, mit der man einen 150-Kilo-Mann hätte betäuben können, und das Einzige, wovon sie in den ersten acht Tagen aufwachte, war ein nagender

Schmerz, wie man ihn bei Bauchspeicheldrüsenkrebs verspürt. Während allerdings, um das Ganze mal von der positiven Seite zu betrachten, Bauchspeicheldrüsenkrebs fast immer tödlich war, ging Frances davon aus, dass Beth Shenker wie die meisten Leute, die an nekrotisierender Fasziitis erkrankt waren, ein hohes Alter erreichen würde.)

Mrs Shenker sagte: »Na gut, gleich fängt ja *Judge Judy* an. Dann gucke ich das mit Beth zusammen. Sagen Sie Mr Shenker, wo ich bin, falls Sie ihn sehen.«

Beth träumte. Sie war fünf und hüpfte mitten in der Nacht auf ihrem neuen Bett herum, ein sauberes Laken unter ihren weichen, hübschen Füßen, und während sie höher und höher sprang, kitzelte die kühle Luft sie an den Fußsohlen, und ihre kleinen Füße erleuchteten das dunkle Zimmer wie Glühwürmchen.

Lorraine Shenker strich die Decke über dem Metallreif glatt, der Beths Beine schützte, zog den Infusionsschlauch gerade und ließ dabei Richterin Judy nicht aus den Augen, die gerade über ihre Bifokalbrille blickte und einer fetten neunzehnjährigen Afroamerikanerin, Mutter von Zwillingen, erklärte, dass sie es *verdiene*, das Sorgerecht für ihre Kinder entzogen zu bekommen. Einfach wunderbar, wie Richterin Judy diese verächtliche Handbewegung machte und dann die Brille abnahm und dem attraktiven, gut gekleideten Bruder der Neunzehnjährigen, dessen Auto die junge Mutter zu Schrott gefahren hatte, während er auf die Zwillinge aufpasste, Schadensersatz zusprach. Es wäre schön, wenn es eine *Dr.* Judy gäbe, die Diagnosen stellte und die Entscheidungen anderer, dümmerer Ärzte rückgängig machte. Dr. Judy hätte einen Blick auf Beth geworfen und sehr bestimmt gesagt: Diese junge Dame wird keine scheußliche und dauerhafte Behinderung haben. Verfahren eingestellt.

Frances ging an Beths Zimmer vorbei und überflog dabei Beths Krankenblatt, und als sie das Schwesternzimmer erreichte, nahm Nathan Silverman gerade den Krapfen, den sie eigentlich wollte. Nathan Silverman war Beths Chirurg, er hatte hervorragende Arbeit geleistet und erzählte das auch allen, und Frances dachte bloß: narzisstische Protzerei, gepaart mit exzellenten feinmotorischen Fähigkeiten – ein Gedanke, der ihr jedes Mal ein warmes Lächeln entlockte, wenn sie dem Chirurgen zufällig begegnete.

Dr. Silverman, der überall gelbe Krapfenkrümel verteilte, erwiderte ihr Lächeln, und Frances sagte: »Hallo, Dr. Silverman«, und griff nach ihrer zweiten Wahl, einem Schokoladen-Doughnut. Ihre Finger versanken im Schokoladenguss. Dr. Silverman wischte sich die Krümel von der Krawatte und reckte die Arme. Schließlich fragte er: »Ist Maria Lopez irgendwo in der Nähe?«

Frances sagte: »Ich weiß nicht. Vielleicht hat sie gerade Pause«, und nahm sich mit der freien Hand eine Serviette.

Sie sagte nicht: Wenn Sie sich beeilen, erwischen Sie Maria Lopez wahrscheinlich noch, wenn sie aus dem Untersuchungszimmer 2 kommt, gleich nach Mr Shenker.

»Ich dachte, Maria Lopez plaudert vielleicht gerade mit Beth«, sagte Dr. Silverman. »Um sie ein bisschen aufzumuntern, meine ich.«

»Kann sein«, erwiderte Frances.

Maria Lopez war das Pin-up-Girl der jugendmedizinischen Abteilung. Sie schlüpfte am Ende ihrer Schicht gern aus ihren weißen Clogs, massierte ihre hübschen Waden und präsentierte ihren mit einem Strassstein besetzten Zehenring.

Welche erwachsene Frau trägt denn einen Zehenring?, dachte Frances.

Dr. Silverman sagte nur: »Wir sollten Beth ermuntern,

langsam an ihre Genesung zu denken. Sie ist doch noch ein Kind, Frances.«

Frances dachte ständig an Beths Genesung. Beth war dreizehn, und auch wenn sie die Kaskade von Narben auf ihrem rechten Unterarm unter langen Ärmeln verstecken und Rollkragenpullover tragen konnte, um das dicke rote Narbengeflecht über ihrem Schlüsselbein zu verbergen, würde sie immer den Stumpf an ihrem rechten Bein behalten, und wenn Frances Cairn sich das alles mit dreizehn hätte vor Augen führen müssen, dann hätte sie mit ziemlicher Sicherheit, sobald sie wieder bei Bewusstsein gewesen wäre, ihren Laptop aufgeklappt und nach der wirksamsten Form von Selbstmord gegoogelt.

S.S. *Endurance*

Liebe Beth,
ich hoffe, deine Genesung schreitet weiter voran. Wie du hoffentlich weißt, waren alle im Krankenhaus von deiner Contenance beeindruckt.

Frances strich »Contenance« durch, schrieb stattdessen »Charakterstärke« und ersetzte es dann doch wieder durch »Contenance«, das irgendwie bedeutsamer klang, auch wenn Beth vermutlich nicht wusste, was »Contenance« bedeutete. Frances hatte Beth nie irgendetwas lesen sehen. Sie war fast einen Monat lang jeden Tag bei Beth gewesen, hatte ihre Hand gehalten, während ihre Arme und Beine debridiert wurden, und hatte ihr zahllose Becher Saft und zahllose Säcke Eis-Chips gebracht. Frances hatte zweimal miterlebt, wie Beth aus dem Koma erwachte, und beide Male war sie es gewesen, die Beth tröstete, nachdem Mrs Shenker und Dr. Silverman ihr hatten sagen müssen, welcher Tag gerade war, wie lange sie im Koma gelegen hatte, und ihr dann schließlich eröffneten, dass sie nur noch einen Fuß hatte. Frances tat, was sie konnte, um eine enge Bindung zu Beth und den Shenkers zu entwickeln; als Beth entlassen wurde, begleitete sie die Shenkers in die Eingangshalle und überreichte Beth ein Carepaket von der Station (einen Fettstift, Drops, ein Foto von Beth und der Belegschaft, ein pinkfarbenes T-Shirt mit der Aufschrift »NO LIMITS!« und einen kleinen Plüschpinguin mit rot-weißem Rotkreuzschal um den Hals). Bedingt durch die diversen Operationen, die Schmerzmittel und die Aussicht auf das Leben, das vor ihr lag, war Beth ziemlich schweigsam, als sie ging, und als Frances ihr versprach, sie zu Hause zu besuchen, nickte Beth nur mit geschlossenen Augen, und die Shenkers fuhren los.

Liebe Beth,
schon seit drei Wochen will ich dich besuchen, aber hier im Krankenhaus herrscht zurzeit eine ziemliche Hektik. Du erinnerst dich sicher an dein altes Zimmer, Nr. 13a, das schönste Privatzimmer hier? Dort liegt jetzt ein neuer Patient. T. hat zwei gebrochene Beine – das ist nichts im Vergleich zu dir, ich weiß –, und sein Vater steht unter Anklage, denn er hat ihn traurigerweise vom Dach ihres Mietshauses geworfen. T.s Mutter spricht kein Englisch, und wir haben bisher keinen Eritreisch-Dolmetscher finden können, aber Dr. Silverman – an ihn erinnerst du dich, das weiß ich genau – glaubt offenbar, ich müsste seine Sätze nur pantomimisch darstellen, und dann würde T.s Mutter alles verstehen …

Frances' Schrift hatte sich seit der sechsten Klasse nicht mehr verändert. Es war die rundliche, hoffnungsvolle Handschrift von Mädchen, die Dinge wie: *Toll, dass wir in PoWi nebeneinandergesessen haben! Du bist echt super. Du bist meine abffl. Du bist die Beste!!!!! Bleib so, wie du bist!* :–) in die Alben mit Fotos von Klassenfahrt und Selbstsicherheitstraining schrieben; Dinge, die sie, Frances, nie irgendjemandem geschrieben hatte. Frances' Freunde waren die Entstellten und Behinderten jedweder Art, und Beth Shenker wäre eines der hübschen, kichernden Mädchen gewesen, die Erstere, wenn sie ihnen im Schulflur entgegengehinkt und -gehumpelt wären, wie Luft behandelt hätten.

Liebe Beth,
ich habe ein paarmal mit deinen Eltern gesprochen und ihnen gesagt, dass ich vorhabe, dich zu besuchen. Ihnen ist das völlig egal, ich komme also am Sonntagvormittag. Mit Cider und Douhgnuts, wie in alten Zeiten …

Kentucky Fried Chicken. (»Ein furchtbares Zeug«, sagte Mr Cairn. »Grausig«, stimmte Frances zu und reichte ihm den Krautsalat, die weichen Brötchen, die sie so liebten – sie bestellten immer die dreifache Portion –, und den Rahmspinat. Es war eine Erleichterung, ein warmes Essen zu sich zu nehmen, das keiner von ihnen hatte zubereiten müssen, und seit Frances ausgezogen war, um Sozialarbeit zu studieren, machten sie das jeden Freitagabend.)

»Morgen harke ich«, sagte Mr Cairn. »Magst du deinem alten Herrn ein bisschen helfen?«

»Ich kann nicht. Ich besuche eine ehemalige Patientin. Das Mädchen mit der nekrotisierenden Fasziitis.«

Mr Cairn ließ sich gern von all den schrecklichen Dingen erzählen, die Frances' Leute ereilten, und ebenso davon, wie sie ihnen half, ihr jeweiliges Kreuz zu tragen. Mit etwas Ermutigung von außen wäre er womöglich selbst in die Sozialarbeit gegangen, statt in Eisenwaren zu machen. Mr Cairn schüttelte mitleidig den Kopf. »Unvorstellbar.« Er aß sein zweites Brötchen auf. »Das Mädchen mit dem amputierten Fuß und dem Casanova-Vater?« Frances nickte. Als sie einmal abends nach der Arbeit nicht nach Hause, sondern zu ihrem Vater gefahren war, um sich mit ihm *Law & Order* anzuschauen, hatte sie ihm von den fleischfressenden Bakterien und den Shenkers erzählt.

»Wirst du den ganzen Tag dort sein?«, wollte Mr Cairn wissen. »Was du über diesen Haushalt erzählst, gefällt mir nämlich nicht so besonders.«

»Ich bin höchstens eine Stunde dort.«

Mr Cairn schob sein Huhn auf dem Teller herum.

»Ich könnte dich hinfahren«, sagte er.

»Daddy, du musst dein eigenes Leben leben.« Frances lächelte, als sie das sagte.

Mr Cairn legte Messer und Gabel auf seinen Teller und nahm Frances' Hand.

»Es gibt da jemanden, den ich dir gern vorstellen würde«, sagte er.

Nach dem Tod von Frances' Mutter war ihr Vater weinend von Zimmer zu Zimmer getaumelt. Wenn Frances und Sherri in die Garage gingen, um ihre Fahrräder zu holen, fanden sie ihren Vater auf der Motorhaube ausgestreckt, das Gesicht in seine Polierleder vergraben. Eines Sonntagmorgens knallte Sherri einen Korb mit feuchter Wäsche mitten im Wohnzimmer auf den Boden. »Es geht nicht«, sagte sie. »Ich meine das ganz wörtlich – ich kann die Wäsche nicht machen. Daddy sitzt vor dem Wäschetrockner und heult.«

An ihrem allerersten Schultag musste Frances nach nebenan gehen und Mrs Cohen bitten, ihr die Zöpfe zu flechten, weil ihr Vater so heftig weinte, dass er es nicht schaffte. Mrs Cohen flocht ihr die Zöpfe, und am nächsten Tag tat sie es wieder, und am dritten Tag ging sie mit Frances zum Friseur und sagte: Bitte schneiden Sie ihr die Haare. Kurz. Und hübsch.

Hätte er Mrs Cohen geheiratet, dann säße er jetzt nicht mit einem Krümel Pannade im Gesicht vor ihr, um ihr anzukündigen, dass er ihr jemanden vorstellen wolle.

»Gern«, sagte Frances.

»Vielleicht wirst du mich dann los«, sagte Mr Cairn.

S.S. *Endeavour*

Eine kleine, breite Frau mit dem spitzen Kinn und den dichten Augenbrauen von Mrs Shenker öffnete Frances die Tür.

»Ich bin –«, sagte Frances, bemüht, ihren dicken Schal, ihre Handtasche, die Tüte Doughnuts, die Flasche Cider und die Broschüre über ein Camp für Teenager mit körperlichen Einschränkungen nicht fallen zu lassen, und schon kam Mr Shenker in die Diele und machte die Tür etwas weiter auf.

»Hallo. Das ist Miss … Frances«, sagte er. »Sylvia, das ist Frances. Frances, meine Schwiegermutter Sylvia Winik. Frances hat sich im Krankenhaus um Beth gekümmert. Mein Gott, Frances, Sie sehen ja aus wie Shackleton auf dem Weg zum Nordpol.«

»Das glaube ich kaum«, sagte Frances. Frances war praktisch mit Ernest Shackleton *aufgewachsen*, und mit dem tapferen Robert Edwin Peary und mit diesem Trottel von Robert Scott und der Tragödie um seine Ponys, die die Entdecker schließlich aßen, weil Captain Scott zu dumm gewesen war, ein Hundegespann einzusetzen. (»Er hat Hunde einfach zu sehr geliebt, wie so mancher Engländer«, hatte ihr Vater gesagt, als würden sie beide solche Leute kennen, Leute, denen ihre Hunde so sehr am Herzen lagen, dass sie versuchten, den Südpol mit Ponys zu erreichen, um den Hunden etwaige Unannehmlichkeiten zu ersparen.) Frances kannte Anfang und Ende sämtlicher Polarexpeditionen, und nichts, was sie je tun mochte, würde auch nur ansatzweise an Ernest Shackleton heranreichen, der bei ihnen zu Hause ein Held war, so wie Kennedy oder King; dieser herablassende, ehebrecherische Mr Shenker hielt also besser seine große Klappe.

»Wenn überhaupt, dann wohl eher Lawrence Oates«, sagte Frances, und Mr Shenker schaute seine Schwiegermutter an und lächelte. Lawrence Oates war einer der jüngsten Männer in Scotts Truppe gewesen und der klügste dazu; als ihm klar wurde, dass er an Hunger und Kälte zugrunde gehen würde, hörte er ganz auf zu essen, verschenkte seinen Kompass und öffnete die Zeltklappe, um in den Schnee hinauszutreten. »Ich gehe jetzt raus«, sagte er, »wahrscheinlich bin ich etwas länger weg.« Wenn sie Große Expedition spielten, war das immer Frances' Lieblingsrolle gewesen, sie sagte dann diese Sätze und rannte im Schlafanzug hinaus auf die Veranda, und ihr Vater wartete immer genau so lang wie nötig und trug sie dann wieder herein, als hinge sie voller Eiszapfen und hätte nur noch wenige Stunden zu leben.

»Lorraine«, rief Mr Shenker, »Frances ist hier. Aus dem Krankenhaus.«

Mrs Shenker kam in Jogginghose und T-Shirt in die Diele, die Haare zum Pferdeschwanz gebunden.

»Frances, das ist aber lieb«, sagte sie. »Ich wusste gar nicht, dass Sie … Ja, wie schön. Ich war gerade am Wäschewaschen. Ich dachte, es würde regnen, deshalb haben wir das Golfspielen gestrichen.« Sie legte Mr Shenker die Hand auf die Brust, und er umfasste ihre Taille. »Du hattest recht, ich hatte unrecht«, sagte sie.

»Wir spielen morgen Golf«, sagte er. »Sylvia kann Beth

verwöhnen, und wir zwei stehlen uns davon.« Die Shenkers und Mrs Shenkers Mutter lächelten einander an, und schließlich sagte Mrs Shenker: »Vielen Dank, dass Sie Beth etwas zum Naschen mitgebracht haben. Wobei wir ja im Krankenhaus weiß Gott alle mehr als genug Doughnuts gegessen haben!«

Mr Shenker sagte: »Einer passt immer noch rein.«

Mrs Shenker sagte: »Dann wollen wir doch mal schauen, wie es Miss Beth geht.«

»Hey, Frances«, sagte Beth. Beth lächelte, sie trug ein seidiges grünes T-Shirt über ihren Verbänden und dazu ein grünes Stirnband. Über ihrem Kopf hing eine Klimmzugstange, und ihr Zimmer war wie ein tropisches Paradies gestaltet. Sie saß mitten in ihrem großen grün-blauen Bett, von Laptop, iPhone und Fernbedienung umgeben. An der gegenüberliegenden Wand war ein Flachbildfernseher montiert, um den herum Wellen mit weißen Schaumkronen brandeten. Die Tür war so breit wie eine Krankenhaustür. Rechts und links davon hoben hellgrüne Meerjungfrauen die Arme, auf den Holzboden war eine altmodische Karte der Weltmeere gemalt, und in einer Ecke stand ein zusammengefalteter Rollstuhl.

Mrs Shenker sah, dass Frances sich umschaute. »Ich weiß – wir haben keinen Aufwand gescheut. Wir hatten einen Architekten da, und Beth hat ihn schier in den Wahnsinn getrieben, bis alles genau so war, wie sie es haben wollte.«

Beth grinste und senkte den Blick, um eine SMS zu schreiben.

»Cool, was? Vielleicht werde ich mal Architektin. Die ›Behinderte-Amerikaner‹-Nummer, Sie wissen schon, außerdem stehe ich auf Design. Haben Sie meine Kommode gesehen?« Ihre Kommode war so bemalt, dass sie wie eine Schatzkiste aussah, und die Vorderseite war über und über mit Goldmünzen und Juwelen beklebt, als quelle der Schatz heraus. »Das war meine Idee.«

Frances setzte sich in den kleinen bequemen Sessel, und Beth chattete ein bisschen und beantwortete E-Mails. (Oh mein Gott, sagte sie. Ganz bestimmt nicht. *Ganz bestimmt* nicht.) Sie simste Freundinnen, lächelte Frances an, um ihr zu zeigen, dass sie nicht unhöflich sein wollte, und wandte sich wieder ihrem Laptop zu. Mrs Shenkers Mutter brachte ihnen einen Teller Sandwiches mit Erdnussbutter und Marshmallow-Creme, jedes mit einer Erdbeerscheibe dekoriert, und dazu zwei Gläser Milch.

»Danke, Nana«, sagte Beth, und ihre Großmutter küsste sie und sagte: »In einer Stunde hast du Krankengymnastik, junges Fräulein«, worauf Beth eine Bodybuilder-Pose einnahm und Frances ein Sandwich und eine Serviette reichte. Beth ließ etwas Musik auf ihrem Rechner laufen, und Frances und Beth aßen ihre Sandwiches, als wären sie zwei Mädchen in der siebten Klasse, die eine Pause bei den Hausaufgaben machten.

Als Frances ihr Sandwich gegessen hatte, bedankte sie sich bei Mrs Shenkers Mutter, die ihr noch ein paar warme Plätzchen für die Heimfahrt mitgab. Die Shenkers erschienen untergehakt und dankten Frances für ihren Besuch. Sie erzählten ihr, Beth werde in drei Wochen mit der Schule anfangen, und Mr Shenker sagte: »Sie ist etwas nervös, aber Sie kennen Beth ja – die lässt sich nicht unterkriegen.«

Frances stieg in ihr Auto, fuhr um die Ecke, hielt am Straßenrand an und saß eine Weile einfach nur da.

S.S. *Discovery*

Liebe Beth,
heute habe ich dein Bild gesehen. Ganz Amerika muss es gesehen haben, wie es da auf der Titelseite vom PEOPLE Magazine *prangte. Du siehst umwerfend aus. Alles, was vor zehn Jahren, als ich dich kennenlernte, bereits im Keim vorhanden war, ist aufs schönste erblüht. Es tat mir leid zu lesen, dass deine Großmutter verstorben ist, aber deine Eltern sehen blendend aus, und natürlich sehr stolz. Ich habe keinen Zweifel, dass du deiner Umgebung ein Beispiel bist, wie es ja auch in dem Artikel steht. Was du geleistet hast – erst die Paralympics und jetzt der Triathlon und deine Arbeit mit Jugendlichen –, ist äußerst beeindruckend. Bei mir hat sich nicht so viel getan. Ich arbeite immer noch im Krankenhaus. Mittlerweile bin ich stellvertretende Leiterin des Sozialdienstes, was aber bedeutender klingt, als es ist. Ich bin für die Planung und für die Organisation der ambulanten Betreuung zuständig, aber ich treffe keine Personalentscheidungen.*
Mein Vater – du hast ihn, glaube ich, kennengelernt, als mein Auto damals bei euch vor dem Haus den Geist aufgegeben hat – ist vor fünf Jahren gestorben. Er fehlt mir. Es ist verrückt, zumindest finde ich es verrückt – ich verbringe meine Freitagabende jetzt meistens mit seiner Witwe, Carol Skolnick. Ich weiß nicht, ob ich es je erwähnt habe (wahrscheinlich nicht, wir haben ja kaum über mich gesprochen, was auch angemessen war, schließlich ging es bei meinen Hausbesuchen um dich und deine posttraumatische Genesung), aber mein Vater hat während der Zeit, als wir beide miteinander zu tun hatten, noch einmal geheiratet. Na ja, Carol und ich standen uns jedenfalls zu

Lebzeiten meines Vaters nicht besonders nahe, aber nach seinem Tod ist sie auf mich zugegangen, und jetzt zündet sie freitagabends immer ein Jahrzeitlicht (ich weiß nicht, ob du schon mal davon gehört hast) für meinen Vater und alle anderen Verstorbenen in unserem Leben an (Patienten schließe ich nicht mit ein; wir trauern nur um Menschen, die wir privat kannten), und dann gehen wir zusammen essen, meistens bei Kentucky's Fried Chicken. Es ist eine Art Tradition.

Die andere große Veränderung in meinem Leben ist, dass ich wieder Kontakt zu meiner Schwester Sherri habe, die nicht Teil meines Lebens war, als du und ich miteinander zu tun hatten. Sherri lebt in Indianapolis und betreibt zusammen mit ihrem Mann einen Räum- und Reinigungsdienst. Sie übernehmen Aufräumarbeiten in Büros und Wohnhäusern nach Stürmen und anderen Naturkatastrophen, aber auch normale Reinigungsarbeiten. Sie haben zwei Töchter, die fast so alt sind wie du, als wir uns kennenlernten, zwei ganz reizende Mädchen. Ich wünschte, ich hätte schon früher Kontakt mit ihnen gehabt. Sherri hat mich nach dem Tod unseres Vaters angerufen und gesagt: Du bist meine ganze Verwandtschaft, und ich weiß noch, dass ich daraufhin sagte, ich hätte nicht den Eindruck, dass sie mich in ihrem Leben haben wolle, und sie sagte, das stimme nicht, unser Vater habe sich nach ihrer religiösen Erfahrung von ihr abgewandt (man muss meine Schwester wohl als wiedergeborene Christin bezeichnen, wohingegen mein Vater und ich die Sorte Kongregationalisten waren, die niemanden belästigten, und das war wohl eine unüberbrückbare Differenz zwischen den beiden, außerdem dachten mein Vater und ich, Sherri sei lesbisch, was ihr mehr ausmachte als uns, aber anscheinend hörte sie auf, lesbisch zu sein, als sie wiedergeboren wurde und Paul heiratete und die beiden Mädchen bekam). Manchmal ist es ein bisschen seltsam, bei ihnen zu sein, denn Jesus ist überall, an jeder Wand und auf jedem Kissen, und Sherri zensiert, was die Mädels lesen, kein Harry Potter *zum Beispiel, wegen der Zauberei. (Ich muss sagen, dass mir das nicht einleuchtet. Warum sollte Zauberei besonders antichristlich sein? Dass es eindeutig nicht gut ist, den Teufel heraufzubeschwören, sehe ich natürlich ein, doch ich verstehe nicht, warum Tinkerbell oder fliegende Teppiche für irgendjemanden eine Bedrohung darstellen sollten.) Na ja – es ist ihr Haus, und es sind ihre Regeln, und meine Nichten sind fröhliche, liebevolle Mädchen, Paul ist auf seine ruhige Art sehr freundlich zu mir, und ich bin wirklich froh, dass ich an ihren Geburtstagen und an Weihnachten bei Sherri und ihrer Familie sein kann.*

Mein Interesse an der Polarforschung und den großen Expeditionen ist ungebrochen, auch wenn man wohl sagen kann, dass dieses Thema nicht von allgemeinem Interesse ist. Diese Männer waren einfach unglaublich tapfer. Sie lebten von Hundefleisch und Weidentee. Sie kochten alte Stiefel und aßen sie. Sie aßen die hirschledernen Leinen ihrer Zelte und zerschnitten die Zelte, um Schuhwerk daraus zu fertigen, damit sie losziehen und nach den Rettungsschiffen Ausschau halten konnten. Leutnant George DeLong von der amerikanischen Marine saß zwei Winter lang im Packeis fest, 750 Kilometer vom Nordpol entfernt, was nicht sehr nah war – da sind andere weiter gekommen –, und dann, am 12. Juni 1881, sank sein Schiff. Nur vierzehn Mann überlebten, und trotzdem schrieb er in sein Tagebuch: »Alle Männer schwach und entkräftet, aber munter.« Diese Männer waren mein Leben lang meine Helden. Wahrscheinlich wäre ich mit den Astronauten oder sogar den Argonauten besser gefahren oder mit den Heiligen, wenn wir diese Art von Familie gewesen wären, oder mit den Leuten, die nach Selma marschierten, um für ihre Rechte zu kämpfen. Aber mein Vater liebte diese Männer, und er schien nicht zu bemerken, dass sie eigentlich alle irre waren und außerdem größtenteils Versager (Roald Amundsen war in diesen Geschichten oft der Böse, und heute glaube ich, dass er das deshalb war, weil er wusste, was er tat; er erreichte sein Ziel und war auch weiterhin erfolgreich, und das alles fand mein Vater verachtenswert). Diese Leute machten fürchterliche Fehler, doch die besten wie die schlechtesten unter ihnen zuckten nur die Achseln und erklärten, niemand sei schuld, so sei halt das Leben, ihre Unternehmung habe zwangsläufig so ausgehen müssen, aber das stimmt nicht. Ihnen fehlte etwas. Sie ließen Dinge zurück, die andere, vernünftigere Männer wohlweislich mitgenommen hätten. Sie packten die falschen Nahrungsmittel ein und benutzten die falschen Transportmittel. Die Hälfte der Zeit hielten sie ihre verdammten Seekarten verkehrt herum, und eins der Schiffe fiel mitten im Arktischen Ozean auseinander, weil die Mannschaft in einer sonnigeren Klimazone die Nägel aus den Masten gezogen und gegen Sex mit Polynesierinnen eingetauscht hatten, denn Eisen war damals sehr wertvoll. Vitamine, die leicht zu kaufen und zu transportieren gewesen wären, hätten ihnen das Leben retten können. Auch Funkgeräte, die es damals durchaus schon gab, hätten ihnen das Leben retten können.

Auf einer von Pearys Expeditionen wurde das Schiff von der Strömung zwischen zwei Eisberge getrieben und zerdrückt, und während das Schiff sank und von Backbord das Wasser hereinströmte, klaubten die Besatzung und die Wissenschaftler rasch ein paar Sachen zusammen und kletterten dann auf die Eisklippe. Finn Hamilton ging

dreimal hinunter, weil er sich nicht entscheiden konnte, was er mitnehmen wollte. Er holte einen Kompass und warf ihn einem Besatzungsmitglied zu, das schon an Land war. Dann ging er noch einmal hinunter, um seine Pfeife zu holen, und auf halber Treppe machte er wegen seiner Bibel ein weiteres Mal kehrt, und dabei rutschte er aus und ertrank, in die Beine eines Schemels verhakt.
Es ist wohl einfach so, dass einige von uns Finn Hamilton und andere Beth Shenker sind. Ich hatte irgendwie nicht die richtigen Sachen für diese Reise dabei, und ich habe hundertmal gepackt und wieder umgepackt, als ob sich das Richtige irgendwo in einer kleinen Seitentasche finden würde, wo ein vernünftigerer oder begabterer Mensch als ich es hingesteckt hätte, aber immer noch suche ich in letzter Minute hastig nach dem, was fehlt, und muss jedes Mal, aber auch wirklich jedes Mal zusehen, wie das Schiff ohne mich ablegt.
Deine Familie war eines meiner ersten Schiffe, und du warst das strahlende, erstaunliche Segel, und ich bin, wie ich schon zu Beginn gesagt habe, sehr, sehr stolz auf dich.

Wo der Gott der Liebe haust

Farnham ist eine kleine Stadt. Es gibt dort ein paar öffentliche Gebäude, zwei Tankstellen und eine Handvoll kleiner Betriebe, die allseits Verwunderung hervorrufen (wer kauft bloß die teure italienische Keramik, den Kupferschmuck, das schlecht gearbeitete Holzspielzeug?). Es gibt eine Pizzeria und ein Café namens The Cup.

Ray Watrous schaute im Vorbeigehen durch das große Fenster ins Café hinein. Er sah die Frau, die er vor zehn Jahren in einem Kunstfehler-Prozess vertreten hatte, weil ihr ständig Zahnblenden aus dem Mund fielen. Er sah die ehemalige Babysitterin von Neil und Jennifer, heute eine dicke, wenig ansprechende junge Frau mit einem dicken, wenig ansprechenden Kleinkind auf dem Schoß. Er sah seine Schwiegertochter Macy allein an einem Tisch, das Gesicht tränenüberströmt, das goldblonde Haar hing fast in ihrer Tasse. Ray machte kehrt und ging hinein. Er mochte Macy. Außerdem war er neugierig, arbeitete nicht mehr Vollzeit und hatte es keineswegs eilig, zum Rathaus zu gelangen und mit Farnhams oberstem Stadtrat zu streiten, einem anständigen Kerl, der plötzlich Neigung zeigte, mit Stop & Shop gemeinsame Sache zu machen und den Bau eines Supermarkts im Norden der Stadt zu unterstützen, wo sich noch wilde Truthähne sammelten.

Ray fand es schön, seinen Sohn und Macy in der Nähe zu haben. Manchmal fuhr Ray zum Lunch nach New Haven, und manchmal kam Neil auf dem Weg zum Amtsgericht nach Farnham. Sie unterhielten sich über Sport und Lokalpolitik und den Zusammenbruch der westlichen Zivilisation. In der vergangenen Woche hatte Neil berichtet, dass eine Exfreundin von ihm aus Highschool-Tagen jetzt für das Gouverneursamt kandidierte, und Ray hatte Neil erzählt, dass Abe Callender, der vor ein paar Jahren seine eigene Windschutzscheibe zerschossen hatte, als er seine Freundin mit *deren* Freundin in seinem Auto vorfand, jetzt Polizist in Farnham war.

»Darf ich?«, fragte Ray.

Macy drehte sich weg, als würde er dann ihre Tränen nicht sehen, wandte sich wieder um und nahm ihre Tasche von dem anderen Stuhl.

»Natürlich«, sagte sie.

Randeane, die Besitzerin und einzige Bedienung von The Cup, brachte Ray einen schwarzen Kaffee und stellte ihnen zwei Ingwer-Scones mit geschleudertem Honig hin.

Ray sagte: »Diese Scones schlagen Dunkin' Donuts um Längen.«

Randeane dankte ihm. »Sahne und Zucker?«

Ray, der eigentlich ein höflicher Mensch war, sagte: »Dem Kaffee würde es mit Sicherheit guttun.«

Randeane steckte ihren Bleistift ein und sagte: »Alle mögen unseren Kaffee. Es ist Fair Trade. Die Wiener Röstung und die französische Röstung sind sehr beliebt, und ich glaube, die Leute kommen extra wegen dem Kaffee hierher.«

Ray sagte: »Tut mir leid, wenn ich widerspreche, aber die Leute kommen vielleicht wegen des Gebäcks oder der Atmosphäre oder wegen dir, aber ganz bestimmt nicht wegen des Kaffees.«

»Wie bitte?«, sagte Randeane.

Macy lacht. »Wow, Ray.«

»Ich sage ja nur, dass die Leute nicht wegen des Kaffees kommen.«

»Ich mach dir eine frische Tasse.«

Randeane brachte ihm einen anderen Kaffee, und Ray trank ihn. Toll war er nicht. Macy aß ein Stückchen von ihrem Scone und seufzte. Zwei Highschool-Mädchen setzten sich an den Nachbartisch.

»Ich bin doch nicht *bescheuert*«, sagte das dünne Mädchen mit den gepiercten Augenbrauen.

»Ich *weiß*. Aber du kannst echt unmöglich *so* zu einem Vorstellungsgespräch gehen.« Das andere Mädchen war pausbäckig und fröhlich und trug eine rosa Uniform.

»Na gut«, sagte das dünne Mädchen. »Dann zeig mir, wie.«

Macy und Ray sahen zu, wie die beiden Mädchen Hand in Hand zur Toilette gingen.

»Mädchen wissen einfach, was Freundschaft heißt«, sagte Ray.

Macy zuckte die Achseln. »Mag wohl sein. Ich habe gerade an meine Mutter gedacht, als du reingekommen bist und mich hast weinen sehen.«

»Mein Vater war ein Nichtsnutz, eine Niete und ein Säufer«, erzählte Ray. »Und meine Mutter war so hilfreich wie eine Gummikrücke. Aber manchmal fehlt sie mir. So ist das wohl mit den Toten. In der Erinnerung sind sie besser, als sie es tatsächlich waren.«

»Wir hatten nie ein enges Verhältnis«, sagte Macy.

Vor zwei Tagen hatte sie in der Küche gesessen, gedacht, sie könnte mal wieder Gumbo machen, und das Sassafraspulver gesucht, als das Telefon klingelte. Ihre Mutter war dran – sie sei gerade auf der Durchreise und wolle Macy sehen. Sie sagte nicht *würde gern* oder *fände es schön*, sondern: »Ich will dich sehen, Kleine. Ich bin in New Britain. Es gibt da eine Kneipe namens Crab Cake, direkt neben der Route 9. Da treffen wir uns.« Ihre Mutter trug enge schwarze Jeans, eine gelbe Bluse und hochhackige gelbe Stiefel. Sie hatte ein Tuch um ihr schwarzes Haar gebunden, saß rauchend an einem der Tische und stand nicht auf, als Macy auf sie zukam.

»Na, du siehst ja rund und glücklich aus«, sagte ihre Mutter.

Macy setzte sich.

»Überrascht?«

»In der Tat«, sagte Macy. Sie hatte beschlossen, dass niemand aus ihrem wirklichen Leben, also Neil und seine Familie, jemals ihrer Mutter begegnen sollte.

»Das kann ich mir denken. Ich fand, es ist an der Zeit, dass du und deine alte Mutter mal ein bisschen plaudern.«

Es dauerte nicht sehr lang. Macy nannte ihre Mutter »Betty«, was deren Vorname war, und Betty nannte Macy »Joanie«, was wiederum deren Vorname war. Macys Mutter hielt Macy vor, dass sie abgehauen sei, und Macy sagte, wenn sie das nicht getan hätte, wäre sie heute eine abgewrackte Kokainsüchtige wie ihre Mutter oder Schlimmeres. Als Betty sagte, sie habe ihr Bestes getan, stand Macy auf und sagte: Das ist ja wohl ein Witz. Macys Mutter forderte sie auf, die Vergangenheit doch ruhen zu lassen, sie habe diesem miesen, erbärmlichen Brad eh schon vor Jahren den Laufpass gegeben, und Joanie habe sich doch offenkundig prächtig entwickelt. Sie sei auf dem Weg nach Miami, und wenn Joanie ein bisschen Reisegeld erübrigen könne, werde sie auch gleich wieder in ihr Auto steigen. Macy hatte vierhundert Dollar, die sie vom Haushaltsgeld abgezweigt hatte, dreihundert, die sie von ihrer Firma als Prämie bekommen hatte, weitere hundert von einem zurückgegebenen Wintermantel und dann noch zwanzig Dollar, die sie in Neils Hosentasche gefunden hatte, als sie die Hose zur Wäscherei brachte. Sie hatte das ganze Geld in einen Umschlag gesteckt, bevor sie sich auf den Weg zum Crab Cake machte, und diesen Umschlag reichte sie jetzt ihrer Mutter, die das Geld zählte.

»Mehr habe ich nicht«, sagte Macy. »Wir sind schließlich keine Millionäre.«

Ihre Mutter war fröhlich, wie immer, wenn etwas nicht so gut lief, wie sie gehofft hatte, aber auch wieder nicht so schlecht, wie es hätte laufen können.

»Es war nicht schwer, dich zu finden«, sagte ihre Mutter.

»Ich verstecke mich nicht«, sagte Macy, und ihre Mutter lächelte und drückte ihre Zigarette aus.

»Gut. Dann macht es dir sicher auch nichts aus, wenn ich auf der Durchreise wieder mal vorbeischaue.«

»Wenn du zu mir nach Hause kommst, erschieße ich dich höchstpersönlich. Ich werde behaupten, du hättest dich reingeschlichen, und ich hätte dich in Notwehr erschossen, weil ich dich für einen Einbrecher gehalten hätte. Und dann werde ich bittere Tränen weinen, weil ich meine eigene arme, verrückte Mutter erschossen habe, die doch längst weggeschlossen gehört hätte.«

Macys Mutter stand auf.

»Alte Ulknudel. Also gut, du hältst still und ich auch. Viel Glück«, sagte sie, und Macy sah ihrer Mutter nach, als sie in einem staubigen blauen Kombi wegfuhr.

Eine gutausehende Schwarze lief an dem großen Fenster von The Cup vorbei.

»Sieht nach Nellie aus«, sagte Ray.

»Kokostorten-Nellie«, sagte Macy.

Ray schüttelte den Kopf. »Meine Frau kann wirklich gemein sein.«

»Kein Widerspruch.«

Macy und Neil hatten sich im Haus seiner Eltern kennengelernt. Macy, die den größten Teil ihres Lebens mit einer Person beziehungsweise allein verbracht hatte, kam es vor, als wäre das ganze Haus voller Menschen. Neils Schwester Jennifer hatte Macy nach Hause mitgenommen, nachdem sie sich in ihrem letzten Highschool-Jahr in der Philadelphia Flower Show getroffen hatten. (Komm doch einfach übers Wochenende mit zu uns, hatte Jennifer gesagt. Meine Eltern mögen dich garantiert.) Neil war ein paar Jahre älter als Jennifer und Macy und schloss gerade sein Jurastudium ab; Neils und Jennifers Cousin Howard, der im Dienstbotenzimmer wohnte, weil er sich nach seinen Erlebnissen in Afghanistan der wirklichen Welt nicht mehr stellen konnte, mixte Drinks für alle.

Jennifer sagte: »Das ist Macy. Du wirst sie mögen.«

Neil drückte Macys Hand und sah ihr direkt in die Augen, und sie spürte, wie sie errötete. Eleanor Watrous servierte Hühnerfrikassee mit Klößen und glacierten Karotten und dazu, auf einem extra Teller, bitteren grünen Salat mit einem Ziegenkäsetaler in der Mitte. Zum Dessert brachte Jennifer eine riesige schneeweiße und wirklich schöne Kokostorte herein.

Macy sagte: »Meine Güte, das ist ja ein Prachtstück.«

Mrs Watrous sagte mit einer Handbewegung zur Küche hin, Nellie sei begabt. (Das ist unsere Haushälterin, sagte Neil leise. Sie kocht, wenn meine Mutter Eindruck schinden will.) »Ich werde Nellie bitten, Ihnen ein Stück einzupacken«, sagte Mrs Watrous, sodass sich alle richtig schön vorstellen konnten, wie Macy in ihrem fensterlosen Zimmer auf ihrem schmalen Bett saß und das Stück Torte zum Frühstück oder als kleinen Imbiss zwischendurch aß. Macy ließ ihre Serviette zu Boden gleiten, um ihre Fassung wiederzugewinnen.

Neils Hand kam über den Teppich auf Macys Serviette zuspaziert. Er streichelte Macys Knöchel, dann hob er die Serviette auf und legte sie ihr in den Schoß.

Nach dem Kaffee sagte Mr Watrous: Gehen wir nach nebenan, und Neil und Howard folgten ihm ins Arbeitszimmer. Sie machten die Tür nicht zu, und Macy setzte sich in den Sessel, der am nächsten zur Tür stand.

»Ein reizendes Mädchen, Jennifers kleine Freundin«, sagte Neils Vater.

»Echt heiß«, sagte Cousin Howard, griff nach einer Zeitschrift und begann, sich Luft zuzufächeln.

»Herrje, Howard«, sagte Mr Watrous. »Was macht die Jurisprudenz, Neil?«

»Alles okay«, sagte Neil.

»Schon irgendwelche Angebote?«

»Ein paar.«

»Bleib sauber«, sagte Mr Watrous.

Cousin Howard sagte: »Keine Schweinerei-ei-ei-en«, Mr Watrous sagte: »Mein Gott«, und die Männer kamen wieder ins Wohnzimmer zurück. Neil setzte sich auf Macys Armlehne und strich ihr übers Haar.

Am Sonntagnachmittag fuhr er Macy und Jennifer zum Bahnhof. Er schickte seine Schwester Fahrkarten kaufen, und dann küsste er Macy; seine schmalen Lippen öffneten sich wie eine Blüte. Er roch nach Zimt und Rauch.

Als Macy und Neil das nächste Mal zu den Watrouses kamen, waren sie ein Paar.

Mrs Watrous bat Macy, ihr beim Tischdecken zu helfen, um in Erfahrung zu bringen, ob Macy wusste, wo und in welcher Anordnung die Gläser zu stehen hatten. Macy stellte die Gläser oberhalb der Messer auf, Wasser, Weißwein, Rotwein, so wie von Emily Post empfohlen, und Neils Mutter warf einen kurzen Blick darauf und sagte, als wäre das keine Prüfung gewesen: »Ach, letztlich ist es ja völlig egal, oder? Heutzutage könnte man doch auch einfach einen Krug und vier Becher auf den Tisch stellen. Gehen wir auf die Terrasse.« Macy trank aus lauter Nervosität drei Gläser Wasser, und nachdem Neils Vater sie nach ihren Eltern gefragt und Macy geantwortet hatte, sie seien tot, ein Onkel und eine Tante in Des Moines seien ihre einzigen lebenden Verwandten, erkundigte man sich nach Macys Lieblingsfächern. Alles lief gut, bis Macy eine grüne Olive aus der neben ihr stehenden Schale nahm. Die Olive blieb mit der Spitze im hinteren, weichen Teil von Macys Gaumen hängen. Macy würgte, bis sie das Stückchen Pepperoni, mit dem die Olive gefüllt war, unter Tränen und Flüchen ausspuckte, oh *Scheiße*, verdammt noch mal, woraufhin Neil aufsprang, um ihr Wasser zu holen. Mr Watrous sagte, diese Oliven würden noch mal jemanden umbringen, und Mrs Watrous merkte an, er habe bereits fünfzehn davon gegessen. Schließlich und endlich nahm Macy das Glas Wasser von Neil entgegen, und als sie in ihrer Erleichterung den Arm sinken ließ, fegte sie die Schale mit den Oliven auf den Steinboden. Mrs Watrous holte einen dicken Spüllappen aus der Küche, Nellie, die Köchin, kam mit Schaufel und Besen hinterher, und die Glasscherben wurden beseitigt. Macy sagte zu Mrs Watrous: Mein Gott, es tut mir ja so leid, und Mrs Watrous sagte: Schon gut. Wenn ich die Queen wäre, müsste ich noch eine zweite Kristallglasschale auf den Boden werfen, damit Sie sich keine Gedanken machen.

Während des restlichen Essens sagte Macy kein Wort mehr.

Das hab ich nun davon, dachte sie. Da passt man auf und hört zu und macht alles genau wie die, aber wer konnte schon ahnen, dass diese blöde Schrulle, diese blöde blonde Schrulle in ihrem Lilly-Pulitzer-Etuikleidchen mit ihren verdammten

Bediensteten, wer konnte schon ahnen, dass ich ihre beschissene Kristallglasschale zerdeppern würde. Macy wohnte anderthalb Kilometer von der Uni entfernt in einer Pension, deren Zimmer sie samstags alle putzte, um weniger Miete zahlen zu müssen. An den Wochenenden ging sie auf Partys, und wenn jemand sie heimfuhr, ließ sie sich an der Straßenbahnhaltestelle absetzen. Sie lud niemanden zu sich ein. Sie fuhr nicht mit den Familien von Bekannten in Urlaub. Die Mädchen, mit denen Macy zusammen war, Mädchen wie Jennifer und ihre Freundinnen, dachten, Macy würde bei reichen, strengen Verwandten wohnen. Sie hatten noch nie eine Pension oder einen Teppichkehrer oder ein Gemeinschaftsbad gesehen. Sie bereiteten sich ihr Essen nicht auf einer Kochplatte in ihrem Zimmer zu, oder wenn, dann nur zum Spaß, und sie lasen nicht Emily Post und Miss Manners, als handelte es sich dabei um das Alte und das Neue Testament.

Macy brachte sich jeden Tag ihr eigenes Mittagessen mit zur Uni und aß es in der Behindertentoilette. Danach setzte sie sich zum Plaudern ins Studentenzentrum, und wenn die anderen Mädchen zwei Stücke Vollkornpizza oder eine große Schüssel Soba-Nudeln oder ein Roastbeef-Sandwich aßen, lächelte Macy wie Pietsie Cortland, die auch nichts aß, allerdings aus normaleren Gründen. Pietsie war Macys Lieblingskommilitonin. Sie mochte alles an Pietsie, nicht zuletzt ihren Namen, der so ausgefallen war, dass Macy sie am liebsten beiseitegenommen und ihr gesagt hätte: Hast du's gut. (Als sie dann tatsächlich mal über Herkunft redeten, sagte Pietsie: Furchtbar, oder? Das steht für Van Piet, meinen zweiten Namen. Du weißt schon – alter Name, aber völlig blank, arm wie die Kirchenmäuse, und Macy hörte das Klirren echten Kristalls.) Macy ging allen aus dem Weg, die auch nur das geringste Interesse an ihrer Familie zeigten. Interessant sein war nicht gut.

»Mach dir keine Gedanken«, hatte Neil gesagt, als sie zu seiner Wohnung zurückfuhren. »Meine Mutter ist eine starke Persönlichkeit. Das wird schon wieder.«

Macy schaute hinunter auf ihre Hände, die in ihrem Schoß zuckten.

»Das wird schon wieder«, sagte Neil, »ich liebe dich nämlich. Ha!«, fügte er hinzu, als sie ihn anstarrte, »das wusstest du wohl noch nicht?«

»Nein«, sagte Macy, lehnte den Kopf an seine Schulter und weinte ein bisschen bei dem Gedanken, dass sie von Neil Watrous geliebt wurde, der offenbar keine schwerwiegenden Fehler hatte.

Neil hielt an, sie küssten sich, und dann fuhren sie zu seiner Wohnung. Sie rannten die Treppe hoch, und während Neil noch die Tür aufschloss, hatte Macy bereits Schuhe und Bluse ausgezogen, und drinnen warf sie sich auf ihn, küsste seine fransigen braunen Haare und seine großen Ohren und all die kleinen Schnitte vom Rasieren. Sie landeten auf seinem Sofa. Er küsste ihren Bauch und ihre Achseln. Er fuhr ihr mit der Zunge von den Knöcheln bis zu den Ohren, und sie bissen sich an jeder rundlichen, nachgiebigen Stelle.

Zwischendurch lagen sie quer auf dem Bett, sodass ihre Köpfe nach unten hingen und ihre nackten Füße auf der ganzen Wand dunkle, feuchte Tapser hinterließen.

»I was made to love you«, sang Neil. Nackt, den Kopf auf dem Boden, sang er den kompletten Stevie-Wonder-Song.

»Ebenso«, sagte Macy.

In dem Sommer bevor sie Neil kennenlernte, hatte Macy, obwohl sie sich ziemlich sicher war, dass sie eigentlich nicht kreativen Ausdruck, sondern eher eine Art ultimative Rundumerneuerung anstrebte, mit Hilfe eines Stipendiums eine Woche lang an einer Schriftstellerkonferenz teilgenommen.

Sie betrachtete die Männer und Frauen um sich herum und dachte: Wir sind genau wie die Leute, die nach Lourdes fahren oder in diesen grässlichen Ort mit den Schwefelteichen, um sich dort in den Schlammbädern zu suhlen, nur haben wir statt Skrofulose und Dermatitis unsere Gedichte und Kurzgeschichten und unaussprechlichen Wünsche mitgebracht.

Sie rauchte wie ein Schlot und schrieb über alles, was ihr einfiel, aber immer nur ein paar Seiten, dann ging ihr die Luft aus. Sie schrieb über den Mann, der im Workshop neben ihr saß, einen fünfundsiebzigjährigen Ingenieur aus Salt Lake City, der verzweifelt versuchte, nach sechzig Jahren inklusive Ehefrau, zwei Kindern und sechs Enkeln sein Coming-out zu bewerkstelligen. Einmal lud der Ingenieur Macy nach dem Workshop auf einen Drink ein, und sie setzten sich an einen kleinen Tisch in einem schlechten Restaurant. Er legte seine Hand auf die von Macy und sagte: Herzchen, ich liebe Männer. Ich weiß, sagte Macy. Alle in ihrer Gruppe wussten es; der Mann schrieb über Schenkel wie Stahlträger, Ärsche wie Kugellager und Bizepse wie Kolben. Das ist völlig okay, sagte Macy. Ich liebe sie auch. Der Ingenieur sagte: Frauen, also, ihre Geschlechtsteile, verursachen mir Übelkeit. Anwesende natürlich ausgenommen. Na, dann ist das doch die richtige Entscheidung, sagte Macy. Sie kippte ihren Gimlet und ging zu einer weiteren Lesung. Sie ging zu jeder Lesung und Darbietung, die angesetzt war, und kam immer erst kurz vor knapp, in der Hoffnung, einen Platz neben einem gutaussehenden oder auch nur netten Mann zu finden, und sie stellte sich an, um sich Bücher von Leuten signieren zu lassen, die sie für Vollidioten hielt, einfach um ihre Chancen zu verbessern. Sie notierte noch ein paar andere Dinge, die sie auf der Schriftstellerkonferenz erlebte, schrieb sie in ein Notizbuch mit lavendelblauem Wildlederumschlag und warf es dann in den Müll.

Am Tag nach Rays und Macys Tête-à-tête schaute Ray auf dem Heimweg bei Randeane im Café vorbei.

»Ich hoffe, ich halte dich nicht auf«, sagte Ray.

Randeane lächelte, verneinte und schenkte ihm Kaffee ein.

»Randeane«, sagte Ray. »Das ist ein Südstaatenname, oder?«

»Linksorientierter jüdischer Vater, daher der Jufro-Look« – sie fuhr sich mit den Fingern durch das lockige Haar –, »und die Mutter eine pfingstbewegte Unterschichts-Südstaatlerin, daher ›Randeane‹ und die Unfähigkeit, meine Doktorarbeit abzuschließen. Und selbst?«

Ray sagte, seine Eltern seien uninteressant. Englische Hausierer auf der Seite seines Vaters, norwegische Bauern auf der Seite seiner Mutter, nicht der Rede wert.

»Na ja. Nimm ein paar Scones mit. Sonst muss ich sie morgen wegschmeißen, und ich werd 'nen Teufel tun und mich die ganze Nacht hinstellen und einen gottverdammten Brotauflauf machen.«

»Auf keinen Fall. Du wirst doch bestimmt von jemandem erwartet«, sagte Ray und dachte, dass es zwar schwer vorstellbar, aber wohl keineswegs unmöglich war, in seinem Alter vor Verlegenheit zu sterben.

»Eigentlich nicht«, sagte Randeane und reichte ihm eine Einkaufstüte voller Scones.

Neil war ein paar Wochen nach dem Kokostorten-Abend zu seinem Vater gekommen und hatte ihm gesagt, er wolle Macy vorschlagen zu heiraten. Ray wollte ihm eigentlich gratulieren, hörte sich jedoch sagen, in seiner Generation sei es zwar üblich gewesen, den Bund fürs Leben zu schließen, er persönlich halte das jedoch für eine der schlechtesten und dümmsten Ideen, die der Menschheit je aufgezwungen worden seien, übertroffen nur von »Jesus ist für unsere Sünden gestorben«, was schlichtweg absurd sei. Neil sah ihn kuhäugig an, und Ray wollte eigentlich aufhören, sagte aber stattdessen: »Alle, die sich scheiden lassen, fühlen sich verraten, egal, auf welcher Seite sie stehen. Aber was noch schlimmer ist: Alle, die verheiratet sind, fühlen sich verraten. Der oder die andere wird einen zwangsläufig enttäuschen, mein Sohn – es lässt sich gar nicht vermeiden. Wir sind letztlich alle selbstsüchtige Scheusale. Außerdem wird deine Frau eure Kinder mehr lieben, als sie dich je lieben wird. Du bist nur der Wasserträger, Junge. Du weißt doch, was deine Mutter immer sagt: Du hast gelobt, mich in guten wie in schlechten Zeiten zu lieben, Ray Watrous.«

Neil sagte: »Ich verstehe schon, was du meinst, Dad. Wirklich.« Er legte Ray die Hand auf die Schulter, und Ray wünschte, er hätte den Mund gehalten. »Aber bei Macy und mir ist das ein bisschen anders. Es ist einfach nicht das Gleiche.«

»Da hast du sicher recht«, sagte Ray. »Sie ist ein nettes Mädchen. Komm, wir wollen unsere Bräute nicht warten lassen.«

Viele von Rays Freunden bezeichneten ihre Frau als ihre Braut. Ray hatte in The Cup einmal so von Ellie gesprochen. »Ich werde meiner Braut ein paar von diesen Bagels mitbringen«, hatte er gesagt, und Randeane war zusammengezuckt.

»Das klingt ja furchtbar«, hatte sie gesagt. »Als würdest du sie in Schleier und Hochzeitskleid in einer kleinen Kammer halten. Deine höchsteigene Miss Havisham.«

»Nein, ganz im Gegenteil«, sagte Ray. »Es zeigt, dass ich sie noch mit denselben Augen sehe wie damals, als wir geheiratet haben. Es ist schmeichelhaft.«

»Wer's glaubt, wird selig«, sagte Randeane, stopfte die Bagels in eine Tüte und warf Ray das Wechselgeld auf die Theke.

Bevor der Winter begann, kaufte sich Ray einen Hund (»Magst du Hunde überhaupt?«, fragte Eleanor.) Er führte ihn jeden Abend aus, an Randeanes Haus vorbei. Oft saß Randeane lesend auf der vorderen Veranda; manchmal war sie auch hinterm Haus, wo es eine Hängematte, einen offenen Kamin und zwei Liegesessel aus weißem Plastik gab.

»Hängematte oder Chaiselongue?«, fragte Randeane.

Ray sagte, er sei eher der Sesseltyp, Hängematten seien unberechenbar.

»Das Leben ist eine Hängematte«, sagte Randeane.

»Genau das meine ich. Ich nehme den Sessel.«

»Erinnerst du dich noch an Oscar? Ihr seid euch einmal begegnet. Er hat mir einen Heiratsantrag gemacht«, sagte Randeane.

Ray seufzte.

»Seufz nicht so«, sagte sie.

»Das sagt Ellie auch immer. ›Seufz nicht so, Ray, wir sind nicht im Gulag‹, sagt sie. Und weißt du, was sie auch immer sagt? Wenn sie ein bisschen was getrunken hat, sagt sie: ›Ich habe gelobt, dich in guten wie in schlechten Zeiten zu lieben, Ray.‹ Niemand sollte so etwas versprechen.«

»Du meinst, ich sollte ihn nicht heiraten?«

»Ich bin ihm nur einmal begegnet«, sagte Ray. »Kräftiger Händedruck.«

»Komm, leg dich mit mir in die Hängematte.«

»Das kann ich nicht machen«, sagte Ray.

»Ich bin mir ziemlich sicher, dass du es kannst«, sagte Randeane. Sie streifte ihre grünen Slipper ab und kletterte in die Hängematte. Ihr Hosenbeine schoben sich über die Waden hoch. »Dann schubs mich wenigstens an.« Ray tat es und setzte sich wieder.

»Du könntest mich heiraten«, sagte Ray. »Wir wissen beide, dass ich die bessere Wahl wäre.«

Randeane schaute in den Himmel. »Wahrscheinlich schon«, sagte sie. »Du, jünger, alleinstehend, vielleicht nicht ganz so frustriert und unflexibel.«

»Das werden wir wohl nicht mehr erleben.« Ray stand mit etwas unsicheren Beinen vom Liegestuhl auf und brachte den Hund nach Hause. Dann fuhr er auf ein Bier zum Yankee Clipper.

Der Parkplatz war nicht mal halb voll, und Ray erkannte die meisten Wagen. Leo Ferrantes BMW, das war doch typisch – bestimmt feierte Leo, dass er Farnhams Entscheidungsträger davon überzeugt hatte, weder ein Stop & Shop noch ein Pferdekrematorium seien ein Grund zur Aufregung. Leo trank vermutlich mit seinen Klienten und saß nicht weit von Anne Fishbach. Anne ließ ihren senilen Mann jeden Dienstagabend unter der Obhut einer Pflegerin zurück und fuhr zum Clipper. (»Ist das nicht mein gutes Recht?«, hatte sie zu Ray gesagt. »Bin ich deswegen denn eine schlechte Ehefrau? Nach dreiundfünfzig Jahren?«) Sie setzte sich in eine der hinteren Sitznischen und trank Manhattans, bis irgendjemand sie nach Hause fuhr.

Ray entdeckte den grünen Pick-up seines Nachbarn. Als er sah, wie zwei Männer vom Exchange Club aus der Bar kamen und *sein* Auto erkannten, war klar, dass er besser woanders hinfahren sollte. Nach etwa fünfzehn Kilometern kam er zu einem Ort, in dem er nur ein einziges Mal gewesen war, als er nämlich vor zwanzig Jahren Jennifer von einem Pfadfindertreffen abgeholt hatte. Es gab zwei Bars, eine rechts, eine links der breiten Hauptstraße. Auf der Markise der einen stand: PADDY O'TOOLE'S BAR AND GRILLE, und sie war, wie das Fenster, mit goldenen vierblättrigen Kleeblättern verziert. Auf der anderen stand BUCK'S SAFARI BAR. Hier hing in dem einen Fenster ein Obama-Poster und im anderen ein Poster von einer breitbeinig dastehenden, schier aus ihrem winzigen Leopardenfellbikini quellenden Schwarzen mit einem riesigen Wust schwarzer Locken und eingeölten Schenkeln. Ray dachte: Das ist jetzt wohl einfach dran, und ging hinein.

Keiner beachtete ihn. Früher hätte sich womöglich irgendein junger Mann genötigt gefühlt, seine Männlichkeit oder sein Schwarzsein oder die Tugend einer der Bedienungen zu verteidigen, und Ray wäre bei einer Prügelei auf einem nassen Holzboden oder harten Bürgersteig gelandet, aber diese Zeiten waren vorbei. Eine junge Frau und ihr Begleiter wechselten von ihren Barhockern in eine der Sitznischen, und der Mann gab Ray zu verstehen, dass er gern seinen Platz einnehmen könne. Die Bardame war klein und breit, trug einen goldenen Lederrock und hatte golden lackierte Fingernägel. Ihr Haar war sehr kurz geschnitten und blondiert. Sie legte eine Serviette vor Ray hin und sah ihn genau so an, wie sie alle anderen Männer in der Bar ansah.

»Einfach ein Bier, bitte. Vom Fass.«

Er konnte den ganzen Abend im Buck's bleiben. Wahrscheinlich könnte er sogar hier einziehen. Die Leute schienen nett zu sein. Jedenfalls waren sie angesichts eines weißen alten Mannes in ihrer Mitte weit toleranter, als es die Leute im Yankee Clipper wären, wenn sich dort ein fremder Schwarzer an der Bar breitmachen würde. Ray bestellte noch ein Bier und einen Burger und sah zu, wie die Steelers die Colts niedermachten.

»Mein Gott«, sagte Ray, »null Verteidigung.«

»Das können Sie aber laut sagen«, sagte der Mann neben ihm, und dann tippte jemand Ray auf die Schulter.

Rays Ellenbogen erwischte das Glas, der Mann zu seiner Linken fing es auf, die Bardame sagte: gut gemacht, und neben ihm stand Macy.

»Was in aller Welt machst du denn hier?«, fragte Ray. »Wo ist Neil?« In den fünf Jahren seit der Hochzeit hatte Ray es kein einziges Mal erlebt, dass Macy einen trinken ging, schon gar nicht in einer Schwarzen-Bar am hintersten Ende von Meriden.

Macy zuckte mit den Achseln. »Ich habe früher hier in der Gegend gewohnt. Ich bin ein bisschen rumgefahren und … Wollen wir uns in eine der Nischen setzen?«

»Da würde ich nicht nein sagen«, bemerkte der Mann links von Ray. »Auf gar keinen Fall.«

»Das ist meine Schwiegertochter«, sagte Ray.

»Wer ohne Sünde ist, der werfe den ersten Stein«, sagte der Mann.

»Ich dachte, du kommst aus Iowa? Kansas? Hab ich da was falsch verstanden?«, fragte Ray, als sie mit ihrem Bier zu einem der Tische gegangen waren.

»Nein. Ich habe erzählt, dass meine Eltern tot sind und dass ich eine Tante und einen Onkel in Des Moines habe. Was nicht stimmt.«

Macy trommelte mit den Fingern auf den Tisch.

»Ich liebe Neil«, sagte sie. »Wirklich.«

»Daran habe ich keinen Zweifel. Und er liebt dich. Mein Gott, man muss ihn nur anschauen – er himmelt dich an.«

»Echt? Er will ein Kind.«

»Gut«, sagte Ray. »Am besten gleich zwei.« Kinder, die Kinder kriegen, dachte er.

»Er himmelt mich an? Er ist jedenfalls der beste Mann, den ich kenne«, sagte Macy. »Bloß bin ich nicht die, für die er mich hält.«

»Es gibt Schlimmeres«, sagte Ray, und Macy legte ihm eine vom Bier kühle und feuchte Hand auf die Lippen. Die Hand roch nach Grapefruit.

»Es ist nicht etwa so, dass er auf einer metaphysischen Ebene mein innerstes Wesen nicht kennen würde. Aber ich habe ihn bei tausend Gelegenheiten in tausenderlei Hinsicht belogen.«

Ray nickte.

»Als ich zehn war, ist meine Mutter auf dem Küchenboden zusammengebrochen, und dabei ist ihr Blut aus der Nase gelaufen. Da hab ich kapiert, dass sie eine Überdosis Kokain genommen hat, verstehst du?«

Ray nickte wieder, als wären Frauen, die wegen einer Überdosis Kokain vor ihren Kindern zusammenbrechen, ein ebenso normaler Bestandteil seines Lebens wie das Zeitunglesen.

»Ich hatte eine tolle Babysitterin, Sammy. Und als ich vierzehn war – also, ich werd versuchen, es kurz zu machen –, ist meine Mutter mit so 'nem Typ zusammengezogen, den wir jetzt einfach mal das Arschloch nennen, und ich bin zu Sammy gezogen. Wie sich herausstellte, war Sammy Transvestit.«

Ray nickte. Er hatte ein Dutzend Männer mittleren Alters in Frauenkleidern verteidigt, die zu schnell gefahren waren.

»Ich habe Sammy also die Haare und die Nägel gemacht. Und seinen Freunden auch; Sammy hat unser Fernsehzimmer in so ›ne Art Transensalon umfunktioniert. Ich habe mich immer nach der Schule und samstags fast den ganzen Tag um Haare, Nägel und Make-up gekümmert. Als ich mit der Highschool fertig war, hatte ich dreitausend Dollar auf dem Konto. Außerdem habe ich ein Stipendium für Bryn Mawr bekommen und den zweitbesten Abschluss meines Jahrgangs gemacht.« Macy lächelte scheu. »Ich heiße eigentlich gar nicht Macy. Ich habe mit sechzehn meinen Namen geändert – also, ihn offiziell ändern lassen. Sammys Mutter hieß Macy. Und als wir in Bryn Mawr ankamen, war Sammy der Star. Die Eltern fanden ihn alle *umwerfend*. Und er sagte: *Au revoir*, Schätzelchen, schau nicht zurück, und fuhr davon. Er hat sich eine ganz üble Staphylokokkeninfektion eingefangen, durch die Acrylnägel. Zehn Tage auf der Intensivstation. Es war schrecklich. Er war ein ausgesprochen netter Mann.« Macy wischte sich mit einer Serviette das Gesicht.

»Als ich am College war«, sagte Ray, »hab ich mir einen blasen lassen. Also, versteh mich richtig: Der Typ hat mir fünfzig Dollar dafür bezahlt, was damals viel Geld war, und ich habe das drei Jahre lang einmal die Woche gemacht. Ohne ihn hätte ich mein Studium abbrechen müssen. Ich habe dir ja schon erzählt, dass mein Vater ein versoffener Nichtsnutz war.«

»Danke«, sagte Macy und lachte. Ray lächelte.

»Außerdem weißt du vielleicht auch, dass ich in Randeane verliebt bin.«

»Randeane mag ich echt gern«, sagte Macy. »Alles an ihr, sie ist einfach klasse. Es gibt nichts, was sie nicht gelesen hätte. Ich bin irgendwie auch ein bisschen in sie verliebt.«

»Mag sein«, sagte Ray. Er breitete die Arme entlang der Rückwand der Sitznische aus. »Aber bestimmt nicht so.«

Eines Morgens, erzählte Ray Macy, sei er später als sonst zu Randeane ins Café gekommen, zwischen den Frühstücksleuten und den Mittagspausenleuten, und da habe ein Mann an Rays Tisch gesessen.

Oh, Ray, hatte Randeane gesagt. Das ist mein Freund Soundso soundso. Ray hatte den Namen nicht verstanden. Der Mann war größer als Ray, Ende dreißig oder Anfang vierzig; Ray fand es zusehends schwieriger, Leute einzuschätzen, außer wenn sie mehr oder weniger in seinem Alter waren. Wer unter fünfzig war, erschien ihm jung, und wer unter dreißig war, erschien ihm wie ein Kind. Der Mann erhob sich höflich und gab Ray die Hand. Er schüttelte sie zweimal, nicht mit dem kräftigen Händedruck, den selbst Männer in Rays Alter tauschten, um einander zu zeigen, dass mit ihnen noch zu rechnen war, sondern ganz sanft und langsam, als wollte er auf Rays Osteoporose oder Arthritis oder weiß Gott was Rücksicht nehmen, die sonst dazu geführt hätte, dass Rays Hand in seiner wie die einer ägyptischen Mumie zerkrümelte. Der Mann dachte ganz offensichtlich nicht: Das ist also mein Konkurrent, sondern er dachte: Armer Onkel Ray, oder sogar: armer Grandpa Ray, Bürgerkriegsveteran. Schwester, holen Sie dem Mann einen Stuhl. Ray ging wieder und lief quer durch die Stadt zum Anwaltsbüro von Ferrante und Ticknor. Er lief an dem schmalen, vermüllten Fluss entlang, der durch den Park führte.

In Leo Ferrantes Kanzlei räusperte sich Ray, und Leo hob die Hand.

»Tu's nicht«, sagte er.

»Bist du Hellseher oder wie?«, sagte Ray.

Leo sagte, es tue ihm leid, aber in den letzten drei Tagen seien zwei seiner alten Freunde zu ihm gekommen, die sich von ihrer Frau scheiden lassen und eine scharfe Ische heiraten wollten.

»Als scharfe Ische würde ich sie nicht unbedingt bezeichnen«, hatte Ray gesagt.

Macy beugte sich vor, das Gesicht in den Händen, und strahlte richtig bei dem Gedanken an Rays Liebe zu Randeane. Sie sah aus wie eine Zwölfjährige.

»Du verdienst es, glücklich zu sein, Ray.«

»Und Eleanor? Verdient die es denn nicht auch?«

Macy sagte nicht, dass es ihr völlig egal war, ob Eleanor glücklich war oder nicht.

Ray sagte: »Irgendjemand muss doch für Ellie sprechen«, und schaute sich in der Kneipe um, als könnte die goldblonde Bardame oder das junge Paar vielleicht etwas zu Ellies Gunsten sagen. Zum Beispiel: Herrgott noch mal, diese Frau hat sich – auf ihre Weise – für dich aufgeopfert. Oder vielleicht würde die Bardame sagen: Wenn du Ellie verlässt, werden sich deine Kinder von dir abwenden. Sie halten dich für einen anständigen Kerl. Ellie zu verlassen, um dich mit einer jungen Dame zusammenzutun, die halb so alt ist wie du – wirklich, Alter schützt vor Torheit nicht. Ray wandte sich wieder Macy zu, doch er hörte die Bardame und Leo Ferrante weiter zu ihm sprechen. Deine Prostata allein reicht ja schon aus, um sie in die Flucht zu treiben; für die brauchst du doch schon ein eigenes Zimmer. Und dann dein Koffer voll Viagra und Levitra, nicht zu vergessen dein Allopurinol und dein Amlodipin und dein Alna, ohne das du nie wieder pinkeln würdest. Und warum sollte sie keine Kinder wollen, jung, wie sie ist? Mit diesem großen, gutausehenden Mann könnte sie welche haben, hörte Ray die Bardame sagen; er sah sie an, und sie zwinkerte ihm zu, Goldpulver glitzerte auf ihren Augenlidern und Wangenknochen und schimmerte über ihren Brüsten. Sie brachte ihnen noch zwei Bier und eine Schale Nüsse.

»Kann man hier auch richtig essen?«, fragte Macy.

»An was haben Sie denn gedacht?«, fragte die Bardame.

Macy sah sich um und schnupperte.

»Seewolf vielleicht?«, sagte Macy.

Die Bardame zuckte erfreut die Achseln. »Für zwei? Frittierte Süßkartoffeln? Limabohnen?«

»Ich bin im Himmel!«, sagte Macy und hätte fast in die Hände geklatscht.

»Ich glaube nicht, dass ich das alles essen kann«, sagte Ray.

»Ich liebe dieses Essen. Ich werde Neil was mitbringen. Da tropft der Zahn, wie man so schön sagt.« Macy trank einen Schluck Bier und lächelte. »Sammy hat hervorragend gekocht. Das tu ich übrigens auch.«

Als wäre ein Schalter umgelegt worden, dachte Ray. Vor

zwei Stunden wollte sie sich noch in der Garage erhängen, weil Neil ihr inneres Wesen nicht kennt, und jetzt bringt sie ihm Südstaaten-Schlemmereien mit, die sie im Bett verspeisen werden. Lachend. Ray dachte an Randeane, und es schnürte ihm das Herz zusammen. Er legte die Hände auf den Tisch.

»Ja, du solltest ihm etwas mitbringen. Ich kann wirklich nicht mehr viel essen«, sagte er. »Ruf ihn an. Sag ihm, dass du nach Hause kommst. Und scheu dich nicht, ihm von deiner Mutter und Sammy zu erzählen. Er wird dich dafür bewundern. Dafür, dass du das hinter dir gelassen hast.«

»Okay«, sagte Macy und biss sich auf die Lippe. »Meinst du echt?« Sie zog ihr Handy hervor und checkte ihre SMS.

»Er ist noch bei der Arbeit«, sagte sie und grinste wie ein Kind. »Er macht sich noch nicht mal Sorgen.« Sie simste Neil und zeigte es Ray: Komme bald, m Superessen. Hdgl :-*

Ein massiger Mann kam aus der Küche und stellte ihnen das Essen hin. Er deutete mit einem Kopfnicken auf den Fernseher.

»Das Spiel ist gelaufen«, sagte er. »Sie wissen doch, was Archie Griffin gesagt hat: Nicht verbissen spielen, sondern mit Biss. Diesen Jungs da fehlt jeglicher Biss.«

»Super Spieler, dieser Griffin. Hat zweimal den Heisman gewonnen.«

Der Mann hielt inne, als überlege er, sich zu setzen, und Macy rückte ein Stück, um ihm Platz zu machen.

»Großartiger Tailback«, sagte der Mann.

»Tja, heute wird mit anderem Maßstab gemessen«, sagte Ray. »Ich finde ja, der beste Runningback überhaupt war Bronko Nagurski.«

»Ah«, sagte der Mann. »Und zwar in Angriff und Verteidigung. Das gibt's heute gar nicht mehr.«

»Nein«, bestätigte Ray.

Der Mann schob die Rechnung unter Rays Teller. »Schauen Sie doch mal wieder vorbei.«

»Ray«, sagte Macy, »wenn du dich mit Randeane zusammentun willst, also, wenn du Unterstützung brauchst – ich bin für dich da. Und Neil auch.«

Ray stocherte in seinen Fritten herum, den besten, die er je gegessen hatte. Wenn er sonst nichts tat, um sein Leben zu verändern, konnte er wenigstens alle paar Wochen hier ins Buck's kommen, ein Bier trinken, einen Teller frittierte Süßkartoffeln essen und mit dem Koch über Football fachsimpeln.

Macy klopfte ihm mit der Gabel auf den Handrücken. »Ray. Wenn du der Quarterback bist, dann bin ich der – der Spieler, der den Qarterback verteidigt. Der bin ich für dich.«

»Schätzchen«, sagte Ray. »So jemanden gibt's im Football nicht.«

Direkt nach Jennifers Geburt wurde bei Ellie eine Zyste nach der anderen gefunden, und als Jennifer zwei war, hatte Ellie eine Totaloperation. Ray brachte ihr einen Armvoll roter Stargazer-Lilien mit, nicht aus dem Supermarkt oder dem Geschenkeladen im Krankenhaus, sondern vom Floristen, denn in dieser Hinsicht war Ellie heikel, und als er eintrat, klappte Ellie ihre Puderdose zu und legte ihren Lippenstift auf den Nachttisch. Sie hatte ihren blauseidenen Morgenmantel von zu Hause mitgebracht und sich das Haar mit einem blauen Band zum Pferdeschwanz gebunden. Sie machte Ray auf dem Bett Platz, und sie hielten Händchen.

»Den Kindern geht's gut«, sagte Ray. »Nellie hat Neil dazu gebracht, die Betten zu machen, und Jennifer rennt ungefähr zehnmal am Tag gegen die Wand, fällt hin und lacht wie eine Irre.«

»Oh, gut«, sagte Ellie, und dann schaute sie aus dem Fenster und seufzte.

»He, nicht seufzen«, sagte Ray. »Es ist alles in Ordnung.«

Ellie sagte: »Nein, ist es nicht. Ich hätte gern noch ein Kind bekommen. Ich wäre gern wie alle anderen. Ich wollte eigentlich nicht schon mit dreiunddreißig in die Wechseljahre kommen – vielen Dank –, und ich freue mich auch nicht darüber, dass mir Dr. Perlmutter ab jetzt jedes halbe Jahr den Finger in meine Du-weißt-schon-was schiebt.«

Ray drückte ihre Hand. »In guten wie in schlechten Zeiten. Haben wir das nicht gesagt? Das sind jetzt halt eher die schlechten.«

Ellie stieß seine Hand weg und sah ihn mit zusammengekniffenen Augen an, wie eine der furchtlosen Armeehelferinnen, die er als Junge so sexy gefunden und bewundert hatte, Mädchen, die sogar in Rock und hochhackigen Schuhen schneller rannten und schneller schossen als die Kerls.

»Du meinst also, das jetzt wären die schlechten Zeiten?«, fragte Ellie. »Na, das ist wohl meine eigene Schuld. Mein Süßer – wenn so die schlechten Zeiten aussehen, dann haben wir nichts zu befürchten.«

Das Gleiche hatte sie auch gesagt, als durch die Medikamente gegen Bluthochdruck seine Erektionen ausblieben und Viagra sie wieder zurückbrachte, aber anders als zuvor. Es waren jetzt unverkennbar die Erektionen eines alten Mannes, ja, sie waren selbst wie alte Männer: schwach, irritierbar und unsicher. Er hatte mit dem Rücken zu Ellie im Bett gelegen, voller Scham und Selbstmitleid. Ellie hatte das Licht eingeschaltet, um ihn anzusehen. Sie trug ihr pinkfarbenes Seidennachthemd, und ihr Gesicht glänzte von der Feuchtigkeitscreme. Sie stützte sich auf einen Ellbogen und beugte sich über ihn. Er sah die Falten an ihrem Hals und zwischen ihren Brüsten, die Runzeln an ihren Unterarmen, das Pölsterchen unter ihrem spitzen Kinn und dachte: Sie muss das Gleiche sehen. Sie machte das Licht aus und legte ihm die Hand auf die Schulter.

»Na und, Ray? Denkst du, das war's jetzt und dass wir schließlich und endlich bei den schlechten Zeiten angekommen sind?«

Du vielleicht nicht, dachte Ray.

»Sind wir nicht. Es sind nicht die guten Zeiten, aber schlecht sind sie auch nicht.«

Eleanor griff unter die Decke und nahm seinen Schwanz in die Hand. Sie drückte ihn ein wenig, wie zum Gruß. Dann schob sie die Decke weg und drehte Ray auf den Rücken. Sie redete, während sie ihn streichelte. Sie erzählte ihm von dem Mann, der gekommen war, um die Terrasse auf Vordermann zu bringen, und seine vier riesigen Hunde mitgebracht hatte; sie erzählte ihm, sie habe einen Highschool-Freund von Neil getroffen, der auf ihre Frage, wie es seiner Mutter gehe, geantwortet hat: Prima, sie ist jetzt auf Bewährung draußen; sie erzählte ihm, dass sich junge Männer neuerdings offenbar die Eier rasierten. Ray hob den Kopf und fragte, ob ihr das gefallen würde. Ich hätte nichts dagegen, sagte sie. Ist es sonst denn unangenehm?, wollte Ray wissen. Ach, na ja, sagte Ellie. Es ist, wie einen feuchten Wollfäustling im Mund zu haben – was glaubst du denn? Als er sich ausgelacht hatte, als das schwache Licht des frühen Morgens auf Ellies mit einem pinkfarbenen Band zusammengebundenes silbernes Haar und ihre schmalen, manikürten Hände fiel, kam er.

Auf dem Heimweg von Buck's fuhr Ray hinter Macy her. Er konnte ihre dunkle Silhouette sehen, wenn sie unter einer Straßenlampe hindurchfuhr, ihr rechter Arm erhoben, da sie die ganze Zeit telefonierte. An ihrer Einfahrt hupte sie zweimal und bog ab. Das Licht auf der Veranda ging an, und sofort kamen die Motten. Macy rannte zur Veranda, und Ray sah, wie Neil, nur in der Unterhose, ihr beide Arme entgegenstreckte.

Ray bog nach links ab statt nach rechts und parkte vor Randeanes Haus. Vom Auto aus sah er den weißen Rand ihrer Chaiselongue. Und die Spitzen der grünen Slipper an ihren Füßen. Er hupte zweimal und fuhr nach Hause.

Das sieht doch ein Blinder, wie sehr ich dich liebe

Jane Spencer sammelt Bilder von schlanken jungen Männern. In der untersten Schublade ihres Schreibtischs liegen, zwischen seidenen Stoffmustern und alten Geschäftskarten von Spencer Interiors, zwei Fotos von James Dean, eines von einem tiefmelancholischen Jeremy Irons in *Brideshead*, Arm in Arm mit dem Jungen, der den Teddybär hält, ein Sepiabild von Rudolph Valentino im Jahr 1923, ohne Burnus und Eyeliner, Hochglanzfotos von B. D. Wong als Song Liling und als er selbst, geschmeidig und androgyn, und Robert Mapplethorpe, der 1972 lächelnd aus seiner Jeans schlüpft. Sie besitzt einen Lebenslauf in Bildern von Kevin Bacon, diesem Paradebeispiel dafür, wie man vom elfenhaften Jungen zum gutaussehenden Mann werden kann, ohne an Masse oder Behaarung zuzulegen.

In dem Sommer, als Jessie Spencer fünf wurde, spielte sie jeden Tag Capture the Flag mit den großen Jungs, den fast Sechsjährigen, die mit einem Jahr Verspätung in den Kindergarten gekommen waren. Jane machte sich nie auch nur ansatzweise Gedanken über Jessies IQ, ihre Augen-Hand-Koordination oder ihre sozialen Fähigkeiten. Jessie und Jane waren ein Herz und eine Seele, zwei gescheite, starke Frauen mit blauen Augen, eine fünf, eine fünfunddreißig, beide gute

Skaterinnen, gute Sängerinnen und gute Erzählerinnen. Den anderen Müttern in der Spielgruppe gegenüber erwähnte Jane das aber nicht, denn die hätten behauptet, bei ihnen und ihren Töchtern sei das genauso, dabei sah Jane doch, dass es keineswegs so war, und auch ihrer eigenen liebenswürdigen und besorgten Mutter erzählte sie nichts davon, denn die hätte das verständlicherweise als Vorwurf aufgefasst. Nicht einmal dem Kinderarzt, Hüter der geheimen Ängste und Wünsche jeder Mutter, erzählte Jane von dieser Nähe, doch sie ließ sich abends davon in den Schlaf singen. Dass Jane als die gute Zuhörerin der Spielgruppe galt, war unverdient: Wenn die Mütter über ihre x-beinigen Töchter und zurückgebliebenen Söhne redeten, lächelte Jane zwar, doch ihre Augen folgten Jessie. Sie beobachtete sie und dachte: Dieses Lächeln! Diese Wimpern! Wie mutig! Wie entschlossen!

Manchmal fragte sich Jane, ob Jessie nicht ein bisschen zu sehr den Jungs nacheiferte, so wie Sarah und Mellie, die noch schneller rannten und noch brutaler kämpften als sie; die beiden fanden nichts dabei, einen kleineren Jungen zum Heulen zu bringen, indem sie ihm die Unterhose hochrissen, oder dem Mädchen, das die Schaukel in Beschlag genommen hatte, Sand in die Kopfhaut zu reiben. Sie weinten nie, Mellie nicht, als sie sich an der Kante der Wippe die Lippe aufschnitt, Sarah nicht, als sie sich einen streichholzgroßen Splitter einriss. Doch Sarah und Mellie in ihren Latzhosen und dreckigen Baseballshirts hatten nicht die herzlose Verwegenheit der Jungen, nicht diese kleinen Teufel, die in ihren Pupillen tanzten. Jessie hatte genau das, und den anderen Kindern war klar, dass sie den Jungs nicht nacheiferte, sich nie bemühte, zu ihnen zu gehören. Es gab kein Kräftemessen, kein »Bis hierhin und nicht weiter«. Jane wusste, dass in nicht allzuferner Zukunft die Jungs in der kleinen Bucht hinter der John Lyman School ihre Penisse hervorziehen und Jessie demonstrieren würden, dass sie nicht im Stehen pinkeln konnte, was für Jessie schrecklich sein würde. Doch Jane irrte. Jessie beobachtete die Jungs und übte zu Hause, indem sie mit den Händen und einer kleinen Tüte einen Trichter formte. Als Andrew und Franklin auf der anderen Seite des Rhododendron pinkeln gingen, kam Jessie mit, öffnete ihren Reißverschluss, schob die Hüften vor und produzierte zwar keinen feinen Sprühregen, aber doch ein vertretbares Getröpfel. Die Jungs dachten sich bis zur ersten Klasse nichts dabei, und als sie es dann taten und der Lehrer Jessie sehr bestimmt in die Mädchentoilette schob, ging sie in der Pause zu Fuß heim, voller Entsetzen über das Leben, das vor ihr lag, und ließ sich von Jane erst nach einer Woche zur Rückkehr in die Schule bewegen.

Noch schlimmer wurde es, als Jane mit ihr für die Hochzeit einer Freundin einen schlichten marineblauen Pullover kaufen gehen wollte. Jane hielt ihn ihr hin, froh, etwas in Jessies Lieblingsfarbe ohne Rüschen oder auch nur das kleinste Stückchen Spitze gefunden zu haben, doch Jessie starrte auf den Pullover, als wäre ihre Mutter verrückt geworden, und heulte vor Wut und Scham, bis Jane schließlich mit ihr zu Macy's fuhr und einen marineblauen Jungenblazer samt grauer Hose für sie erstand, wobei sie sich durch ihren herausfordernden Blick jeglichen Kommentar der Verkäuferin verbat. In einem Kompromiss einigten sie sich auf schwarze Lacklederschuhe und einen weißen Rollkragenpullover. Die Leute auf der Hochzeit fanden Jane schick wie immer und Jessie ganz entzückend. Richtig Kristy-McNichol-mäßig, sagte die Brautmutter. Als sie heimfuhren, wusste Jane, dass sie es fertiggebracht hatte, es nicht zu bemerken, so wie man es fertigbringt, nicht zu bemerken, dass das neue Baby der Nachbarin Augen und Nase des eigenen Mannes hat, bis man ihnen eines Tages im Supermarkt begegnet und es nicht mehr übersehen kann. Jessie schlief während der gesamten Fahrt, der weiße Rolli mit Buttercreme verschmiert, auf dem Blazer ein paar aus der Tasche gerutschte Rosenblütenblätter, und Jane weinte von Storrs bis Durham. Sie hatte ihre Mutter geschätzt und bemitleidet und ihren Vater bewundert, einen kleinen, lebhaften Mann, der auf ihre Bitte quer durchs Wohnzimmer Räder schlug und seine eigene Brooklyner Version der Grimm'schen Märchen als Gutenachtgeschichten erzählte. Sie hatte Jessies attraktiven Vater genügend gemocht, um ans Heiraten zu denken, bis ans Licht kam, dass er eine Ehefrau in Eau Claire und hohe Schulden in fünf Bundesstaaten hatte. Es konnte ja wohl nicht sein, dass der Streich, den Gott ihr offenbar spielen musste, darin bestand, die Liebe ihres Lebens, ein auf wunderbare Weise verbessertes Stück Jane, zu nehmen und zu sagen: Hoppla – sieht zwar aus wie ein Mädchen, ist aber ein Junge! Sorry. Pass dich der neuen Lage an. Jane brauchte Jessies gesamte Kindheit, um herauszufinden, worin diese Anpassung bestehen konnte, und die dafür erforderlichen fünfzigtausend Dollar zu sparen.

Wie bekommt man den ersten Termin des Tages bei dem weltbesten Spezialisten für Geschlechtsumwandlungen? Es kann nicht so anders sein als Einkaufen bei Bergdorf's, denkt Jane. Sie schaut zweimal zu der hübschen dunkelhäutigen Sprechstundenhilfe hinter der großen Empfangstheke aus Kiefernholz hinüber. Die Frau hat gewaltige Schultern, der Stoff ihrer blaugrünen Jacke spannt über dem Rücken, und als sie nach Jessies Karte greift, krachen die Nähte ihres gerade geschnittenen Rocks und dehnen sich über ihren mächtigen Oberschenkeln. Jane möchte sich nicht von Gedanken über die Weiblichkeit dieser Person, ob genetisch oder sonst wie bedingt, ablenken lassen. Ihre Aufgabe ist es, als Geste des Respekts nett und geduldig zu sein, sich, wenn möglich, geistreich zu zeigen und ohne jede Penetranz zu vermitteln, dass sie die Sorte Frau ist, die guten Service wirklich zu schätzen weiß.

»Hübsche Blumen«, sagt Jane. »Die weißen Alstroemeria. Wie werden sie noch gleich genannt? Inkalilien, glaube ich.« Jane kennt die Namen der meisten Blumen.

Marcella Gray legt die Hände aneinander wie ein Bischof, sodass ihre langen roten Nägel aneinanderklacken. Sie weiß, was Jane denkt. Ihre eigene Tochter nennt sie die Deltamuskel-Queen. Ihr Mann nennt sie Queen Bizeps. Marcella liebt Bodybuilding und Dr. Laurence, und als Letzterer seine Tätigkeit auf Transsexuelle ausdehnte, stieß das bei ihr zwar auf wenig Gegenliebe, doch sie arrangierte sich damit, wie auch mit der gewissen Ironie, die darin lag, gerade für sie am Empfang der Praxis zu sitzen. Jane Spencer ist eine wohlerzogene Nervensäge auf zwei Beinen, aber der Junge sieht aus, als könnte er es schaffen. Groß genug, schmale Hüften.

Jess hört, wie Jane auf der anderen Seite des Raums Charme versprüht, er blickt von seiner *Newsweek* auf, lächelt Marcella an und fährt sich mit der Hand durch das schwarze Haar. Es ist ein umwerfendes Lächeln, weiße Zähne und Grübchen unter den blauen Augen. Marcella erwidert das Lächeln, was sie normalerweise nicht tun würde. Jess glaubt nicht daran, dass Jane einen besseren Termin bekommen kann, aber ausgeschlossen ist es nicht. Sie hat schließlich erreicht, dass die Verwaltung von Reed Jess Spencer, der im Januar dort anfängt, als Jungen aufnimmt, obwohl Jessie Spencer das erste Studienjahr an der University of Michigan als Mädchen abgeschlossen hat. Jane war der Meinung gewesen, die Anonymität dieser großen Uni könnte nützlich sein. Die üblichen Tragödien im Leben von Transsexuellen sind Drogenmissbrauch, Schwarzmarkthormone und verpatzte chirurgische Eingriffe, doch Jess befürchtete, ihn werde schlicht die Einsamkeit zugrunde richten. Seit er richtig als Transvestit unterwegs war, hatte er weder ein Mädchen geküsst, noch war er mit einem Kumpel ein Bier trinken gegangen. Er jedenfalls wäre mit seinem im Übergang befindlichen Selbst nicht ausgegangen, und er hatte an Leuten, ob Mädchen oder Jungen, die dazu bereit waren, kein Interesse.

Wenn man erst einmal weiß, dass es Transsexuelle gibt, sieht man sie überall. Kleine, birnenförmige Männer. Große, spitzknochige Frauen. Wenn man aus dem Wartezimmer der North American Gender Identity Clinic tritt, sehen alle Menschen merkwürdig aus. Man blättert eine Zeitschrift durch und denkt, hmm, Leo DiCaprio? Der hat so was. Und Jamie Lee Curtis? Schau dir nur diese Beine an.

Ihr eigenes Spiegelbild kommt Jane inzwischen seltsam vor. Vielleicht macht sie gerade eine Metamorphose durch: Ihre Füße sehen komisch aus, ihre Schultern erscheinen ihr so breit wie die von Marcella, und dann ist da so eine dunkle, flaumige Stelle, wo ihr die Haare auszugehen scheinen. Vielleicht wechselt sie noch vor Jess das Geschlecht, nur wird sie wie Don Knotts aussehen, Jess dagegen wie einer von Calvin Kleins jungen Männern. Zu gern würde sie noch vor der Operation mit Jess Kleider kaufen gehen. Wenn Jess Richtung Western-Look tendiert, könnte sie Cowboystiefel tragen und ein paar Zentimeter hinzugewinnen, ohne sich anderweitig behelfen zu müssen.

Jane lässt den Blick versonnen über die Schlange in der Cafeteria wandern. Fettarmer Karotten-Rosinen-Muffin, Mädchenkost. Käsetasche, Jungskost. Kaffee, schwarz, Jungskost. Tee, Mädchenkost. Tafelwasser, schwer zu sagen. Bagel, ebenfalls geschlechtsneutral. Eine andere Mutter aus der Selbsthilfegruppe setzt sich Jane gegenüber. Jane erinnert sich, dass sie Sheila heißt, Buchhalterin ist und aus Santa Fé stammt, aber ihr fällt weder der Name des Kindes noch dessen Gesicht ein. Sheila kippt drei Tütchen Süßstoff in ihren Kaffee. »Ich habe Brustkrebs gehabt, wissen Sie? Ich habe meine linke Brust nicht mehr. Es ist wirklich ein schlechter Witz. Diese Mädchen hacken sie sich ab. Wir versuchen, unsere zu behalten.«

Jane sagt: »Na ja, für die sind ihre Brüste eben so was wie Tumore. Ich glaube, die haben einfach ein anderes Gefühl zu ihren Brüsten als wir.« Sie denkt: Woran man erkennen könnte, dass sie transsexuell sind, *Sheila*.

Sheila schaut Jane von der Seite an und schürzt dabei die Lippen, als wollte sie sagen: Kapierst du denn gar nichts? Du hältst dich wohl für die Transsexuellen-Mom des Jahres? Vielleicht denkt Sheila das gar nicht, vielleicht stößt sie sich nur an Janes Tonfall oder ihrem blauseidenen Hosenanzug und den Perlen, oder einfach an Jane selbst. Jane hat nichts Kuscheliges. Die anderen Mütter sehen kläglich und ungepflegt aus, verblichene Sweatshirts und ausgeleierte Hosen, als hätten sie ihr ganzes Geld bei den Therapeuten, Endokrinologen und Chirurgen gelassen und keinen Penny mehr für Lipgloss, neue Schuhe oder einen Friseurbesuch übrig. In der Gruppe gibt es zwei Väter. Einen von der sanften, kummervollen Sorte, der Sorte Vater, die bei der Verhandlung ihres wegen Brandstiftung angeklagten Sohnes weinend in der ersten Reihe sitzt oder zur Selbsthilfegruppe für Eltern von Jungs, die Katzen in die Mikrowelle stecken, Doughnuts mitbringt. Der andere, der General, ist der Typ Mann, den Jane mag – bullig und barsch. Er trägt keine Uniform, aber seine Haltung, sein Bürstenschnitt, sein gebräunter, faltiger Nacken und die in schwarzen Schnürstiefeln steckenden, fest auf den Boden aufgesetzten Füße sprechen eine deutliche Sprache. Wenn er mit jemandem in der Gruppe redet, wendet er ihm oder ihr nicht nur den Blick, sondern Kopf und

Schultern zu, was einen kraftvollen, nicht unangenehmen RoboCop-Effekt hat. Jane mag ihn weit mehr als seine Tochter-vormals-Sohn, ein aufgedonnertes Mädchen mit French Manicure und pinkfarbenem Lippenstift. Dieser Mann hatte seinen schmächtigen, finsteren Jungen beschützt, ihn zum Karate hingelenkt, damit man ihn nicht hänseln würde oder er zumindest dafür sorgen konnte, dass es kein zweites Mal geschah. Hatte diesen Jungen geliebt, ihm morgens um vier ein warmes Frühstück zubereitet und ihn zu Taekwondo-Turnieren in ganz Minnesota, dann dem gesamten Mittleren Westen gefahren. Sie waren zu Wettkämpfen für Zehn- und Elfjährige in Los Angeles geflogen, für Unter-Dreizehnjährige in Boston, dann zu den Nationalen Juniorenmeisterschaften. Zu Hause haben sie dreihundert Pokale stehen. Dieser Junge wippt nun mit einem zierlichen Fuß, lässt die pinkfarbene hochhackige Sandale baumeln und hat sich nicht etwa Mia Hamm oder Sally Ride oder auch nur Lindsay Davenport zum Vorbild genommen (die, so überlegt Jane, mit ihrer uneleganten, zähen Entschlossenheit, das Beste aus dem zu machen, was sie hat, und all jene zu ignorieren, die behaupten, weil sie nicht wie eine Siegerin aussehe, könne sie auch nie eine sein, das perfekte Leitbild für weibliche Transsexuelle abgäbe), sondern Malibu Barbie. Und der General muss dieses Mädchen genauso lieben, wie er den Jungen geliebt hat, sonst bleibt ihm gar nichts.

Sheila greift nach der anderen Hälfte ihres Sandwichs und sagt: »Jo« – oder Joe? – »ist gerade gekommen. Ich nehme mal an, wir werden den Rest der Pause zusammen verbringen.«

Jane schaut zu Jo hinüber, einer übergewichtigen jungen Frau, die wohl zum Mann werden soll, denn wäre es andersherum, hätte man ihre dicke Brille längst durch Kontaktlinsen ersetzt, irgendetwas Netteres mit ihrem kurzen braunen Kraushaar angestellt und die Akne an ihrem Kinn behandelt.

Kein Wunder, dass du ein wandelndes Elend bist, Sheila, denkt Jane. Deine Jo wird nie ein attraktives Was-auch-immer werden, so wie sie durchs Leben watschelt. Jane trinkt ihren Kaffee und denkt, dass auf dieser Welt gutes Aussehen womöglich mehr ins Gewicht fällt als anatomische Anomalien, dass gutes Aussehen, so wie gute Unterwäsche, die problematischeren Teile des Gesamtbildes überspielt und es einem ermöglicht, seine Geheimnisse bis zum richtigen Moment zu wahren.

Malibu Barbie beginnt die nächste Sitzung. Brennt darauf, zu reden. Sie blickt ihren Vater mit kokettem Wimpernschlag an, was Jane nicht täte, wenn sie diesen Mann für sich gewinnen wollte, dann lässt sie den Blick durch die Runde schweifen. Ihr Make-up ist besser, als Jane es in Erinnerung hat, es trifft zwar nicht Janes Geschmack, entspricht eher dem Kaufhauslook, aber es ist gut gemacht. Zartes Rouge, die Lidfalte etwas dunkler geschminkt, die großen braunen Augen mit Mascara schwarz umrahmt. Bei dem Gedanken daran, wie sich dieser Junge die dummen, unerlässlichen Mädchentricks angeeignet hat, die Jess nie lernen wollte und jetzt auch nicht mehr braucht, schmilzt Janes Verachtung dahin. Wer verändert und versteckt sich schließlich nicht? Vielleicht sind Wadenimplantate, tätowierter Lidstrich, farbige Kontaktlinsen und geliftete Ärsche einfach nur trivialere, weniger ehrenhafte Formen der Geschlechtschirurgie. Jane glaubt das zwar eigentlich nicht, sie findet, dass Vergrößerung und Verbesserung nicht das Gleiche sind wie eine komplette Geschlechtsumwandlung, aber wäre Letztere so einfach zu bewerkstelligen und so schwer zu erkennen wie eine Augenlidstraffung, dann gäbe es vermutlich mehr Transsexuelle, und sie kämen einem nicht schlimmer vor als Roseanne oder Burt Reynolds.

»Ich bin eine Frau«, sagt Barbie. »Ich bin genauso sehr eine Frau wie jede von euch.«

Natürlich meint sie nicht, wie jede von euch Mann-zu-Frau-Transsexuellen, sondern genauso sehr wie ihr, Jane und Sheila und Gail, wie du, Susan, Leiterin dieser gemischten Gruppe, was sie nach Janes Vermutung deshalb ist, weil sie es fertigbringt, unverkennbare genetische Weiblichkeit auszustrahlen, ohne auch nur eine einzige beneidenswerte körperliche Eigenschaft aufzuweisen. Susan ist die ewige Sekretärin jeder Elternvereinigung, die stellvertretende Pfadfinderführerin, und selbst die unattraktivste Transsexuelle kann sich ihr ebenbürtig, ja, Barbie und das andere hübsche Mädchen im Raum können sich ihr sogar überlegen fühlen. Der Neid der biologisch Missverstandenen, der Neid von Menschen, die wissen, dass Gott sie in der Gebärmutter verpatzt hat, ist nicht auf die leichte Schulter zu nehmen, und die Wut, die reizlose Frauen auf hübsche Frauen verspüren, ist noch hundertmal größer, wenn es solche Entschlossenheit und solches Leid kostet, um auch nur reizlos zu werden.

Susan nimmt die Herausforderung nicht an, betrachtet sie nicht einmal als solche.

»Natürlich bist du das. Und was bedeutet das für dich?«

»Das kann ich dir sagen«, meldet sich Pamela zu Wort. Sie und Barbie sind durch ihren neu entdeckten Feminismus und gemeinsame Shopping-Exkursionen zum unzertrennlichen Gespann geworden. »Es bedeutet, dass diese Kultur auf Frauen herabschaut und Transsexuelle verabscheut, aber wir als Frauen und Transsexuelle sagen ganz klar: Nein.«

Nein wozu?, denkt Jane. Zu Hormonen und Operationen im Wert von fünfzigtausend Dollar und einem Schrank voller Wäsche von Victoria's Secret? (Es ist erstaunlich. Wenn man in einem Umkleideraum neben der nackten umoperierten Pamela stünde, hätte man bloß einen Gedanken: Herrje, was für ein phantastischer Körper!) Deshalb nein, weil man, wenn auch noch so unglücklich, als Junge erzogen wurde und irgendwo in einem drin noch ein hartnäckiger Zipfel eines Y-Chromosoms herumschwirrt, das aufbegehrt, wenn die eigenen Gefühle ignoriert werden, wenn es offensichtlich ist, dass man weder Prototyp noch Endprodukt von irgendetwas Bedeutendem ist, das aufschreit, ich muss mir das nicht bieten lassen?

»Barbie und ich haben ›Die Rächer der Transsexuellen‹ zu einem unserer Treffen eingeladen.«

Barbies Vater schaut drein, wie Männer vom Militär dreinschauten, als ihre Söhne sich die Haare wachsen ließen und sich ins Ausland absetzten. »Wer zum Teufel sind die ›Rächer der Transsexuellen‹? Barb, ich dachte, es ginge einfach darum, zur Frau zu werden, ein möglichst normales Leben zu führen.«

Barbie vollführt einen beidarmigen Karatestoß, und die Silberreife an ihren schlanken, gebräunten, unbehaarten Armen klirren. Sie sagt: »Ich bin eine Kämpferin, Dad. Das weißt du doch.« Jane denkt, du meine Scheiße, und sie und Jess stehen gleichzeitig auf, um zum Lachen auf den Flur zu gehen.

Jess sagt: »Großer Gott. Da fällt mir wirklich gar nichts mehr ein. ›Die Rächer der Transsexuellen‹ – läuft das in der Spätvorstellung?«

Jane und Jess gehen in die Eingangshalle; ihnen bleiben noch zwanzig Minuten bis zu ihrem Termin bei Dr. Laurence, und Jess weiß, dass Jane wahrscheinlich noch eine rauchen will, bevor sie zusammen einen Penis für Jess aussuchen gehen.

Jane raucht ab und zu. Vor Jess raucht sie äußerst ungern. Sie will ganz gewiss nicht, dass er raucht, aber sie hatte durchaus schon den Gedanken, dass eine kleine Zigarre hin und wieder ganz nützlich sein könnte. Es sind die kleinen Dinge, das weiß Jane. Sie ist jetzt sozusagen eine professionelle Beobachterin der Geschlechter, und sie weiß, dass einem Reizlosigkeit oder Ungeschlachtheit das Leben zwar nicht eben erleichtern, dass diese Eigenschaften für sich genommen aber nicht zu einem Rauswurf aus dem Restaurant, der Herrentoilette oder dem Michigan Womyn's Music Festival führen. (Jane findet es unfassbar, dass eine große feministische Partei, in der Platz ist für Frauen, die sich als Lederdaddys bezeichnen, für Frauen, die nichts als angeschnallte Dildos und Birkenstock-Sandalen tragen, für alte Frauen mit schlaffen Brüsten und sechs Schamlippenringen, bei drei Frauen in Gap-Jeans und Indigo-Girls-T-Shirts die Grenze zieht, nur weil diese als männliche Wesen zur Welt gekommen sind.) Wenn man Hormone schluckt, wenn man sich unspektakulär und seiner Gestalt entsprechend kleidet (keine Bustiers ohne Busen, kein Stetson auf dem Kopf von Männern, die gerade mal Kleidergröße 170 in der Jungsabteilung ausfüllen), wenn man sein Fett an den üblichen Stellen sitzen hat und nicht mehr als fünfzehn Zentimeter von der durchschnittlichen Körpergröße des eigenen Geschlechts abweicht, wird sich keiner um einen scheren. Man wird vielleicht nicht zu einem Date eingeladen, aber man wird auch nicht umgebracht, und wahrscheinlich merkt keiner, was Sache ist.

Jess würde am liebsten Dr. Laurences Praxis betreten, in Tiefschlaf sinken und danach mit seinem wahren Körper wieder hinausspazieren. Er hat diesen Körper in seinen Träumen erspürt und gesehen, hinter halb geschlossenen Lidern, bei flüchtigen Blicken in den Spiegel (nach ein paar Bier und mit einer Socke in der Unterhose), und er weiß, dass es nicht der Körper ist, den er haben wird. Er hat die Phalloplastiken an einigen der transsexuellen Männer gesehen, sowohl die Version aufgeschwellte Klitoris als auch die Hotdog-Version mit den Silikonimplantat-Hoden, und keine macht ihn froh. Innerlich ist er Magic Johnson, der beste Point Guard der Welt. Doch wenn er Dr. Laurences Fotoalbum durchblättert, ist ihm klar, dass er eher Anthony Epps vom Sioux-Falls-Team der Continental Basketball Association gleichen wird. Jess zündet sich eine der Kools seiner Mutter an. Als er an der Highschool in der Mädchenmannschaft Basketball spielte, sagte mal ein entfernter Cousin von Chamique Holdsclaw zu ihm: »Dunken könnt ihr zwar nicht, aber das heißt nicht, dass ihr nicht spielen könnt.«

Jane fände es schön zu wissen, dass es nicht an ihren guten Einkaufsmanieren liegt, sondern an Jess' Lächeln, dass Marcella Gray jetzt im Terminbuch blättert. Nachdem sie den realistischsten Penis ausgewählt haben, irgendwo zwischen klein und de luxe, sagt Dr. Laurence: »Sieht aus, als könnten wir übermorgen zur Tat schreiten.« Er legt Jess die Hand auf die Schulter. »Das kriegen wir schon hin, die OP oben ist ja auch bestens gelaufen. In einem Jahr, vielleicht schon in einem halben, bist du ein glücklicher junger Mann.« Dr. Laurence glaubt an seine Arbeit. Er glaubt an Reisen nach El Salvador, um Klumpfüße, Hasenscharten oder die Folgen missglückter Operationen zu richten, und er glaubt, dass es seine Aufgabe auf dieser Welt ist, Menschen die Chance zu geben, so zu leben, wie sie leben sollten, heil und ganz und in dem Bewusstsein, dass ihnen Gottes Gnade zuteilgeworden ist. Dr. Laurence glaubt, dass bei Menschen wie Jess in der Gebärmutter ein letzter, unerklärlicher Schub des entgegengesetzten Sexualhormons erfolgt, sodass das Kind äußerlich mit dem einen, innerlich aber mit dem anderen, seinem wahren Geschlecht geboren wird.

Jane und Jess laufen zu ihrem Apartment zurück; die Klinik besitzt eine Reihe gepflegter, voll ausgestatteter Eigentumswohnungen drei Straßen von der Chirurgie entfernt. Männer und Frauen kommen und gehen, mit Freunden oder Krankenhauspersonal oder einer großen Dosis Percocet; im März noch schmerzverkrümmt, im Mai oder Juni schon dem Kokon entschlüpft.

»Ein kleines Sonnenbad?«, fragt Jane. Gebräunt sieht jeder besser aus, und es wird eine Weile dauern, ehe sich Jess wieder auf die Sonnenterrasse legen kann.

Noch vor zwei Jahren lagen sie nackt im Garten, Sunblocker auf den Brustwarzen und ihren weißen Ärschen, tranken Club Soda und lasen. Jetzt wenden sie sich voneinander ab, als sie sich bis auf die Unterwäsche ausziehen. Jess geht in die Küche, um zwei Flaschen Limonade zu holen, und Jane sieht die dunklen Härchen auf seinen goldbraunen Armen, seinen schönen runden Bizeps, den straffen Muskelstrang auf der Rückseite seiner Arme und die beiden schmalen, leicht erhabenen Narben auf seiner Brust. Sie hat ihm in den Ohren gelegen, er solle die Narben viermal am Tag mit Vitamin-E-Öl und einer Mixtur ihrer Dermatologin einreiben, und jetzt sind sie fast verschwunden. Jane schaut zu, wie dieser gutaussehende Mädchen-Junge neben ihr die Flaschen abstellt und sich auf einem Liegestuhl ausstreckt.

»Hol dir keinen Sonnenbrand«, sagt sie.

»Also gut«, sagt Jess. »Ich hatte es zwar eigentlich vor, aber wenn du meinst …«

Jane betrachtet sie, betrachtet ihn, bis Jess einschläft. Eine schwarze Locke fällt ihm ins Gesicht, und Jane streicht sie zurück und weint dann eine Stunde lang im Bad. Sie hinterlässt Jess eine Nachricht mit dem Vorschlag, sich ein bisschen Unterhaltung zu gönnen, solange es noch möglich ist, erst zum Chinesen und dann ins Kino. Seit fast fünfzehn Jahren gehen sie einmal die Woche zum Chinesen und dann ins Kino, auch schon zu Zeiten, als Jessie nur Reis und Chicken

Fingers aß. Während Jessie in Michigan studierte, fehlte ihnen das am meisten. Ab und zu schrieb Jessie ein paar Zeilen nach Hause – auf der fleckigen, zerknitterten Speisekarte eines chinesischen Schnellimbisses. Wenn Jane den Umschlag öffnete, stieg ihr der Geruch von General Tso's Chicken in die Nase.

Als sie noch hoffte, Jessie sei vielleicht nur lesbisch, als auch Jessie das für möglich hielt und ihr Haar vorn kurz und hochgegelt trug, an den Seiten zu kleinen Pseudokoteletten geschnitten und hinten lang und formlos, machte Jane mit ihr einen Ausflug zur Lesbenparade in Northampton, Massachusetts. Jane erfuhr, dass Jessies fürchterlicher Haarschnitt einen ebenso fürchterlichen Namen hatte: *the mullet*. Nathalie Barney, Barbara Stanwyck und Greta Garbo, alle drei die Sorte Lesbe, die Jessie, wenn es nach Jane ging, nur zu gern sein dürfte, hätten sich garantiert niemals mit Mullet und Latzhose blicken lassen. Jessie stand vor Glück der Mund offen. Womöglich würde sich dieses überraschende, extravagante Geschenk in Luft auflösen, wenn sie nur einen Moment lang nicht hinsah. Sie drückte den Arm ihrer Mutter und ließ ihn gleich wieder los, wollte nicht zeigen, wie viel ihr diese Parade lesbischen Alltags bedeutete. Sie befürchtete, ihre Mutter könnte denken, all ihre vorherigen Geschenke und die Ausflüge nach Disneyland seien falsch oder unnötig gewesen, dem war keineswegs so. Allerdings aber war dieser Ausflug tatsächlich der einzige, auf dem sich Jessie nicht durch und durch wie eine Heuchlerin vorkam.

Jane war einfach froh, ihre Tochter wieder glücklich zu sehen. Mit so etwas konnte sie leben, gut sogar, besonders wenn Jessie neben ihr auf und ab hüpfte und von einem dreifach gepiercten, wohlgeformten Ohr zum anderen strahlte. Es gab natürlich ziemlich unvorteilhafte Outfits und immer wieder diese Frisur bei Frauen, die es hätten besser wissen sollen, und mochten einige Frauen in Fahrradhosen und Trägerhemden auch erstaunlich durchtrainierte, bewundernswerte Körper zur Schau stellen, so waren die meisten doch zu schwer, hatten ausladende Hüften, die im John-Wayne-Wiegeschritt vorwärtsgehievt wurden, und wogende Brüste unter verwaschenen T-Shirts. Hoffnungslos, dachte Jane, aber nicht schlimm. Jessie aß wie ein hungriger Junge, Brennstoff für Muskeln, Knochen, Wachstum, und während sie sich durch zwei Kugeln Chocolate-Chip-Eis von Herrell's durchfutterte, bekam sie plötzlich glühendrote Ohren. Jane war im Begriff, sich umzudrehen und nach dem Grund zu schauen, doch Jess zischte: »Nicht gucken!«, und obwohl Jane den strengen mütterlichen Impuls verspürte, klarzustellen, dass es ihre und nicht Jessies Aufgabe war, über die Wahrung der Umgangsformen zu wachen, blieb sie noch zehn Sekunden sitzen, schlenderte dann zum Abfalleimer hinüber und warf mit einer Geste, die suggerierte, sie sei pappsatt, ihre erst halb gegessene Eistüte weg. Was hatte Jessies Ohren zum Glühen gebracht? Ein Mann oder eine Frau, schön wie Appollo, der silbergraue Bürstenschnitt, weite Jeans, übereinandergezogene Missoni-Pullover und blankpolierte braune Stiefel, ließen keinerlei Rückschlüsse zu, und Jane dachte, verdammt, vergiss es, wir sind hier unter Lesben.

Northampton gefiel Jane. Das Panda Garden Chinese Restaurant, elegante goldene Ohrringe in der Form von Ginkgoblättern, die schönen gedrungenen Hände der Verkäuferin, die italienische Bettlaken aufschlug und den dicken elfenbeinfarbenen Leinenstoff schwungvoll auf einem Kiefernholztisch ausbreitete – das alles bezauberte sie, und alle paar Jahre fährt sie wieder hin, nun allein, da Jess längst Seattle und Vancouver vorzieht.

Jane läuft zum Einkaufszentrum. Sie brauchen Klopapier. Jane braucht Papiernagelfeilen. Sie muss Vitamine und Tropicana-Orangensaft besorgen (das Testosteron hat nichts an Jess' lebenslanger Abneigung gegen das Fruchtfleisch von Orangen und grünes Gemüse geändert), außerdem hochdosiertes Proteinpulver für Milkshakes und vielleicht ein paar Hörbücher für die Zeit, bis Jess wieder die Energie zum Lesen hat.

Jane schlendert durch das ganze Einkaufszentrum, kauft lustige Socken, Aloe-Vera-Gel und *Das Schweigen der Lämmer*, gelesen von Anthony Hopkins, und landet schließlich bei Rite Aid, der am wenigsten glamourösen Station ihrer ohnehin nicht sehr glamourträchtigen Runde. Sie erkennt den Mann am Ende des Gangs. Er gehört nicht zu Dr. Laurences Belegschaft, diese haselnussbraunen Augen wären ihr aufgefallen. Jemand von daheim? Hat sie ein Haus für ihn ausgestattet? Ein Büro? Wangenknochen wie ein Cherokee und glänzendes, gewelltes dunkles Haar wie ein modebewusster Schwarzer aus den vierziger Jahren.

»Ich bin Cole Ramsey«, sagt er, und Jane riecht den Pimentölduft seines Aftershaves. »Ich glaube, ich habe Sie in der Klinik gesehen? Am anderen Ende der Straße?« Es sind eigentlich keine Fragen – er kommt aus den Südstaaten. Und redet weiter. »Entschuldigen Sie, dass ich so direkt bin.«

Jane hat Gänsehaut, und ihr Herz tut weh, und sie hat diese Symptome schon so lange nicht mehr verspürt, dass sie zuerst denkt, sie bekommt eine Grippe. Sie stellt sich vor und lässt dabei das Päckchen mit den Nagelfeilen fallen, das Cole Ramsey aufhebt und in der Hand behält. »Darf ich Sie begleiten?«

»Durchs Rite Aid? Tun Sie sich keinen Zwang an.«

Als sie ihre Einkäufe abgeschlossen und für Coles nagelneuen Neffen im Disney Store ein Pu-der-Bär-Mobile besorgt haben, weiß Jane, dass er Endokrinologe ist, sich manchmal mit Dr. Laurence austauscht und eine eigene Praxis für normale Menschen auf der anderen Seite von Santa Barbara hat. Cole redet gern. Er redet über Einkaufszentren und erklärt, warum er sie mag (»Allerdings mag ich auch die Kopoubohne, ich geb's ja zu«), über Dr. Laurence (»ein guter Mensch und ein guter Chirurg – eine seltene Kombination, wobei ich eigentlich nicht über unseren Berufsstand herziehen sollte, aber die meisten Ärzte sind nur halbe Menschen, und die meisten Chirurgen sind nicht einmal das«) und über die Gedichte von Richard Howard (»er ist so anständig und möchte zugleich verstören«), und er versucht Jane zu einem gemeinsamen Abendessen zu überreden.

»Mein Sohn wird übermorgen operiert. Heute ist seine letzte Gelegenheit, noch mal zum Chinesen zu gehen.« Das ist genug Information, denkt Jane.

»Selbstverständlich. Dann vielleicht ein Drink? Oder ein Après-Shopping-Cappuccino?»

Jane ruft zu Hause an, und Jess, noch lethargisch von der Sonne und seiner Angst, sagt: »Klar, nur zu. Amüsier dich.«

Jane sagt: »Ich bin spätestens um sieben zu Hause, dann können wir essen gehen und uns danach den Film um halb zehn anschauen.«

»Wie du magst, Mom«, sagt Jess. »Ist schon okay. Ich schlaf jetzt weiter.«

Nach einer doppelten Bloody Mary mit Cole Ramsey, dem Bier mit Jess, einem nur aus Vorspeisen bestehenden Abendessen und Malzmilchkugeln im Kino lässt Jane sich aufs Bett sinken, denkt an Cole und stößt glücklich die Luft aus. Seine sanfte, helle Stimme. Diese schmeichelhafte geballte Aufmerksamkeit. Die selbstironischen Witze. Seit Anthony '88 gestorben ist, hat Jane keinen engen schwulen Freund mehr gehabt, und Cole ist charmant und bietet einen höchst erfreulichen Anblick.

Am nächsten Vormittag schlagen Jane und Jess die Zeit bis zu seinem Krankenhaustermin tot. Sie spielen Rommé, gehen zu Fuß zum Buchladen und trödeln dort eine Weile herum, schließlich packen sie und schauen sich noch eine Wiederholung von *Friends* an. Sie verhalten sich eher wie Piloten vor einer großen Mission, nicht wie Patienten. Im Krankenhaus ist Jess hungrig und nervös und will nicht, dass Jane noch länger mit ihm wartet.

»Ich hab dich lieb, Mom«, sagt er.

»Ich dich auch, Schatz«, sagt Jane und denkt: Ach, mein tapferes Mädchen.

In der Eingangshalle des Krankenhauses sieht Jane Cole, der gerade die Wange einer dicken blonden Krankenschwester tätschelt. Als er Jane sieht, drückt er die Schulter der Schwester, woraufhin sie ihn umarmt und mit ihrem breiten Körper die Sicht auf ihn versperrt. Cole eilt Jane nach.

»Sie haben wohl gerade Ihren Sohn hergebracht. Darf ich Sie ein Stückchen begleiten?«

Sie gehen über den Parkplatz und betreten die nasse Wiese des kleinen, überraschend tropisch anmutenden Stadtparks mit seinen blühenden Palisanderbäumen und sich wiegenden Palmen.

»Schön hier«, sagt er. »Ein paradiesisches Fleckchen, von dem wir bisher nichts wussten.« Es klingt, als würden er und Jane schon seit Jahren zusammen Stadtparks erkunden.

»Sie haben ein gutes Verhältnis zu den Krankenschwestern«, sagt Jane.

»Die Patienten und die Schwestern sind so ungefähr die Einzigen, auf die es im Krankenhaus ankommt.«

»Die von vorhin ist bestimmt in Sie verliebt«, sagt Jane. Sie zieht ihn auf; sie und Anthony haben sich oft mit einer ausgesprochen befriedigenden Mischung aus Mitleid und Boshaftigkeit über Frauen unterhalten, die sich in ihn verliebt hatten.

»Oh, ich bin über fünfzig, in mich verliebt sich niemand mehr.« Cole setzt sich auf eine Bank und zieht sanft an Janes Hand.

»Reden Sie keinen Unsinn. Männer haben es doch bis in ihre Siebziger leicht. Denken Sie an Cary Grant. Der hat bis zu seinem Tod phantastisch ausgesehen.«

»Tja, nur bin ich leider nicht Cary Grant, sondern lediglich ein magerer Arzt aus South Carolina. Nicht dass ich ihn nicht großartig fände. Besonders in *Leoparden küsst man nicht*.«

»Ja, genau«, sagt Jane. »Einer der besten Filme aller Zeiten.« Sie gehen den Film von vorn bis hinten durch, er lobt ihre Imitation von Katharine Hepburn, und als sie zu der Szene mit dem verrückten Hund und dem armen Cary Grant in Hepburns Negligé kommen, lachen sie beide schallend.

Cole schaut auf die Uhr und seufzt. »Es war wirklich sehr nett, aber ich muss los.«

Jane sieht ihn an. »Natürlich. Werden Sie zu Hause erwartet?« Es wäre schön, mit einem schwulen Paar befreundet zu sein. Sie könnte die beiden zum Abendessen einladen, zumindest auf eine Pizza, während Jess im Krankenhaus liegt, oder vielleicht auch in seiner Genesungszeit, wenn er sich langweilt.

Cole schaut auf seine Hände hinunter.

»Ich bin mitten in der Scheidung. Ich habe meiner künftigen Exgattin versprochen, dass wir heute Abend die letzten Möbel aufteilen. Wir versuchen, die Sache so weit wie möglich ohne Anwalt zu regeln, was allerdings bedeutet, dass wir viel zu viel Zeit damit verbringen, miteinander zu reden. Das läuft wohl unter der Überschrift ›Keine gute Tat bleibt ungesühnt‹.«

»Was für eine gute Tat?« Jane versucht herauszufinden, ob

er »Gattin« im Sinne von »die Frau, mit der ich verheiratet bin« oder im Sinne von »der Mann in meinem Leben, der die Rolle der Frau gespielt hat« meint.

»Ach, ich will Sie nicht langweilen. Die gute Tat, eine zwölfjährige unglückliche Ehe mit einer gütlichen Scheidung zu beenden. Nachdem Gott meine Gebete erhört und ihr den Mann geschickt hat, den sie gleich anfangs hätte heiraten sollen.«

Nicht schwul?, denkt Jane.

Cole hält Janes Hand in seiner. Sie sind gleich groß.

»Tut mir leid, dass ich gehen muss, und vor allem, dass ich mit meinem trübseligen Gerede diesen schönen Moment ruiniert habe. Ich bringe Sie nach Hause.«

»Das brauchen Sie nicht«, sagt Jane. »Ich muss nur ein paar Straßen weiter, es ist absolut ungefährlich.«

»Es wird mir eine Freude sein«, sagt er. »Übrigens die letzte für die nächsten paar Stunden.« Er lächelt. »Abgesehen von dem Moment, in dem ich darauf bestehen werde, dass meine Frau einen Teil der scheußlichen Möbel wieder an sich nimmt, die wir von ihrer Mutter bekommen haben, dem Schrecken von Tallahassee. Ich habe immer gehofft, unser Haus würde in Flammen aufgehen, damit wir noch mal von vorn anfangen können.«

Echte Frau, denkt Jane.

Vor ihrer Tür sagt Cole: »Ich will ehrlich sein: Ich habe Sie schon einmal gesehen, bevor uns das Schicksal im Rite Aid hat zusammentreffen lassen. Sie haben in der Cafeteria gesessen und vor sich hin geträumt. Sie sahen so abwesend aus und so reizend. Ich wäre nur zu gern da gewesen, wo Sie gerade waren.« Er führt ihre Hand an den Mund, küsst sie direkt oberhalb des Handgelenks und geht.

Im Bett umfasst Jane sanft ihr Handgelenk und hofft inständig, dass mit Jess alles gut wird. Sie glaubt nicht an Gott, aber sie glaubt an Dr. Laurence, und sie glaubt, dass Menschen, die geliebt und umsorgt werden, bessere Aussichten im Leben haben als die, bei denen das nicht der Fall ist.

Cole klingelt um Mitternacht.

»Entschuldigen Sie. Sie haben sicher schon geschlafen. Ich weiß nicht, was ich mir dabei gedacht habe. Das heißt, doch, ich weiß es. Ich habe an Ihre Energie gedacht, an diese Mischung aus Hinnahme und Kraft, und ich hatte das Gefühl, all das jetzt zu brauchen.«

Er redet ohne Punkt und Komma, Schmeicheleien und Volksweisheiten aus den Südstaaten, Gedichtfetzen von Yeats und Auden, ein Witz über Haie und Rechtsanwälte, dessen Pointe er verhunzt, und schließlich schenkt ihm Jane ein Glas Wein ein und schließt seine Finger darum.

»Sie halten mich wahrscheinlich für übergeschnappt«, sagt er.

»Nein, nur für erschöpft. Eigentlich dachte ich, Sie wären schwul.«

Cole lächelt. »Meine Güte. Hätte nichts dagegen, abgesehen davon, dass ich dann mit Männern Sex haben müsste.« Er schaut Jane direkt an. »Aber ich habe keine Präferenzen in dieser Hinsicht.«

»Das ist mir jetzt richtig peinlich. Ich weiß gar nicht, wie ich darauf gekommen bin. Wahrscheinlich, weil Sie so gute Manieren haben.«

Cole tätschelt ihre Hand. Er wirkt nicht überrascht oder beleidigt. »Verrückte kreolische Mutter. Der Vater ein irischer Emporkömmling. Und ich im Mannschaftssport ein hoffnungsloser Fall. Nur mit Ach und Krach Amerikaner, so betrachtet.«

Jane schenkt sich ein Glas Wein ein und gähnt. Cole lockert seine Krawatte.

»Da ich ja zurzeit ständig in Dr. Laurences Klinik bin, hätte ich mich durchaus fragen können, ob Sie, na ja, rein genetisch ein Mann sind.« Jane lächelt.

Cole lacht. »Hmm«, macht er. »Wenn ich nicht der Sohn meiner Mutter wäre, wenn ich noch ein paar Gläser Wein trinke, wenn Sie Ihren Morgenmantel noch einen Tick weiter aufgehen lassen, dann könnte ich glatt sagen: Liebste Jane, ich würde deine Neugier mit dem größten Vergnügen befriedigen.«

Ein langes Schweigen folgt. Cole fährt ihr mit zwei Fingern seitlich übers Gesicht, von der Stirn bis zum Kinn, und Jane beugt sich vor, küsst seine Schläfen, seine Wange.

»Ich bin völlig aus der Übung«, sagt sie. Cole küsst sie auf den Hals, und die Gänsehaut stellt sich wieder ein.

»Nein«, flüstert er. »So was übt man nicht.«

Sie küssen sich bis zum Morgengrauen auf Janes Sofa, aufgeknöpft, unsicher, heiß, ruhelos und träumerisch. Zwischendrin sagt Cole, es stehe nicht so gut um seinen Rücken. Jane erzählt ihm – was sie noch niemandem erzählt hat –, dass ihr Arzt vermutet, sie werde mit sechzig ein künstliches Hüftgelenk brauchen.

»Das erotische Leben im reiferen Alter«, sagt er. »Nur nicht beirren lassen.«

Cole entblößt Jane noch ein bisschen mehr, und jedes Mal, wenn wieder etwas nackte Haut zum Vorschein kommt, küsst er sie und dankt ihr. Er sitzt hinter ihr und beißt sie ganz sanft entlang der Wirbelsäule von oben nach unten, bis sie aufschreit. Jane dreht sich zu ihm um, nur noch in der Unterhose, und sieht, dass er bloß die Schuhe ausgezogen hat. Sie legt beide Hände auf seine Gürtelschnalle. Cole nimmt sie resolut wieder weg und küsst sie.

»Lass mich noch etwas weitermachen«, sagt er. »Ein kleines bisschen.« Er hebt ihre Hände über den Kopf und küsst die Unterseite ihrer Brüste und die nicht gebräunte Haut darunter.

Sein Piepser ertönt.

Jane zieht sich ihren Morgenmantel wieder über. »Die vibrierenden sind irgendwie diskreter.«

Sie fühlt sich verklebt und friert, und um der Scham zuvorzukommen (also wirklich – sie kennt ihn doch erst ein paar Stunden; was tut sie da eigentlich, während ihr einziges Kind im Krankenhaus liegt?), ist sie bereit, ihm ein richtig schlechtes Gewissen zu machen, doch seine Hände zittern, und seine Füße wollen nicht in die richtigen Schuhe finden.

»Ich muss gehen. Wie die chinesischen Weisen: von Mildtätigkeit gebeugt, von der Pflichterfüllung ermattet.« Er hat seine Jacke an, den Piepser in der Tasche. »Aber ich bin bereit, notfalls noch wochenlang zu Kreuze zu kriechen.« Seine dicken Haare stehen ihm wie Dreadlocks vom Kopf ab, und auf seinem Hemd sind glänzende Lippenstiftflecken. »Ich komme morgen ins Krankenhaus und halte nach dir Ausschau, wenn ich darf.« Er steht leicht gebeugt da, in Erwartung einer Ohrfeige, als wäre dies für Jane der richtige, unvermeidliche Augenblick in ihrer Beziehung, um ihm eine runterzuhauen.

Jane zuckt die Achseln. Nach all seinen Bemühungen hängt ihm das Hemd aus der Hose.

»Jane. Bitte verzeih mir.« Er sagt: »Verzeih mir, verzeih mir«, bis er aus der Tür ist.

Jane sitzt bis zwei Uhr nachmittags im Wartezimmer des Krankenhauses, und als Jess aus dem Aufwachraum zu seinem Bett geschoben wird, setzt sie sich neben ihn, hockt vorgebeugt auf dem grünen Vinylsessel, die Hand auf seinem Arm. Er hat einen Verband um die Taille, und aus seinem linken Arm und dem Unterleib kommen Schläuche.

Die geschäftige, freundliche Schwester sagt: »Die Vitalfunktionen sind alle normal, aber das war eine ziemlich starke Narkose, wissen Sie. Kann sein, dass er erst in ein, zwei Stunden wieder zu sich kommt.«

»Danke«, sagt Jane. »Danke für Ihre Hilfe.«

Nach einer Stunde öffnet Jess ein Auge, und Jane bringt ihm das Wasserglas. Er trinkt einen Schluck, signalisiert, dass alles okay ist, und schläft weiter, bis ihn die Schwester um sechs weckt, um ihm Schmerzmittel und Antibiotika zu geben. Jane sitzt immer noch da, als die Schicht wechselt und eine neue Krankenschwester, ebenso geschäftig, ebenso freundlich, den Kopf durch die Tür steckt.

»Es sieht alles gut aus. Wissen Sie, was die Leute hier sagen, was der Unterschied zwischen Gott und Dr. Laurence ist? Gott macht manchmal Fehler.«

Jane sagt: »Vielen Dank. Das höre ich natürlich gern.« Und denkt: Noch eine Gruppe von Leuten, zu denen man nett sein muss.

Jane läuft nach Hause, wieder durch den kleinen Park, und die eingerollten trockenen Blätter auf dem Weg rascheln unter ihren Füßen. Cole sitzt auf den Stufen vor der Wohnung, neben sich zwei Sträuße rote Rosen. Er steht auf, als er Jane den Weg entlangkommen sieht, und dann bückt er sich nach den Rosen, die steif und riesig sind, in grünem Seidenpapier mit weißem Band. Jane mag keine Rosen, insbesondere hat sie etwas gegen das Klischee feuriger roter Rosen, sie findet kleine Männer nicht attraktiv (bei den beiden, mit denen sie geschlafen hat, kam sie sich vor wie der Mount Everest), und sie kann nicht noch mehr Ironie in ihrem Leben gebrauchen. Wie sie da auf der kleinen Veranda steht, die kaum Platz genug für zwei mittelgroße Menschen und achtundvierzig Rosen bietet, stellt sie fest, dass sie sich in die lange und ehrwürdige Folge der Liebesnarren eingereiht hat: Don Quijote, Hermia, Oscar Wilde und Joe E. Brown, der, vor Vergnügen krähend, seinen Strohhut und Jack Lemmon festhält, während das Schnellboot sie in eine absurde und unwiderstehliche Zukunft davonträgt.

Cole sagt: »*Dum spero, spiro.* Das ist das Motto von South Carolina. Solange ich atme, hoffe ich.«

»Na«, sagt Jane, »das sollte uns doch eigentlich zupasskommen.«

Dem Paradies entgegen

»Das Barcelona-Krebszentrum«, sagt Charley. »Wo sind die Tapas? Vielleicht sollten sie im Schwesternzimmer Kastagnetten bereithalten. Und Paella Valenciana.«

Er sagt das jedes Mal, wenn sie zur Chemotherapie kommen. Die Familie Barcelona hat mit Immobilien ein Vermögen verdient und mehrere Millionen ans St. Michael's gespendet; es gibt fast nichts Heilenswertes, für das die Barcelonas nicht gespendet haben.

Charley streckt die Arme in die Luft und schnipst mit den Fingern. Mai ignoriert ihn; wer Krebs hat, muss nicht amüsiert sein.

Ellie lächelt. Sie hatte bereits Brustkrebs, und diesen Sommer ist es ihre Aufgabe, ihrer besten Freundin und dem Mann ihrer besten Freundin zu helfen.

»Wie wär's mit der international anerkannten Sangria-Therapie? Die vertreibt alle Sorgen.« Charley stampft nach bester Flamenco-Manier mit den Füßen auf. Seit Mais Brustamputation ist er humorig geworden, was nicht zu ihm passt. Mai weiß, das Charley sein Bestes tut, und die einzige Freundlichkeit, die sie ihm erweisen kann, ist, nicht zu sagen: »Schatz, du warst zwanzig Jahre lang eine trübe Tasse. Du musst dich nicht jetzt plötzlich verändern.«

Ellie findet, dass alle heterosexuellen Männer wie ihr Vater sein sollten: stoisch, handwerklich begabt und phantasielos. Sie sollten auf eine nüchterne Weise freundlich sein und keinerlei wunderliche oder gar phantastische Eigenschaften haben. Schwule Männer dürfen, wenn es nach Ellie geht, ausgemachte Paradiesvögel sein, ob mit oder ohne hausfrauliches Geschick. Sie dürfen einfach in ihren Federpantoletten herumlümmeln und witzige, spitze Kommentare abgeben, die ihr herzensgutes Wesen offenbaren. So mag Ellie sie, dafür sind sie da, um Tücher über die Glühbirnen dieser Welt zu werfen, wohingegen heterosexuelle Männer dazu da sind, Gipskartonplatten zu montieren.

Mai sitzt zwischen Charley und Ellie im Wartezimmer, als wäre sie allein. Charley bereitet in der Kochnische des Wartezimmers drei Tassen Kaffee zu. Die Frauen trinken ihren nicht.

»Der schmeckt ja furchtbar«, sagt Charley.

»Ich hol uns welchen aus der Eingangshalle.«

Ellie steuert die Java Coffee Bar an, eine seltsam erfreuliche Zwischenstation am Schnittpunkt von vier verschiedenen Barcelona-Gebäudeflügeln, in der es nichts als Koffein und Zucker und attraktiv arrangierte Kohlehydrate gibt; alle, die nicht durch eine Infusion oder eine spezielle Diät daran gehindert werden, essen dort. Mai trinkt während der gesamten Chemotherapie Kräutertee, doch Ellie geht noch ein paarmal runter, um einen Johannisbeer-Scone, einen Cappuccino, ein Mango-Smoothie zu holen. Sie gibt bereitwillig drei Dollar für einen Muffin aus, ist dankbar, in einem Land zu leben, in dem es keiner falsch oder verwerflich findet, dass mit Billigung der American Medical Association aus Krankheit und Trauer Profit geschlagen wird.

Ellie richtet ein kleines Picknick auf dem Sitz neben Charley an. Kaffee, so wie er ihn mag, zwei verschiedene Sorten

Biscotti, einen faustgroßen Apfelkrapfen, zwei Schweinsohren, von denen der Zucker rieselt, und genügend Servietten, um das Ganze für Charley, den nicht viel von der Zwanghaftigkeit trennt, erträglich zu machen. Ellie präsentiert ihm den mit Essen beladenen Sitz.

»Das ist ja toll«, sagt Charley. »Lauter Leckereien. Schau, wie sie mich verwöhnt, Schatz. Tja, Herrschaften, das nenne ich eine treusorgende Ehefrau!«

Das soll lustig sein, denn Ellie ist lesbisch und wird wohl kaum je irgendjemandes Ehefrau sein. Selbst wenn Ellie mit einer Frau zusammenlebte, sähen weder Ellie noch Charley, noch Mai sie als Ehefrau. Ellie ist sich ziemlich sicher, dass die Zeit ihrer Partnerinnensuche vorbei ist; Mai glaubt das auch, und früher hat sie sich oft vorgestellt, dass Ellie und sie nach Charleys Ableben in einem angemessenen, aber nicht gar so hohen Alter infolge einer schnell, aber schmerzlos zum Tod führenden Krankheit gemeinsam in das Haus ihrer Eltern in Oslo ziehen oder aber das gelbe Häuschen in der Pearl Street in Provincetown kaufen werden, an dem sie vor einundzwanzig Jahren in den Frühlingssemesterferien vorbeigegangen sind. Jetzt scheint es denkbar, dass Ellie mit einer anderen alten Dame auf der Veranda sitzen und Brandys kippen wird und dass Charley mit einer Frau alt werden wird, die zwei Brüste und einen Schopf Haare auf dem Kopf hat.

Ellie reicht Charley eine Serviette, und er küsst ihr die Hand, die nach Kaffee, antibakterieller Waschlotion und nach Ellie riecht, ein Geruch, den er nicht genauer benennen könnte. Mai hat immer nach Gewürznelke gerochen; seit November riecht sie nach Seetang, und Charley ist wie einer Schwangeren der Appetit auf Sushi, Hummer und Salz vergangen.

Sie sitzen zwei Stunden dort. Frauen mit Tüchern, Frauen mit Jeans-Schlapphüten, Frauen mit guten, ja beneidenswerten Perücken und Frauen mit derart schlechten Perücken, dass sie mit einem Sombrero besser aussähen; erschöpfte, verängstigte Ehemänner; Mädchen mit tonnenweise seidigem, lockigem, wippendem Haar, die Mai, Charley und Ellie für Töchter und Freundinnen der Patientinnen halten. Auch ein paar Teenager sind da, der hübschesten Merkmale ihrer Jugend beraubt, die samtige, leuchtende Haut durch die Chemotherapie aschfarben und geschwollen, sodass selbst die Frauen, die auf ihren hautlosen Füßen dahergeschlurft kommen, selbst die Alten, denen ihre alten Ohren wie Baumpilze am Kopf hängen, es kaum ertragen, die krebskranken Kinder anzuschauen.

Mais Lieblingskrankenschwester Ginger, der Bühnentraum jedes Varietékünstlers, üppig, langbeinig und in der einzigen eng sitzenden weißen Schwesterntracht, die Mai hier bisher gesehen hat, das perfekte Showgirl bis auf die breiten Schuhe mit den Gummisohlen, führt sie in Nische C von Raum T4, nach Mais und Ellies Meinung der beste Chemo-Raum. Charley küsst Mai an der Tür, als begäbe sie sich in ihre Garderobe oder in ein frauenärztliches Untersuchungszimmer und als wüsste jeder, dass er nur zu gern bliebe, es aber leider gegen die Vorschriften verstößt.

Ellie ist empört, aber für Mai ist das in Ordnung. Eine Erleichterung. Danebenzusitzen regt Charley nur auf, und aus dem gleichen Grund, aus dem sie lieber selbst die Wäsche macht, als darauf zu warten, dass er es tut, und sich nicht beschwert, wenn er morgens um fünf das Licht einschaltet, um neben dem Bett sein Hemd zu bügeln, bevor er um sieben ins Büro aufbricht, macht es ihr auch nichts aus, dass er jetzt geht. Er ist, wer er ist. Es ist, wie es ist. Das sagt sie sich unter normalen Umständen hundert Mal am Tag. Jetzt sagt sie es sich zweihundert Mal am Tag. Wenn Mai diese Sätze gegenüber Ellie wiederholt, starrt Ellie sie an und sagt: »Ich hoffe, das hilft dir.« Ellie ist ewig am Ummodeln und Nacharbeiten und Ausbessern; sie ist genauso sehr davon überzeugt, dass die Ereignisse des Lebens bearbeitet und mit einem neuen Ende versehen werden können, wie Mai davon überzeugt ist, dass sie nicht bearbeitet werden können und jegliches neues Ende entweder das erste imitieren oder aber dazu führen wird, dass man sich danach zurücksehnt.

Mai hofft sehnlichst, dass Ginger bleiben und die Infusion anlegen wird. Sie ist die Einzige, die das richtig hinkriegt, und als sie hinausgeht, ohne sich die Hände zu waschen, dreht Mai das Gesicht zur Wand. Sie merkt, dass Ellie vom Besucherstuhl aufsteht, um in den Flur hinauszulaufen, und die Vorstellung, wie ihre Ellie mit hüpfender brauner Hornbrille und fliegenden Locken dem Showgirl Ginger hinterhereilt, heitert Mai auf. Sie legt eine Hand auf Ellie.

»Es wird schon gehen«, sagt sie.

»Das will ich schwer hoffen. Wenn es wieder diese blöde Kuh macht, hat sie zwei Versuche, und dann schick ich sie zum Teufel.«

Es ist die blöde Kuh, und sie sticht Mai viermal, über die ganze Hand verteilt. Als sie es ein weiteres Mal versucht, spürt Mai, wie ihr der Schweiß ausbricht, und sie sieht, dass sich entlang des glänzenden Haaransatzes der Schwester ein winziger Ausschlag gebildet hat. Versagensangst, denkt Mai und wundert sich, dass ihr dieser Begriff einfällt. Mai kneift die Augen zusammen und wünscht sich mit aller Kraft, dass die dumme Ziege endlich eine Vene trifft.

Die dumme Ziege verschwindet und kommt mit Ginger wieder, die es richtig macht, leicht auf den linken Handrücken schlägt und ihn massiert, bis eine kleine Vene hervortritt. Die anonyme Schwester schleicht wohltuend beschämt hinaus, und Ellie vergibt ihr; wenigstens nimmt sie genug Anteil, um ein schlechtes Gewissen zu haben. Mai vergisst sie, sobald die Kochsalzlösung zu laufen beginnt; der pralle Beutel ist an einem Kandelaber aufgehängt, an dem mit babyblauen Klemmen und Klammern auch sämtliche Medikamentenbeutel befestigt sind, von denen transparente Schläuche zur Infusionspumpe führen. Ellie kennt das Gerät in- und auswendig, einschließlich des Herstellernamens: es stammt von der Baxter Manufacturing Company aus Dearborn, Michigan. Es hat vier übereinander angeordnete, mit verschiedenen Symbolen versehene schwarze Schalter, neben denen rote digitale Buchstaben blinken. Meistens zeigen sie einfach nur »Normal« an. Wenn die Schwestern das Gerät ausstöpseln müssen, damit Mai pinkeln gehen kann, piept es wie verrückt.

»Herrje, die Hotpacks«, sagt Mai. Sie sind das Einzige, was gegen das Brennen des Taxols hilft. Wenn sie die Kochsalzlösung, das Benadryl und das Zoloft hinter sich hat, geht es zur Sache, in dem Fall zum Taxol: ein kleiner Feuerquell an der Eintrittsstelle, von dem aus die Flammen wie auf einer Benzinspur Mais Arm hochrasen. Die Instant Hotpacks sind ein Geschenk des Himmels, und Ellie trägt die Packs und Fleecedecken aus allen anderen Patientennischen zusammen, sodass, als Mai sich hinlegt, auf ihrem Nachttisch ein kleiner Berg Plastik und am Fußende ihres Bettes ein Stapel Decken aus Baumwollfleece liegt. Die Hotpacks geben nach einem festen Druck auf die schmalen Plastikränder unmittelbar Hitze ab. Es ist so, wie einhändig ein Ei aufzuschlagen, was Ellie gern zu ihrem Vergnügen tut. Mai lächelt wie ein Junkie, sobald sie das Knacken der Innenhülle hört, und Ellie stopft drei der Fleecedecken um sie herum fest.

Sie haben mal alle Gründe aufgelistet, warum Nische C in Raum T4 das beste Bett für die Chemotherapie ist. Zunächst einmal läuft der Vorhang glatt in der Schiene. Es ist schrecklich, wenn man den Vorhang zuzieht und damit signalisiert, dass man nicht die unsägliche Qual einer anderen miterleben oder in seiner eigenen Qual gesehen werden will, nur um dann festzustellen, dass er sich nicht vollständig schließen lässt, sodass beide Seiten den Blickkontakt und die Kränkungen ertragen müssen. Außerdem scheinen sämtliche im Barcelona verwendeten Handschuhe hier gelagert zu sein: Chemo Plus, der Mercedes unter den Latexhandschuhen, matt hellblau und ums Handgelenk verstärkt; Sensicor, hauchfein wie Musselin, Geisterfinger, die aus einem Dutzend Kartons heraushängen. Mai und Ellie mögen sogar die abgenutzten Plastikkästen, die drei Sorten Pflaster, Zungenspatel und Reagenzgläser mit lavendelblauen, roten, dunkelblauen und lindgrünen Stöpseln enthalten. Die Kästen sind nicht krankenhaussauber, sie könnten genauso gut in der Küche irgendeines Innenstadtlokals schmutziges Besteck beherbergen. An der Wand hängen pastellfarbene Aquarelle von windschiefen Häuschen am Meer, süßliche Drucke der Firma Posters International aus Toronto. Ellie hatte während ihrer Chemotherapie den ganzen Sommer über ein lavendelblau-weißes Hexenhäuschen vor der Nase. In Nische A liegen unter drei schief hängenden kleinen Ruderbooten zwei Frauen nebeneinander, eine junge, eingerollt, und ihre kahle Mutter. Die Tochter hat die Augen geschlossen, doch die Mutter starrt mit weit aufgerissenen Augen an die Decke.

Das Taxol tropft dreieinhalb Stunden lang stetig aus einer altmodischen, robusten hellblauen Glasflasche. All das andere Zeug tropft aus dünnen, praktischen Plastikbeuteln. Taxol ist ein Schwergewicht in einer umgedrehten Flasche, in der eine dicke Blase nach der anderen von unten aufsteigt und sich in die transparente Schicht silberner Bläschen drängt, nur um selbst wiederum von der nächsten aufsteigenden Blase zur Seite gedrängt zu werden. Wenn die Flasche leer ist, wird Charley längst in Fishers Island sein und ein Essen zubereiten, das Mai nicht zu sich nehmen wird. Ellie wird die

Lammspieße um Mitternacht essen, und die Hackpastete oder die Krabbenküchlein dann zum Mittag, während Mai Ginsengtee trinkt und Barbecue-Chips knabbert.

Ellie lenkt den Wagen auf die Fähre, und sie bleiben während der gesamten Überfahrt im Auto sitzen. Mai lehnt den Kopf zurück, und obwohl Ellie sie immer schön findet, sieht selbst sie, dass Mai nicht gut aussieht. Kahle Babys sind kein Problem; bei ihnen, selbst bei den hässlichen, ist alles darauf angelegt, sich zu entfalten, und jedes körperliche Merkmal steht im richtigen Verhältnis zu ihrem großen, seidigen Kopf. Wenn Ellie Mai anschaut, vermisst sie jedes Mal den silberblonden Zopf und ist froh, dass ihr wenigstens die Augenbrauen, schmale goldene Schwünge, geblieben sind. Mais nackter Schädel hat mitten auf der Rückseite zwei Dellen, und hinter dem linken Ohr sitzt ein kleines dunkelrotes Muttermal, und obwohl ihre Haut immer erstaunlich weich und porenlos war, ist das Verschwinden ihrer feinen Körperbehaarung für beide irritierend. Jede kennt, komplett und unkommentiert, die Schambehaarung der anderen, ihre Narben, ihre Art, sich die Beine zu rasieren. Ellie ist haarig und dunkel, Mai glatt und weiß. Aber glatt und eierschalenglatt sind zwei unterschiedliche Dinge, sagt Mai.

Als Mai und Ellie den Perückenkatalog studierten, ehe sie sich für eine der teuren, handgefertigten Echthaarperücken entschieden, die ins Haus geliefert und dann zur endgültigen Anpassung zum jeweiligen Friseur gebracht werden, erwog Mai einen kastanienbraunen Pixie-Cut, eine platinblonde Toupierfrisur und sogar einen tiefschwarzen Pagenkopf mit Mittelscheitel, wie Cher ihn in der Mitte ihrer Laufbahn hatte. Charley kam ein paarmal ins Zimmer, während sie im Katalog blätterten, und schließlich rief er Mai ins Schlafzimmer, um unter vier Augen mit ihr zu sprechen.

»Ich finde nicht, dass du eine Perücke brauchst«, sagte er.

Natürlich sagt Charley ihr das aus Liebe: dass sie keine Perücke braucht, dass er sie auch kahl und seltsam mag und dass es nicht nötig ist, einander etwas vorzuspielen, ja eigentlich nicht akzeptabel. Es ist Liebe, was er damit zum Ausdruck bringen will.

»Alles klar. Mal schauen.« Ich bin eine intelligente Frau, denkt Mai, wie kommt es, dass ich den Dorftrottel geheiratet habe? Wie kannst du nach zwanzig Jahren, in denen du doch vermutlich zumindest ansatzweise wahrgenommen hast, was für ein Mensch ich bin, auf den Gedanken kommen, ich würde derart grotesk und verwundbar bei mir zu Hause herumspazieren wollen? Denkst du denn, oder vielmehr, würde Denken dich zu dem Schluss kommen lassen, dass es mir irgendwie gefallen könnte, jetzt *freundliche* Worte über mein Aussehen von dir zu hören?

»Es könnte ganz lustig sein, ein bisschen zu experimentieren. Ich war noch nie eine exotische Brünette – vielleicht ist das deine letzte Chance«, sagt Mai.

Charley will keine exotische Brünette. Er will seine beherrschte, weiße, schlaksige Frau zurück, mit ihrem normalen würzigen Geruch und ihrem zum Knoten gewundenen hellen, seidigen Haar. Bei der Vorstellung, sie würde sich mit ihrem von der Chemie aufgedunsenen Gesicht und einer Hexenperücke in der Öffentlichkeit zeigen, wird ihm ganz elend zumute, und dann schämt er sich so für seine Kleinlichkeit, dass er sich wünscht, Mai wäre entweder vollkommen gesund oder tot.

»Ganz wie du willst. Vielleicht kommt dann ja wieder ein bisschen Leben in die Bude.« Seit Mais Diagnose haben sie nicht mehr miteinander geschlafen.

»Vielleicht. Versprech dir mal nicht zu viel.« Der Krebs verleiht Mai das Privileg, die Augen schließen zu dürfen, als wäre sie von Operation und Chemotherapie völlig ausgelaugt, damit sie Charleys einsames, ängstliches Gesicht nicht ansehen muss.

Charley legt Mai die Hand auf die Schulter, fürchtet allerdings, dass das verkehrt sein könnte, und sie erstarrt. Er zieht die Hand zurück, doch Mai zieht sie wieder nach vorn, schlingt seinen Arm um ihren Hals. Sie lehnt ihre warme, aufgedunsene Wange an seine Haut.

»Ich hab dich sehr gern«, sagt sie.

»Ich hab dich auch sehr gern.«

Sie hören Ellies schnellen, schweren Schritt, bevor sie sie sehen, und sind wieder ein Paar, noch ehe Ellie verkündet, dass ihr – wie immer – der Inhalt des jeweiligen Topfes, den Charley gerade unbeaufsichtigt gelassen hat, angebrannt ist. Das passiert so oft, dass nicht einmal Charley es noch für Zufall hält. Er findet, dass Ellie kochen lernen sollte. Mai kann natürlich kochen – nicht dass sie es je gebraucht hätte, wo sie doch das schönste Mädchen am College war und die einzige schöne und intelligente Frau ist, die Charley kennt. Aber Ellie sollte kochen lernen, und wenn Charley seine eigenen Gedanken weiterverfolgte, würden sie zu einer Ellie führen, die kocht und sich liebevoll kümmert, so wie sie es manchmal bei Charley tut, und die unter seiner Obhut schließlich erst sich selbst und dann irgendeinem netten Mann ihr verborgenes heterosexuelles, heiratsfähiges Selbst offenbart.

Ellie kann sehr wohl kochen. Zu Hause kocht sie für Freunde, die Charley und Mai gar nicht kennen. Sie kocht, und zwar sehr gut, nach M. F. K. Fisher und Bobby Flay und Alice Waters, für Freunde, die es schwer vorstellbar fänden, dass sie bei Charleys und Mais Hochzeit auf Fishers Island – vor ihr eine rosenumrankte Veranda, hinter ihr der Block Island Sound – ein mintgrünes Etuikleid und passend eingefärbte Highheels trug, deren acht Zentimeter hohe Pfennigabsätze sich in den Rasen bohrten. Mai stand da wie ein Weihnachtsengel, in ärmelloser, knöchellanger weißer Seide, an den schmalen Füßen schlichte Ballerinas und drei leuchtende Reihen schlichter weißer Perlen um den Hals, die Charleys Großmutter, eine der Fishers-Island-Cushings, ihr mit großer Zuneigung und hohen Erwartungen zum Geschenk gemacht hatte. Charles Cushing stand neben seiner frisch Angetrauten, strahlend, sonnenverbrannt und leicht schwindlig angesichts der Tatsache, dass er einer Zukunft entgangen war, die durch Rendezvous mit Freundinnen von Cushing-Cousins, mit Schwestern von Freunden der Cuhsing-Cousins und mit einem riesigen Netz von Freundinnen von Freunden der Cushings bestimmt gewesen wäre. Auf Fishers Island, wo sie jetzt ein eigenes kleines Haus haben, ist Charley der Koch, aber wenn er wieder nach New Haven fährt, essen Ellie und Mai gewaltige Omeletts mit allen erdenklichen Zutaten, Mikrowellen-Popcorn mit geriebenem Parmesan und koscherem Salz und Erdnussbutter aus dem Glas. Sie trinken Red-Stripe-Bier und rauchen jeweils genau fünf Zigaretten, deren Stummel sie auf dem Haustierfriedhof der Cushings vergraben, der letzten Ruhestätte von vier Generationen schokoladenbrauner Labradore und weißer Perserkatzen sowie von Charleys verstorbenem Cockerspaniel. Es gibt keine »Mein geliebter Kamerad«-Gedenksteine, das wäre zu barock und exzentrisch für die Cushings, die so etwas eher Italienern zutrauen würden, doch die Gräber sind auch nicht unmarkiert, so als spielte es keine Rolle, dass die kleinen Leichname dort liegen, als wäre jedes Gedenken überflüssig. Jede der zwölf kleinen Grabstellen wird von etwas Rustikalem, Charakteristischem geziert: einem großen, von Glimmer durchzogenen Stein, einem in die Erde getretenen Stacheldrahtkranz oder, bei Charleys Pogo, einem Spielzeugsegelboot an einem fünf Zentimeter langen Dübel. Das ist mehr Gefühlsüberschwang, als Ellie ihn in zwanzig Jahren Cushings erlebt hat, und als sie dort auf dem Friedhof steht und ihren Zigarettenstummel sorgfältig unter den Granitblock über der Königin von Saba schiebt, mag sie Charley lieber, als sie ihn manchmal leibhaftig mag, und sie erinnert sich an den Jungen mit den großen Ohren, der er am College war, als wäre er damals ein Freund gewesen und nicht ein Quell liebevoll-verärgerter Verwirrtheit und gelegentlicher alkoholisierter Unterhaltung. Es war Charley, nicht Mai, mit dem Ellie den komatösen Kapitän der Footballmannschaft in Frauenkleider steckte und ans Bett fesselte; es waren Charley und Ellie, die sich zusammen durch Thomas Hardy kämpften und Marshmallows grillten, während Mai und Ellies Freundin bis zum Einbruch der Dunkelheit auf dem Mount Snow Ski fuhren; und selbst jetzt noch sind es Charley und Ellie, die auf den endlosen Hochzeiten und Hochzeitstagen der Cushings stundenlang miteinander tanzen. Als Produkte zweier sehr unterschiedlicher, aber fähiger Tanzlehrer harmonieren sie gut; Charley führt entschiedener, als Ellie es erwartet hätte, und sie folgt ihm geschmeidig, als wäre sie beim Abschlussball an seiner Seite gewesen und hätte seine Miss Elizabeth – zum wiederholten Mal – sagen hören: »Der Herr ist der Rahmen, meine Damen, und Sie sind das Bild.« Mai sitzt bei Charleys scharfsichtigem Vater, und sie unterhalten sich über Inselangelegenheiten – Politik, Immobilien, Indiskretionen. Mit Charley, der tanzt und kocht, kann Mr Cushing nicht reden, aber seine kluge, hübsche Schwiegertochter mag er so gern wie kaum jemanden sonst.

Beim Frühlingsball tranken Charley und Ellie je zwei Manhattans und begannen dann mit einem Wiener Walzer, gefolgt von einem Foxtrott und einer Pause für weitere Drinks. Als Ellie einen Open Hip Twist in ihre Rumba einbaute, lachte Charley schallend und flüsterte Ellie mit schwerer Zunge ins Ohr: »Ich wünschte, ich wäre Jude. Dann müsste ich nur auf die großen Hochzeiten gehen. Niemand würde von mir erwarten, dass ich morgen mit diesen Dumpfbacken im Big Club achtzehn verdammte Löcher spielen gehen muss.«

Ellie sagte: »Ich könnte ja konvertieren und das Golfspielen übernehmen, und du wirst Lesbe.«

Charley wirbelte sie um Mr und Mrs Fairbrother herum und fuhr mit der Hand über Ellies festen, feuchten Rücken. »Ich bin doch eine Lesbe, oder? Wie sollte ich keine Lesbe sein? Du bist mir wirklich keine Hilfe. Mein Onkel Albert ist die größte Schwuchtel von ganz Rhode Island, und der schlägt morgen um eins mit uns ab. Samstags sind keine Frauen auf dem Platz. Doch, wirklich, Jude wäre besser.«

Als der Jitterbug Charley und Ellie auf das Chintzsofa mit dem Efeumuster beförderte, gab Mai ihrem Schwiegervater einen Kuss, sammelte die Jacken ein und packte die zwei auf den Rücksitz. Es kann schon sein, dass jedes Mal, wenn Charley und Ellie sich richtig gut miteinander amüsierten, der Alkohol eine zentrale Rolle spielte, aber selbst wenn sie anfangen, einander affektiert, besitzergreifend und ein bisschen jammerig zu finden (ihm fehlt es an Sperma, ihr fehlt die Partnerin), erinnern sie sich daran, dass Alkohol keine Zuneigung hervorbringen kann, wo keine ist, und dass sie sich letztlich wohl doch sehr mögen.

»Ich weiß nie, wann ich kochen soll«, sagt Charley. Er gießt sich Scotch ins Glas und gibt dann gleich auch noch welchen auf das Huhn. »Und was.«

Wenn Mai nicht mitisst, kann er genauso gut etwas Interessantes kochen. Seit drei Tagen macht er weiche Eier, Fertiggrießbrei, weißen Toast ohne Kruste. Um zwei Uhr morgens hat er ein Dutzend Auflaufförmchen mit Eiercreme zubereitet, damit Mai es noch mal versuchen kann, egal, wie oft sie sich übergibt.

»Coq au Scotch?« Keine schlechte Idee, findet Ellie.

»Das wird unser kleines Geheimnis«, sagt Charley.

Charley hat Humus, Pita-Chips, frischen Mozarella und eine Kiste Wein von zu Hause mitgebracht. Ellie nimmt die Maiskolben mit auf die hintere Veranda hinaus und bedauert es, dass sie erst vor einer Stunde einen Heidelbeermuffin und die Hälfte von Mais Milkshake verputzt hat.

»Willst du dich ein bisschen hinlegen? Ich mach das fertig«, sagt Charley und setzt sich zu ihr, um ihr zu helfen, mehr Maiskolben zu schälen, als sie je zu zweit essen werden.

»Hinlegen? Nein, brauch ich nicht. Aber mach du ruhig ein Nickerchen, wenn du willst. Ich kann ja den Tisch decken und einen Salat machen.« Ellie weiß, dass es morgen Maiscremesuppe geben wird, vielleicht auch Mais-Bohnen-Salat. Wenn zu viel Essen übrig ist, werden sie seine Eltern einladen, und Ellie wird sich fühlen wie ein Troll auf Besuch.

»Nein, danke, ist schon erledigt.«

Mai nennt es den Hemlock-Drive-66-Ironman. Als sie noch gesund war, ist sie immer als Erste aufgestanden und als Letzte ins Bett gegangen, ist sechzig Bahnen im Hay Harbor geschwommen und hat dann aus der Bäckerei Krapfen und die *Times* mitgebracht. Charley und Ellie waren die ewigen Zweitplatzierten – und nicht unglücklich darüber.

Charley schlürft seinen Scotch und sieht zu, wie die vertäuten Segelboote auf dem Wasser schaukeln. Wenn Mai segelt, sieht sie aus wie Neptuns Tochter, weiß und golden schießt sie über die Wellen. Eines der Dinge, die Charley an Ellie mag, ist, dass sie imstande und willens ist, mehrere Stunden hintereinander nichts zu tun. Obwohl Charley glaubt, dass Mai weiterleben wird, macht ihre Krankheit alles andere, jede Tätigkeit und jeden Wunsch, irgendwie trübe und falsch.

Er sieht sich selbst dabei zu, wie er ins Büro geht, Geschäfte abschließt, auf die er gehofft hat, mehr Geld verdient als erwartet, und er denkt, das ist alles nicht wichtig, auf das, was wirklich wichtig ist, habe ich keinen Einfluss.

Charley schaut in sein großes Glas. »Weißt du, ich weiß, dass du schon immer in sie verliebt warst. Und ich verstehe das völlig.« Das tut er wirklich. Ellie tut ihm leid, und er liebt sie dafür, dass sie seit zwanzig Jahren seiner schönen Mai hinterhertrottet und sich auf wahrhaft bewundernswerte Weise mit reiner Freundschaft begnügt, während ihr doch jeden Abend vor Augen stehen muss, dass da, wo sie gern wäre, Charley ist.

»Ich weiß nicht, was du da zu verstehen glaubst. Ich war nie in Mai verliebt. Ich habe sie lieb, ich habe sie unendlich lieb, aber ich bin nicht in sie verliebt.« Manchmal findet Ellie das richtig verwirrend. Die hinreißende Mai mit ihrer perfekten Ausstattung, aber nicht das geringste Knistern.

»Na ja, über so was lässt sich natürlich nicht diskutieren, aber ich sehe doch, dass du dich nie wirklich ernsthaft mit jemandem eingelassen hast. Ich kann es dir nicht verdenken, wirklich, sie ist einfach wunderbar.« Und genau so erscheint sie ihm in diesem Moment – wunderbar, unwiderstehlich, ja sogar leicht zu lieben.

»Natürlich ist Mai wunderbar. Keine Frage. Ich scheine einfach nicht für das häusliche Leben geschaffen zu sein, Charley, aber das liegt nicht daran, dass ich seit zwanzig Jahren vor mich hin schmachte.«

Ellie zerkaut die Eiswürfel in ihrem Drink. Sie ist dem häuslichen Leben mit einer Liebsten zu Collegezeiten nahegekommen, doch dann zog diese, drei Monate nachdem sie alle ihren Collegeabschluss gemacht hatten, wieder mit ihrem vorherigen Freund zusammen; ziemlich nah war sie dem häuslichen Leben mit einer Modedesignerin, die jedoch nach

Ghana umsiedelte, was für Ellie absolut undenkbar war; und vor gerade mal fünf Jahren war sie sogar sehr nah dran, und wenn sie dieser Frau heute mit ihrer jetzigen, gutaussehenden Freundin und den beiden fröhlichen chinesischen Kindern begegnet – weicher schwarzer Pony, breites weißes Lächeln, kuschelige grüne Fleecejacken samt den passenden Mützen und hinreißenden grünen Turnschuhen –, dann ist Ellie klar, dass die eine, richtige Tür sich einen Moment lang vor ihr aufgetan hat, sie jedoch nur reglos davorstand, weil ihre lahme, zaudernde Seele nicht bereit war, um der großartigen Ungewissheit des Paradieses willen ihren Körper zu verlassen.

Als sie neunzehn waren, lagen Ellie und Mai mal in der Bikinihose auf Ellies breitem Bett. Nur die Schrankbeleuchtung war an und warf einen schmalen gelben Lichtstreifen auf Mais Brüste. Mai zog Ellies linke Hand auf ihre rechte Brust.

»Machst du das so?«

Ellie tätschelte Mais Schlüsselbein. »Mit einer Liebsten schon.«

Mai lächelte in der Dunkelheit. »Schön für sie. Ich bin deine beste Freundin.«

»Bist du«, sagte Ellie, und sie drehten sich beide auf die rechte Seite, Mai vorn, Ellie hinten, so wie jeden Sonntagabend, und schliefen in Löffelhaltung.

Elli deckt Mai warm zu. Mai trägt Ellies altes »Wer gehen kann, der kann auch tanzen, wer reden kann, der kann auch singen«-T-Shirt und Charleys Valentinstags-Boxershorts.

»In diesem Outfit sehe ich wirklich verboten aus.«

»Ja«, sagt Ellie. »Im Gegensatz zu mir.«

»Das ist völlig okay, Elliedear, du bist immer unmöglich angezogen.« Elliedear und Maidarling, so nennt Mrs Cushing die beiden seit zwanzig Jahren. »Alle Soziologen ziehen sich unmöglich an. Sind deine Füße auch taub geworden, E? Ich weiß nicht, was das ist. Zuerst dachte ich, sie wären nur kalt, aber eigentlich sind sie gar nichts. Gefühllos.«

»Das ist schon okay. War bei mir auch so.« Ellie streicht die oberste Decke glatt und breitet einen der schön verblassten Familienquilts der Cushings über Mai aus, die die ganze Nacht schwitzt und friert.

»Ist das Gefühl wieder zurückgekommen?«

»Nein.«

»Auf so eine Antwort hat eine positive Bemerkung zu folgen, so à la ›Nein, aber ich brauche jetzt keine Schuhe mehr, und mit dem Geld, das ich dadurch spare …‹«

»Mit dem Geld, das ich dadurch spare, siedele ich auf einen anderen Planeten um.«

»Das klingt, als würde diese mörderische Reizbarkeit nicht vorübergehen«, sagt Mai.

»Schatz«, sagte Ellie und küsst Mai auf die Stirn. »Woher soll ich das wissen? Ich bin schon schlecht gelaunt auf die Welt gekommen.«

»Wenn es mir wieder besser geht«, sagt Mai und schließt die Augen.

Ellie macht das Licht aus und hofft, dass Mai bis zum nächsten Morgen durchschlafen wird. Wenn Mai eine schlechte Nacht hat und Charley sich um sie kümmert, fühlt Ellie sich morgens übertölpelt und nutzlos.

»Wenn es mir wieder besser geht«, sagt Mai im Dunkeln, »dann suchen wir dir eine Freundin. Grace Paleys Seele in Jennifer Lopez' Körper.«

Mai träumt, dass sie mit ihren Eltern in Kvitfjell Ski fährt. Die Bäume fliegen an ihr vorbei. Sie hat die gelbe Skibrille aus ihrer Kindheit auf und trägt ihren hellgelben Lieblingsparka und die schwarzen Thinsulate-Handschuhe, die sie letztes Jahr von Charley zu Weihnachten bekommen hat. Ihre Eltern sind vor ihr, sie fahren ohne Skistöcke und rufen ihr über die Schultern ermutigende Worte zu. Das Haar ihrer Mutter ist noch blond, noch zu dem langen Zopf geflochten, in den ein blaues Band gewunden ist, und sie ruft mit ihrer lieben, hauchigen Stimme Mais Namen. Die Worte ihres Vaters werden vom Wind davongetragen, aber Mai weiß, dass sie ihre Skistöcke loslassen soll. Als sie die Hände öffnet, hebt ihre Mutter einen Arm, als wollte sie winken, und fängt etwas auf, Mais Parka. Mai fährt jetzt nur in ihrem Rollkragenpullover Ski, der sich plötzlich über ihren Kopf stülpt und sich in ihrem BH verheddert. Ihre gelbe Skibrille löst sich, und ihr Schal wickelt sich ab, er schliddert über das Eis zu ihren Eltern hinunter. Ihre schwarze Skilatzhose geht auf, springt ihr wie ein besessenes Lebewesen von den Beinen und purzelt dreißig Meter zu ihrem Vater hinunter. Ihre Eltern fangen die einzelnen Gegenstände rasch auf und werfen sie in die Bäume. »*Skynde seg*, los, komm.« Mai hat jetzt nur noch Skistiefel und Handschuhe an, und es geht ein scharfer, heftiger Wind, der ihr in den Schritt fährt, ihr die Haut in die Knochen presst. Ihr nackter Oberkörper (jetzt wieder mit zwei Brüsten, wie sie im Schlaf registriert) schmerzt im stechenden, bläulichen Schnee, ihre Augenlider frieren zu. Sie fährt blind und nackt Ski. Sie wacht auf, die Fäuste in ihr feuchtes Kopfkissen gewühlt, und denkt: wie offensichtlich. Mai hat den Eindruck, dass sogar ihr Unterbewusstsein jegliche Subtilität verloren hat. Mai ist berühmt für ihren subtilen Humor, ihre subtile Schönheit, ihr subtiles Verständnis der Schwestern Brontë, Englands im 19. Jahrhundert, der Universitätspolitik und der Kunst, eine feste Anstellung an der Uni zu bekommen, was ihr mit dreißig gelungen ist. Jetzt fühlt sie sich ungefähr so subtil wie Oprah und dabei noch langsamer.

Mai hört Charley auf der Treppe und schließt die Augen. Wenn du mich liebst, komm bitte nicht rein. Zwing mich nicht, dich anzuschauen, mich zu verhalten, als würde ich dich kennen. Ich brauche im Moment weder Essen noch Aufmerksamkeit. Wenn es etwas gibt, mein Schatz, was ich gern von dir hätte, nur eine einzige Kleinigkeit, um die ich dich bitten würde, dann ist es deine Abwesenheit. Eine Tüte Chips, ein Glas Mineralwasser mit Zitrone wären okay, und wenn du mir auch diesen raschen, sanften Blick ersparen könntest, der nahelegt, dass ich irgendwie mit dir verbunden bin, werde ich dir dankbarer sein, als du es dir vorstellen kannst, und ich werde allen erzählen, dass ich das alles ohne dich nicht durchgestanden hätte. Lass mich einfach noch ein bisschen länger hier auf der dunklen Seite des Mondes leben.

Nicht Ellie sollte allein sein, denkt Mai, sondern ich. Ellie hat vielleicht ein paarmal das Schiff der Liebe verpasst, womöglich hier oder da etwas falsch eingeschätzt, aber sie ist nicht unfähig, zu lieben. Mai dagegen schon. Sie kann nicht, nicht mal einen Moment lang, irgendeines dieser weisen, selbstbestärkenden, beruhigenden Dinge tun, die in all ihren Büchern empfohlen werden. Man hat ihr Blumen geschickt und Geschenke mitgebracht. Sie hätte lieber mehr Blumen und andere Geschenke bekommen. Sie hat jetzt eine richtige kleine Brustkrebs-Bibliothek: *Denken Sie sich gesund*, *Wie man sein restliches Leben besser genießt*, *Krebs heilen mit Obst und Gemüse*, *Brustamputation – der Herausforderung begegnen*, der feministische Ansatz und der feminine Ansatz, aber nirgendwo wird ihr erklärt, wie sie wieder zu der fröhlichen, unerschütterlichen, beneidenswerten Person werden kann, die sie dreiundvierzig Jahre lang war. In den Büchern reiht sich eine Geschichte über eine Brustkrebs-Überlebende an die andere – heute spricht man nicht mehr von Opfern, alle sind Kämpferinnen in der großen Schlacht, marschieren unter Trommelwirbel zum Operationssaal hinaus, mit wippendem Federbusch zum Laden für Spezial-BHs. Mai fühlt sich als Opfer. Sie ist eine sonnige Straße entlangspaziert, hat sich um ihren eigenen Kram gekümmert und niemandem etwas getan, und da hat sich plötzlich etwas in ihre Brust verbissen und sie ihr vom Körper genagt, hat ihr mit seiner großen Klaue die Haut abgerissen, hat sie mit dem haarlosen Kopf nach unten über einen riesigen, unsichtbaren Abgrund gehalten, auf dessen anderer Seite, umnebelt, aber hoffnungsvoll, Charley stand, der alles, was er sah und hörte, fälschlicherweise auf sich bezog.

Mai dreht sich mit dem Gesicht zur Wand, den guten Arm unter den Kopf geschoben. Sie hört Charley in der offenen Tür atmen, und als er sich nach wenigen Sekunden wieder abwendet und die Tür hinter sich schließt, wird die Dunkelheit im Zimmer zu der herrlichen großen grauen Wolke, die sie aus ihrer Kindheit kennt; sie ist wieder Däumeline, steckt in einem riesigen Samtbeutel, wohlig umgeben von dem Geruch nach Tabak und übrig gebliebenen Kartoffeln und dem Gemurmel ihrer Eltern.

Mai hört Charley weggehen. Gott segne dich, denkt sie.

»Das Huhn braucht noch eine Weile«, sagt Ellie.

Charley schenkt ihnen noch einen Scotch ein. »Komm, wir schauen uns den Sonnenuntergang an«, sagt er.

Sie verdrehen auf der Veranda die Köpfe, um die orangefarbene Sonne und die kurz auf dem Wasser zitternden zinnoberroten Ringe zu betrachten. Die weißen Hortensien werden pink, dann tiefrosa, dann verlieren sie jegliche Farbe.

Charley steht auf, reckt sich und zieht sein Sweatshirt aus. »Ich stinke richtig. Ich geh eine Runde schwimmen, und dann mache ich das Abendessen fertig. Kommst du mit?«

»Nein. Ich bleibe hier sitzen. Ich feuer dich an.«

Charley geht ans Ende der Anlegestelle und zieht Jeans und Unterhose aus. Er steht mit dem Rücken zu Ellie, mattweiß im Dunkeln. Die Backen seines kleinen, hoch sitzenden Arschs, dessen Spalte undeutlich zu erkennen ist, haben in der Mitte tiefe Grübchen, und seine Oberschenkel sind gewölbt wie die eines Sprinters. Ellie sieht die einzelnen Muskeln auf seinem Rücken hervortreten und sich wie Mäuse auf seinen Schultern bewegen, auch über den Schulterblättern wölben sich erstaunlicherweise kräftige Muskeln, und rechts und links der Wirbelsäule verlaufen feste, dicke Muskelstränge.

Ellie wäre es lieber, wenn Mai schwämme und Charley krank im Bett läge, doch bei seinem Anblick denkt sie, was sie manchmal auch angesichts bestimmter, ihr mehr oder weniger gleichgültiger Kunstformen denkt: Selbst ich erkenne, wie schön das ist.

Charley krault rund fünfhundert Meter mit kraftvollem Schlag, dann schwimmt er im Bruststil zum Anleger zurück, den Kopf gen Heimat gereckt. Ellie winkt mit einer Flasche Mersault und öffnet sie dann; seit die Chemotherapie läuft, wird Mai beim Geruch von Rotwein, ja schon beim Anblick des an einem Ende rot eingefärbten feuchten Korkens schlecht. Mr Cushing schickt ihnen eigens für Mai alle paar Wochen eine Kiste von seinem goldgelben Weißwein. Ellie und Charley trinken jedes Wochenende ein paar Flaschen – Mai trinkt nach der Chemotherapie ein Glas, bevor die Übelkeit einsetzt.

Charley klettert auf den Anleger, hüpft von einem Fuß auf den anderen, um sich das Wasser aus den Ohren zu schütteln, und tupft sich mit seiner Unterhose trocken.

Im Wohnzimmer sitzen Charley und Ellie dann auf dem Korbsofa, die Füße auf dem Korbtisch, und stoßen auf Diverses an: auf Mai, auf den Weinkeller der Cushings, auf die letzte Chemotherapiesitzung, die in zwei Wochen ansteht, auf alte Freunde.

»Ich habe keinerlei Vorstellung …« Charley zuckt mit den Achseln. Tropfen fallen aus seinem Haar auf sein Sweatshirt.

»Keinerlei Vorstellung von was?«

»Wie war das damals für dich?« Charley und Mai sind einen ganzen Sommer lang durch die Täler, Wälder und kleinen Weiler Yorkshires gewandert; sie waren abgereist, bevor Ellie ihr Mammogramm erhielt, und kamen erst zwei Wochen nach ihrer letzten Chemotherapiesitzung zurück.

»Ziemlich genauso. Es war ätzend. Du weißt doch noch, wie ausgepumpt ich im Herbst war.«

Charley erinnert sich vage. Sobald sie wieder da waren, brachten sie ihr Blumen, Butter Crunch und einen großen Strohhut. Ellie kam nicht nach Fishers Island, aber Mai verbrachte den ganzen Herbst über immer die halbe Woche bei Ellie. An Weihnachten hatte Ellie wieder dunkelbraunes Haar, wild gelockt, und sie und Mr Cushing lagen beim Lexikonspiel in Führung.

»Was denn, Charley?«

»Tut es sehr weh?«

»Jetzt oder damals?«

»Damals.« Charley hofft natürlich, dass es jetzt nicht mehr wehtut, aber er denkt an Mai. Ellie geht es ganz offensichtlich gut.

Ellie seufzt. »Du meinst, wie sich Mai jetzt fühlt? Ob sie starke Schmerzen hat?«

Charley nickt.

»Alles Mögliche tut einem weh. Man hat taube Füße. Das hat Mai auch. Einen steifen Arm. Es juckt. Aber natürlich ist es bei jedem wieder ein bisschen anders. Du könntest sie einfach selbst fragen.« Das ist als Ermunterung gedacht, aber weder Ellie noch Charley rechnen damit, dass er es tun wird, und falls doch, wird Mai zweifellos sagen, so wie es sich für jemanden aus Minnesota gehört: »Halb so wild«, oder wie ihr Schwiegervater: »Nicht der Rede wert.«

»Aber direkt da … da, wo die Brust war, wie ist das? Wie ist das jetzt? Wie sieht das aus?« Charley wendet den Blick nicht vom Couchtisch ab.

»Hat Mai dir das nicht gezeigt?« Charley und Mai sind das einzige Paar, das Ellie gut kennt. Sicher üben nicht alle heterosexuellen Paare so eine Zurückhaltung, so eine bewusste Nichtbeachtung. Ellie kennt ein anderes Hetero-Paar, das nicht nur die Geburt seines Babys, sondern auch das Vergraben der Placenta und die Brit Mila aufgezeichnet hat. Sie zieht Charleys und Mais Ansatz ganz klar vor, einschließlich seiner offensichtlichen Gefahren. Wenn man Slips, Tampons und Ohrringe mit der Person teilen kann, mit der man Sex hat, muss man damit rechnen, dass sich manches eintrübt, dass die romantische Illusion ziemlich schnell dahinschwindet, was in Ellies Augen nicht von Vorteil ist. Andererseits hat niemand außer ihrer Mutter und Mai ihre Narbe gesehen, und Mais Mutter ist tot, sodass Mai und Ellie, was die mutige Narbenpräsentation angeht, quitt sind.

Charley schüttelt den Kopf.

»Es tut kaum mehr weh. Und mein Arm ist wieder okay. Fast jedenfalls.« Ellie beschreibt einen Kreis mit ihrem linken Arm, und wenn man nicht weiß, wie sie ihn vorher bewegen konnte, ist es ein ziemlich guter Kreis.

»Gut. Ich bin wirklich froh, dass das wieder besser geworden ist.«

»Was ist?«

»Nichts.«

»Was, Charley?«

»Schon gut.«

Charley trinkt seinen Wein aus, Ellie ihren auch.

»Also, ich verstehe es, wenn du nein sagst. Und wenn es dich verärgert, entschuldige ich mich jetzt schon. Aber könnte ich es mal sehen?«

Ellie knöpft ihr Hemd auf, eines von Charleys alten Hemden, die Mai und sie oft im Haus tragen. Bei Ellie erübrigen sich damit die Shorts. Sie hat keinen BH an und wünschte, es gäbe eine Möglichkeit, nur den klinisch nützlichen Teil ihres Körpers zu zeigen.

»Ah.« Charley geht vor Ellie auf die Knie, sodass ihre Augen fast auf einer Höhe sind. Ellie hält den Blick auf den Kamin gerichtet.

Auf der linken Seite von Ellies schmalem Oberkörper, eine Handbreit unter ihrem kleinen hübschen Schlüsselbein und einige Zentimeter von der gebräunten Haut entfernt, sieht man ein kleines elfenbeinfarbenes Hautquadrat, das durch einen Zopf aus rotblauem Narbengewebe zweigeteilt ist. In der Mitte der Narbe befindet sich eine kleine Vertiefung.

»Das?«, fragt Charley und deutet darauf, ohne sie zu berühren.

»Da war die Brustwarze.«

»Ah.« Charley wischt sich mit dem Handrücken die Augen. Er umfasst Ellies Brust mit einer Hand, schlingt den anderen Arm um ihre Taille und beugt sich vor. Er legt die Wange auf die Narbe.

»Spürst du das?«

»Ich spüre Druck. Sonst fühle ich an dieser Stelle nichts.«

»Auch nicht Kälte oder Wärme?« Charley spürt das Wasser zwischen seiner rauen und Ellies glatter Haut, fühlt die kleinen Erhebungen des Narbengewebes ganz leicht an seiner Wange.

»Nein, eher nicht. Weiter oben spüre ich deine Haare.«

Ellie fasst mit beiden Händen in Charleys nasses Haar, sodass sich die silberblonden Wellen zwischen ihren Fingern emporschieben. Er riecht nach Salz.

»Mach die Augen zu, Ellie.« Ihre Ellbogen liegen auf seinen Schultern. Sie riecht – wenig überraschend – nach frischem Mais, und außerdem nach Pfingstrosen.

Charley fährt über den schmalen roten Strang, der sich auf Ellies marmorfahler Haut erhebt, vor und zurück, ertastet die ineinander verschlungenen festen Windungen und Grate mit der Zunge, spürt sie zwischen seinen Lippen größer werden. Er umkreist die Vertiefung in der Mitte, immer wieder, als würde sie sich ihm irgendwann öffnen, als befände sich unter der Narbe die ganze Brust, nicht verschwunden, sondern nur versteckt.

Ellie weiß, dass das Charleys Lippen und Zunge sind, und sie fühlt sie mit der gedämpften Sehnsucht einer Frau, die in den Regen blickt.

Arm und Fuß auf Sternenlicht

Ich spüre die Arme meines Babys um meinen Hals. Versteckte Handgelenke, Fleisch von der Farbe und Konsistenz weißer Teerosen, der Duft warmen Maisbrots. Ich wache auf und stelle fest, dass das Kissen zerknautscht unter meinem Kinn liegt und sich ein paar Strähnen meines Haars im Reißverschluss des Kissenbezugs verfangen haben. Marc hört oder spürt, dass ich anfange zu weinen, und schützt sich, so gut er kann.

»Muss mal pinkeln«, sagt er und streicht die Decke glatt, als wollte er seine Seite des Bettes beruhigen. Ich wiege das Kissen hin und her und greife nach einer Prozac und dem Glas Wasser auf meinem Nachttisch. Bei mir sieht es aus wie bei einer Kranken: Schachteln mit Papiertaschentüchern, halb geschlossene Vorhänge, verschwitzte Nachthemden, Aspirin, Majoran-Duschgel (das Marcs New-Age-affiner Sekretärin zufolge »garantiert stimmungsaufhellend« wirkt), welkende Pflanzen. Ich verstehe nicht, warum der Tod die Leute dazu anregt, Grünpflanzen zu schenken.

Marc kommt ins Bett zurück, und ich bin so nett, mich schlafend zu stellen. Wäre ich wach, müsste er mich trösten. Die Ringe unter seinen Augen lassen die Haut bis zu den Wangenknochen dunkel und runzlig aussehen. Warum sollte er oder ich es ertragen müssen, dass er mich tröstet? Er legt eine Hand auf meine Hüfte, als wollte er sich in Balance halten, aber ich weiß, dass er meinen Zustand überprüft. Zucke ich, schwitze ich, heben und senken sich meine Schultern? Er ist ein anständiger Kerl, mehr als einmal wird er mir nicht ausweichen. Nachdem er sich beim ersten Mal aus der Affäre gezogen hat, muss er jetzt aufmerksam sein. Ich klinge so, als hasste ich ihn, aber das stimmt nicht.

Wobei ich sehr wohl von seinem Tod phantasiere. Ich erwürge ihn mit der Nabelschnur, der rosa-blauen Verschlingung, die man von Sauls kleinem Nichthals entfernte. Die Ärztin, meine Geburtshelferin – eine ausgesprochen nette, kompetente Frau, eine Demokratin, die mit mir zusammen im Vorstand zweier wohltätiger Sachen sitzt –, wird wie in einer altmodischen Messerwerfer-Show von winzigen, scharfen Skalpellen durchbohrt, bis sie in Einzelteilen an die Wand des OPs geheftet ist, während ihre Lippen sich noch bewegen und Entschuldigungen hervorbringen, allerdings keine so wortreichen, dass ich den Eindruck gewinnen könnte, sie habe einen Fehler gemacht, und sie wegen Fahrlässigkeit oder widerrechtlicher Tötung, oder was immer uns mein Schwager als möglichen Grund für eine Klage genannt hatte, verklagen könnte. Ein Fall von *wrongful life*, meine scheiternde Ehe, oder wie wäre es mit den Topfpflanzen und den Studenten, die mir allesamt egal sind? Für die Krankenschwestern und den Medizinstudenten, der Mary Lou assistierte, benutze ich stumpfe Skalpelle, und wenn sie versuchen zu fliehen, steche ich sie mit riesigen Epiduralnadeln.

Vor drei Wochen habe ich versucht, wieder zur Arbeit zu gehen. Ich holte meine Post ab und kam ganz gut klar, ignorierte das Schweigen und die mit gedämpfter Stimme hervorgebrachten Nachfragen, aus denen es geradezu schrie: »Besser du als ich.« Martha, die Institutssekretärin – alt, verängstigt und überflüssig, seit wir alle Computer haben –, reichte mir die für mich hinterlassenen Nachrichten und einen Stapel Hausmitteilungen. Ihr steinalter Pudel keuchte auf seinem kleinen Lager unter ihrem Schreibtisch.

»Ihre Bluse …«, sagte sie, und ich schaute auf die nassen blauen Kreise hinunter und ging.

Ich setzte mich auf die Toilette, drückte meine Brüste, massierte Bluse und BH, bis mir kleine weiße Tränen auf die Finger tropften. Meine Post ließ ich auf dem Boden liegen, und irgendein wohlmeinender Mensch schickte sie mir zwei Tage später anonym zu.

Ich gehe erneut hin, diesmal mit einem Percodan-Prozac-Cocktail gewappnet, den man in keinem Medikamentenhandbuch finden wird. Das Instituts-Fax spuckt Informationen über eine MLA-Konferenz in Edinburgh aus, die ich anscheinend organisiert habe. Der Mann, der mir das Fax schickt, ist ganz begeistert, seine Worte purzeln auf dem billigen, öligen Papier herum. Er erwartet ein Konzept meiner Präsentation in zwei und mich selbst in vier Wochen. Wohl eher nicht. Ich bitte Martha, ihm zu faxen, dass ich nicht an der Konferenz teilnehmen und ihm keine Unterlagen zu meinem Vortrag schicken werde.

Sie ist besorgt. Ich behandle Martha so, wie mich meine Mutter Hausangestellte zu behandeln gelehrt hat. Ich bin gütig und verständig und entgegenkommend. Sie bewundert mich (und weiß ihre alljährliche Eintrittskarte zur Hundeausstellung des Westminster Kennel Club zu schätzen), und die Marxisten der Fakultät (ehemalige Marxisten – keine Ahnung, was sie jetzt mit sich anfangen) knirschen angesichts unserer Beziehung mit den Zähnen. Martha zögert. Es sei doch beruflich sicher nicht gut für mich, so kurzfristig abzusagen. Vielleicht wird man mich nicht so bald wieder bitten, eine

Podiumsdiskussion zu leiten. Vielleicht wird mein Ansehen an der Universität leiden, und Marthas Status im Institut wird von gefährdet zu ausgestorben wechseln. Ich faxe die Nachricht selbst: »Kann nicht kommen. Baby gestorben. Vielleicht nächstes Jahr. Onora O'Connor.«

Draußen im Flur wartet ein Mädchen auf mich. Ich habe nichts gegen Mädchen, ich kann sogar Mitleid mit ihnen empfinden, denn im Gegensatz zu ihnen weiß ich, was sie erwartet. Als ich so alt war wie dieses Mädchen, habe ich Frauen wie mich mit genau dem gleichen angewiderten Unglauben betrachtet. Ihre Bäuche wölbten sich vor, ihre Ärsche sackten, ihr Haar hing in schlaffen Strähnen herunter oder war zu absurden Formen zurechtgesprayt. Warum taten sie sich das an? Wahrscheinlich waren sie schon als Mädchen hässlich gewesen und hatten das nie verwunden. Aber ich war kein hässliches Mädchen gewesen, ich hätte dieses junge Ding, als ich in seinem Alter war, locker in den Schatten gestellt. Ich habe Modell gesessen, um die Studiengebühren aufzubringen – die Bediensteten waren eine Phase, kein Lebensstil –, und es genossen. Mein Körper strafte die Schwerkraft Lügen, war der Inbegriff sinnlicher Perfektion. Wenn man mich biss, floss Pfirsichsaft. Verdammt, ich war drei Jahre meines Lebens schlichtweg vollkommen und bis vor kurzem immer noch ganz ansehnlich.

Ich unterschrieb ihre Formulare, versprach ihr, dass sie an meinem Auden-Seminar im Herbst teilnehmen dürfe, und floh, ich fühlte mich wie eine Scheckbetrügerin in einem Tante-Emma-Laden. Aber ja doch, hier ist meine Adresse, schauen Sie mir zu, wie ich den Betrag aufschreibe – als würde es irgendeine Rolle spielen. Es ist nichts auf dem Konto. Ich werde im Herbst genauso wenig unterrichten, wie ich den *Third base-man* für die Yankees spielen werde.

Ich verlasse das Gebäude, gehe an Grüppchen von Frauen

vorbei. Ich hasse sie alle; die Männer sehe ich nicht einmal. Wenn ich höre oder rieche, dass Babys kommen, verlasse ich den Raum. Diese Frauen, all diese Frauen, sind schwanger oder werden es sein oder waren es einmal oder wollen es nicht sein oder haben irgendein fernsehtaugliches Desaster wie meines erlitten. Es ist egal; ob sie mir gleichen oder Glück hatten, ich hasse sie, und das scheine ich auch unmissverständlich zu vermitteln, denn sie wenden sich ein klein wenig ab, die Füße reglos, nur die Hüften etwas weggedreht, und ich kann mich nicht zu ihnen gesellen, ohne mich zwischen sie zu drängen.

In meiner Küche sitzt eine Frau, die offenbar nicht schwanger ist, es aber sein könnte – sie könnte es irgendwann in einem Nebensatz erwähnen oder aber sich *gewaltig* zusammenreißen und es verschweigen, sodass Marc es mir dann später mühevoll unter vier Augen beibringen muss. Ich frage mich, ob er mit ihr schläft, aber ich kann es mir nicht vorstellen. Er sieht genauso schlecht aus wie ich. Jedes Mal, wenn er sich rasiert, schneidet er sich an einer anderen Stelle; sein ganzes Gesicht ist von kleinen Blessuren übersät, als hätte ihn jemand ziemlich lustlos attackiert. Auf der Küchentheke stehen vier Reihen tiefgrüner Weinflaschen. Marc arbeitet sich stetig durch die Kisten von kalifornischen Merlots und Zinfandels hindurch.

»Ich bin Jessica? Von der Neugeborenen-Station im Krankenhaus? Memorial Unit Three?« Sie redet weiter, aber ich bin verwirrt. Weiß sie nicht, wer sie ist? Fragt sie *mich* danach? Glaubt sie, ich hätte den Namen der Station vergessen? Glaubt sie, ich könnte mich an sie erinnern? Marc nickt, Tränen in den Augen. Sie redet wohl über Saul.

»… das Sie interessieren könnte …«

»Was?«

Sie seufzt, nur ganz leicht – ich sollte es doch wirklich zu würdigen wissen, wie geduldig und verständnisvoll sie ist. Ja sehe ich denn aus, als würde ich darauf irgendetwas geben? Du da, meinst du, ich könnte dich auch nur riechen, ohne dass mir das Kotzen kommt? Wenn sie nicht bald geht, fange ich vielleicht wirklich an zu kotzen. Hormone, Medikamente, es gibt diverse naheliegende Erklärungen für mein plötzliches Erbrechen. Ich schätze die Entfernung zum Spülbecken ab und überlege, ob ich auf dem Weg ihre Schuhe treffen könnte. Sie redet immer noch, und Marc hat mir die Hand auf die Schulter gelegt. Es geht eindeutig um Saul.

»… Ihren Verlust. Ich habe mit einer Frau gearbeitet, die das Gleiche erlebt hat und das, glaube ich, sehr hilfreich fand. Deshalb habe ich Ihrem Mann davon erzählt.«

»Wovon?«

»Von unserem ehrenamtlichen Pädiatrischen Betreuungsprogramm. Nach einer Einweisung beschäftigen Sie sich regelmäßig mit Kindern aus der Abteilung, bis sie entlassen werden.«

»Oder sterben.«

Jessica schaut Marc an, der jetzt nicht mehr in demonstrativer emotionaler Unterstützung meine Schulter berührt. Er hat das Gesicht in die linke Hand gestützt und rollt mit dem Zeigefinger der rechten einen nassen Korken auf dem Tisch hin und her.

»Oh nein, Sie beschäftigen sich nicht mit unheilbar kranken Kindern. Unsere Ehrenamtlichen besuchen Kinder, die sich von einer Operation erholen oder Prothesen angepasst bekommen, solche Sachen. Keine Todkranken.«

Durch ein Fenster, das sich plötzlich auf ihrer Stirn geöffnet hat, kann ich ihre Gedanken sehen. Großer Gott, denkt sie, diese Frau ist ganz offensichtlich für kein wie auch immer geartetes Programm geeignet, wie komme ich hier weg, ohne sie zu verstören? Die transparente Stelle auf Jessicas Stirn ist ein Ergebnis von Schlafmangel, das hat Mary Lou Marc und mir bereits erklärt. Die Momente, in denen Saul – in wechselndem Alter – zu mir kommt und in meinen Armen weint, die Neigung, die Worte anderer Leute vor mir zu sehen, wenn sie reden, oder manchmal auch, wenn sie nicht reden, und Gegenstände als zweidimensional wahrzunehmen – alles typische Symptome von Schlafmangel. Kein Grund zur Sorge.

»Ich werde darüber nachdenken. Lassen Sie mir doch Ihre Karte da. Danke, dass Sie gekommen sind. Auf Wiedersehen.« Ich finde, dass das ganz gut herauskommt, aber an ihrem Gesicht sehe ich, dass ich irgendetwas Entscheidendes weggelassen habe, die Modulation vielleicht. Pech. Wenn sie Emotionen will, soll sie mit Marc reden. Ich gehe nach oben und lege mich mit Schuhen aufs Bett (aber ohne dass meine Sohlen die Tagesdecke berühren – so tief bin ich noch nicht gesunken), bis ich höre, wie die Haustür geschlossen wird.

Ein weiterer qualvoller Abend bei den O'Connor-Schwartzes beginnt. Marc ist um mich bemüht, dann verletzt, dann entschuldigt er sich, dann wird er wütend, dann bekommt er ein schlechtes Gewissen, dann geht es wieder von vorn los, bis zur Erschöpfung. Zwischen dem schlechten Gewissen und der dritten Flasche Wein schläft er meistens ein.

Ich kann mich nicht umbringen – diese Sünde begehen wir nicht, es ist *derart* schlechter Stil –, aber ich stelle fest, dass ich auf dem Treppenabsatz taumele, die schmalen, glatten Marmorstufen in der Bibliothek sehr schnell hinuntergehe, ausprobiere, wie lange ich die Hände vom Lenkrad nehmen kann. Weg mit mir.

Das ist keine Krankenhausstation, auf der ich hier bin, sondern das Hieronymus-Bosch-Pädiatrie-Purgatorium. Man hat mir gesagt, ich solle bei den anderen Kinderfreundinnen warten, die in pastellfarbenen Jogginganzügen und klobigen

Sneakers oder in Zweihundert-Dollar-Strickjacken über Jeans und blümchenbestickten Rollkragenpullovern hier herumschlurfen. Anscheinend haben nur Frauen das Bedürfnis nach dieser Art von Unterhaltung. Auf unserem Weg durch die Säle mit keuchenden Säuglingen, Kleinkindern, aus deren Köpfen metallene Shunts ragen, und älteren Kindern, die mit ihren Infusionsgestellen Fangen spielen, stelle ich fest, dass unsere kleine Gruppe heterogener ist, als ich zuerst dachte. Zwei der sechs scheinen fortgeschrittenen mittleren Alters zu sein und tragen freundliche Anteilnahme und allumfassende Zuneigung zur Schau. Zwei andere sind ziemlich jung, eindeutig Junior League, und falls sie ihr Baby verloren haben, waren sie seither ausgiebig im Fitnessstudio. Die Frau neben mir ist schwarz, soll heißen, von der Farbe starken Kaffees, und zumindest *ihr* Gesichtsausdruck ist mir vertraut. Sie sieht gleichzeitig wütend und verängstigt aus, und wenn sie eine Krankenschwester sieht, kräuseln sich ihre Lippen und geben zwei herrlich spitze Schneidezähne frei. Als wir für die Einweisung in einem fensterlosen Raum mit fest gepolsterten Sesseln und Zweiersofas Platz nehmen sollen, hocke ich mich auf die Kante eines Tisches, und die kleine Krankenschwester, die unsere Gruppe leitet, ist klug genug, mich nicht zu ermuntern, ich solle mich doch zu den anderen setzen. Sie fragt, was wir uns jeweils von der Teilnahme an dem Betreuungsprogramm erhoffen, woraufhin die anderen sagen, was immer sie sagen, und die Schwarze und ich knurren und wegschauen. Nicht einmal ich mit meinem beeinträchtigten Urteilsvermögen kann glauben, dass man Leute wie uns auf hilflose Kinder loslassen wird. Dann fragt sie uns, ob wir irgendwelche Wünsche hinsichtlich der Kinder haben, deren wir uns annehmen wollen. Die anderen sagen brav, sie seien da ganz offen. Die Wölfin sagt: »Kein schwarzes Kind«, und ich sage gar nichts.

Ich bitte darum, mich erst noch etwas akklimatisieren zu dürfen, und die Krankenschwester erlaubt mir, mich in aller Ruhe und unbeaufsichtigt umzuschauen. Die Kinder, die ich sehe, sind alle versorgt. Sie werden gefüttert oder gehalten, oder jemand singt ihnen etwas vor, während ihr Verband gewechselt wird. Sie schreien kurz auf, wenn die dunkelroten Stümpfe gewaschen und neu verbunden werden. Wenn die Krankenschwestern und Helferinnen merken, dass ich sie beobachte, gucken sie finster oder lächeln kurz; Besucher sind keine große Hilfe. Einige der Zimmer quellen über vor silbrig-bunten Ballons, Pinnbrettern voller Fotos, Eltern, Spielzeug, Comicheften. Ich halte nach einem Zimmer mit nichts als einem Kind und einem Kinderbett Ausschau.

Ich sehe ihn am Ende des Flurs. Er kommt in einem topmodernen Rollstuhl aus seinem Zimmer, um mich zu begrüßen, vor sich eine Kombination aus Tastatur und Tisch. Er hat einen silbernen Stift im Mund, mit dem er die Tasten auf der Konsole betätigt. Wir beobachten einander. Er ist hässlich, völlig anders, als Saul es gewesen wäre. Ein schmieriges, fahles Rattengesicht, Meckifrisur, Segelohren. Als er sich über die Konsole beugt, sehe ich seinen schmalen, behaarten Nacken.

»Hey«, sagt er und lässt den Stift los. Ich hatte gedacht, er könne nicht älter als drei sein, aber kein Kleinkind redet so – als lebte er seit fünfzehn Jahren auf der Straße, und dieses Krankenhaus wäre nicht mehr als ein weiterer perspektivloser Übergangsjob.

»Selber hey.« Ich erröte.

»Können Sie mal zur Seite gehen?«

Ich presse mich gegen die Wand, und er rollt an mir vorbei, den Stift fest auf einen orangefarbenen Kreis inmitten einer Reihe von konkaven blauen Schaltflächen gedrückt. Der Rollstuhl hat Reifen, die einem Pick-up-Truck alle Ehre gemacht hätten, und an den Seiten reicht er ihm bis an den Hals, wie eine rollende Blackbox. Ich schaue nach unten, während das Ding an mir vorbeirumpelt. Unter dem kleinen T-Shirt sind keine Arme.

»Tschüss«, sage ich.

»Mhm.«

Ich kann die Krankenschwester an der Rezeption nicht für mich einnehmen, aber immerhin bringe ich sie dazu, mir etwas über ihn zu erzählen. Jorge. Seine Geschichte ist ein einziger endloser Horror, der Beweis – nicht dass ich einen gebraucht hätte –, dass die Vorstellung, es gebe einen Gott, noch erschreckender ist als eine Welt ohne Gott. Niemand kommt und nimmt ihn zu sich. Man hält ihn nicht für liebenswert, und die gelegentlichen Heiligen – Pflegeeltern, die AIDS-Babys oder krebskranke Kinder zu sich holen – wollen ihn nicht. Was mag er denn?, frage ich. Nichts, sagt sie. Falls er irgendwas mag, behält er das für sich.

Ich warte vor seinem Zimmer. Er wird seine Freude nicht zeigen, aber auf eine widerwillige, hilflose Weise wird er sich doch freuen. Wann ist je jemand ohne medizinischen Grund ein zweites Mal wiedergekommen?

»Kaugummi?«

»Welche Sorte?«

»Bubble Yum. Pfefferminz oder Traube.« Das sind tatsächlich die Sorten, die ich kaue.

»Traube.« Er macht den Mund auf, und ich wickele das Kaugummi aus und lege es ihm auf die weiß belegte Zunge. Er kaut drauflos, und dann schürzt er die Lippen um seinen Joystick und fährt weg. Am Ende des Flurs richtet er sich auf und schaut über die Schulter zu mir zurück. Er schiebt den Stift mit der Zunge zur Seite und lässt das blaue Kaugummi im Mund.

Ich winke. »Bis morgen, Jorge.«

Zu Hause bereite ich mich auf Diplomatie und Krieg vor. Ich dusche, benutze sogar das Majoran-Duschgel. Meine Stimmung hellt sich tatsächlich auf. Ich bereite Rinderbrust nach Julia Child zu und richte einen hübschen Salat an. Ich öffne eine Flasche Stag's Leap und stelle die großen Weingläser hin, die, die ich von Hand spülen muss.

Ich erzähle Marc von ihm, lüge. Bei mir klingt es so, als wäre er reizend, aufgeschlossen, dankbar. Ich erzähle Marc nicht, was die Krankenschwester mir erzählt hat, dass er mal einer Helferin ins Gesicht gespuckt hat, wozu er extra einen Mundvoll Penicillin aufgespart hatte. Ich sage nichts von seiner allumfassenden Hässlichkeit, dem verklebten Schielauge rechts, dem leichten Fäkalgeruch, der ihn umgibt. Aber ich hätte Marc genauso gut die Wahrheit sagen können. Nein, sagt er. Wir können im Moment kein behindertes Kind aufnehmen.

Wir? Ich muss lachen. Der alte Witz: Was meinst du mit »wir«, weißer Mann? Ich lege mir in Gedanken die Worte zurecht, um ihn umzustimmen, doch dann ist es mir plötzlich egal.

»Wenn sie keine Einwände haben, hole ich ihn her. Er muss nicht im Krankenhaus sein, aber seine Familie kann ihn nicht versorgen, und für ein Heim ist er zu bedürftig.« Natürlich werden sie keine Einwände haben. Es muss ein Vermögen kosten, ihn dort zu versorgen. Und er ist so hässlich.

»Wenn du ihn herholst – ich weiß nicht … Ich glaube nicht, dass ich dann noch bleiben kann. Bitte tu uns das nicht an.«

Eine Helferin geleitet Jorge aus dem Aufzug, und sie starren mich beide überrascht an. Ich öffne langsam meine Aktentasche, nestle demonstrativ an den schwer zu öffnenden Schnallen, während Jorge näher kommt. Ich höre das warme, klebrige Geräusch der Reifen auf dem Linoleumboden. Wir werden den Teppichboden im Gästezimmer herausreißen müssen.

»Kaugummi?«, fragt er.

Ich wickele das Kaugummi aus, schiebe es ihm in den Mund und sage ihm dabei meinen Namen, damit sich die Traubensüße auf seiner Zunge mit mir verbindet.

Er nickt und kaut. Ich lege unauffällig die Hand auf die mit Vinyl bezogene Kopfstütze, die fast Körpertemperatur hat und von seinem Nacken und Haar glatt poliert ist.

»Na, dann lass uns mal auf die Suche nach der Stationsleiterin gehen«, sage ich, und als Jorge mir folgt, bebt der Boden unter der Bewegung seines schweren Rollstuhls.

Ich setze mich mit dem Telefonbuch und meiner Liste ins Bett: medizinische Geräte, Apotheke (Lieferservice?), Möbel, Fremdsprachen-Lernkassetten (falls sein Spanisch besser ist als sein Englisch), Schreiner (Rampe). Ich unterstreiche »Schreiner« dreimal und rufe bei dreien an, denen ich jeweils eine Nachricht auf dem Anrufbeantworter hinterlasse. Es kann nicht länger als eine Woche dauern, die Stufen zur Küche durch eine Rampe zu ersetzen. Im Geiste stelle ich die Wohnzimmermöbel um und entsorge den gläsernen Couchtisch. Als Marc einschläft, angetrockneten Rotwein im Mundwinkel, stehe ich auf und mache mich tatsächlich ans Möbelrücken; den Couchtisch schiebe ich vorerst in Marcs Arbeitszimmer. Mein Körper summt. Ich hänge meine Kleider auf, wische Marc mit den Fingern den feuchten Mund ab und decke ihn richtig zu. Ich schlafe problemlos ein und träume von Jorge, meinem Spatz, wie er auf unserem Doppelbett herumkugelt und das weiche, seidene Laken an seiner Haut spürt.

Die Geschichte

Sie hätten mich vor einem Jahr nicht erkannt.

Vor einem Jahr hatte ich noch einen Mann, und meine beste Freundin war Margeann von der Post. Ehe ich michs versah, erlitt mein Mann einen tödlichen Herzinfarkt, ich hatte eine neue beste Freundin, und die Immobilienpreise sackten in unserem Teil von Connecticut in den Keller. Vor dem Haus am Ende der Straße lösten die Verkaufsschilder einander ab: Auf das elegante waldgrün-weiße »Vom Besitzer zu verkaufen«, liebevoll von Hand gefertigt, um zu demonstrieren, dass man es weder eilig noch nötig hatte, folgte das Schild von »Martha Brae Lewis and Company«, deren Makler nur sehr teure Häuser verkauften und mitten am Tag reiten gingen, wenn nichts Lohnendes auf dem Markt war, und schließlich, ein steiler Abstieg, die blau-weiße Faserplatte des großen, landesweit operierenden Umzugsunternehmens, die praktisch herausschrie: »Schnäppchen! Dieses Haus ist für weniger als den ursprünglichen Kaufpreis zu haben!« Ich habe schon öfter überlegt, ob ich das Haus nicht hätte kaufen, mein kleines weißes Bauernhaus vermieten und eine ernsthafte Kapitalistin werden sollen. Mein Haus war im Vergleich zu dem Architektentraum nebenan nichts Besonderes, aber es hatte immerhin Ethans große Buntglasfenster, die so schön waren, dass Touristen unseren Privatweg hochfuhren, bei den Birken parkten und um Einlass baten, einfach nur, um in dem lilafarbenen und grünen Licht zu stehen, sich von den beiden rothaarigen Meerjungfrauen bezaubern zu lassen, die unsere Eingangstür flankierten, und mit den Fingern über die kobaltblauen Tropfen zu fahren, von denen der Flur übersät war – in den Putz eingelassene Facettsteine. Sie stellten sich zwischen die galoppierenden zinnoberroten Beine des Zentaurs auf unserer Küchenwand und seufzten. Ich sagte jedes Mal: »Kommen Sie doch herein«, und nach Kaffee und Keksen gaben sie zwei Fenster in Auftrag oder auch sechs, ja, einmal bestellten Leute aus Gramercy Park, berauscht durch ihre Immobiliengewinne, gleich ein Dutzend Fenster mit botanischen Motiven für ihr neues Haus in Madison, und jedes Mal fragte Ethan: »Warum tust du das?« Ich tat es um der Gesellschaft und um des Geldes willen, denn ich brauchte beides, und ihm war es egal. Sofern ich nicht selbst Krach machte oder Selbstgespräche führte oder die Wechselfälle des Lebens kommentierte, erfüllte eine geradezu hörbare Stille das Haus, und wenn Ethan nach der Post fragte, ja, sogar wenn er sich die Mühe machte, nach meinem schlimmen Knie zu fragen, ohne sich dessen bewusst zu sein, dass wir das letzte Mal zwei Tage zuvor ein Wort miteinander gewechselt hatten, war das noch schlimmer als die Stille, und wenn ich kein Geld von den New Yorkern verlangte, schlurfte er nur in seinen Mokassins herum und pulte an seinen Fingernägeln, bis die Leute ein unverschämtes Angebot machten oder wieder in ihre Autos stiegen.

Ein halbes Jahr nach Ethans Tod ging ich ein einziges Mal zur Witwengruppe der Unitarier, wo die verstorbenen Ehemänner alle sehr viel netter gewesen waren als meiner und selbst die zornigste Frau nur sagte: »Der mit seiner gottverdammten Qualmerei«, und ich dachte: Qualmerei? Ich hatte an Ethan fast nur sein Buntglas und seine kleinen breiten Hände gemocht und dass er bereit gewesen war, mich graue Maus zu heiraten, als ich glaubte, das würde keiner je tun, und mir dann während meiner Depression nach der Fehlgeburt beigestanden hatte. Damals ging es mir so schlecht, dass ich zwei Monate lang das Haus nicht verließ und Ethan die New Yorker hereinbat, damit ich wenigstens aus dem Bett aufstand. Alles in allem, so schien mir, konnte man, wenn man seinen schweigsamen, launischen Mann nach zwanzig Jahren nicht hasste und er einen samt der dazugehörigen dicken Portion Verzweiflung offenbar auch nicht hasste, von einer guten Ehe sprechen, einer, die nicht schlechter war als andere auch.

Ich habe tote Eltern – das sind in dieser Lebensphase die besten, finde ich –, zwei Schwestern, die ich aus einer gewissen Entfernung durchaus liebe, einen Garten, der Gott so nah ist, wie ich es brauche, und eine Literaturgruppe, der ich seit vierzehn Jahren angehöre und die auch als Mastektomie-Hotline, Klimakteriumsnotruf und Verband der Eltern, Freunde und Angehörigen von Homosexuellen dient. Es macht mir nichts aus, allein zu sein, denn ich wurde von relativ alten, stark trinkenden Eltern großgezogen, einer Deutschen und einem Schweden, mit denen ich weder je gestritten noch einen Moment der Freude erlebt habe, und ich verabschiedete mich mit sechzehn ans College, ohne irgendeine Vorstellung zu haben, was ich mit den Mädchen dort reden sollte, die für jede Jahreszeit die passende Oberbekleidung hatten und deren Unterwäsche schöner war als meine Sonntagskleidung. Nachdem ich meinen eigenen nüchternen, dunklen Weg gegangen bin und während dieser ganzen Zeit mit dem nüchternen, dunklen, aber talentierten Ethan zusammen war, bin ich jetzt von der Lebensmitte mit Yoga und Gartenarbeit für Körper und Seele und Buchhaltungsdiensten für den Lebensunterhalt angenehm überrascht. Mein bisheriges Leben war natürlich eine hervorragende Schule für jegliche Art von Geldverwaltung, und so erledige ich jetzt die Buchführung für zwanzig Leute wie Ethan, begabte Menschen ohne jeden Plan, wie sie ihre Familie ernähren oder ihre Finanzen organisieren können, sofern sie das Glück haben, mit dem, was sie tun, mehr als ein bescheidenes Auskommen zu finden.

Nicht ich habe meine Nachbarn die Golddust Twins getauft. Es war Margeann, die Leiterin der Postdienststelle. Sie gab all den New Yorkern Spitznamen, las schon vor ihnen ihre Zeitschriften und behielt die Kataloge, die ihr am besten gefielen. Großblondumwerfend, sagte sie. Und Geld wie Heu. Wirklich, Geld wie Heu, und er ist ja noch halbwegs vernünftig, aber sie nicht, und ein hübsches blondes Kind haben sie, das mal ein echter Teufel wird, wenn ihm die Mutter weiterhin schon morgens um neun Coca-Cola gibt und ansonsten alles, was es will. Die brauchen garantiert eine Buchhalterin, sagte Margeann, denn Dr. Mrs Golddust ist Psychiaterin, und Mr Golddust macht irgendwas Rätselhaftes im Bereich Import und Export von Kunst. Das reichte mir, um zu wissen, dass sie mich wirklich brauchten, die Art von Buchhalterin, Steuerberaterin und bezahlter Lügnerin, die ohne mit der Wimper zu zucken Schwarz als Weiß ausgeben kann. Ich steckte meine Geschäftskarte in ihren Briefkasten, der mit Bruchstücken fluoreszierender Kacheln beklebt war, ein schrilles Kunstwerk (vermutlich von ihr), und noch am selben Abend erhielt ich einen Anruf. Sie lud sich für Sonntagvormittag mit Mann und Kind bei mir zum Kaffee ein.

»Mein Gott, dieses Haus ist ja umwerfend. Wirklich ganz bezaubernd. Und dieses Buntglas. Sie sind ein Genie, Mrs Baker. Mrs Baker? Nicht Ms? Darf ich Janet sagen? Das ist ja unglaublich. Mein Gott. Und Ihr Garten. Unglaublich.

Miranda, die Kunst nicht anfassen. Komm, Mommy hebt dich in das lila Licht. Wie im Märchen.«

Sam lächelte und reichte mir die Hand, die Sorte Männerhand, die ich am liebsten mag, eine wohlgeformte Bauernhand, könnte man sagen, mit rötlich braunen Härchen auf dem ersten Fingerglied und einer etwas heller behaarten Stelle auf dem Handrücken. Seine Hände waren wohl das Erbe irischer Farmer; der restliche Mann wirkte wie aus einem Magazin ausgeschnitten.

»Ich weiß, ich führe mich auf, aber ich kann einfach nicht anders. Sam, Liebster, nimm doch bitte mal Miranda, damit Janet und ich uns ein paar Minütchen umschauen können.«

Wir standen inmitten der Kornblumen, und sie strich mit ihren langen Fingern über die hängenden blauen Blütenblätter.

»Ich darf sie doch anfassen? Ich bin keine große Gärtnerin, wissen Sie. Ihre Geschäftskarte war wirklich ein Geschenk des Himmels. Nicht nur wegen der Buchführung, ich habe Sie mal in der Stadt gesehen und wollte Sie eh gern kennenlernen. Sie haben mich, glaube ich, nicht gesehen. Im Dairy Mart.«

Natürlich hatte ich sie gesehen.

»Sam, Janet hat mir verziehen, dass ich mich wie ein aufgeregtes Huhn benehme. Wollen wir doch mal sehen, ob sie bereit ist, uns aus unserem finanziellen Sumpf herauszuhelfen.«

Sam lächelte, schwang Miranda gerade noch rechtzeitig in die Luft, bevor sie gegen die Ecke des Couchtischs knallte, und sagte, das werde er uns beiden überlassen, er beschäftige seine alte Buchhalterin ja nicht mehr, für ihn stelle also jegliche Hilfe eine Verbesserung dar. Er führte meine Hände zusammen, hielt sie einen Augenblick fest und schob dann zwei Ordner dazwischen, einen aus hartem rotem Plastik, auf dessen Vorderseite »MoBay Exports, Incorporated« geprägt war, und einen grünen Pappordner, aus dem ein Briefbogen von Dr. Sandra Saunders ragte. Ich schickte die drei mit Heidelbeermarmelade und ein paar frisch geschnittenen Begonien nach Hause. Für Sandra als New Yorkerin war alles noch so Banale, was aus einem Garten stammte, einfach wunderbar.

Sandra fragte: »Ob Sie wohl morgen Miranda hüten könnten? So gegen fünf? Nur für eine halbe Stunde? Sam muss in die Stadt. Miranda ist ganz begeistert von Ihnen.«

Nach zwei Wutanfällen, Saft statt Cola, Geschichten statt Videos und einem Nein zu ihrem Wunsch, im Organdykleid im Sandkasten zu spielen, war es sieben Uhr, dann acht. Ich machte Miranda Abendessen, steckte sie in die Badewanne und fand, dass sie eigentlich ein sehr liebes Kind war und dass ihre Mutter, genau wie meine, es gut meinen mochte, aber offenbar nicht das Zeug zum Muttersein hatte. Als Sandra heimkam, lief Miranda zu ihr, schaute dann aber zwischen ihren Beinen hindurch und warf mir eine Kusshand zu.

»Sag: ›Wir haben dich lieb, Janet‹«, sagte Sandra.

»Wir haben dich lieb, Jah-net.«

»Sag: ›Bitte komm morgen auf einen Drink vorbei, Janet.‹«

Miranda seufzte. »Drink, Jah-net«, sagte sie folgsam.

Ich legte neben Sams Studio einen kleinen quadratischen Garten für Miranda an, Bartnelken, Glockenblumen, Bergastern »Veilchenkönigin« und ein kleiner Rosmarin-Bonsai, um den sie ihre winzigen pinkfarbenen Plastikbabys herumsetzen konnte. Sandra war häufiger weg als Sam. Er arbeitete in der mit Computern, Bildschirmen, zwei Faxgeräten und vier Telefonanschlüssen ausgestatteten umgebauten Scheune, und jedes Mal, wenn ich kam, brachte er mir eine Tasse Tee und bewunderte unsere neuesten Errungenschaften.

Er sagte: »Das ist wirklich sehr nett von Ihnen.«

»Mach ich doch gern«, sagte ich.

»Wir könnten uns natürlich auch einen Babysitter besorgen«, sagte er, doch er wusste, dass ich wusste, dass sie das nicht konnten, denn ich hatte mich inzwischen mit ihren Finanzen befasst.

Darf ich sagen, dass der Mann gar nichts mit Import zu tun hatte? Darf ich sagen, dass er war, was er eigentlich war, nämlich ein nicht ganz unbekannter Karikaturist? Dass sie direkt hinter mir wohnten, in einem Haus, das ich immer noch zu groß und protzig finde, obwohl ich mittlerweile selbst darin lebe?

Ich habe ja noch nicht einmal den Geliebten eingeführt, den, bei dem Sandra zum Knutschen war, während ich babysittete. Soll ich ihn als groß und blond beschreiben, obwohl er tatsächlich dunkel und muskulös war, wie ihr Mann? Es wird zu verwirrend für die Leser, wenn beide Männer dunkel und durchtrainiert sind und lange Pferdeschwänze tragen, aber genau so war es. Zudem fuhren sie dieselbe Art von Pick-up, was die Sache noch verwirrender macht.

Ich habe ihnen solide, unverbindlich moderne Namen gegeben und denke zugleich sehnsuchtsvoll an die Zeiten von Aunt Ada Starkadder, Martin Chuzzlewit und Pompeo Lagunima. Sams wahrer Name vermittelt seine reizende, schüchtern-steife und aufrechte Art eigentlich besser, aber ich werde bei »Sam« bleiben, denn dieser Name hat den Vorteil, eine wenig wahrscheinliche, irreführende Mischung aus Judentum und Neuengland zu suggerieren, und den Geliebten wollen wir Joe nennen, was eine gutmütige, etwas einfältige Bärenhaftigkeit vermittelt. Sandra, wie ich sie genannt habe, war tatsächlich Therapeutin, allerdings keine Psychiaterin, und ich hatte eine derart massive Abneigung gegen sie, dass ich nicht einmal im Rahmen dieser Erzählung den Eindruck erwecken möchte, sie habe die nötige Selbstdisziplin, Tatkraft und intellektuelle Ausdauer besessen, um Ärztin zu werden. Sie hatte lediglich Gelüste und ein eisernes Durchsetzungsvermögen, und sie war die schlechteste Mutter, der ich je begegnet bin.

Ich wollte ihr Böses und verhielt mich dementsprechend, ohne es je zu bereuen. Noch heute finde ich es gut, sie zugrunde gerichtet zu haben, was die eigentlich notwendige narrative Textur tiefgründiger Zweideutigkeit, die verstörende Ambivalenz unterläuft, die der Haltung der Autorin eine gewisse innere Spannung verleihen würde. Sandra kniff Miranda, wenn sie nicht schnell genug einschlief, gab ihr Kartoffelchips zum Frühstück und Slurpees zum Mittagessen, sie schnitt ihrer Tochter mit der Zickzackschere die Haare und gab für ihren eigenen monatlichen Friseurbesuch in der Madison Avenue zweihundert Dollar aus, die sie nicht besaß. Sie vergaß das Kind in mehr Geschäften, als ich denken kann, verschnitt auf dem Wickeltisch Kokain und machte das arme kleine Ding für jede Enttäuschung und jeden Kummer in ihrem Leben verantwortlich, bis Miranda schon die Tränen in die Augen stiegen, wenn sie ihre Mutter nur ihren Namen sagen hörte. Mochte Sandra auch nicht böse sein, so war sie mehr als töricht, krank im Kopf, und vor allem ein hoffnungsloser Fall. Würde Sandra zerquetscht in einem Autowrack enden, an einer Tunnelwand klebend, empfände ich weniger Bedauern für sie als für Prinzessin Diana, für die ich auch schon herzlich wenig empfunden habe.

Ich glaube, der Anfang funktioniert, und die Geschichte über die Witwengruppe stimmt auch, wobei ich den Anruf eine Woche danach ausgelassen habe, als mich die netteste der Witwen, die aussah wie eine überdimensionierte Stockard Channing, mit einem unmissverständlichen Unterton zum

Abendessen einlud und ich nicht hinging. Ich wünschte, ich wäre gegangen; dieses Abendessen und seine Folgen hätten eine bessere Geschichte abgegeben als die, an der ich hier herumbastele.

Einzelne Teile der wahren Geschichte sind wirklich großartig, und es soll nicht unerwähnt bleiben, wie Sandra sich beim Jahrespicknick der Demokratischen Partei einen Boxkampf mit Joes vorheriger Freundin lieferte, die Sandra mit einem Hieb in ihren eigenen Kartoffelsalat beförderte, oder wie Joe nach Sandras Auszug aus dem ehelichen Heim dort einbrach und Sams gesamten Besitz ins Feuer warf, ohne sich darüber im Klaren zu sein, dass er auch Sandras Sammlung von Erstausgaben zerstörte. Als er fertig war, schweißüberströmt und betrunken, sah ich von Sams Studio aus durch das Fernglas, das Sam sich von meinem Mann ausgeliehen hatte (Ethan kommt meinem verstorbenen Mann schon sehr nahe – kein Glasmacher, sondern ein Bildhauer, aber die wesentlichen Charakterzüge stimmen überein; er war noch nicht tot, als ich die anderen kennenlernte, sondern starb ein Jahr später; Sam war damals sehr lieb, und Sandra war wie immer charmant und zu nichts zu gebrauchen), wie Joe auf einem der Fisher-Price-Rollschuhe der kleinen Miranda ausglitt und den Steilhang hinabrutschte. Ich ging nach Hause, und als Sam mich am nächsten Tag verärgert und doch lachend anrief, während er zusah, wie endlich ein Krankenwagen seine lange gekieste Zufahrt hinaufgefahren kam und die Sanitäter Joe, den Geliebten, von oben bis unten schienten, lachte ich mit und ging dann mit einem Topf dicker Maissuppe und selbstgebackenem Roggenbrot zu Sam und Miranda hinüber.

Ich habe keine bodenständigen Freundinnen wie Margeann. Margeanns sind fast immer barsch, häufig schwarz und haben einen Hang zu bissigen Bemerkungen und simplen

Lebensweisheiten. Manchmal sind sie auch irgendjemandes kluge, traurig dreinblickende unverheiratete Tante. In Männergeschichten sind sie entweder alte Trinkkumpane mit schlechtem Ruf, jemandes Tabak kauender, Forellen fischender Grandpaw oder der unerklärlich loyale, sarkastische farbige Kumpel.

Im wahren Leben sind meine Freundinnen zwei andere Autorinnen, die Filmkritikerin der regionalen Tageszeitung und eine ehemalige freie Journalistin aus dem Bereich Haus und Garten, mit der ich seit zwanzig Jahren Tennis spiele. Estelle, meine Tennispartnerin, entspricht der Erzählerin charakterlich eher als ich, und ich dachte mir, dass ihre Erlebnisse mit Sandra eine gute Story abgäben. Sandra hat die arme Estelle mit ihrem Psychogelaber völlig eingewickelt, hat sie dreimal die Woche kommen lassen, Cash auf die Hand, und hätte sie beinahe überredet, Dev, ihren ausgesprochen netten Mann, zu verlassen, um »ihr volles Potenzial zu erkunden«. Estelles gesamtes volles Potenzial besteht darin, die gutmütige, erstklassige Tennispartnerin zu sein, die sie ist, außerdem eine begabte Gärtnerin (von ihr stammen die entsprechenden Details), eine schlechte Köchin und eine noch schlechtere Haushälterin für ihren gleichermaßen unkomplizierten Mann, der mit fünfzig zwei Millionen Dollar geerbt hat und über den ich nichts Schlechteres sagen kann, als dass Dev mit dreiundachtzig nicht mehr ganz so wach, aber dafür netter ist als früher. Ich kann mir nicht vorstellen, wie sich Estelles volles Potenzial – mit siebenundsiebzig Jahren, grauem Star im linken Auge, schlechtem Gehör und keinerlei Interesse an bildender Kunst, Theater, Film oder Politik – sonst noch ausdrücken sollte. Ich überredete Dev, eine luxuriöse Kreuzfahrt mit ihr zu machen, zwei Wochen auf Frankreichs Kanälen, und als sie zurückkamen, strahlend, rosig, ein bisschen fülliger und voll Begeisterung über das französische Brot und französischen Käse, sagte Estelle nichts mehr von unausgeschöpftem Potenzial und Terminen bei Sandra.

Ich merke, dass Sam ein bisschen zu sehr als leutseliger Filou herüberkommt. Er wäre mir nicht gleich ins Auge gefallen, wenn er bloß der oberflächliche Charmeur wäre, als den ich ihn beschreibe, und letztlich war er zäher als Joe. Selbst wenn Sandra keine schlechte Mutter gewesen wäre, hätte ich mir eine komplizierte, aber rosige Zukunft mit Sam und Miranda vorstellen können – vorausgesetzt, ich wäre imstande, mir meine Zukunft vorzustellen.

Ich weiß nicht, wie Sandra auf die Idee kam, ich könnte ihre Komplizin werden. Wenn man dünn und blondinenhaft hübsch und Bewunderung somit gewohnt ist, erwartet man diese vielleicht automatisch, sofern keine Konkurrenz zu befürchten ist. Aber, zum Teufel, ich las die Frauenzeitschriften, fuhr für meine neue Frisur bis nach Westport und ließ eine Menge Geld in verschiedenen unaufdringlich schicken, designermäßig angehauchten Geschäften, und mochte es Sandra auch nicht auffallen, dass ich in Seidenstrickshirts und schwarzen Jeans zu ihnen kam, so fiel es Sam sehr wohl auf. Wenn Sandra mich von Joes Bett aus anrief und flüsterte: »Oh Gott, ich habe völlig die Zeit aus den Augen verloren, erfinde irgendwas«, tat ich das keineswegs. Ich ging zu Sam und Miranda hinüber, machte ihnen Abendessen, und wenn Miranda dann vor dem Computer saß, sagte ich zu Sam: »Ich bin eine schlechte Lügnerin. Sandra hat mich von Joe aus angerufen. Sie hat gesagt, ich soll irgendwas erfinden, aber ich kann das nicht.«

Eine gute Autorin, die eine schlechte Lügnerin ist, gibt es nicht.

Nach ihrem Auszug rief sie mich fast jeden Morgen an und berichtete über die vergangene Nacht. Sie war im siebten

Himmel. Joe sei ein Sexgott, aber sehr eifersüchtig auf Sam. Absolut lächerlich, natürlich. Und sehr schmeichelhaft.

Ab und zu rief ich Joe spätnachmittags an. Ich sagte: »Was, Sandra ist nicht bei dir? Ach so, klar.« Joe war wohl der am leichtesten zu manipulierende Mensch auf dieser Erde. Ich musste gar nicht mit dem Zaunpfahl winken, die winzigste Andeutung genügte. Ich sagte: »Sie ist nicht im Büro. Sie muss wohl zu Hause sein. Ich meine, bei Sam. Es ist toll, dass sie so gut miteinander auskommen. Wegen Miranda, meine ich. Wirklich, ich habe den Eindruck, seit sie getrennt sind, verstehen sie sich viel besser.«

Ich machte das zweimal die Woche, zu wechselnden Zeiten und mit unterschiedlichem Vorwand. Einmal schlug er sie. Sie erzählte es mir, und ich betastete den grünlichen Bluterguss an ihrem Kiefer und drängte sie aus diversen Gründen, ihn zu verklagen, was sie jedoch nicht tat.

Auch die Episode, als Joe gegen die Rückwand von Sams Haus fuhr, ist zu gut, um sie zu verschweigen, und als Geschichte noch witziger als in der Realität, wobei der Anblick seines Pick-ups, dessen hinteres Ende aus einer üppigen Weinlaube herausragte, durchaus amüsant war, genau wie das schmatzende Geräusch zerplatzender Trauben, als Joe versuchte, sich zu befreien, und der weinartige Geruch, der zu uns herüberwehte, als er, die Autoreifen von Weinranken umwickelt, davonfuhr.

Ich zeigte Sandra beim Ethikausschuss des Verbandes der Familien- und Paartherapeuten Connecticuts an. Zwar besitzen nicht einmal die Besten aus diesem Kreis etwas, was den Namen Ethik verdient, doch die Einzelheiten, die Sandra mir erzählt hatte – ihre finanziellen Arrangements mit ihren Patienten, dass sie Aktientipps von ihnen bekam und auf Vorauskasse und Barzahlung bestand –, in Verbindung mit der Tatsache, dass ich das alles wusste und die Namen ihrer

Klienten kannte, ohne selbst Therapeutin zu sein, reichte ihnen, um ihr für ein halbes Jahr die Lizenz zu entziehen.

Gebildete Leser wissen, dass Schriftsteller ihre Wut, ihre Konflikte, ihren ewigen Schmerz, ihre niemals endenden Verluste in ihren Erzählungen verarbeiten. Und dass es eben immer nur Erzählungen sind, so niederträchtig oder diabolisch sie auch daherkommen mögen. Dass die Finsternis der Seele in schwarze Lettern gegossen auf dem Blatt liegt, reglos brütend, und nur in der Vorstellung der Leser hellwach und gefährlich ist. Tatsächlich aber harmlos. Ich bin nicht harmlos.

Die Erzählung, die ich zu schreiben begonnen hatte, hätte sie natürlich an den Pranger gestellt. Wer sie kannte, hätte die Erzählung gelesen, gewusst, dass es um sie ging, und sich eine schlechte Meinung über sie gebildet. Sie wäre peinlich berührt und wütend gewesen. Aber das ist nicht mein Ziel. Ich will ihre Haut wie einen Teppich auf meinem Boden liegen sehen, ihre warme Kehle aufgeschlitzt, ihr Herzschlag hinter der frisch hochgezogenen Mauer noch vernehmlich. Wenn sich in einer Erzählung jemand untypisch verhält, betrachten wir das als bedeutsam, ja als Schlüsselereignis. Werden wir wieder und wieder überrascht, müssen wir entweder ständig umdenken, oder wir geben auf und glauben dem Autor oder der Autorin nicht mehr. Wenn im wahren Leben andere Leute meinen, einen zu kennen, und zwar gut genug, um nicht nur sagen zu können: »Es ist Dienstag, Amy wird zum Aushelfen in der Bücherei sein«, sondern um hinterher, wenn man die Bücherei wieder verlassen hat, zur Bibliothekarin zu sagen: »Es macht Amy solche Freude, den Vierjährigen vorzulesen, ich glaube, ihr ist das ein echter Trost, seit ihr kleiner Sohn gestorben ist« – wenn sie einen so gut kennen, kann man mehr oder weniger tun, was man will, solange sie es nicht sehen, und sollten sie davon hören, werden sie, so sind wir Menschen nun mal, der Person, die es erzählt, einfach nicht glauben.

Ich empfinde keinerlei Sympathie für Frauen mit Kindermädchen *und* Babysitter *und* Piepser *und* Babyphon *und* Party-Koordinatorin, oder für die, die ihre geschädigten, anstrengenden Adoptivkinder zurückgeben wollen, oder für die Verliererinnen, die vor Gericht ziehen, um ihre Kinder von den adäquaten, liebevollen Eltern wiederzubekommen, an die sie sie drei Jahre zuvor abgegeben haben. In meiner Welt dürfte keine von ihnen Mutter sein, und wenn sie meiner Genehmigung bedürften, würden ihre Kinder ihnen umgehend weggenommen und jegliche Spuren ihrer mütterlichen Ansprüche getilgt.

Ich kann nicht behaupten, dass ich nichts Böses im Sinn gehabt hätte. Ich hatte nicht nur Böses im Sinn, sondern Sandras Tod, oder wenn nicht ihren Tod, denn der liegt wohl doch jenseits meiner psychologischen Möglichkeiten, so wollte ich sie zumindest verschwinden lassen, was weniger befriedigend, weil nicht von Dauer ist, aber besser, weil es keine Leiche gibt.

Für mich als Sandras liebe Freundin und verlässliche Babysitterin war es ein Leichtes, Joe für ein paar Reparaturarbeiten an meiner Veranda anzustellen, ein Leichtes, dafür zu sorgen, dass er meiner Rechercheassistentin über den Weg lief, zwei vom selben Schlag, wie ein Paar hübscher Quarterhorses, ein Leichtes, Sandra in ihrem dringenden Wunsch zu bestärken, weiter raus zu ziehen. Ein Leichtes, dem Ethikausschuss die nötigen Informationen zukommen zu lassen, damit ihr endgültig die Lizenz entzogen wurde, ein Leichtes, anzuregen, sie könne doch die Verwaltung von Joes Betrieb übernehmen, ein Leichtes, ihr nahezulegen, dass es bei Kindern nicht darauf ankommt, möglichst viel Zeit mit ihnen zu verbringen, sondern diese Zeit möglichst positiv zu gestalten, wohingegen es bei jungen, schönen Liebenden auf beides ankommt, ein Leichtes, Sandra und Joe in einem neuen Pick-up in die Prärie zu schicken (ein Leichtes, zehntausend Dollar aufzutreiben, wenn man Stammkundin der örtlichen Bank und Besitzerin des Hauses ist, in dem man wohnt).

Und ich bin jetzt wie eine Ehefrau für diesen reizenden, gesprächigen Mann, der mich für aufopfernd und gütig hält, mich neckt, weil ich beim Anblick toter Wanderdrosseln zittere und bei Werbespots von AT&T unverhohlen weine. Und ich bin wie eine Mutter für dieses Mädchen, das so unersättlich, bezaubernd und ruppig-liebevoll ist wie ein Löwenjunges. Das ganze Haus knarrt von ihrer Liebe, und ich laufe nachts über die Böden, steige die schöne Treppe aus künstlich gealterter Fichte hinauf und hinab, gehe durch die Bibliothek, in die in England gefertigte Küche und durch ein Wohnzimmer von der Größe einer kleineren Sporthalle. Tagsüber halte ich mich dazu an, im Garten zu arbeiten, Obstbäume, Blumen und Kräuter, und es ist auch nicht schlimmer, als Kreuzworträtsel zu lösen, was ich früher getan habe. Ich habe einen Kurs in Buchführung besucht, sodass wir keinen Steuerberater mehr brauchen. Ich schreibe nicht einmal mehr für den Newsletter der Bücherei, arbeite aber immer noch ehrenamtlich dort und natürlich auch bei Miranda in der Schule, und ich mache es uns zu Hause schön. Ich gehe auf Partys, wo die Leute so klug sind, Schriftsteller nicht zu fragen, wie sie vorankommen, und ich spiele ziemlich viel Tennis – bei schönem Wetter, wie seit eh und je. Und obwohl ich mir ziemlich blöd dabei vorkomme und befürchte, dass die Lehrerin irgendwann merken wird, dass ich nicht wie die anderen bin, gehe ich zweimal die Woche zum Tai-Chi, um mein inneres Gleichgewicht zu stärken. Ich stelle mich unauffällig in die letzte Reihe und schaue nicht in die netten, stur konzentrierten Gesichter der Frauen rechts und links von mir. Bär beim

Fischen, sagt die Lehrerin und führt ihre langen Arme über den Kopf und dann nach unten, um sie durch den imaginären Fluss zu ziehen. Kranich, und wir stehen wackelig auf einem Bein. Am Ende des Kurses sind wir alle leicht verschwitzt und liegen im staubigen Halbdunkel der Turnhalle der Gelman School auf dem Boden. Der Boden riecht nach Jungs, Gummi und Harz, und ich gehe, bevor die anderen aufstehen und sich, die Hände vorm Brustbein, in ostentativer Entspanntheit und Transzendenz voreinander verbeugen.

In der nordwestlichen Ecke unseres Grundstücks, hinter dem letzten Grüppchen spilleriger Ahorne, habe ich ein Doppelspalier errichtet, an dem ich Clematis »Markham's Pink« und Perle d'azur hochranken lasse, und Pfeifenblumen, wegen der riesigen herzförmigen Blätter. Eines Nachts trug ich die Einzelteile einer großen Bank aus Zedernholz dort hinaus und setzte sie im Licht einer Taschenlampe zusammen. Wenn Sam und Miranda zu Hause sind, bin ich nie dort, denn das wäre nicht nett, und ich würde sie damit hintergehen. Es gibt niemanden mehr auf dieser Welt, der meinen kleinen Jungen oder mich zu der Zeit kannte, als ich achtundzwanzig war, seit vier Jahren verheiratet, und in einem Studentenwohnheim der University of California in Berkeley wohnte. Als Eddie noch ein Baby war, wohnten wir unter einem bleichen, aus New Jersey stammenden Ingenieur mit Hängeschultern, neben einem gepeinigten Physiker aus dem Tschad und seiner Frau, einer Texanerin mit schiefen Zähnen, die für den ganzen Wohnkomplex Maisbrot buk, und gegenüber von einem hochintelligenten indischen Brüderpaar, beide Mathematiker, beide mit einer kleinen Tochter, die goldene Ohrringe trug, und einer Frau, die so schnell rechnen konnte, dass in den nicht seltenen Fällen, wo in Berkeley bei schlechtem Wetter der Strom ausfiel, die Registrierkassen durch zwei dünne, dunkle Frauen ersetzt wurden, die in ihren fuchsienroten und türkisfarbenen, über rohseidenen *cholis* raschelnden Saris die Zahlen addierten, ohne auch nur einen Bleistift zu Hilfe zu nehmen. Unsere Babys und Kleinkinder spielten im Hof, und die Väter passten auf sie auf, spielten Schach und tranken Bier, und wir alle sahen zu, wischten den Kindern den Sand aus den Haaren, rauchten Marlboros und waren auf eine ganz spezielle, jugendliche und hoffnungsvolle Weise befreundet.

Als Eddie starb, in diesem gigantischen Beatmungsgerät eingeschlossen, das viermal so groß war wie er, ohne dass es ihm oder seiner kleinen Lunge etwas genutzt hätte, kamen sie alle zur Trauerfeier in die Kapelle der Universität, füllten unsere Wohnung mit Keksen und Samosas und Ochsenbrust, mit ihrer Freundlichkeit und ihrer widerlichen Erleichterung, und wir stahlen uns am nächsten Tag fort wie Diebe. Ich schloss meine Doktorarbeit in englischer Literatur nicht ab, mein Mann wurde nicht Dozent an der University of San Francisco, und wenn ich Leuten begegne, die sich an Mario Savios Reden auf der Treppe der Sproul Hall erinnern, verlasse ich den Raum. Mein Ich ist im Altabates Hospital begraben, zwischen dem Laken und der Matratze seines Inkubators aus pfirsichfarbenem Kunststoff, um die Schläuche geschlungen, die sich wie transparente Ranken in seinen Körper hinein- und aus ihm hinauswanden.

Ich habe das beste und glücklichste Ende geschaffen, das ich auf dieser Welt erschaffen kann, habe es zwar, das ist wohl wahr, aus dem Flachs, dem Netzgewebe und den Zierresten des Lebens eines anderen Menschen gewirkt, doch so, dass die Unschuldigen beschützt und die Schuldigen bestraft werden, und ich habe es gestaltet, wie die Welt sein sollte, nicht wie ich sie erlebe.

Liebe ist ein seltsames Kind

Mitten in der Lobrede auf meine Mutter, während der öden und herzzerreißenden Beerdigung, kam es mir in den Sinn, die Hochzeit abzusagen. Der 21. August schien mir nicht der richtige Termin, John Wescott nicht der Richtige zum Heiraten, und ich konnte mir nicht vorstellen, in dem langen weißen Seidenkleid zu stecken, das Mrs Wescott mir angeboten hatte. Wir hatten uns Weihnachten verlobt, als meine Mutter schon mit dem Sterben begann. Sie starb im Mai, früher, als wir geglaubt hatten. Als der Geistliche sagte: »Sie war ein ungewöhnlicher Mensch, voll von jener Unerschrockenheit und Freude, die andere inspiriert«, blickte ich zur blassblauen Decke auf und dachte, meine Mutter hätte nicht gewollt, dass ich mein Leben mit diesem Mann verbringe. Er hatte mich gefragt, ob ich ihn aus Boston zum Begräbnis dabeihaben wollte, und ich hatte nein gesagt. Und so kam er auch nicht, respektierte meine Selbstständigkeit und so weiter. Ich finde aber, er hätte wissen sollen, dass ich bloß rücksichtsvoll war.

Nach der Einäscherung nahmen wir die kleine Urne mit nach Hause und bewirteten alle, die erschienen, um ihre Anteilnahme auszudrücken. Viele von Vaters Kollegen aus der juristischen Fakultät, einige seiner früheren Studenten, mein Onkel Steve und seine neue Frau, meine Cousinen (die bei meiner Schwester Lizzie und mir immer als Ding eins und Ding zwei liefen), Freunde aus der alten Nachbarschaft, bevor sich die Bildhauerei meiner Mutter zu verkaufen begann, ihre Freundinnen aus der Kunstszene, ihre Schwestern, einige meiner Schulfreunde, ein paar Leute, bei denen ich Babysitter gespielt hatte, meine beste College-Freundin, Freunde von Lizzie und viele, die ich nicht erkannte. Ich lebte nicht mehr zu Hause, seit ich am College war, jetzt an der juristischen Fakultät.

Meine Schwester, mein Vater und ich kümmerten uns um die Gäste. Jeder, der hereinkam, wurde von meinem Vater umarmt. Dabei spielte es keine Rolle, ob sie ihm den Rücken tätschelten oder die Hand schüttelten, er zog sie zu sich heran und drückte sie so eng an sich, dass ich sah, wie die Füße der Umarmten regelrecht vom Boden abhoben. Lizzie und ich gingen es eher passiv an, indem wir die Leute tun ließen, was immer sie mit uns im Sinn hatten, tätscheln, streicheln, umarmen, unsere Gesichter in ihre Hände nehmen.

Mein Vater war gerade dabei, Mrs Ellis zu herzen, unsere Putzfrau, als er Mr DeCuervo hereinkommen sah, den Koffer noch in der Hand. Er ließ Mrs Ellis förmlich fallen und ging schnellen Schrittes zu Mr DeCuervo über, umschlang ihn mit den Armen, und die beiden seufzten und wiegten sich miteinander in einem leidenschaftlichen Walzer ohne Musik. Meine Schwester und ich setzten uns aneinandergedrückt auf die Couch und schauten zu, wie unser Vater seinen Freund mit Schluchzern überschwemmte, den Liebhaber unserer Mutter.

Als ich elf war und Lizzie acht, ihr letzter nackter Sommer, verbrachten Mr DeCuervo und seine Tochter Gisela, die bald auch acht wurde, den Sommer mit uns in einem Blockhaus in Maine. Das Haus gehörte der Spencer-Seite der Familie,

Vaters Seite, und er und mein Onkel Steve waren gleichberechtigte Besitzer. Wir fuhren jeden Juli hin (kälteres Wasser, besseres Wetter), und sie kamen im August. Mein Vater hegte für seinen Bruder ähnliche Empfindungen wie wir für unsere Cousinen, und so trafen wir nur am letzten Tag unseres Aufenthalts zum Mittagessen zusammen.

In jenem Juli kamen die DeCuervos, aber ohne Mrs DeCuervo, die in Argentinien, ihrem Heimatland, irgendeinen Kranken besuchte. Das war uns nur recht. Mrs DeCuervo war eine hundertprozentige Mutter, eine von der Sorte, bei der meiner Schwester und mir ganz unbehaglich wurde. Sie mahnte uns, die Beeren vorm Essen zu waschen, nach dem Mittagessen auszuruhen, uns besser einzucremen und unsere Betten zu machen. Eine nette Frau, nur dass sie uns immer im Weg war. Meine Mutter hatte dagegen lediglich einige wenige Grundregeln für den Sommer: Esst nichts mit Schimmel oder Insekten drauf, geht nie allein schwimmen und denkt nicht mal im Traum daran, eure Mutter vor acht Uhr in der Früh zu wecken, es sei denn, ihr seid tödlich verwundet oder krank. Das war's in etwa. Mrs DeCuervo aber machte die Liste ständig länger und länger, wobei sie halb schuldbewusst zu unserer Mutter schielte, die wie immer liebenswürdig und freundlich war und die Dinge auf ihre Weise erledigte. Sie ließ uns klipp und klar wissen, wenn wir uns von einer wie Mrs DeCuervo bevormunden ließen, taten wir das auf eigene Verantwortung. Die Scheidung kam, als Gisela im zweiten Jahr am Mount Holyoke studierte.

Wir mochten Gisela, so hübsch und fügsam, schikanierten sie ein bisschen und mochten sie noch mehr, weil sie uns nicht verpetzte, vor allem mich nicht. Wir mochten auch ihren Vater. Wir trafen uns mit den beiden, manchmal auch mit allen dreien, gelegentlich zu Picknicks und kürzeren Ferien. Mr DeCuervo machte uns immer Komplimente, riss nie dumme Witze auf unsere Kosten und brachte uns ausgefallene, himmlische kleine Geschenke mit. Silberne Spangen für mich in dem Sommer, als ich meinen Kleinmädchenschnitt zu langem Haar wachsen ließ, ein Lesezeichen aus Leder für Lizzie, die mit drei zu lesen begann. Meine Mutter pflegte hinter uns zu stehen, wenn wir die Geschenke auspackten, und lächelte kopfschüttelnd über seine Verschwendung.

Als sie vorfuhren, saßen wir alle auf der Veranda. Mr DeCuervo stieg zuerst aus, mit seinem gelockten braunen Haar, dem gelben T-Shirt und den braunen Jeans sah er wie ein Riesenlöwenzahn aus. Gisela ähnelte ihm aufs Haar, ihr langes, lockiges braunes Haar trug sie in einem Knoten, und um ihr gebräuntes kleines Gesicht ringelten sich einzelne Strähnen. Als die beiden auf uns zugingen, nahm sie seine Hand, und mich überkam ein Gefühl der Wärme für sie, weil sie zeigte, wie sehr sie ihren Papa liebte, so wie ich meinen, und auch, dass sie sich ein bisschen vor uns fürchtete, wahrscheinlich vor mir. Vor Lizzie hatten die Leute nicht oft Angst; sie ließ ihre Bücher nie lang genug allein, um zur Plage zu werden.

Meine Eltern kamen von der Veranda herunter; mein großgewachsener Vater in seinen ausgebleichten blauen Shorts, die locker unter seinem Bauch herunterhingen, sein sommersprossiger Rücken, rosafarben und feucht in der Sonne, wie in jedem Sommer. Die Sonne verfing sich im roten Haar auf seinem Kopf, seinen Schultern und seiner Brust, er leuchtete. Die Spencers seien halbe Wikinger, sagte er stets. Meine Mutter trug ihre Sommerkleidung: einen zweiteiligen schwarzen Badeanzug. Ich erinnere mich nicht, dass sie jemals etwas anderes anhatte. Abends fügte sie eins von Vaters Hemden hinzu und hüllte sich darin ein wie in einen Kimono. In manchen Jahren sah sie wunderbar in ihrem Aufzug aus, die Taille schlank, glatte gebräunte Haut, in anderen Jahren wirkte ihre

Haut verbrannt und faltig, und der Badeanzug war an einigen Stellen zu weit, an anderen zu eng. Das waren die Jahre, in denen sie zu viel rauchte und immer nach draußen auf die Veranda ging, um zu husten. Aber in jenem Sommer saß der Badeanzug tadellos, und wenn sie von der Veranda in die Arme meines Vaters sprang, wirbelte er sie herum, und ihr schwarzes Haar fegte über sein Gesicht, während er lächelte und lächelte.

Beide umarmten Mr DeCuervo und Gisela, meine Mutter nahm ihr geblümtes Köfferchen und mein Vater seine Umhängetasche, und sie führten sie ins Haus.

Das Blockhaus war unser Palast; Lizzie und ich sagten immer vornehm: »Wir fahren für den Sommer ins Blockhaus, besuch uns doch einmal dort, wenn deine Eltern nichts dagegen haben.« Wir liebten das Blockhaus und ebenso, so zu tun, als wäre es nichts Besonderes, wo wir doch ganz genau wussten, dass es himmlisch war. Die Kiefern und Birken reichten bis an den See heran, bloß eine feine Borte aus moosigen Felsen, bevor man an das glatte, kühle Wasser kam, und kleine graue Fische schwammen um den splitternden Anlegesteg herum, durch unsere Beine oder aus der Reichweite unserer Ruder, wenn wir mit dem alten blauen Boot losfuhren.

Das Haus bestand aus drei Schlafzimmern, einer winzigen Küche und einem Wohnzimmer, das die Hälfte des Hauses einnahm. Die beiden kleinen Schlafzimmer hatten große Betten mit pastellfarbenen Chenilledecken; gelb mit roten Rosen im Zimmer meiner Eltern, weiß mit blauen Stiefmütterchen im anderen. Das für die Kinder war viel größer, eher ein Schlafsaal, mit drei Etagenbetten, jedes mit seinen eigenen, nicht zusammenpassenden Laken und Kissenbezügen. Die Kopfkissen waren immer etwas klamm und rochen nach Salz und Kiefern, meines duftete auch noch nach »Ma Griffe«, weil ich den Schal meiner Mutter beim Schlafen darunter versteckte. Die Dusche war draußen, umgeben von einem dünnen grünen Plastikvorhang, aber drinnen, neben dem Zimmer meiner Eltern, gab es ein richtiges Bad.

Mr DeCuervo und Gisela fügten sich in unsere Tage ein, als kämen sie seit Jahren schon hierher und nicht erst seit dem letzten Sommer. Wir verbrachten die Art von Sommertagen, die einem für alle Zeit als Inbegriff von Muße und Lebensfreude in Erinnerung bleiben. Wir standen früh auf, hörten, wie die Vögel pfiffen und trillerten, und machten uns das Frühstück, Cornflakes oder Toast, wenn die Eltern auf waren, Kuchen, kalte Spaghetti oder Marshmallows, wenn sie noch schliefen. Meine Mutter stand gewöhnlich als Erste auf. Sie kochte sich eine Tasse Kaffee, bürstete uns das Haar, flocht es zu Zöpfchen und ließ uns springen. Wenn wir die Umgebung erforschen wollten, packte sie drei Sandwiches und drei Stücke Obst in eine Tasche, dazu eine Militärwolldecke. Ansonsten winkte sie uns, wenn wir in Richtung See loszogen.

Wir kamen zur Mittagszeit zurück und aßen, was gerade da war, gingen dann zum See oder in den Wald oder die Straße entlang, um zu sehen, ob die Stadtkinder Lust hatten, mit uns zu spielen. Ich weiß nicht, was die Erwachsenen den Tag über trieben; manchmal kamen sie raus, um eine Weile zu schwimmen, und manchmal fanden wir meine Mutter im Schuppen, den sie als Atelier nutzte. Aber wenn wir um fünf oder sechs zurückkehrten, saßen sie alle auf der Veranda, tranken ihren Gin Tonic, wirkten glücklich und entspannt und blickten uns entgegen, wenn wir auf das Haus zustürmten. Es war die schönste Zeit.

Abends, nach dem Essen, spülten die Väter das Geschirr, und meine Mutter setzte sich auf die Veranda, rauchte eine Zigarette, hörte Aretha Franklin, Billie Holiday oder Sam Cooke, und wenig später drückte sie die Zigarette aus, und wir vier tanzten. Wir twisteten und tanzten Lindy und Jitterbug und Stomp, wobei wir alle meine Mutter nachahmten. Und schon bald trieb es die Daddies mit ihren Geschirrtüchern und ihren Biergläsern heraus, und sie lehnten sich an den Eingang und schauten zu. Meine Mutter wandte sich zuerst an meinen Vater, an ihn immer zuerst.

»Was ist, Danny? Lust auf ein Tänzchen?« Und sie legte die Hand auf seine Schulter, und er lächelte, warf sein Geschirrtuch Mr DeCuervo zu und stellte sein Bier auf den Boden. Mein Vater bewegte sich schwerfällig, schlurfend und lächelte. Manchmal fuchtelte er mit den Armen herum und tat so, als wäre er ein Fisch oder ein Bär, während meine Mutter ihren Körper leicht und träumerisch hin und her schwang und durch die Musik glitt. Sie tanzten immer Lindy zu Fats Domino. Das war der Lieblingssänger meines Vaters, und dann setzte er sich hin, ein wenig keuchend.

Meine Mutter blieb stehen, schnalzte mit den Fingern, wobei sie sich vor und zurück wiegte.

»Gaucho, tanz du mit ihr, bevor ich einen Kollaps kriege«, sagte mein Vater.

Mr DeCuervos richtiger Name war Bolivar, was ich nicht wusste, bis Lizzie es mir nach dem Begräbnis erzählte. Wir nannten ihn immer Mr DeCuervo, weil es uns peinlich war, ihn mit seinem Spitznamen Gaucho anzureden.

Und so hob Mr DeCuervo würdevoll die Achseln und warf die beiden Geschirrtücher meinem Vater zu. Dann tänzelte er im Bebop-Rhythmus auf meine Mutter zu, das Gesicht noch meinem Vater zugewandt.

»Wir laufen morgen eine Runde, Dan, das bringt dich wieder in Form, dann kannst du die Nacht durchtanzen.«

»Was meinst du mit ›wieder‹? Ich hab seit zwanzig Jahren dieselbe schlanke Figur. Was gibt's da zu sanieren, wo nichts ruiniert ist?«

Und sie lachten alle, und Mr DeCuervo und meine Mutter rollten die Augen, und meine Mutter ging zu meinem Vater hinüber und küsste ihn auf die Schläfen, wo ihm die Schweißperlen standen. Dann nahm sie Mr DeCuervos Hand, und sie traten in die Mitte des Wohnzimmers.

Wenn sie und mein Vater tanzten, kicherten meine Schwester und ich und mischten uns ein wie bei einem Federballspiel, in dem sie die Hauptakteure waren, wir aber willkommene Mitspieler. Wenn sie mit Mr DeCuervo tanzte, setzten wir uns auf die Verandaschaukel oder standen ans Fensterbrett gelehnt da und schauten bloß zu, ohne einander einen Blick zu gönnen.

Sie tanzten nur die schnellen Tänze, und das, als hätten sie ihr Leben lang auf jedes Stück gewartet. Die Bewegungen meiner Mutter wurden inniger und flüssiger, und Mr DeCuervo erwachte plötzlich zum Leben, als hätte ein Scheinwerfer ihn erfasst. Mein Vater tanzte so, wie er war, warm, lärmend, aufdringlich und etwas überwältigend; Mr DeCuervo aber, der gewöhnlich ruhig, nachdenklich und ernst war, wurde ein anderer, wenn er mit meiner Mutter tanzte. Sein Tanzen war leicht und glücklich und gefühlvoll, er trieb meine Mutter an, drehte sie, fügte sich jedem ihrer Schritte. Sie lächelten uns an, der Reihe nach, und dann blickten sie einander an, zu hingerissen, um zu lächeln.

»Tanz doch noch mal mit Daddy«, sagte meine Schwester und sprach für uns drei. Sie hatten uns zu weit hinter sich gelassen.

Meine Mutter warf Lizzie eine Kusshand zu. »Okay, Liebling.«

Sie wandte sich an die beiden Männer und sagte lachend: »Diese Botschaft war nun wirklich nicht zu überhören. Machen wir eine kleine Pause, Gauch, und verfrachten diese Rabauken ins Bett. Schon spät, Mädchen.«

Und die drei Großen geleiteten uns drei Kleine durch die Zubettgeh-Rituale, brachten uns in die Küche für die Milch und wieder raus, ins Badezimmer für Zähne, Toilette und Kalaminlotion und schließlich in unser großes Schlafzimmer. Wir schliefen in Unterwäsche und T-Shirts, was Gisela beeindruckte.

»Keine Pyjamas?«, wollte sie in der ersten Nacht wissen.

»Nicht nötig«, sagte ich blasiert.

Wir lagen da, nachdem sie uns geküsst hatten, und lauschten dem Gespräch unserer Eltern, dem Knacken von Erdnüssen und dem Kartenklatschen; sie spielten Rommé und Poker, während Dinah Washington und Odetta zu hören waren.

Eines Nachts wachte ich ungefähr um Mitternacht auf und tappte durchs Wohnzimmer, um mir Wasser aus der Küche zu holen und herauszufinden, ob noch ein Rest Erdbeerkuchen übrig war. Ich sah meine Mutter und Mr DeCuervo in inniger Umarmung, und ich erinnere mich, überrascht und verwirrt gewesen zu sein. Ich hatte Filme gesehen; wenn man jemanden umarmte, als wollte man ihn nie wieder loslassen, dann bedeutete das doch, dass man ihn auch küsste. Das da war keine Mami-Papi-Umarmung, zum Teil, weil deren Umarmungen dadurch gekennzeichnet waren, dass mein Vater über zwanzig Zentimeter größer und hundert Pfund schwerer als meine Mutter war. Bei diesen beiden da schien mir etwas verkehrt; Umarmungen waren für mich ein großer rötlichorangefarbener Mann, der eine kleine, dünne schwarz-weiße Frau umhüllt hielt, die zu ihm hochschaute. Meine Mutter und Mr DeCuervo sahen wie Schwester und Bruder aus, Wange an Wange, mit breiten Schultern und langen, gebräunten nackten Beinen. Die Hände meiner Mutter waren unter dem weißen T-Shirt von Mr DeCuervo.

Sie muss meinen Blick auf sich gefühlt haben, denn sie öffnete langsam die Augen.

»Liebling, du hast uns aber erschreckt. Mr DeCuervo und ich waren gerade beim Gutenachtsagen. Möchtest du, dass ich dich zudecke, nachdem du im Bad warst?« Keine richtige Bestechung, bestimmt aber ein zarter Wink, dass ich ihr wichtiger war als er. Sie hatten sich so schnell und leicht voneinander getrennt, dass ich mich nicht einmal erinnern konnte, wie sie zusammen ausgesehen hatten. Ich nickte meiner Mutter zu; was ich gesehen hatte, veränderte sich bereits zu der Standard-Gutenachtumarmung, wie meine Mutter sie all ihren guten Freunden zukommen ließ.

Als ich aus dem Badezimmer zurückkam, war Mr DeCuervo schon verschwunden, und meine Mutter stand wartend da und blickte hinaus zum Mond. Sie begleitete mich ins Schlafzimmer und küsste mich, zuerst auf die Stirn, dann auf die Lippen.

»Schlaf gut, mein kleiner Kürbis. Bis morgen früh.«

»Machst du morgen Blaubeerpfannkuchen?« Es schien die richtige Zeit, danach zu fragen.

»Mal sehen. Schlaf jetzt.«

»Bitte, Mami.«

»Also gut, wir veranstalten einen Blaubeermorgen. Schlaf jetzt. Gute Nacht, und träume süß.« Sie beobachtete mich noch einen Augenblick vom Türrahmen aus, dann war sie weg.

Mein Vater stand um fünf auf, um mit ein paar Männern auf der anderen Seite des Sees zu angeln. Jeden Samstag im Juli zog er los, mit einem großen roten Schnupftuch über seine kahle Stelle gebunden, seinem Mets-T-Shirt und dem Behälter mit der Angel, und blieb bis etwa drei Uhr. Mr DeCuervo sagte, er wolle die Fische ja gern ausnehmen, braten und essen, aber nicht einen Tag mit irgendwelchen Kerlen mit Baseballkappen und weißen Socken verbringen, um sie zu fangen.

Als ich aufwachte, stieg mir der Geruch von Kaffee und

heißer Butter in die Nase. Gisela und Lizzie waren schon aus den Betten, und ich war gekränkt; ich hatte doch um die Pfannkuchen gebeten, und jetzt waren sie wahrscheinlich längst alle aufgefuttert.

Mr DeCuervo und Lizzie saßen am Tisch und aßen gerade den Rest ihrer Pfannkuchen. Meine Mutter und Gisela hatten sich auf die blaue Couch im Wohnzimmer verzogen, und meine Mutter bürstete Giselas Haar. Sie bürstete es viel sanfter als bei mir und gab ihr auch keinen Klaps auf die Schulter, um sie zum Stillsitzen zu bringen. Gisela zuckte nicht und schrie nicht, wenn meine Mutter ein Nest in ihrem Haar erwischte.

Ich wollte schon bockig werden, als mir meine Mutter über Giselas Kopf hinweg zuzwinkerte und sagte: »Da ist ein Berg Pfannkuchen für dich oben auf dem Herd, Häschen. Gauch, holst du sie bitte für Ellen? Der Teller ist wahrscheinlich heiß.«

Mr DeCuervo reichte mir meine Pfannkuchen, riesige braune Scheiben, worauf zahlreiche zerdrückte purpurrote Beeren prangten; er legte Gabel und Messer auf eine zusammengefaltete Papierserviette und tätschelte meine Wange. Seine Hand roch nach Zimt und Kaffee. Er wusste, was ich gern hatte, und schob Butter, Honig und Sirup zu mir hin.

»Saft?«, fragte er.

Ich nickte und versuchte ihn zu beobachten, als er nicht zu mir herschaute; er schien nicht der Mann zu sein, den ich im Mondlicht zu sehen geglaubt hatte, wie er meine Mutter so sonderbar umarmte.

»Prima Pfannkuchen, Lila«, sagte er.

»Prima, Ma.« Ich wollte mich nicht übertreffen lassen durch seine gewohnt guten Manieren. Gisela vergaß nie ihr »bitte« und »danke« für jede Kleinigkeit.

Meine Mutter lächelte und steckte Gisela eine Spange ins Haar. Es wurde langsam warm, und so verschlang ich meine

Pfannkuchen und stieß Lizzie an, um ihre Aufmerksamkeit zu bekommen.

»Geh'n wir«, sagte ich.

»Wasch dir vorher dein Gesicht«, sagte meine Mutter.

Ich hielt mein Gesicht unter den Wasserhahn in der Küche, und meine Mutter und Mr DeCuervo lachten. Triumphierend führte ich die beiden kleinen Mädchen aus dem Haus und schnappte unsere Handtücher von der Leine, als wir zum Wasser hinunterliefen, plötzlich von Sehnsucht nach dem See übermannt.

»Wer zuletzt springt, ist ein Stinker«, rief ich und machte vom Ende des Stegs eine Bombe. Ich platschte ins kühle blaue Wasser und zerstörte seine Oberfläche. Lizzie und Gisela sprangen neben mir hinein, und wir tobten uns aus, bis mein Vater im Lieferwagen mit einem Eimer Fische vorfuhr. Er winkte uns zu und sagte, die nächsten beiden Tage würden wir Fisch essen, und wir stöhnten und hielten uns die Nase, als er lachend ins Haus ging.

Es gab eine Reihe ähnlich sonniger Tage: schwimmen, mit Pa vom Steg aus angeln, Erdnussbutter- und Marmeladen-Sandwiches im Ruderboot essen, Orange Crush auf der Verandaschaukel trinken.

Und dann eine Woche lang Regen. Als wir am ersten verregneten Morgen aufwachten, hörten wir den Regen aufs Dach trommeln und tanzen. Meine Mutter steckte den Kopf in unser Schlafzimmer.

»Monsunwetter, meine Süßen. Wie wär's mit Kakao und Zimttoast?«

Wir zogen uns Overalls und Pullover an und gingen in die Küche, wo meine Mutter bereits unsere Becher und Teller hingestellt hatte. Sie war bei ihrem Regentag-Ritual: Sangria machen. Zuerst goss sie Orangensaft aus einer großen weißen Plastikkanne in drei leere Erdnussbuttergläser.

Dann schnibbelte sie nach und nach alle Orangen, Zitronen und Limonen klein, die wir im Haus hatten. Sie ließ mich Brandy über die Früchte schütten, Gisela tat Zucker hinein, und Lizzie holte lange genug Luft, um die große Rotweinflasche über allem auszugießen. Ich konnte mir nicht vorstellen, dass sie an Regentagen irgendetwas anderes tranken.

Meine Mutter verschwand für ihre morgendliche Zigarette auf die Veranda, und als mein Vater nach unten kam, gesellte er sich zu ihr, während wir Quartett spielten; ich konnte sehen, wie die beiden sich auf dem Korbsofa zusammenkuschelten. Ein paar Minuten später kam Mr DeCuervo herunter, schaute auf die Veranda hinaus, nahm sich eine alte Illustrierte und fing an zu lesen.

Wir entschieden uns, auf unserem Zimmer Monopoly zu spielen, da die Großen sich nicht mit uns unterhalten wollten. Nach zwei Stunden, in denen ich im Gefängnis verrottete und Lizzie vergaß, Miete zu verlangen, besiegte uns die kleine Gisela, und wir gingen für einen Snack wieder hinunter in die Küche. Regentage bestanden hauptsächlich aus einer Reihe von mehr oder weniger ausgiebigen Snacks, unterbrochen von Brettspielen, Kartenspielen und Quengeln. Wir tranken den ganzen Tag Soda und Saft, aßen Käse, Bananen, Plätzchen, Mortadella, Vollkorn-Cracker, Jiffy-Popcorn und hartgekochte Eier. Die Erwachsenen aßen Käse und Cracker und tranken Sangria.

Die beiden Väter lasen in den zwei großen Sesseln, meine Mutter war auf ihr Zimmer gegangen, um Skizzen zu machen, und uns wurde es langweilig. Als meine Mutter auf eine Zigarette nach unten kam, schrieb ich gerade meinen Namen in den Honig, der auf dem Küchentisch ausgelaufen war, und Gisela und Lizzie waren dabei, die Füllung aus dem Loch unten in der blauen Couch herauszuziehen.

»Mein Gott, Ellen, nimmst du wohl die Hände aus dem verfluchten Honig. Liz, Gisela, das ist absolut unmöglich, was ihr da macht, das wisst ihr. Lasst die arme Couch in Ruhe. Wenn ihr unbedingt Quatsch machen müsst, dann verschwindet doch nach draußen und tanzt im Regen.«

Die beiden Männer schauten auf, mühsam fokussierend, wie aus weiter Ferne.

»Lila, wirklich …«, sagte mein Vater.

»Lila, es schüttet. Wir werden uns schon um sie kümmern«, sagte Mr DeCuervo.

»Hm – so wie bis jetzt.« Meine Mutter grinste. »Au ja, Mami, dürfen wir in den Regen? Dürfen wir uns ausziehen und raus in den Regen?«

»Natürlich, geht nackt, wozu sollt ihr euch die Kleider nass machen, und Badeanzüge sind auch sinnlos. Nicht sehr wahrscheinlich, dass gerade 'ne Menschenmenge im Garten versammelt ist.«

Wir rasten auf die Veranda, bevor meine Mutter Vernunft annehmen konnte, warfen alles von uns und rannten laut schreiend in den Regen hinaus, indem wir von der Veranda auf den matschigen Rasen hinuntersprangen, mit Freudengeheul und dem Gefühl, allen Kindern in Maine, die im Haus bleiben mussten, überlegen zu sein.

Wir spielten Göttinnen-im-Regen, was darin bestand, unsere Körper zu streicheln und die Namen von allen, die wir kannten, auszurufen, und wir spielten Mariechen-saß-auf-einem-Stein und Fangen und Rotlicht/Grünlicht und warfen mit dem Ball, alles herrlich glitschig und unwirklich im trüben Regenstrom. Unsere Eltern sahen uns von der Veranda aus zu.

Als wir schließlich wieder reinkamen, ganz hingerissen von uns selbst und davon, wie nass wir waren, durch und durch, bis zur letzten Faser, in jeder Pore, zogen sie uns warm an und sagten, wir sollten uns die Haare trocknen und uns fürs Abendessen fertig machen.

Meine Mutter bürstete uns die Haare, und dann kochte sie Spaghettisoße, während mein Vater Salat zubereitete und Mr DeCuervo eine Erdbeertorte machte, wobei er die Früchte in der Kuchenmitte zu einer großen rotglänzenden Pyramide aufschichtete. Es war himmlisch. Die Erwachsenen lachten viel, nippten an ihrem Getränk und schoben Gemüse hin und her.

Nach dem Abendessen schob meine Mutter uns ins Wohnzimmer zum Tanzen, und da fiel der Strom aus.

»Scheiße«, sagte mein Vater in der Küche. »Doppelte Scheiße«, sagte Mr DeCuervo, und wir hörten sie im Dunkeln herumtappen, lachend und fluchend, bis sie mit zwei Taschenlampen hereinkamen.

»Die Kavallerie tritt an, meine Damen«, sagte Daddy und verbeugte sich vor uns allen, wobei er mit seiner Taschenlampe herumwirbelte.

»Amerikanische und argentinische Divisionen, señora y señoritas.«

Ich hatte Mr DeCuervo nie zuvor Spanisch reden hören, nicht mal ein bisschen.

»Wohlan, so weiß ich denn, ich bin gerettet – vor den Halunken zumindest. Andererseits …« Meine Mutter lachte, und die Väter legten die Arme umeinander und lachten auch.

»Andererseits was? Was, Mami?« Ich zerrte an ihr, wie ich es tat, wenn ich Angst hatte, sie in einem großen Kaufhaus zu verlieren.

»Nichts, Liebling. Mami war bloß albern. Macht euch startklar fürs Bett, ihr Zwerge. Dann könnt ihr euch noch eine Weile unterhalten. Wir haben sicher die ganze Nacht keinen Strom.«

Die Daddies begleiteten uns zum Badezimmer und flüsterten, dass wir heute alles lassen könnten, außer Pipi machen, es sei ja kein Strom da. Beide gaben uns einen Gutenachtkuss, kitzelnd der Schnurrbart von meinem Vater, über meine Wange streifend der von Mr DeCuervo. Meine Mutter kam einen Augenblick später ins Zimmer, und ihr Gesicht war glatt und warm wie ein Samtkissen. Wir blieben nicht lange wach. Der Regentanz, das Essen und das Gewitter hatten uns erschöpft.

Es war noch dunkel, als ich aufwachte, aber der Regen hatte aufgehört, und der Strom war wieder da; es brannte Licht in unserer Diele. Ich fühlte mich richtig erwachsen und verantwortungsvoll, als ich aus dem Bett stieg und im Haus herumwandelte, um die Lichter zu löschen, von denen niemand sonst wusste, dass sie brannten; ich sparte Elektrizität.

Ich ging ins Badezimmer und wurde von Bauchkrämpfen gepackt, wahrscheinlich von all dem zu stark gerösteten Popcorn, das ich gefuttert hatte. Ich saß lange Zeit auf der Toilette und beobachtete, wie eine braune Spinne die Wand entlangkroch; ich schlug sie runter und sah zu, wie sie wieder hochkletterte, zu den Handtüchern. Meine Krämpfe hatten nachgelassen, waren aber noch spürbar, und ich beschloss, meine Mutter zu wecken. Mein Vater würde mitfühlender sein, doch er hatte einen tiefen Schlaf, und bis er endlich mitkriegte, was ich ihm sagen wollte, hätte meine Mutter längst den Bademantel an und würde mir sanft den Bauch massieren, wenn auch ohne die aufgeregte Besorgtheit, die mir als krankem Opfer eigentlich zustand.

Ich ging bis zum Zimmer meiner Eltern und knipste das Dielenlicht wieder an. Ich drückte die knarrende Tür auf und sah meine Mutter an den Rücken meines Vaters geschmiegt, wie immer – und Mr DeCuervo an sie geschmiegt, den Arm über dem Bezug, eine Hand auf ihrem Kopf ruhend.

Ich stand da und starrte und trat dann rückwärts aus dem

Schlafzimmer. Sie hatten sich nicht bewegt, die drei atmeten tief, in Einklang. Was war das, dachte ich, was habe ich gesehen? Ich wollte zurückgehen und einen zweiten Blick auf sie werfen, um es noch einmal zu sehen, um es verschwinden zu lassen, um sie gründlich anzuschauen, bis ich verstand.

Meine Krämpfe waren weg. Ich ging zurück in mein Bett und sah zu Lizzie und Gisela hinüber, die in ihrem Schlaf aussahen wie die Kleinmädchenversionen der beiden Männer, die ich gerade gesehen hatte. Haben nur geschlafen, dachte ich, die Erwachsenen haben nur geschlafen. Vielleicht ist das Bett von Mr DeCuervo zusammengebrochen, wie es uns vor zwei Sommern passiert ist. Oder vielleicht ist es im Regensturm feucht geworden. Ich meinte, nie wieder einschlafen zu können, aber das Nächste, an das ich mich erinnere, ist, dass ich zu neuem Regen aufwachte und Lizzie und Gisela meine Mutter anbettelten, mit uns ins Kino in der Stadt zu gehen. Wir sahen uns *The Sound of Music* an, das im Bijou schon über zehn Jahre lief.

Ich erinnere mich an nicht viel anderes von dem Sommer; alle Bilder vermischen sich. Wir gingen weiterhin schwimmen und angeln und fuhren mit dem Ruderboot zu kleinen Abenteuern los, und als die DeCuervos abreisten, umarmte ich Gisela, wollte ihn aber nicht umarmen, bis er mir ins Ohr flüsterte: »Nächstes Jahr nehmen wir uns ein Motorboot, und ich bring dir Wasserski bei«, worauf ich ihn überschwänglich umarmte, und meine Mutter legte die Hand leicht auf meinen Kopf, um ihren Segen dazuzugeben.

Im darauffolgenden Sommer war ich im Juli im Ferienlager und nicht da, als die DeCuervos kamen. Lizzie sagte, sie hätten eine schöne Zeit ohne mich gehabt. Danach klappte es mehrere Sommer hintereinander nicht mit ihnen, und als sie wieder kamen, waren Gisela und Lizzie mit mir in New

Hampshire im Ferienlager; die vier Erwachsenen verbrachten etwa eine Woche zusammen, und später hörte ich meinen Vater sagen, noch so ein Urlaub mit Elvira DeCuervo würde ihn umbringen oder er sie. Meine Mutter sagte darauf, so schlimm sei sie doch auch nicht.

Danach sahen wir sie etwas seltener. Die beiden, Gisela und Mr DeCuervo, erschienen zu meinem Highschool-Abschluss, zur Vernissage meiner Mutter in Boston, zum fünfzigsten Geburtstag meines Vaters und zu Lizzies Schulabschluss. Wenn meine Mutter nach New York reinfuhr, aß sie immer mit den dreien zu Abend, sagte sie, aber manchmal änderten sich ihre Pläne, und sie mussten das Abendessen durch ein Mittagessen ersetzen.

Gisela konnte nicht zum Begräbnis kommen. Sie war für ein Jahr in Argentinien und arbeitete in dem Architekturbüro, das Mr DeCuervos Vater gegründet hatte.

Nachdem sich alle Trauergäste verabschiedet hatten, überreichte Mr DeCuervo uns einen Beileidsbrief von Gisela mit einer schönen Federzeichnung unserer Mutter darin. Die beiden Männer gingen ins Wohnzimmer und holten eine Flasche Scotch und zwei Gläser hervor. Es war so, als wären wir nicht vorhanden; sie legten *Embraceable You* von Billie Holiday auf und machten sich daran, zu trinken und zu trauern. Lizzie und ich gingen in die Küche und nahmen uns vor, alles Süße zu essen, was die Leute mitgebracht hatten: Brownies, Strudel, Pfeffernüsse, Batatekuchen, den Schokoladenkuchen von Mrs Ellis mit Schokoladencreme in der Mitte. Wir stellten zwei Teller hin und zwei Becher Milch, und los ging's.

Lizzie sagte. »Weißt du, als ich im April zu Hause war, rief er jeden Tag an.« Sie machte eine Kopfbewegung zum Wohnzimmer hin.

Ich konnte nicht sagen, ob sie es billigend meinte oder nicht, und ich selbst wusste auch nicht, was davon zu halten war.

»Sie hat Bolivar zu ihm gesagt.«

»Was? Sie hat doch immer Gaucho zu ihm gesagt, und deshalb haben wir ihn nie beim Namen genannt.«

»Weiß ich, aber sie hat Bolivar gesagt. Ich hab sie jeden, aber auch jeden Tag mit ihm reden hören, El, sie hat Bolivar gesagt.«

Tränen liefen über Lizzies Gesicht, und ich wünschte mir, Mutter wäre da, um ihr über das weiche, wuschelige Haar zu streichen, damit sie nicht an ihren Tränen erstickte. Ich griff über den Tisch nach ihrer Hand, in der Rechten noch meine Gabel. Ich konnte spüren, wie meine Mutter mich ansah, lächelnd, die Augen leicht zusammengekniffen, wie sie es immer tat, wenn ich mich gegen etwas sträubte. Ich ließ die Gabel auf meinen Teller sinken, ging um den Tisch und umarmte Lizzie, die sich in mich hineinkuschelte, als wäre ihre Wirbelsäule eingeknickt.

»Ich hab sie nach dem dritten Anruf danach gefragt«, flüsterte sie in meine Schulter hinein.

»Was hat sie gesagt?« Ich richtete Lizzie etwas auf, damit ich sie hören konnte.

»Sie hat gesagt: ›Natürlich ruft er mich mittags an. Er weiß, zu der Zeit fühle ich ganz intensiv.‹ Und ich darauf, das sei nicht, was ich meinte, ich hätte nur nicht gewusst, wie nah sie sich sind.«

»Das hast du gesagt?«

»Klar. Und sie: ›Liebling, niemand liebt mich mehr als Bolivar.‹ Und ich wusste nicht, was ich sagen sollte, und so saß ich einfach da mit dem Gefühl: ›Möchte ich das überhaupt hören?‹, und dann ist sie eingeschlafen.«

»Und was denkst du?«

»Ich weiß es nicht. Ich war gerade so weit, sie wieder zu fragen …«

»Du bist erstaunlich, Lizzie«, unterbrach ich sie. Das ist sie zweifellos, sie ist so ruhig, aber sie führt Gespräche, die ich mir nicht mal im Traum vorstellen kann.

»Aber das brauchte ich nicht, weil sie das Thema am nächsten Tag selbst aufbrachte, nachdem er wieder angerufen hatte. Sie kam vom Telefonieren und sah richtig erschöpft aus, sie schwitzte, lächelte aber. Sie schaute hinaus auf die Holzapfelbäume im Garten und sagte: ›Die Apfelbäume waren in voller Blüte, als ich Bolivar kennenlernte, und sie standen genau an der Stelle im Hof, wo die Skulptur ihren Platz bekommen sollte, und so bot er an, die Bäume wegzuschaffen, und ich sagte, das kommt mir aber arrogant vor, und er sagte, sie würden sie eben woanders hinpflanzen. Und so sagte ich: Okay, und er sagte: Was ist Schlimmes an Arroganz? Und das erste Mal, als er und Papa sich kennenlernten, tranken die beiden Scotch und sahen sich Fußball an, während ich das Abendessen machte. Und dann haben sie abgewaschen, genau wie im Blockhaus. Und wenn die beiden zusammen im Zimmer sind und ihr beiden Mädchen bei uns seid, dann weiß ich, dass ich im Stand der Gnade lebe.‹«

»Hat sie das gesagt? Hat sie gesagt, ›im Stand der Gnade‹? Mami hat das gesagt?«

»Ja, Ellen. Mein Gott, was glaubst du denn? Dass ich mir interessante Statements vom Sterbebett ausdenke?« Lizzie hasst es, unterbrochen zu werden, vor allem von mir.

»Tut mir leid. Weiter.«

»Jedenfalls unterhielten wir uns, und ich fragte so nebenbei, wovon wir eigentlich redeten. Ich meine, von guten oder von sehr guten Freunden, und sie hat nur gelacht. Du weißt doch, wie sie uns immer angesehen hat, als wüsste sie genau, wohin wir wollten, wenn wir sagten, wir gingen den Nachmittag zu einer Freundin, in Wirklichkeit aber vorhatten, ›Boone's Farm‹ zu trinken und nackt im Steinbruch zu baden. So sah sie jedenfalls aus, und sie hat meine Hand genommen. Ihre war federleicht, El. Und sie hat gesagt, dass sie einander liebten, alle drei, jeder auf andere Weise, und dass beide erstaunliche Männer seien, jeder etwas Besonderes, jeder würde Liebe und Anerkennung verdienen. Sie sagte, sie finde, dass Daddy der wunderbarste Ehemann sei, den eine Frau haben könnte, und dass sie sehr glücklich sei, dass wir ihn zum Vater hätten. Und ich hab sie gefragt, wie sie das denn schafft, alle beide zu lieben, und wie die Männer das ertragen können. Und sie hat gesagt: ›Liebe ist ein seltsames Kind, Herzchen. Ich liebe dich und Ellen unterschiedlich, weil ihr unterschiedliche Wesen seid, wundervolle Wesen, aber ganz und gar nicht gleich. Und darum bin auch ich mit jeder von euch eine andere, und zusammen sind wir einzig. Ich wähle nicht zwischen euch. Und genauso ist es mit Daddy und Bolivar. Man meint, das kann nicht sein, aber es geht durchaus. Man muss nur die richtigen Menschen finden.‹ Und dann hielt sie die Augen den Nachmittag über geschlossen. El, deine Augen quellen dir fast aus dem Kopf.«

»Mein Gott, ich ahne es. Ich meine, ich hab's gewusst …«

»Du hast es gewusst? Und hast es mir nicht gesagt?«

»Du warst acht oder so, Lizzie, was hätte ich da sagen sollen? Ich wusste ja damals nicht mal selbst, was ich wusste.«

»Was hast du denn gewusst?« Lizzie war sehr ernst. Es bedeutete einen wirklichen Bruch unserer Regel, irgendwelchen persönlichen Schmutz, was unsere Eltern betraf, vor allem unsere Mutter, nicht miteinander zu teilen; beide versuchten wir ständig, aus ihr schlau zu werden.

Ich wusste nicht, wie ich ihr von den dreien im Bett erzählen sollte; das war noch ungewöhnlicher als die Tatsache, dass Mutter mit Daddys Erlaubnis eine Affäre mit Mr DeCuervo gehabt hatte. Mir fielen nicht mal die Worte ein, die nötig gewesen wären, um zu beschreiben, was ich gesehen hatte, und so sagte ich bloß: »Ich hab Mami und Mr DeCuervo sich eines Nachts, als wir schon schlafen gegangen waren, küssen sehen.«

»Wirklich? Wo war Papa?«

»Ich weiß nicht. Aber wo immer er auch war, offensichtlich wusste er, was sich abspielte. Ich meine, das wollte Mami dir doch zu verstehen geben, nicht? Dass Papa Bescheid wusste und es billigte.«

»Tja. Mein Gott.«

Ich ging zu meinem Stuhl zurück und setzte mich. Wir hatten den Strudel schon zur Hälfte auf, als die beiden Männer hereinkamen. Sie waren betrunken, sprachen aber noch zusammenhängend. Sie waren nur eben nicht mehr wie sonst, doch vermutlich waren wir das auch nicht mit unseren verquollenen roten Augen und den wüsten Essensresten ringsherum.

»Schöne Mädchen«, sagte Mr DeCuervo zu meinem Vater. Sie hielten sich am Türrahmen fest, an jeder Seite einer.

»Das sind sie, sind sie wirklich. Und helle, gibt keine helleren.«

Mein Vater hörte nicht auf damit, wie helle wir seien. Lizzie und ich schauten uns an, verlegen, aber nicht unzufrieden.

»Ellen hat Lilas Mund«, sagte Mr DeCuervo. »Du hast den Mund von deiner Mutter, rechts geht er etwas mehr nach oben als links. Erlesen.«

Mein Vater nickte, als wäre das die größte Wahrheit, nie zuvor vernommen. Und an Lizzie gewandt sagte er: »Und du hast die Augen deiner Mutter. Vom Tag deiner Geburt an, als ich dir in die Augen blickte, hab ich gedacht, mein Gott, sie hat die Augen von Lila, aber blau, nicht grün.«

Und Mr DeCuervo nickte selbstverständlich dazu. Ich fragte mich, ob sie eine vollständige Autopsie vorhatten, aber sie hörten auf.

Mein Vater kam zum Tisch und legte jeder von uns die Hand auf. »Ihr Mädchen habt eure Mutter sehr, sehr glücklich gemacht. Nichts, was sie je geschaffen hat, hat sie mit mehr Stolz und Freude erfüllt als ihr beiden. Sie war überzeugt, dass ihr zwei was ganz Besonderes seid ...«

Er begann zu weinen, und Mr DeCuervo legte ihm den Arm um die Taille und übernahm das Reden.

»Stimmt, sie hatte zwei große Bilder von euch in ihrem Studio, sonst nichts. Und ihr wisst, sie erwartete von uns, dass wir um sie trauern, aber ihr wisst auch, wie sehr sie sich gewünscht hat, dass ihr euch auch freut. An allem, an jedem Essen, jedem Getränk, jedem Sonnenaufgang, jedem Kuss ...« Er musste ebenfalls weinen.

»Wir legen uns jetzt ein wenig hin, Mädchen. Vielleicht essen wir später zusammen oder so.« Mein Vater küsste uns beide, feucht und ungestüm, und die zwei gingen die Diele hinunter.

Lizzie und ich blickten einander wieder an.

»Besaufen wir uns?«, fragte ich.

»Nein, besser nicht. Ich glaube, ich lege mich auch etwas hin, außer, du willst Gesellschaft.« Sie sah aus, als könnte sie im Stehen einschlafen, und so schüttelte ich den Kopf. Ich überlegte mir sowieso, John anzurufen.

Lizzie kam rüber und umarmte mich ganz fest, und ich umarmte sie ebenfalls und strich ihr die Schokoladenkrumen aus dem Haar.

Als ich allein in der Küche saß, dachte ich über John nach, dass ich ihm von meiner Mutter und ihrer Affäre erzählen würde und wie die beiden Männer, wahrscheinlich schnarchend, im Bett meiner Eltern schliefen. Und ich konnte Johns Schweigen hören und wusste, er würde denken, dass mein Vater meine Mutter nicht wirklich geliebt haben konnte, wenn er sie mit einem anderen Mann gehen ließ; oder John würde denken, vielleicht sogar sagen, dass meine Mutter ein rechtes Miststück gewesen sein müsse, wenn sie meinen Vater dazu zwang, eine Affäre ›unter seinem eigenen Dach‹ zu dulden. Ich dachte, ich sollte ihn besser anrufen, bevor ich völlig in Rage geriet über ein Gespräch, das gar nicht stattgefunden hatte. Lizzie würde sowieso sagen, ich projizierte nur.

Ich rief an, und John war sehr lieb, erkundigte sich, wie ich mich fühlte, wie der Gedenkgottesdienst verlaufen sei und wie es meinem Vater gehe. Und ich berichtete ihm alles, und dann begriff ich, dass ich ihm den Rest nicht sagen und auch keinen Mann heiraten konnte, dem ich diese Geschichte nicht erzählen mochte.

»Es tut mir so leid, Ellen«, sagte er. »Du musst schrecklich durcheinander sein. Was für ein schwerer Tag für dich.«

Mir ist klar, dass das eine völlig normale Reaktion war, nur war sie absolut falsch für mich. Ich stammte nicht aus einer normalen Familie, ich war nicht bereit, normal zu werden.

Es machte mich elend, John zu verletzen, aber ich konnte ihn nicht heiraten, nur weil ich ihn nicht verletzen wollte, und so sagte ich: »Und das ist nicht das Schlimmste, John. Ich kann dich nicht heiraten, ich kann's wirklich nicht. Ich weiß, es ist ziemlich hart, das übers Telefon zu hören …« Mir fiel nichts ein, was ich sonst noch hätte sagen sollen.

»Ellen, sprechen wir darüber, wenn du nach Boston zurückkommst. Ich weiß, unter welcher Anspannung du stehst. Ich hatte das Gefühl, dass du unglücklich warst über einige von Mutters Ideen. Wir können das schon hinbiegen, wenn du zurückkommst. «

»Ich weiß, du glaubst, es ist wegen dem Tod meiner Mutter, und es stimmt, aber nicht so, wie du denkst. John, ich kann dich einfach nicht heiraten. Ich werde das Kleid deiner Mutter nicht tragen, und ich werde dich nicht heiraten, und es tut mir sehr leid.«

Er blieb lange Zeit still, und dann sagte er: »Ich verstehe

nicht, Ellen. Wir haben doch schon die Einladungskarten bestellt.« Und mir wurde klar, dass ich recht hatte. Wenn er gesagt hätte: »Scheiß drauf, ich komme, will dich noch heute Abend sehen«, oder auch: »Ich kapier nicht, was du da redest, aber ich möchte dich dennoch heiraten«, hätte ich mich wahrscheinlich anders besonnen, bevor ich den Hörer auflegte. Aber so, wie es lief, sagte ich halbwegs ruhig auf Wiedersehen und hängte ein.

Es war wie zwei Begräbnisse an einem Tag. Ich saß am Tisch und stocherte im Kuchen herum, kleine Gebilde formend, die ich anschließend zermanschte. Meine Mutter hätte mich auf einen Spaziergang rausgeschickt. Ich war gerade dabei, das ganze Zeug wegzuräumen, als mein Vater und Mr DeCuervo auftauchten, und ihre Zusammengehörigkeit schien noch größer geworden zu sein.

»Wie wär's mit Rommé, El?«, fragte mein Vater. »Nur wenn dir der Sinn danach steht«, sagte Mr DeCuervo.

»Okay«, sagte ich. »Ich hab mich gerade von John Wescott getrennt.«

»Ach?«

Ich hätte nicht sagen können, wer von ihnen da redete.

»Ich hab ihm gesagt, ich glaubte nicht daran, dass wir einander glücklich machen würden.«

Genau das hatte ich sagen wollen.

Mein Vater drückte mich an sich und sagte: »Das tut mir leid, ist bestimmt hart für dich. Du hast das Richtige getan.« Dann wandte er sich an Mr DeCuervo und sagte: »Sie wusste, wie man solche Leute nennt, was? Deine Mutter hat gewusst, dass du diesen Typ nicht heiraten würdest.«

»Sie hatte fast immer recht, Dan.«

»Fast immer, aber nur fast«, sagte mein Vater, und die beiden lachten über einen privaten Scherz und schüttelten sich die Hand wie ein altes Boxerpaar.

»So, du teilst aus«, sagte mein Vater und lehnte sich auf seinem Stuhl zurück.

»’nen Cent für’n Punkt«, sagte Mr DeCuervo.

Drei Geschichten

Hyazinthen

Dein Anblick

Silbriges Wasser

Hyazinthen

Mein Vater war kein gedankenloser Mensch. Er hatte sich die Gewalt der Welt vergegenwärtigt und seine eigene, und manchmal schämte er sich, und manchmal hatte er Angst, aber gedankenlos war er nie.

Er stand jeden Tag morgens um vier Uhr auf, säuberte abends seine Geräte und stellte sie an ihren Platz zurück, und immer im Mai erschienen am Fuß der Vordertreppe zweiundzwanzig weiße Hyazinthen. Ich malte mir aus, wie meine Mutter die Hyazinthen gepflanzt hatte, wohl mit der gleichen Sorgfalt, doch mit weit mehr Freude, als mein Vater mir gegenüber je zeigte. Ich stellte sie mir anhand der beiden braunen Porträtfotos im Wohnzimmer vor: ausgeglichen und liebevoll, ohne den Hang zum Düsteren oder die Distanz meines Vaters. Warum eine Frau wie sie eine so unglückliche Seele wie meinen Vater geheiratet hatte, blieb mir ein Rätsel. Meine Tanten und Onkel, die sie gekannt hatten, waren so ehrlich, wie Leute aus jener Zeit und jener Gegend nur sein durften; sie sagten nicht, dass sie eine unscheinbare, zänkische Frau war (wie jeder außer mir an ihrem finsteren Blick auf den Bildern hätte erkennen müssen), sie erzählten mir aber auch keine Geschichten von ihrer Warmherzigkeit und ihrem Charme. Meine Tante Ida sagte, dass meine Mutter mich geliebt und ihr Bestes für mich gegeben habe, und für diese mir und meiner Mutter gegenüber erwiesene Freundlichkeit liebte ich meine Tante Ida mehr als die anderen Tanten, mehr sogar als Tante Myrtle, die bärenförmige Kissen für mein Bett nähte, mehr sogar als Tante Ruth, die mir kandierte Veilchen schenkte nach dem obligatorischen Sonntagsessen, zu dem sie gelegentlich, wie es sich gehörte, den verwitweten Mann ihrer Schwester und mich, ihren kleinen Neffen, einlud.

Meine Eltern hatten beide je einen Bruder, mein Vater dazu noch zwei Schwestern, Ida und Myrtle. Meine Mutter hatte Ruth. Die Leute aus ihrer Familie waren zierlich und dunkel, Juden, die 1922 nach Toronto gekommen waren und den Fehler gemacht hatten, weiter westwärts zu ziehen. Meine Mutter war die Lehrerin im Bezirk, eine alte Jungfer, wie man hier sagte, dazu Jüdin, von denen es damals, glauben Sie mir, nur ganz wenige in Manitoba gab, aber sie schien gesund zu sein und war ledig, und mein presbyterianischer Vater war schon sechsunddreißig und plagte sich damit ab, seine Farm am Leben zu erhalten. Ich bilde mir heute ein, dass ich mich an den verwaisten Blick in seinen Augen erinnern kann, jenes aggressive Misstrauen, das kaum die Verzweiflung verbirgt. Ich entdecke es bei vielen meiner Patienten, und ich nehme an, sie könnten es auch bei mir sehen, wenn sie denn so genau hinschauen wollten.

Tante Myrtle, die jüngere Schwester meines Vaters, lebte in Winkler, wenige Kilometer vom Haus meiner Eltern in Rosebank entfernt. Sie und Onkel William betrieben dort die Gemischtwarenhandlung und wohnten mit ihren beiden Jungen, Willie und Percy, im hinteren Teil. Unsere Küchengardinen stammten von ihr, ebenso die ausgestopften Bärenkissen. Ich habe keine wirkliche Erinnerung mehr an ihre Gesichter, lediglich an den staubigen Zitronenduft der Kissen und an das Paar kurzer roter Hände, das auch nach Zitronenverbene roch. Mein Vater und sein Bruder Francis hatten sich als junge Männer entzweit, und offensichtlich hielten beide Schwestern zu meinem Vater. Tante Ida, fünfzehn Jahre älter als mein Vater, führte uns den Haushalt, und mein Vater behandelte sie so, wie er seinen alten Jagdhund behandelte: mit gezwungener Freundlichkeit nach all den Jahren bereitwilligen Dienstes; voller Groll, dass die eigenen Verhaltensregeln ihn zwangen, zu geben, was er nicht übrig hatte. Wir hatten beide Angst vor ihm, Ida und ich, und konnten, sie sechzig, ich sechs, unsere aufreizende Nutzlosigkeit nicht verbergen. Wir versteckten uns gemeinsam im Hühnerstall, trödelten bei den warmen Eiern herum und beim Ausstreuen von Maiskörnern, bis wir glaubten, die Stalltür zu hören, die heftig aufgestoßen und wieder zugeschlagen wurde, und sehen konnten, wie er in Richtung Felder strebte, das Zaumzeug in der einen Hand, die Feldflasche in der anderen.

Tante Ruth, die Schwester meiner Mutter, war nach Rosebank gekommen, um meiner Mutter Gesellschaft zu leisten (oder war selbst verzweifelt auf der Suche nach Geselligkeit, ich habe keine Ahnung), und hatte einen Schneider geheiratet, den einzigen anderen Juden in hundertfünfzig Kilometer Umkreis, da bin ich mir ganz sicher. Weil alle Frauen in Rosebank das Nähen selbst besorgten, besserte Onkel Morris Leder- und Segeltuchwaren aus, die den Farmern kaputtgingen. Sie lebten, so gut es ging, koscher, und eine meiner wenigen Erinnerungen an ihr Zuhause ist, dass ich zuschaute, wie er ein Huhn fürs Sabbatmahl tötete und ausbluten ließ. Als Sonntagsessen hatten wir den Braten, den mein Vater beisteuerte, und Schüsseln voller Kartoffeln.

Onkel Hi (für Hiram, von Hyman abgeleitet) war der erfolgreiche Arztbruder meiner Mutter. Als ich sechs wurde, luden er und Tante Fritzi (für Frieda – die gesellschaftliche Stellung, die sie in Duluth innehielt, verlangte von ihr nicht, dass sie ihren Namen weiter anglisierte) sich zu Besuch ein, wie sie es in jedem der drei Jahre nach dem Tod meiner Mutter getan hatten.

Im Mai kam ein rosafarbener Umschlag, worauf nur mein Name in großen purpurnen Buchstaben über unserer Adresse in kleinerer Druckschrift prankte. Tante Fritzi wollte kein Risiko eingehen. Tante Ida hielt den Umschlag hoch, damit ich ihn bewundern konnte, und las den Brief vor, wobei sie jede Änderung im Ton, die Fritzi beabsichtigt hatte, ignorierte.

»David, Liebling, Deine Tante Fritzi und Dein Onkel Hi (die Dir letztes Jahr das große blaue Lastauto geschenkt haben, erinnerst Du Dich?) würden Dich gern diesen Sommer besuchen. Wenn wir kommen, werden wir Deinen SECHSTEN Geburtstag feiern. Was für ein großer Junge! Wir möchten gern am 27. und 28. Juni kommen, wenn Onkel Hi von seiner Praxis fortkann. Bitte, frag Deinen Vater, ob das geht. Falls wir nichts Gegenteiliges hören, werden wir am 27. Juni da sein mit Deinem Geburtstagsgeschenk und vielen kleinen Überraschungen.

Wir können's kaum erwarten, Dich zu sehen, Liebling. Lass Dich umarmen und küssen von uns.«

Unten stand in purpurner Schnörkelschrift Tante Fritzis Name mitsamt dem Aufdruck eines Lippenpaars in Fuchsienrot. Ja, ich erinnerte mich an ihr Geschenk, da ich nur das eine Lastauto und meine Bärenkissen zum Spielen besaß. Und obwohl ich keine Ahnung hatte, was die »kleinen Überraschungen« alles sein mochten, davon gab es jedenfalls viele. Ich sah auf die knospenden Bäume und hatte Sehnsucht nach dem Sommer. Ida steckte den Briefumschlag in ihre Schürzentasche und schaute mit mir auf die Bäume hinaus. Sie sagte: »Erzähl's ihm nach dem Abendessen, wenn er sich die

Pfeife anzündet.« Seit Ida habe ich keinen Menschen erlebt, der so anständig ist. Vielleicht sind Menschen wie sie allesamt in der Mitte dieses Jahrhunderts ausgestorben, um von den Cleveren, den Fixen und Ansprüche Stellenden ersetzt zu werden.

Mein Vater freute sich nicht darüber, dass Hi und Fritzi kamen, würde sich aber keine Blöße geben, indem er nein sagte. Auch würde er sich nicht lächerlich machen, indem er Myrtle um den Gefallen bat, bei ihr telefonieren zu dürfen, nur um Besucher abzuwimmeln, Besucher, die unbestritten irgendwie Familie waren. Das Haus würde von His Zigarrenrauch erfüllt sein und von Fritzis nach Geranien duftendem Gesichtspuder, jedes Essen eine Partie Tennis mit His und Fritzis langen Fragen, wie Lobs gespielt, und den einsilbigen Antworten meines Vaters, so dicht am Netz geschlagen, dass der Schlusslaut kaum entweichen konnte, bevor der Mund wieder geschlossen war.

Mein wirklicher Geburtstag kam und ging wie wahrscheinlich schon etliche zuvor: ein Biskuitkuchen, von Tante Ida gebacken, und ein langer Gang mit meinem Vater zur Scheune. Er zeigte mir das neugeborene Kalb.

»Sohn, du bist jetzt sechs. Du gibst dem Kälbchen hier einen Namen und kümmerst dich darum. Was immer wir dafür kriegen, die Hälfte gehört dir.« Er legte mir die Hand auf den Nacken, und ich konnte aus dem Augenwinkel seine großen braunen Finger sehen. »Herzlichen Glückwunsch zum Geburtstag.«

Beim Kuchen, für den Ida die feinen, goldgeränderten Teller herausnahm, die mein Vater dann wieder zurückstellte, erkundigten sie sich nach meinem Namen für das Kälbchen, und ich sagte schließlich Blackie, um sie zufriedenzustellen. Ich glaube, sie waren überrascht, vielleicht ein bisschen enttäuscht; sie hatten mich als »phantasievoll« eingestuft, in Reaktion auf meine nächtlichen Albträume und mein Vor-mich-hin-Träumen bei Tag, und ich konnte nur mit dem fadesten und vernünftigsten Namen aufwarten. Mir fehlte jegliches Interesse für das Kalb, dem grüner Grasschleim aus dem Maul tröpfelte und Dung am schwarz-rötlichen Hinterteil klebte, genau in meiner Augenhöhe. Ich hatte alle neun Scheunenkatzen geliebt und benannt, die mein Vater abwechselnd ignorierte oder verdammte, und ich hatte mit Ida ein Komplott geschmiedet, zumindest ein Dutzend der Kätzchen vor seinem Zugriff zu retten.

Sie kamen. Tante Fritzi stieg aus einem großen blauen Roadmaster, in der Hand einen Papiersack mit glänzend rotem Griff von Warner's, dem besten Warenhaus in Duluth. Ich registrierte das herrliche Auto, das Lächeln und die angenehmen Düfte meiner Tante und meines Onkels, und der Rest der Welt verblasste, als Tante Fritzi meinem Vater zum Trotz damit begann, mir Geschenk auf Geschenk zu überreichen. Ich hüpfte wild von einem Fuß auf den anderen, überwältigt von Gier.

Ich weiß nicht, was die Erwachsenen taten, während ich meine Geschenke öffnete. Fünf Schachteln, alle eingepackt, alle schön verschnürt. Ich erinnere mich, wie Ida und Fritzi zuschauten, wie sie abwechselnd mich und einander anlächelten, ich erinnere mich, dass Hi und mein Vater im Hintergrund Laute von sich gaben, ein auffallend ähnliches Dröhnen, obgleich His Stimme sich hob und senkte und die Stimme meines Vaters flach wie der Kiefernfußboden war. Gegen Ende des Essens, Ida servierte einen Braten, obwohl doch nur Samstag war, verkündete mein Vater, er habe für den frühen Sonntagnachmittag Ruth und Morris und Myrtle und William samt den Jungens zu Besuch eingeladen.

»Das ist schön von dir, Walter. Wirklich schön.« Tante Fritzi, die ohne Bosheit oder Empfindlichkeit war, legte die

Hand auf die meines Vaters, und Ida und ich beobachteten sein Bemühen, seine fortzuziehen, ohne Fritzis Berührung zu erwidern. Onkel Hi bot meinem Vater eine Zigarre an, Ida verschwand zum Spülen, und die Männer setzten sich auf die Veranda, Zigarre und Pfeife schmauchend, während Tante Fritzi mir bis zur Schlafenszeit zeigte, wie man Mikado spielt.

Fritzi und Ida bereiteten sich auf die Feier vor, als fände sie im eigenen Haus statt und als wären mein Vater und mein Onkel die ersten früh eintreffenden Gäste. Ich wurde von oben bis unten geschrubbt und in marineblaue Shorts und ein marineblau-weißes Hemd gesteckt. Fritzi hatte mir auch eine weiße Matrosenmütze gekauft, aber ich sträubte mich, und Hi stärkte mir den Rücken. Fritzi und Ida kamen die Treppe herunter, beide umweht von Fritzis Parfüm, und auf Idas Brust und Nacken zeigten sich rote Flecken vor Aufregung, Verlegenheit oder sogar unterdrückter Wut, was weiß ich. Sie lächelten, und Hi sagte etwas zu Ida, woraufhin sie noch mehr lächelte und sich die Hand auf den Mund legte. Fritzi rückte His Krawatte zurecht und tätschelte ihm beide Wangen. Niemand berührte meinen Vater oder kommentierte seinen Aufzug, und ich kann mich nicht erinnern, was er anhatte. Ich hörte das Rattern von Onkel Mos Auto (Frauen hatten keine Autos) und stellte mich zum Beobachten auf die Veranda. Auch die Erwachsenen kamen raus, und Fritzi winkte, während der Rest von uns nur einfach so dastand, voller Freude über die Neuankömmlinge. Hi umarmte seine Schwester und seinen Schwager, und Fritzi ließ ihren Umarmungen Küsschen und inniges An-sich-Drücken folgen. Tante Ruth und Onkel Mo, die inzwischen einige Jahre in Branden wohnten, nickten meinem Vater und Ida zu und gingen zum Auto zurück, um Pakete zu holen. Ruth hatte zwei Kuchen mitgebracht und eine Pfefferminzstange für mich. Wir hatten uns gerade hingesetzt, da fuhren Tante Myrtle und Onkel William mit dem kleinen Willie vor, der größer war als ich, und Percy, der noch ein Baby war und in seinen Windeln, das Gesicht voller Toastkrumen, im Haus herumwatscheln durfte.

Die Frauen begannen ernsthaft mit den Essensvorbereitungen, und ich erinnere mich noch an Fritzis gelbes Plisseekleid, das oberhalb und unterhalb der von Ida geborgten Mehlsackschürze raschelte. Ich stand mit Willie und Percy auf der Veranda; die Erwachsenen würden nicht mit uns sprechen oder sich um uns kümmern, bis es Essenszeit war, und so gingen wir zur Scheune. Ich wusste, dass Willie von dem Kalb beeindruckt sein würde, da er keine Scheune und keine Tiere hatte, auch wenn er Zugang zu Zerkleinerungsmaschinen, rotglühendem Metall und vollen Kaugummipäckchen besaß. Percy trottete hinter uns drein und stöhnte leise vor Aufregung und Anstrengung.

Willie gefiel das Kalb bedeutend besser als mir, und er kraulte es hinter den Ohren und lachte, als der dreckige Schwanz an seinem Gesicht vorbeiwischte.

»Das ist mein Geburtstagsgeschenk«, sagte ich, und der Wert des Kalbs stieg von Minute zu Minute.

»Mann«, sagte er, und Percy setzte sich auf einen Heuballen und wiederholte das Wort in einem fort.

»Gucken wir uns mal die Sachen hier an«, sagte Willie, der sich darauf besann, dass er der älteste Cousin war. Er fuhr mit den Händen über die Gerätschaften meines Vaters, griff nach einer Baumschere und tat so, als schnitte er mir damit das Haar. »Du darfst die Sachen nicht anfassen«, sagte ich. »Ist doch niemand da.« Während er vorgab, mich nicht mal anzusehen, griff er nach einem Pferdegeschirr und stülpte es sich über Kopf und Schultern.

Wir spielten eine Weile Cowboy, wobei wir abwechselnd

peitschenschwingender Reiter oder wilder Hengst waren, und nachdem wir die Sache mit dem Geschirr satthatten, hängte Willie es zurück, was ich beruhigend fand. In der hintersten Ecke der Scheune stand ein alter Küchenschrank, in dem mein Vater seine Flinten aufbewahrte. Willie öffnete ihn, und wir starrten alle auf die Gewehre, die so anders waren als die übrigen Gerätschaften in der Scheune. Sie glänzten, lange, polierte Rüssel und glänzende Schäfte.

Willie nahm eins in die Hand, und ich sagte ihm, er solle es zurückstellen, und als der Gewehrkolben auf mich zukam und wir auf dem Dreck und dem Heu ausrutschten, sprengte es mir die Ohren, und Willies Brust stürzte nach hinten weg, entsetzlich dunkel. Ich konnte nichts hören, nicht einmal Percys Geschrei, obwohl ich ihn sehen konnte und tief in seinen weit geöffneten Mund blickte; ich konnte, während er schrie, seine Mandeln sehen. Willie lag auf dem Boden, und ich legte mich neben ihn. Ich konnte erst wieder hören, als die Männer hereingerannt kamen, zuerst mein Vater, gefolgt von meinen Onkeln in feinen Straßenschuhen. Ich tat so, als wäre auch ich tot, wie ich es bald zu sein glaubte. Mein Vater hob mich mit der einen Hand hoch und begann, mich mit der anderen zu schlagen. William muss seinen toten Sohn in den Arm genommen haben, er berührte mich nicht ein einziges Mal. Sobald die Tanten erschienen, hörte man von neuem Schreie, und während Hi und Fritzi den Arm meines Vaters festhielten, packte Ida mich und rannte mit mir ins Haus, ihre Brüste lagen dabei auf meinem Gesicht. Ich sah, dass Myrtle Percy mit ihrer Schürze die Augen zuhielt, als sie ihn zum Auto trug. Ich habe keinen von ihnen je wiedergesehen, und ich erinnere mich an den Rücken ihres Kleides mit den sich kreuzenden Musselinschürzenbändern und an Percys baumelnde, nackte fette Beine.

Ich erinnere mich an sonst nichts bis spät am Abend. Ich

lag im Pyjama im Bett und fühlte mich ganz wohl; jemand, Ida oder Fritzi oder beide, hatten sich um mich gekümmert. Mein Vater kam mit einer Kerze in mein Zimmer und setzte sich auf den Eckstuhl, die Tür blieb offen.

Ich hütete mich davor, mich zu verteidigen.

Entschuldigungen und Behauptungen, man habe mich drangsaliert, hätten lediglich zur Folge gehabt, dass er mich härter schlug; er konnte Feiglinge nicht ausstehen. Ich war einfach zu überrascht, dass er da in meinem Zimmer saß, um Schlaf vorzutäuschen.

»Nun, David«, sagte er und balancierte ein Gewehr auf den Knien. »Menschen dürfen so nicht leben, Sohn. Nicht, wenn ihre Hände unrein sind. Unsere Hände sind nicht rein, oder? Antworte mir.«

»Nein, Sir. Unsere Hände sind nicht rein.« Ich versuchte, mir meine Hände im Dunkeln vorzustellen. Ich dachte, wahrscheinlich sind sie ziemlich rein, denn wer immer mir den Pyjama angezogen hat, hat mich wahrscheinlich reichlich geschrubbt.

»Guter Junge.« Er hob die Stimme und schaute durchs Visier hinunter. »›So dich aber deine rechte Hand ärgert, so haue sie ab.‹ Es wird gleich vorbei sein. Vorbei!«, schrie er, als ich mir die Decke über den Kopf zog. Ich hörte Onkel Hi durch das Bettzeug.

»Ist ja gut, Walter. Ist ja gut.«

»Raus mit dir, Hiram. Raus, zum Teufel.«

Fritzi stürzte herein und riss mich aus dem Bett, wobei sie die Decken mitnahm. Sie trug mich die Treppe hinunter, und wir saßen unten und hörten einem Streit zu, an dessen Einzelheiten ich mich nicht erinnere. Onkel Hi kam herunter und legte mir die Hand auf den Kopf. Ida küsste mich und weinte, als sie mich auf den Rücksitz des Autos packten, und ich war überrascht von ihren Tränen.

»Sei ein lieber Junge«, sagte sie. »Mach nicht viel Umstände, denk nicht über Vergangenes nach. Sei ein lieber, lieber Junge.«

Mein Vater stand vor dem Haus, und seine Pfeife gab ein kleines Licht. Vielleicht dachte er, ich sei eingeschlafen, oder sie waren übereingekommen, dass es besser war, mich einfach schnell verschwinden zu lassen; vielleicht hätte er, wäre er näher gekommen, es auch wieder versucht.

Sie müssen geradewegs durchgefahren sein, denn ich wachte in einem gelben Schlafzimmer auf, das voller bunter Hutschachteln und Dekorationen aller Art war. Da ich kaum je so viel Schmuck und Zierrat gesehen hatte, war ich verwirrt von den Vorhängen, Rosen und Rüschen, von der Tagesdecke aus Baumwollsatin mit meterweise weiteren Rüschen und einer glatten Nylonoberfläche, wie mir noch keine begegnet war. Fritzi brachte mir geröstetes Weißbrot ohne Kruste und dazu Kakao. Ich tat mein Möglichstes, um zu zeigen, dass ich bester Stimmung war, ein lieber, lieber Junge und überhaupt nicht schwierig, und dass man sich darauf verlassen konnte, dass ich nie über Vergangenes nachdenken würde.

Die Tage waren Einkaufsorgien, die ich etwas langweilig fand und körperlich unangenehm; ich war selten berührt worden, und mich nervte das Getätschel und das Ausforschen, das freundliche Zwicken dieser hochhackigen Damen und pomadisierten Herren. Aber jede Einkaufstour für einen Anzug oder ein Paar netter Tennisschuhe war gekoppelt an einen Abstecher zum Getränkestand, zum Spielzeugladen oder sogar zu Warner's, wo wir blaue Lastwagenvorhänge, eine Tagesdecke aus blauem Kord und einen Bettvorleger in Form eines Feuerwehrautos kauften. Meinen Cousin Willie getötet zu haben hatte zur Folge, dass ich in Saus und Braus lebte, mit Eltern, die weit liebevoller und angenehmer waren als diejenigen, die mir ursprünglich zugeteilt worden waren.

Manchmal zerbrach ich nachts ein Spielzeug und presste mich regelrecht auf die scharfkantigen Stücke, oder ich legte mich oben auf meine Decke, bis mir Hände und Füße vor Kälte starr wurden. Ich hatte Angst, dass mein Vater recht gehabt hatte und dass der liebende Impuls, der ihn dazu getrieben hatte, Vorkehrungen zu treffen, damit Fritzi und Hi mich erretteten (so verstand ich jetzt unsere Flucht nach Duluth), in Wirklichkeit ein willensschwaches Ausweichen vor dem Unvermeidlichen war. Früher oder später würde mir jemand die Brust wegsprengen, und vielleicht war es also besser, es schnell hinter sich zu bringen, als nachts wachzuliegen und auf Willie zu warten.

Meine Schlafenszeit, und damit mein Albtraum, wurde regelmäßig von Wortwechseln zwischen Tante und Onkel hinausgeschoben.

»Er ist Jude, Fritzi. Er muss beschnitten werden. Nur in so einer elenden antisemitischen Einöde hat man einen jüdischen Jungen nicht beschnitten.«

»Dann wurde er's halt nicht, wen kümmert's? Lass ihn nicht Jude sein. Lass ihn David Dunmore sein, unseren presbyterianischen Neffen.«

»Wie kannst ausgerechnet du dich deswegen schämen?«

»Schämen? Ich schäme mich nicht, ich bin Realistin. Wozu muss er Jude sein? Als Jude kann er Chef der Kardiologie werden, niemals jedoch Leiter des Krankenhauses. Was für eine Wahl. Warum sollen wir ihn nicht das Leben eines Goi führen lassen?«

»Weil er Jude ist«, sagte Hi sanft, aber unnachgiebig.

Nachdem das eine Woche so gegangen war, wusste ich, dass meine Tante Fritzi wegen schrecklicher Dinge, die ihr drüben in Europa zugestoßen waren, als sie klein war, keine Kinder kriegen konnte und dass sie mich mehr liebte als ihr Leben. Ich fand heraus, dass Onkel Hi sehr verärgert war, weil er mit einigen der anderen Ärzte nicht golfen konnte, es sei denn, sie luden ihn ein, dass er aber dennoch stolz darauf war, Jude zu sein, und dass ich ihn als sein Adoptivsohn David Silverstein noch stolzer machen würde.

Fritzi fing immer wieder damit an, entschlossen, mir das Leben eines Juden und den Eingriff zu ersparen, den sie in blutrünstigen, lebhaften Bildern beschrieb. Sie kämpften, mehr gequält als wütend, den ganzen Sommer hindurch. Mitten im August, als die Nächte vertraut kühl wurden, erhielt ich einen Brief von meinem Vater. Er lag an meinem Platz auf dem Frühstückstisch, geöffnet, doch unkommentiert, als wäre er aus dem Postbotensack direkt neben meinen Teller gesegelt.

»Lieber David, sei ein guter Junge und zeige Dich dankbar. Du kannst jetzt nach Hause kommen. Wenn sie Dich nicht bringen können, werde ich Dich holen. Dein Vater, Walter Dunmore.«

»Ich möchte Jude sein«, sagte ich, noch bevor ich den Brief hingelegt hatte. Ich dachte zärtlich und kurz an Ida, an ihre schweren Arme, die sich mir entgegenstreckten, und ich dachte an meine Katzen. Ich dachte, Tante Fritzi könnte mir ein Kätzchen besorgen, und ich entschied mich.

»Was auch immer da abgeschnitten werden muss, ich möchte Jude sein. Ich möchte Arzt wie Onkel Hi werden.«

Hi wollte es unbedingt richtig machen. Er zog den Rabbi hinzu, damit er mir alles erklärte, er erzählte mir Geschichten von König David und von Moses, und er versicherte mir, wie tapfer ich sei. Wahrscheinlich wäre ich weniger tapfer gewesen, wenn ich begriffen hätte, was mit mir geschehen würde. Ich malte mir aus, dass man mir eine Art symbolisches Zeichen auf den Penis machen würde, das nur ein paar Tage wehtat. Ich war bereit.

Zwei Ärzte, der Rabbi, der mich Dah-viid nannte, und ein

vollbesetztes *Minyan* aus Freunden und Kollegen meines Onkels erwarteten mich im Operationszimmer. Sie standen über mir, ihre großen Hände zerrten an den grünen Masken, die straff über ihre Nasen gezogen waren, und strichen den grünen Stoff unter den schwarzrandigen Brillen glatt. Im grellen Lichtschein blieben mir ihre Augen verborgen. Nur ihre grünen Gesichter und ihre einheitlich sauberen Hände tauchten auf, jeder Finger deutlich sichtbar im weißen Licht. Ich nahm die freundliche Stimme von Dr. Riskind wahr, der in der Woche zuvor bei uns gegessen und mir sein goldenes Zigarrenband geschenkt hatte. Ich hörte ihn leise hinter mir murmeln, und dann schnallte er mir beide Arme fest, während jemand anders meine Beine übernahm. Ich fühlte, wie ich pinkelte, unaufhörlich, ohne Nässe. Sie legten mir eine harte Plastikmaske aufs Gesicht und sagten, ich solle einatmen und von zehn an rückwärts zählen. Ich sog bittere, trockene Luft ein, bis mir die Brust schmerzte und der Kopf langsam vom Körper weggezogen wurde und beide himmelweit voneinander entfernt waren. Ich wachte schreiend vor Schmerz auf und ließ es dann sein. Ich bin erlöst, dachte ich, während mir Tränen das Gesicht herunterliefen und Blut meinen Schoß dunkel färbte.

Roses Barbiepuppe purzelte mir zwischen die Beine, die spitzen Füßchen zuerst, ich reichte sie Rose zurück, wobei ich ihrem Blick im Rückspiegel des Autos begegnete. Sie kicherte.

»Pass auf«, warnte meine Frau sie. »Noch so ein Wurf, und du bist sie los.«

Ich hatte die Pläne für unseren üblichen Augusturlaub schon im März gemacht, aber Ende Mai schlug ich eine kurze Reise nach Kanada vor. Ich wollte, dass meine Kinder Rosebank sahen; ich selbst wollte es wiedersehen, doch nur mit ihnen.

Meine Frau schüttelte den Kopf, was ich als amüsierte Ungläubigkeit deutete, und sagte, sie sei damit einverstanden, wenn mir an dieser Reise wirklich so viel liege.

»Denkst du nie daran, nach Kansas zurückzugehen?«

Galen lächelt nicht oft, darüber aber lächelte sie. »Nie.«

»Nicht mal für eine Stippvisite?«

»Nicht für dreißig Sekunden.«

Unsere Mädchen waren sechs und acht und reisten gern, solange sie lesen, malen und die Landschaft um sich herum ignorieren konnten. Der Rücksitz glich einer kleinen, aber modernen Bibliothek, und da wir nicht zum Strand oder in ein schickes Hotel fuhren, interessierten sich Rose und Violet nicht für unser Reiseziel. Auch wenn Galen es niemals sagte, ich weiß, dass sie genauso erstaunt war wie ich, dass wir so unerwartet reizende Kinder hatten – feenhaft, sanft, offensichtlich glücklich.

Sie schliefen mühelos auf dem Rücksitz, Roses Kopf auf Violets nackten Beinen, ihr weißblondes Haar schwang vor ihrem unschuldigen, träumenden Gesicht hin und her und strich über Violets Schenkel.

Galen saß neben mir und schwieg, wie gewöhnlich. Ich bin selbst ein ruhiger Mensch und verwechsele Schweigen nicht mit Gelassenheit oder Gutsein. Ich sage nicht, was ich fühle, und das wird oft für Schüchternheit gehalten, ja sogar für Güte. Ich legte meine Hand auf Galens Hand und drückte sie leicht. Sie schaute mich nicht an, entzog mir ihre Hand aber auch nicht. Meine erste Frau, warmherzig und tüchtig, hätte den Automobilclub angerufen, um einen genauen Plan für unsere Ferien erstellen zu lassen, hätte bequeme Motels organisiert und Abstecher von historischem Interesse. Außer für Musik und die Kinder interessierte Galen sich nur für wenig, und nichts, soweit ich das beurteilen konnte, jagte ihr Angst ein. Am Abreisetag packte sie eine kleine Reisetasche für sich, eine größere für die Mädchen, setzte sich mit einer Illustrierten auf den Kotflügel und wartete darauf, selbst zu fahren oder gefahren zu werden.

Die Mädchen wachten plötzlich auf, und Rose behauptete, Violet habe ihr einen Tritt in den Mund gegeben, worauf sie ihr zu Recht in den Fuß gebissen habe. Violet kreischte, und Galen schloss die Augen.

»Könntest du dich bitte um die Mädchen kümmern?«

Sie machte die Augen nicht auf. »Es geht ihnen gut, David.«

Es ging ihnen nicht gut, sie begannen hysterisch zu werden, aber ich wusste, das würde Galen nicht dazu bewegen, einzugreifen.

»Hört auf«, sagte ich und runzelte väterlich streng die Stirn, während Rose und Violet mich im Spiegel beobachteten und einander zwickten, still und grimmig. Ich hielt an und sah auf die Karte, zu müde, um weiterzufahren; ich wollte nicht nachts in Rosebank ankommen.

»Gleich sind wir in Kanada. Gretna, Schoenwiese, Rosengart, Haskett, Blumenfeld, Osterwick, Hochfeld, Schanzenfeld, Winkler, und dann geht's rauf nach Rosebank. In Rosebank ist Daddy geboren.«

»Ich hab gedacht, du bist in Duluth geboren, wo Opa Hi und Nana gewohnt haben«, sagte Rose.

Violet lachte vor sich hin, als sie die Namen wiederholte.

»Ganz schöne Liste«, sagte Galen.

Schanzenfeld, Winkler, Rosebank. Ich konnte Dünger, Silofutter und Fels Naptha riechen, das einzige Reinigungsmittel, das Tante Ida je verwendet hat; sie meißelte dicke Stücke von der weißen Seifenstange ab und rieb sie in die Hemdkragen von meinem Vater. Ich fuhr ins erste Motel, das wir zu Gesicht bekamen, ein richtiges Motel, wie die aus meiner Northland-Jugendzeit, neun schäbige Blockhütten in Hufeisenform um einen Fahrweg mit gefurchtem Kies gruppiert, im Zentrum ein ovales Wasserbecken. Die Mädchen leerten ihre Rucksäcke aus, um nach dem Badeanzug zu suchen, und hinterließen die vertraute Spur von dreckigen weißen Socken, zusammengerollten Schlüpfern und muffig feuchten Jeans. Galen zog ihren Badeanzug heraus, ohne die anderen Lagen durcheinanderzubringen, und ließ mich allein im Zimmer zurück, wo ich die schwarzen Nachtfalter beobachten konnte, die sich am Oberlicht sammelten.

Als ich nach draußen trat, war das Becken dunkelviolett geworden und die einfallende Nacht so dicht, dass sie den Zaun und die Liegen verbarg. Ich konnte die Mädchen besser hören als sehen, da das Abendlicht größtenteils von zwei Insektenboxen stammte, die mit kurzen Kobaltstößen Moskitos töteten.

Violet kreischte gerade: »Nein, nein!«, kicherte dann und schluckte Wasser, und ich konnte Roses gespielt mütterliche Beruhigungsworte hören, ihr flatterndes Lachen und das Herumplatschen von beiden. Ich näherte mich dem Zaun und tastete nach dem Eingang, wobei ich nur schattenhaft Köpfe und Hände im Wasser erspähte.

Ich hörte eine von ihnen »Daddy« schreien und war geschmeichelt, dass man mich zuerst rief, dann erschreckt.

»Daddy, ich kann Vi nicht finden«, schrie Rose.

»Wo ist sie denn?« Ich konnte nicht mal Rose sehen.

»Von dir aus am anderen Ende«, kam es mit ungewöhnlicher Klarheit von ihr.

Ohne Schuhe, ohne Brille tauchte ich ins dunkle Wasser und suchte nach meiner Tochter, wobei mir durch den Kopf schoss: zu spät, zu spät, und ich streckte die Arme vor mir aus, drängte das Wasser beiseite. Ich wollte eben hochkommen und Luft schnappen, als mir Violets Hand ins Gesicht schlug, und ich zog uns beide hoch, den einen Arm um ihre sich windende Taille. Dann hörte sie plötzlich auf, gegen mich zu arbeiten, und machte sich lang, um mich vor ihren hektischen, unwillkürlichen Stößen zu schützen. Wir setzten uns auf den harten Beton, Rose stand über uns gebeugt, während Violet sich erbrach und ihr Wasser aus Mund, Nase und Augen floss. Sie saß auf meinem Schoß, kalt, nass und kompakt unter drei Handtüchern, und ich schaukelte sie hin und her, sagte ihr, dass alles gut sei, Daddy sei da, und wir würden morgen heimfahren. Ich hörte Galens Schritte auf dem Kies und war wütend, dass sie nicht als Erste am Becken gewesen war, zugleich aber dankbar und erfreut, dass sie nun Zeugin des Geschehens wurde.

Ich hielt Violet eng an mich gedrückt und wischte ihr die Nase mit dem Handtuchzipfel, ich genoss das Gefühl, dass Roses Arme um meinen Hals geschlungen waren und Galens Hand leicht auf meinem Rücken ruhte. Ich schaute hoch in den Nachthimmel, so klar wie der Himmel über Rosebank, an den ich mich erinnerte, und ich konnte Willie sehen, wie so oft. Lebendig und ohne Brust, er lehnt sich gegen einen Ballen Heu, eine schmuddlige Pummelhand liegt auf der Gewehrmündung. Er lächelt, ohne Ungeduld. Ich bin verschont geblieben, ein kleines Tier in der Macht eines gewalttätigen, aber unaufmerksamen Jungen. Glück gehabt diesmal.

Dein Anblick

Es herrschten sechsunddreißig Grad, und ich brachte meine Kleinen zum Schwimmen in den Club. Alle waren sie da, inklusive Henry, mein Liebhaber, seine Frau Marie und ihre beiden Jungen, deren Namen ich immer vergesse. David, mein Mann, war zu Hause geblieben, um den Rasen zu mähen und die *Times* zu lesen. Henry und ich sahen einander nicht allzu oft in den zwei Jahren, während deren wir ein Liebespaar waren. Dabei wäre es möglich gewesen, glaube ich. Ich bin Musikerin; ich hätte ein bisschen weniger üben können. Henry hatte eine Baufirma; er war sein eigener Chef. Unsere gemeinsame Zeit war von etwas Größerem abgehobelt und in so dünne Späne zerraspelt worden, dass man sie selbst bei genauem Hinschauen nicht erkennen konnte. In den zwei Wintern damals sah ich gewöhnlich bei Tagesanbruch aus dem Fenster und beobachtete, wie seine Arbeiter die Zufahrtswege räumten. Sie waren wie Engel im Schnee, ihre kleinen weißen und gelben Lichter drehten sich sanft im Schneesturm, direkt in mein Schlafzimmer.

Ich war gerade dabei, vom Clubhausdeck zu beobachten, wie Henry seinem Jüngsten das Schwimmen beibrachte, indem seine großen Arme Rinnen ins Wasser baggerten und

Raum schufen, in den sich die kleineren Arme hineinschieben konnten. Ich trug eine große Sonnenbrille, damit ich ihm unbemerkt zuschauen konnte. Einzig und allein das wollte ich; ich wollte Henry zuschauen, in einem fort. Ich bin in den Plains aufgewachsen und wusste nicht, wie sehr ich mich nach dem Meer sehnte, bis mein Fuß die erste Welle berührte. Und ich kannte die wortlose, ins Auge springende Kraft von Schönheit nicht, bis ich Henry sah.

Marie kam an meiner Liege vorbei, wobei sie betont in die andere Richtung starrte, und ich versuchte, ihr das schlechte Benehmen nicht anzukreiden, ihr verkniffenes totes Gesicht ebenso wenig. Der Kummer machte sie hässlich, und ich weiß, dass sie nicht immer hässlich war.

Ich lehnte mich zurück und überlegte, ob mir Zeit blieb, mit Henry zu sprechen, solange sich Marie weiß Gott wohin begeben hatte. Ich nahm es an, und so sprang ich vom Rand des Beckens ins Wasser und tauchte direkt neben ihn. Unter dem Geplansche seines kleinen Jungen legte er mir die Hand auf die Taille und hielt Ausschau nach Marie, die, was uns betraf, einen sechsten Sinn zu haben schien. Sie befürchtete, dass wir eine Affäre hatten, und klagte immer indirekt über meine Anwesenheit. Sie sah nie etwas zwischen uns. Ich hätte ihn an jenem Tag auf den Mund küssen können, vor all den Nachbarn, und alles wäre anders gelaufen.

Er stand dicht neben mir und lächelte. Wir konnten beide hinunterschauen auf seine Erektion, selbst im kalten Wasser. Marie kam im Eilschritt von der Snackbar herüber, eine Tüte Pommes frites in der einen Hand, den Tennisschläger in der anderen.

»Hank, wir haben einen Platz. Trockne dich ab, ich hol dir deine Tennisschuhe.« Im Club galt sie als ernst zu nehmende Spielerin. Sie blieb stehen und sah auf uns hinunter, die Hände in den Hüften. Sie rührte sich erst, als Henry Kurs auf die

Beckenwand nahm. Dann lächelte sie mich an und ging Richtung Tennisplatz.

Ich folgte ihm im Wasser bis zur Wand und beobachtete, wie die Tröpfchen seinen Rücken hinunterperlten. Ich ahnte nicht, dass ich im Begriff war, etwas zu sagen. »Henry, ich glaube, das klappt so nicht. Was ist mit unserer gemeinsamen Zukunft?« Wir waren beide überrascht. »Wenn du wirklich noch willst, dass ich ihn verlasse, dann tu ich es.«

Ich schwamm durchs Becken zurück und ging zu meiner Liege. Henry stand noch immer im Wasser und sah benommen aus. Mit einer kraftvoll geschmeidigen Bewegung, wie ein großer dunkler Delfin, schwang er sich auf den Beckenrand, ganz Muskeln und Sehnen, kein Knochen zu sehen. Er warf mir einen Blick zu und eilte dann zum Tennisplatz, das Hemd klebte ihm auf dem breiten feuchten Rücken. Ich legte das Kinn auf das Redwood-Geländer und schaute ihnen beim Tennisspielen zu.

Ich fühlte mich immer stark mit Henry, stark und dankbar. An dem Tag damals fühlte ich mich wie der Allmächtige, der ein Häuflein Winzlinge in der großen Hand hält. Eigentlich hätte ich nur Henry halten wollen, aber irgendwie waren noch weitere sechs an Bord geklettert. David hatte mir das einzige Zuhause gegeben, das ich je gehabt habe, doch wie die kleine Seejungfrau im Märchen war ich bereit, mein wahres Ich entzweizuschneiden und unter Qualen und mit List umherzuwandeln, nur um mit Henry zu tanzen, so geblendet war ich von all dem ungewohnten Licht.

Ich dachte an die Mädchen und hoffte, dass es ihnen damit gut gehen würde. Wir drei bildeten ein Team, woran sich ja nichts ändern musste. David war ein guter Vater, besser als die meisten, die ich erlebt habe; er spielte Scrabble mit ihnen, besuchte ihre Konzerte, holte sie von der Schwimmgruppe ab, wenn ich auf Tournee war, schmuste tagtäglich mit ihnen und wusste, wie man ihr Haar zu Zöpfen flocht. Ich dachte mir, Henry konnte da einspringen, so gut, wie er mit seinen Jungen umging, und nichts würde David von Rose und Violet fernhalten. Die Mädchen waren für mich immer wie meine Arme, ich brauchte keinerlei Hilfe, um sie aufzuziehen oder zu betreuen. Als Rose klein war, schlief sie, während ich übte, wachte aber auf, sobald ich mit Staubsaugen anfing. Daraufhin ließ ich das Staubsaugen. Und Violet, meine Jüngste, half den Platzanweisern in meinen Konzerten, wobei sie zwar über ihre Sandalen und ihren lavendelfarbenen Organdyrock stolperte, aber genau wusste, wo sich jeder Platz im Saal befand. Ich nahm die beiden fast überallhin mit; wir alle liebten Musik, neue Orte und Hotelzimmer. David blieb gewöhnlich daheim; er ist Psychiater und lässt seine Patienten nie gern lang allein.

Ich hatte keine Ahnung, was passieren würde, wenn Henry mit dem Tennisspielen fertig war. Wir mussten telefonieren und die Einzelheiten besprechen. Die Mädchen würden einen Monat lang in eine Musikfreizeit gehen, und ich konnte inzwischen ausziehen, falls David das Haus wollte. Oder vielleicht zog auch er aus. Das Haus bedeutete mir nicht viel, solange ich mein Klavier hatte und ein Schlafzimmer für die Mädchen. Ich muss mich dazu zwingen, in einem Bett zu schlafen, selbst jetzt noch.

Als ich nach Hause kam, setzte ich mich ans Klavier und blickte auf die Tasten, wartete darauf, dass sich Schuldgefühle oder Panik einstellten, die mich zur Umkehr bewegen würden.

Henry liebte mich auf die Art, wie angeblich Indianer die Natur lieben; ich war allgegenwärtig für ihn, in der Luft, im Licht, die ihm durch Haut und Poren drangen. Es machte mir ein wenig Angst, wie sehr er mich liebte, denn er gab mir alles, was er hatte. Er kniete sich vor mich hin, ein großer Mann, legte mir die Arme um die Taille, als wollte er mich zerbrechen, und sagte: »Es gibt nichts, was ich nicht für dich tun würde.« Und ich ließ die Hände in seinem schwarzgelockten Haar ruhen.

»Nichts«, wiederholte er.

Und ich sagte: »Ich weiß«, und er war ganz entspannt und legte mich aufs Bett.

Nichts in meinem Leben glich diesem Strom von Liebe, in den ich eintauchen, den ich verlassen und wieder aufsuchen konnte und immer noch fließend vorfand, unberührt von meinem Kommen und Gehen. Und wenn wir uns liebten, war es das Gleiche. Er strömte über mich hinweg und in mich hinein, brauchte mein Lächeln, meinen Aufschrei, meine Bewegung nicht. Ich lag da wie das Flussbett.

Ich wurde mit sechzehn zur Waise gemacht, von zwei Einsamen, denen das Blut in den Adern geronnen war, die gehofft hatten, sich ohne allzu großen Skandal scheiden zu lassen, sobald ich mit der Highschool fertig war. Stattdessen prallte ihr Auto gegen einen Baum. Ich wurde von einem Verwandtenkomitee in ein Internat geschickt und kam nach Hause, um Mrs Wallace zu besuchen (die mein Vater zu heiraten gehofft hatte) und Dr. Davidson (den meine Mutter auf Abruf bereitstehen hatte). Bis ich achtzehn wurde, war ich ihre Erinnerung an vereitelte Liebe und schlechte Planung. Ich entwischte nach Juilliard und antwortete nicht auf ihre Briefe. Eine Waise zu sein störte mich nicht im Geringsten.

Dort lernte ich David kennen. Er beendete gerade seine Assistenzzeit in der Psychiatrie, und ich war eines seiner Versuchskaninchen. Ich war neunzehn, er war neunundzwanzig. Meiner Tutorin an der Musikschule war aufgefallen, dass ich nie in Ferien fuhr, nie Familienbesuch bekam, nie Schwierigkeiten hatte, für meinen Unterricht zu zahlen. Ich resümierte für sie die Höhepunkte meiner Lebensgeschichte, und sie wandte das Gesicht ab und schlug vor, dass ich in der Washington Square Clinic »mit jemandem redete«. Ich dachte, es hätte etwas mit meinem Klavierspiel zu tun, und ging darum hin.

Es war im April, und das große Wartezimmer war noch frostig. Die Stühle waren aus grauem Plastik. Als ich einen heranzog und die Füße darauflegte, bemerkte ich, wie zwei Männer im hinteren Teil des Zimmers zu sprechen anfingen. Ich habe ein gutes Gehör und lauschte.

»Ich nehme sie«, sagte der große Rundliche.

»Nein«, sagte der andere, David. »Du bist in dieser Woche schon voll, und außerdem kämst du dann mit deiner Gegenübertragung nicht zurande.«

»Meiner Gegenübertragung? Also bitte. In Ordnung, du nimmst sie. Nimm sie.«

Ich lächelte, als David mich in seine Sprechzelle einlud.

»Sie haben ein schönes Lächeln«, sagte er und runzelte dann die Stirn.

»Danke. Warum runzeln Sie die Stirn?«

»Tu ich nicht … Ich bin Dr. Silverstein, und Sie sind … Galen Nichols?«

»Ja.«

»Hm.« Er legte die Fingerspitzen zu einem Bogen aneinander, wie man es ihm wohl in Praktischer Psychiatrie beigebracht hatte. »Was kann ich für Sie tun?«

»Das weiß ich nicht«, sagte ich, sonst nichts.

Wir hatten drei Sitzungen dieser Art, und am Ende der dritten stand ich auf und gab ihm die Hand.

»Vielen Dank für Ihre Zeit«, sagte ich. Ich mochte ihn, er verhielt sich genau wie ich.

Zwei Wochen später rief er an und erkundigte sich, wie es mir gehe. Ein paar Wochen danach lud er mich zum Kaffee ein. Ich kam, und wir saßen zwei Stunden lang im Big Apple Coffee Shoppe, und er erzählte mir, dass er verheiratet sei, aber ständig an mich denken müsse. Ich dankte ihm für den Kaffee, ging nach Hause und hörte mir die Aufzeichnungen von meinen letzten Aufführungen an.

Nach zwei weiteren Verabredungen zum Kaffee lud er mich zum Abendessen ein.

»Ich kann zurzeit keine Essenspausen machen, wir sind mitten in den Proben. Aber wenn Sie etwas für sich dabeihaben und zuhören wollen, können Sie gern kommen.«

David saß hinten im Zuhörersaal bis ein Uhr morgens, dann brachte er mich nach Hause.

»Sie spielen herrlich. Kann ich bitte mit hereinkommen?«

»Natürlich.«

Inzwischen hatte ich herausgefunden, dass er mir eigentlich gar nicht ähnelte, aber er war sanft und gutmütig, nicht so wie die Cowboys daheim. Er berührte mich, als wäre ich aus Glas und Goldstaub. Gegen drei Uhr morgens sprang er aus dem Bett und schlüpfte in die Jeans, murmelte, wie leid es ihm tue. Ich war zu müde, um ihn zur Tür zu bringen, warf ihm nur eine Kusshand zu und sagte, er könne sich den Zweitschlüssel nehmen.

»Ich ruf dich an«, sagte er.

»Schön.«

Als er dann anrief, konnte ich ihn nicht treffen, denn ich hatte für den Rest des Sommers ein Stipendium in Paris. Ich gab ihm die Adresse meiner Pension und sagte, bis dann, mach's gut. Drei Wochen später wisperte Madame Laverre, ein Besucher warte im Hof auf mich. Und da stand David, unrasiert, in den zitternden Händen einen Riesenblumenstrauß. Ich freute mich, ihn zu sehen.

Er sagte, dass er seine Frau um die Trennung gebeten habe, und sie habe zugestimmt. Ich wollte nicht darüber reden.

Wir trieben ein paar Gläser für die Blumen auf und spazierten am Fluss entlang. Er mietete sich ein Zimmer am anderen Ende des Flurs und blieb zehn Tage. Ich übte tagsüber oder hatte Kurse, er besuchte Museen und las. Abends saßen wir im Café und liebten uns anschließend in seinem Zimmer. Ich schlief in meinem. Wir hatten eine schöne Zeit, und als er fort musste, versprach ich, ihn im September anzurufen.

Ich erinnere mich, wie er damals lächelte. »Du hast mich noch nie angerufen.«

»Ich werd's tun.«

»Gut, bis dahin habe ich meine eigene Wohnung, und ich lasse die neue Nummer gleich bei der Vermittlung registrieren, damit du sie bekommst.« Er schwang meine Hand vor und zurück. »Nach Paris zu kommen war das Beste, was ich tun konnte. Du weißt, ich liebe dich.«

»Ich bin froh, dass du gekommen bist«, sagte ich. »Verpass dein Flugzeug nicht.« Und er strich mir übers Haar und weinte minutenlang, bevor er ging.

Als ich zurück war, rief ich ihn tatsächlich an, und wir verbrachten die Abende meist zusammen. Ein Jahr lang bat er mich, ihn zu heiraten, und ich überhörte es geflissentlich. Ich glaubte nämlich, ich wäre mit fünfundzwanzig längst tot; ich konnte mir nicht vorstellen zu heiraten. Eines Morgens hämmerte David mit den Fäusten auf meinen Küchentisch und sagte: »Du bringst mich um. Alles, was ich möchte, ist, dich zu lieben, und du duldest es nicht.«

Ich zog mich an und ließ ihn in der Küche sitzen. Ich kaufte eine weiße Seidenbluse, die zu meinen weißen Jeans passte, und rief ihn von Macy's aus an, er solle mich treffen, um einen Bluttest zu machen. Zehn Jahre später hatten wir zwei Mädchen, ruhig wie ich, aber freundlich. David ist ein guter Mensch, und ich wusste, in dem Augenblick, da ich ihn verließ, würden die Frauen in Sechserreihen mit ihrer Kasserolle bei ihm Schlange stehen.

Ich ging in die Küche, in Gedanken noch bei der netten Normalfrau, die David als Nächste heiraten würde, und beobachtete, wie er eine Platte mit Huhn zum Grill trug, dazu noch die Zange, eine Gabel und eine Flasche Barbecue-Soße balancierte. Er hatte die Mädchen weggeschickt, damit sie ihre nassen Sachen auszogen, und während ich roten Pfeffer und entstielte Erdbeeren klein schnitt, hielt ich den Kopf gesenkt und fragte mich, ob es nicht besser wäre, ihm ein paar Zeilen zu schreiben. Er sah mich herumtrödeln, und nachdem er sich die Hände sorgfältig gewaschen und abgetrocknet hatte, ließ er sie sekundenlang auf meinen Schultern liegen. Dann ging er ins Wohnzimmer und legte Vivaldi auf, während ich den Tisch deckte.

Nach dem Essen durften die Mädchen in der Gegend herumradeln, und wir wuschen gemeinsam das Geschirr ab. David machte sich an einen Artikel, und ich setzte mich ins Schlafzimmer in den Schaukelstuhl aus gebogenem Rohr, den wir gekauft hatten, als ich mit Rose schwanger war. Ich wartete aufs Telefonklingeln.

»Hi, hier ist Hank DiMartino.« Wir waren immer sehr vorsichtig für den Fall, dass ein Ehepartner gleichzeitig den Hörer abnahm.

»Hi. David ist in seinem Arbeitszimmer.« Das Arbeitszimmer hatte kein Telefon, damit er nicht gestört werden konnte. »Wie ist das Tennisspiel gelaufen?«

»Nicht schlecht, wenn man bedenkt, dass ich nicht ganz bei mir war. Du hast wunderschön ausgesehen heute, und du hast mich so glücklich gemacht. Du hast es doch ernst gemeint? Du trennst dich von ihm?«

»Ja.«

»Ich kann es nicht glauben, dass ich für den Rest meines

Lebens jeden Morgen aufwachen werde und dein Gesicht auf dem Kissen neben mir sehe. Ich möchte dich so bald wie möglich heiraten.«

Ich war dabei, welke Blätter von einem kleinen Feigenbaum in unserem Schlafzimmer abzuknipsen. »Ich bin dein, bis die Sterne vorn Himmel fallen, Henry. Ich mach mir keine Gedanken übers Heiraten.« Ich hatte vielmehr Bedenken, im selben Bett mit ihm zu schlafen. David war daran gewöhnt, dass ich irgendwann nachts auf den Fußboden krabbelte.

»Ich möchte, dass wir zusammengehören.«

»Das ergibt doch keinen Sinn. Du hast zu Marie gehört und bist bereit, dich von ihr scheiden zu lassen. Ich habe zu David gehört und er davor zu Nina. Die ganze Idee ist wirklich dumm.«

»Gae, Liebling, ich möchte mit dir zusammen sein, und ich möchte es für immer.«

»Ich möchte auch mit dir zusammen sein, Henry.« Und das war die Wahrheit.

David kam ins Schlafzimmer. Er artikulierte stumm: »Für mich?«, und ich schüttelte den Kopf. Er stand in der Mitte des Schlafzimmers und blickte mich an, bevor er in sein Arbeitszimmer zurückging.

»Ich muss aufhören. David schleicht herum. Ich komme morgen zur Baustelle. Columbine Lane, stimmt's?«

»Stimmt. Das ist großartig. Du, ich liebe dich.«

»Ich weiß. Bis morgen.«

David kam etwas früher als gewöhnlich ins Bett, und er legte mir die Hand auf die Brust. Nach einer Weile schob er die Hand auf meinen Schenkel, sein Zeichen, und ich spreizte die Beine, um ihn eindringen zu lassen. Es war nicht so schön, wie zu Vivaldi zu kochen, aber dennoch ganz gut. Ich wurde auf dem Fußboden wach. David hatte eine Bettdecke über mich gebreitet und mir seinen Pullover unter den Kopf gelegt.

Ich zog den Pullover an und übte etwa drei Stunden lang, nachdem die Mädchen zum Spielen nach draußen verschwunden waren und David in die Stadt, um Patienten zu sehen. Das waren meine Lieblingszeiten, und ich wollte sie genießen. Ich übte einige Vortragsstücke, mit denen ich mich schwertat, und spielte am Ende etwas Jazziges. Meine Finger wurden mit den Jahren steifer. Ich duschte und brach zur Verabredung mit Henry auf; ich trug ein formloses blaues Hemdblusenkleid, das er hasste. Ich fuhr zur Columbine Lane, wo er ein Haus baute.

Sein Bautrupp hatte gerade Kaffeepause. Die meisten seiner Arbeiter kannten mich oder mein Auto vom Sehen. Henry und ich rechneten damit, dass sich die Leute im Allgemeinen, vor allem Männer, nicht gern in anderer Leute Angelegenheiten einmischten. Ich kam und ging ganz ungeniert, offen. Gewöhnlich hielt ich direkt neben seinem Wohnwagen und wartete im Auto. Henry erschien nach wenigen Minuten und hockte sich ans Fenster, um mit mir über unsere gemeinsamen Pläne zu reden, bemüht, die seinen den meinen anzupassen. Hin und wieder, wenn wir tagsüber etwas Zeit hatten, gingen wir in ein Hotel. Ich wäre auch in ein Motel gegangen oder in den Park, aber Henry meinte, wir hätten Besseres verdient. Ich fand nicht, dass es viel damit zu tun hatte, was wir verdienten.

Er sah mich sofort und sprang von der noch nicht ganz fertigen Veranda herunter. Ich konnte sehen, wie er auf mich zulief; ich bekam nie genug von seinem Anblick, sein rechtes Bein war von einer alten Baseballverletzung etwas steif im Knie, doch seine Muskeln vibrierten unter der Kleidung. Ich wünschte, solche Leichtigkeit, solch vollkommene Unbewusstheit, könnte mich so verwandeln, dass ich mich nie wieder mitten im Verkehr finden würde, wie gelähmt angesichts des Risikos und der Kompliziertheit des nächsten Schritts.

Einmal, im Sommer davor, hatte ich ihn vom Clubhausdeck beobachtet, wie er seine Runden im Schwimmbecken drehte. Er fühlte meinen Blick auf sich, stieg aus dem Wasser, das Gesicht mir zugewandt, und kam die Treppe zum Deck hoch, wobei das Wasser die ganze Strecke über von ihm tropfte. Niemand sonst war in der Nähe.

»Ich bring's nicht fertig, nicht zu dir zu kommen«, sagte er. »Mir bleibt einfach keine Wahl.« Und er hob mir die Haare in kleinen Büscheln hoch und drückte sie an sein nasses Gesicht, wie Blumen. Nach Rose und Violet liebte ich diese Art von Liebe am meisten.

Es war nicht sein Mich-haben-Wollen, was mich so mitriss. Das war angenehm, aber nicht so selten in meinem Leben. Männer sehen etwas in mir oder etwas, das mir fehlt, und das mögen sie. Es war der Umstand, dass er nicht gegen das Gefühl ankämpfte; oft wollen Männer einen haben und werden dann wütend, dass sie einen haben wollen, egal, ob sie einen kriegen oder nicht. Er war nie verärgert über mich oder enttäuscht, machte mir auch nie Vorwürfe wegen etwas, das ich nicht tun konnte. Und mehr als das, er war einfach schön, und diese Schönheit gehörte mir.

Als er zum Auto kam, stieß ich die Tür auf, und er kniete sich vor mich hin. Ich legte ihm die Hand auf den Arm und brach damit unsere Spielregeln für die Öffentlichkeit, die jetzt bedeutungslos schienen. Er lächelte auf meine Hand herab, ein heiteres, helles Lächeln, dem nichts ähnelte, was ich je im Spiegel gesehen hatte.

»Bereit, den Sprung zu wagen?«, fragte er.

»Ich bin bereit, es David zu sagen, sobald die Mädchen im Campinglager sind. Ich kann dann ausziehen, oder er zieht aus, und mit uns kann's losgehen.«

»Losgehen? Galen, wir sind doch schon viel weiter. Ich möchte dich heiraten, verstehst du, und ich möchte, dass wir versuchen, das Sorgerecht für die Jungs zu bekommen.«

Verdammt, dachte ich. Erstens, Marie erfüllt ihren Job mit den Jungen perfekt, die brauchen keine Rettungsaktion, und zweitens konnte ich mich schon sehen, wie ich die nächsten fünf Jahre meines Lebens mühsam damit verbrachte, den Ältesten für mich zu gewinnen. Sah, wie ich Hotdogs und Burger machte, wo ich doch meine Mädchen dazu erzogen habe, Französisch zu essen, Thailändisch, Indisch und was man ihnen sonst noch vorsetzen mochte; wie ich den Bademantel anziehen musste, wenn ich mich duschen wollte; jedes Wochenende zu irgendeinem Tennismatch raus musste; über Go-Bots stolperte und über Teile von GI Joe.

»Henry, warten wir's ab. Geben wir uns die Chance, uns zu amüsieren, einfach zusammen zu sein und zu sehen, wie's läuft.«

Er sah mit einem Mal finster aus, seine Augenbrauen waren heruntergezogen. Ich wusste nicht, was ich sonst noch sagen sollte.

»Mir bleibt nicht viel anderes übrig, oder? Wenn du nicht haben willst, was ich dir geben möchte, kann ich dich nicht dazu zwingen. Aber ich werde dich immer wieder fragen, und irgendwann sagst du ja. Das ist uns nun mal so bestimmt, Liebling.« Er lächelte wieder; er glaubte alles, was er sagte.

Ich werd den Teufel tun, dachte ich. Ich war natürlich gerührt, aber ich konnte die gleiche Frage nicht wieder und wieder beantworten. Und ich glaube nicht, dass für uns irgendetwas geschrieben steht, und wenn, dann bestimmt nichts Gutes. Ich schlief auf dem Fußboden, ich hatte das Gefühl für die Zeit verloren, und Liebe und Tod waren mir immer ziemlich gleich erschienen. David musste jemand Verrückten heiraten; Henry hatte mich mit jemand *Interessantem* verwechselt.

Er legte seine große Hand auf meine, und ich beobachtete, wie sich ein Wölkchen aus Gipsstaub auf uns senkte.

»Ich muss gehen. Ich rede morgen mit dir.« Ich schlug die Autotür zu und fuhr davon, dabei sah ich ihn im Rückspiegel immer kleiner werden.

Meine Arme und Beine waren kalt, als ich durch den Wald nach Hause fuhr, und ich dachte darüber nach, was mich dort erwartete. Ich fuhr an den Straßenrand und stellte mir Henry und seine Jungen vor und seine Kleinen mit meinen Kleinen und Marie, die übers Geld meckerte, und Henry, der in seiner Studiowohnung mit nicht zueinander passenden Tellern saß und auf mich wartete, um seiner Scheidung Wert und Sinn zu verleihen, einen gewissen Anstand. Auf mich wartete, damit ich sein Leben verschönerte. Und wenn ich mich schließlich anschickte zu gehen, würde er mir dabei zusehen und mir zu verstehen geben, dass es sich eigentlich gehörte, bei ihm zu bleiben, und dass ich ihm schrecklich wehtat.

Ich kam zehn vor zwölf nach Hause und rief David zwischen zwei Sitzungen an. Er nahm beim ersten Klingeln ab.

»Hier Dr. Silverstein.«

»Hier Ms Nichols.«

Er schien überrascht, und er lachte. Ich rief ihn nicht oft an, da er selbst zwischen seinen Sitzungen ein- oder zweimal am Tag zu Hause anrief. Am Anfang unserer Ehe hatte ich das gehasst, und schließlich ließ er es, aber in dem Jahr damals hatte er wieder damit angefangen, und ich sagte nichts dazu. Er hatte recht, besorgt zu sein.

»Ich könnte Mrs Stevenson wegen der Mädchen anrufen, wir könnten Chinesisch essen gehen, nur wir zwei«, sagte ich.

»Ja, das wäre schön. Nett wäre das.«

Ich hatte nicht mehr erwartet. »Gut. Bis später dann.«

»Ja. Ich freue mich, dass du angerufen hast.«

»Bis später dann.«

»Ich liebe dich«, sagte er.

»Ich weiß. Bis bald.«

Ich übte noch eine Stunde, und als die Mädchen heimkamen, spielten wir abwechselnd eine Weile Duette, und dann musste ich mich hinlegen. Ich schlief etwa eine Stunde, und als David mich weckte, versuchte ich mich aufzurappeln und machte den Mädchen Gemüse im Wok und Dumplings.

Unser eigenes Essen war recht nett, auf weiß schimmernden Platten dunkle, pfeffrige Speisen, dazu ein kühles Bier und genügend Platz, um mich nach hinten gegen die kühlen Vinylsitze zu lehnen. David beugte sich ständig vor, um meine Stirn und Handgelenke zu berühren, wo meine Adern groß und blau sind.

»Wie schaffst du es, so cool zu bleiben?«, fragte er. Es war ein alter Scherz zwischen uns.

»Kein Herz«, sagte ich.

Er lächelte, und ich dachte, ich kann das nicht noch einmal tun. Ich lächelte zurück.

Am nächsten Tag fuhr ich in die Stadt, um Henry zu sehen, und die Männer winkten mir zu. Ich stieg aus dem Auto, ging zu Henry und küsste ihn auf den Mund und auf beide Backen und dann jeweils an den Rand seiner so vollkommenen Augen. Er lächelte nicht.

»Du wirst ihn also nicht verlassen? Du willst mir sagen, dass du es nicht über dich bringst, und ich will es einfach nicht hören. Bitte, Galen, bitte, mein Schatz. Sag's nicht.«

»Ich sage nicht, ich kann's nicht. Das wäre zu einfach. Ich muss sagen, dass ich mich entschlossen habe, es nicht zu tun. Entschuldige bitte.«

Er musterte mich einen Augenblick lang von oben bis unten und legte dann sein warmes Gesicht an meinen Hals. Ich konnte fühlen, wie sich jeder Knochen seines Gesichts in mich hineinpresste, aber ich blieb standhaft.

»Ich hab ein Geschäftsangebot bekommen, ein recht gutes sogar. Ich könnte runter nach North Carolina gehen, ich könnte wieder mit meinem Vater ins Geschäft kommen. Soll ich es annehmen?«

»Willst du es denn?« Ich sah ihn vor mir, wie er ging, locker ausschreitend auf einer Seitenstraße, und die Sonne schien auf ihn, wo immer er auch war.

»Nein, verflucht noch mal, ich will nicht. Ich will hierbleiben und dich heiraten und ein Kind mit dir haben, nur das will ich. Das wünsche ich mir seit zwei Jahren, und wenn ich das nicht haben kann, dann weiß ich überhaupt nicht, was ich mir wünschen soll.«

»Ich weiß nicht, was du tun sollst. Möchte Marie denn wegziehen?«

»Natürlich. Ich habe ihr das von dem Angebot noch gar nicht erzählt. Du kennst doch Marie, die hat alles gepackt, noch bevor die Tinte auf dem Vertrag trocken ist. Mich von dir loszueisen wird sie sehr glücklich machen.«

Wir lächelten; Marie war schon lange bevor etwas zwischen uns lief, misstrauisch gewesen, und das hatte unsere Schuldgefühle ein wenig gemildert.

»Ich weiß.« Und ich dachte darüber nach, wie er in meiner Nähe war und mich anschaute, als hätte er einen Splitter im Herzen, und wie Marie mich ebenso anschaute, nur ohne Liebe.

»Nimm das Angebot an«, sagte ich. »Zieh weg.«

»Okay«, sagte er wie zur Drohung.

»Okay«, sagte ich und küsste ihn, ganz flüchtig nur, und schloss die Augen, bis er davonging.

Silbriges Wasser

Die Stimme meiner Schwester war wie Gebirgswasser in einem Silberkrug, dessen klare blaue Schönheit dich erfrischt und über deine Hitze, deinen Körper hinaushebt. Als wir aus *La Traviata* kamen, sie vierzehn und ich zwölf, stieß sie mich auf dem Parkplatz mit dem Ellbogen an und sagte: »Hör dir das an.« Sie machte den Mund unnatürlich weit auf, und ihre Stimme ertönte so kristallklar und hell, dass die anderen Opernbesucher alle wie erstarrt bei ihren Autos stehen blieben, unfähig, ihre Schlüssel hervorzuholen oder die Türen zu öffnen, bis sie aufgehört hatte, und dann klatschten sie wie verrückt.

Daran erinnere ich mich gern, und es ist die Geschichte, die ich all ihren Therapeuten erzählt habe. Ich wollte, dass sie meine Schwester kennenlernten und wussten, dass die Person, die sie da vor sich sahen, nicht schon alles war, was es zu sehen gab. Dass es vor ihrem Dauergeklimper von Werbespots und Fast-Food-Jingles Puccini, Mozart und Kirchenlieder gegeben hatte, so rein und machtvoll, dass man meinte, Jesus müsse gleich vom Kreuz herabsteigen, um ihr zu applaudieren. Dass sie vor diesem Thoracine-Fettberg in Trainingshosen und Umstandsblusen aus Nylon, der die Korridore entlangwatschelte, das hübscheste Mädchen in der Arrandale-

Grundschule gewesen war, dann die Schöne von der Landmark Junior High. Vielleicht gab es da auch noch andere hübsche Mädchen, aber ich habe sie nicht gesehen. Für mich war Rose meine schöne blonde Verteidigerin, meine Ratgeberin in Tampax-Fragen und Mutters Stimmungsschwankungen, einfach vollkommen.

Ihren ersten psychotischen Ausbruch hatte sie mit fünfzehn. Sie war längere Zeit niedergeschlagen und den Tränen nahe nach Hause gekommen, dann ruhig strahlend, dann kam sie überhaupt nicht mehr heim. Sie ging in den Wald hinter unserem Haus und kam erst zurück, wenn meine Mutter sie bei Einbruch der Dunkelheit holen ging, behutsam trat sie zwischen Dornengebüsch und Schösslinge und zog sie heraus. Das Gesicht meiner Schwester war ausdruckslos, der hellblaue Pullover übersät mit zerdrückten Blättern, die weißen Jeans verschmutzt. Nach drei solchen Wochen sagte meine Mutter, die Musikerin ist und als exzentrisch gilt, zu meinem Vater, der Psychiater ist und ein freundlicher, trauriger Mensch: »Sie dreht durch.«

»Was ist das, deine fachmännische Meinung?« Er nahm sich die Zeitung und legte sie seufzend wieder hin. »Entschuldigung, ich wollte dich nicht anfahren. Ich weiß, etwas macht ihr zu schaffen. Hast du mit ihr gesprochen?«

»Was gibt's da zu reden? Sie wird verrückt, David. Sie braucht kein Herz-zu-Herz-Gespräch mit Mami, sie braucht eine Klinik.«

Es ging hin und her, danach saß mein Vater einige Stunden mit Rose zusammen, sie hockte da und leckte sich die Haare auf ihrem Unterarm, erst in die eine Richtung, dann in die andere. Meine Mutter stand bleich und mit trockenen Augen auf dem Flur und beobachtete die beiden. Sie hatte schon gepackt, und als drei von Vaters Freunden hereinschauten, um unentgeltlich Rat und Empfehlungen zu geben, saß meine Mutter bereits mit Roses Koffer im Auto. Meine Mutter umarmte mich und sagte, sie würden am Abend wieder zurück sein, aber ohne Rose. Und da sie meine schlimmste Befürchtung spürte, fügte sie hinzu: »Dir wird das nicht passieren, Liebling. Einige werden verrückt, andere nie. Du sicher nie.« Sie lächelte und strich mir übers Haar. »Nicht mal, wenn du's vorhast.«

Die nächsten zehn Jahre hielt sich Rose in Kliniken auf, in großen und kleinen. Sie hatte jede Menge furchtbare Therapeuten und ein paar gute. In einer Klinik gab es keine Bilder an den Wänden, keine Fenster, und die Patienten trugen alle Pantoffeln mit dem Klinikwappen drauf. Meine Mutter ging erst gar nicht zur Aufnahme. Sie drehte Rose herum, und die beiden marschierten hinaus, mein Vater, der hinter ihnen herging, entschuldigte sich bei seinen Kollegen. Meine Mutter ignorierte die Psychiater, die Sozialarbeiter und Krankenschwestern und spielte für die Patienten Händel und Bessie Smith auf allem, was zur Verfügung stand. In manchen Kliniken hatte sie einen Steinway, von dankbaren oder optimistischen Familien gestiftet; in anderen hämmerte sie »Gimme a Pigfoot and a Bottle of Beer« auf einem alten lädierten Kasten, den man nicht mehr gestimmt hatte, seit englischsprachige Ärzte durch die Anstalt stapften. Mein Vater redete ernst und in respektvollem Ton mit den Verwaltungsbeamten und Abteilungsleitern, bemüht, zu jedem freundlich zu sein, der mit Roses Fall zu tun hatte. Wirklich alle hassten wir die Familientherapeuten.

Der schlimmste Familientherapeut, den wir je hatten, saß in einem blassgrünen Raum mit uns, wobei er ganz ungeniert die ätherische Schönheit meiner Mutter, ihr verblichenes blaues T-Shirt samt den Jeans in Mädchengröße abschätzte, den zerknitterten Anzug meines Vaters mit der fleckigen Krawatte und meine eigene undeutbare Modeaussage, die einer Siebzehnjährigen. Rose war damals bereits jenseits aller Moden in ihrem Kittel mit den tanzenden Teddybären drauf und der extraweiten Celtics-Trainingshose. Mr Walker las uns Roses Krankenakte vor und registrierte dann konsterniert, wie Rose zu summen begann, wunderschön, und dabei langsam ihre Brüste massierte. Meine Mutter und ich lachten, und selbst mein Vater verzog das Gesicht zu einem Lächeln. Das war Roses übliche Eröffnungssalve für neue Therapeuten.

Mr Walker sagte: »Ich frage mich, warum Roses unangebrachtes Benehmen hier alle so belustigt.«

Rose rülpste, und wir lachten. Dies war der siebte Familientherapeut, den wir aufsuchten, und keiner war es lange geblieben. Leider war Mr Walker fest entschlossen, es bei uns richtig zu machen.

»Was hältst du von Roses Benehmen, Violet?« So was taten sie manchmal. In ihrem Handbuch muss wohl stehen: Wenn Sie den Eindruck haben, die Eltern sind allzu verdreht, beginnen Sie ein Gespräch mit der Schwester.

»Ich weiß nicht. Vielleicht will sie Sie daran hindern, in der dritten Person über sie zu sprechen.«

»Nett ausgedrückt«, sagte meine Mutter.

»Stimmt«, sagte mein Vater.

»Saugut«, sagte Rose.

»Nun, das ist doch etwas, worin sich die ganze Familie einig ist«, sagte Mr Walker in dem Versuch, so zu reagieren, als verstünde er uns, ja, als möge er uns.

»Das war kein erfolgreicher Vorstoß, Frettchengesicht.« Bei Rose lief es besser, wenn sie wütend war. Er sah tatsächlich wie ein blondes Frettchen aus, und wir lachten wieder alle. Selbst mein Vater, der sich aus einem Gefühl von Kollegialität mühte, diesen Leuten eine Chance zu geben, hatte es aufgegeben.

Nach vierzehn Minuten entschied Mr Walker, dass unsere Zeit um war, er ging hinaus und ließ uns, die wir uns angrinsten, einfach zurück; Rose war zwar immer noch verrückt, aber wir hatten unseren Spaß gehabt.

Der Tag, an dem wir unseren besten Familientherapeuten kennenlernten, fing fast genauso schlimm an. Wir verschreckten erst die Anstaltstherapeutin und dann ihren Supervisor, der uns Dr. Thorne schickte. An die drei Zentner Texas-Chili, Maisbrot und Lone-Star-Bier, das Ganze abgerundet von großen schwarzen Cowboystiefeln und einem schmalen Schnurschlips dort, wo sein Hals war.

»Mensch, supertoller Tag, der Große Spinner.« Rose war im siebten Himmel und hörte sofort auf, ihre Brüste zu massieren.

»He, Kleiner Spinner.« Man muss sich vorstellen, wie groß ein Mann sein musste, um meine Schwester »klein« zu nennen. Er gab uns allen sofort Namen. »Und da haben wir den guten Onkel-Doktor-Spinner und Madame Spindel, aus verflucht hartem Holz, und das da drüben im Overall und nicht viel sonst ist der Ich-gehör-keinem-Spinner« – ein Name, der meine geistige Gesundheit und meine Einsamkeit auf einen Nenner brachte. Wir entspannten uns.

Dr. Thorne war gut für uns. Rose zog in eine offene Anstalt, deren Leiterin den Großen Spinner so verehrte, dass sie Rose selbst dann noch behielt, als die eine Phase durchmachte, wo sie es mit jedem trieb, der an ihrer Tür vorbeikam. Sie war eine Zeit lang in fieberhafter Erregung und versuchte, die Stimmen zum Verstummen zu bringen, indem sie ihr Hirn wegfickte.

Der Große Spinner sagte: »Schätzchen, ich kann nicht. Ich kann nicht mit jeder schönen Frau, die ich kennenlerne, schlafen, ich kann das nicht tun und gleichzeitig dein Therapeut sein. Es ist jammerschade, aber ich glaube, du könntest einen wirklich netten Typ finden, einen, der dich genauso lieb und freundlich behandelt, wie ich es tun würde, wenn ich das Glück hätte, dein Allerliebster zu sein. Ich will nicht, dass du dich mit weniger zufriedengibst.« Und sie hörte auf, den Drogenabhängigen, den Alkoholikern und den Typen vom Obdachlosenasyl Angebote zu machen. Wir liebten Dr. Thorne.

Mein Vater ging wieder dazu über, reiche Neurotiker zu verarzten, und half einen Tag in der Woche in Dr. Thornes ambulanter Klinik aus. Meine Mutter beendete die Studioaufnahme einiger Mozartkonzerte und spielte bei Spendenaktionen für Roses offene Anstalt. Ich ging aufs College zurück, und fürs Bett fand ich einen wunderbaren Linebacker aus Texas. Im Dunkeln brachte ich ihn dazu, mich »Schätzchen« zu nennen. Rose nahm ihre Medikamente, verlor etwa fünfzig Pfund und begann, in der African Methodist Episcopal Zion Church zu singen, ein Stück die Straße entlang von der offenen Anstalt.

Zuerst wussten sie nicht, was sie mit dieser großen blonden Lady anfangen sollten, die so komisch angezogen war und während der Proben sehnsüchtig im Eingang herumlungerte, aber dann sang sie ihnen ein paar Takte von »Precious Lord« vor, und der Chorleiter spürte die Hand Gottes und sah schon im Geiste, wie es der Prospect Street Chor dank Seines süßen Kindes Rose bis zur Gospel-Olympiade brachte.

Mitten in einem Meer von beigen, dunkelbraunen, zimt- und espressofarbenen Gesichtern standen da Rose und Addie, größer, blonder und rosiger, als es je zwei weiße Frauen sein konnten. Und Rose und Addie Robicheaux, die Altistin im Chor, breiteten ihre Gold-und-Silber-Stimmen aus und verwoben sie zu Strähnen fein wie Seide, stark wie Stahl. Und wir weinten, als sich Rose und Addie in ihren wallenden granatroten Gewändern gemeinsam wiegten, die Hände gefaltet, bis der letzte vollkommene Ton zu Gott emporgeschwebt war, und dann lächelten sie auf uns herab.

Rose verschwand immer noch von Zeit zu Zeit, und die Stimmen befahlen ihr, Böses zu tun, aber Dr. Thorne, Addie oder meine Mutter konnten sie gewöhnlich zurückbringen. Nach fünf guten Jahren starb der Große Spinner. Er stopfte gerade einen Chili-Hotdog in sich hinein, als er Mitte Juli in seinem Büro ohne Klimaanlage saß, ein texasgroßes Aneurysma riss und er starb.

Rose hielt eisern sieben Tage durch; sie nahm ihre Medikamente, ging zur Chorprobe und ordnete an die hundertmal ihr Zimmer um. Seine Beerdigung glich einem Lourdes für Geisteskranke. Ob Psychotiker, Borderliner, schwerer Neurotiker oder einfach jemand, mit dem sich nur mühevoll auskommen ließ, man war dort. Manche zitterten nach jahrelanger Medikamenteneinnahme so schlimm, dass sie aus den Kirchenbänken fielen. Andere hielten sich an der Hand, weinten, stöhnten, redeten mit sich. Die Verrückten und die nicht ganz so Verrückten kuschelten sich aneinander, wie Welpen im Hundezwinger.

Rose hörte auf, ihre Medikamente zu nehmen, und die offene Anstalt weigerte sich, sie weiter zu behalten, nachdem sie einen anderen Patienten die Treppe hinuntergestoßen hatte. Mein Vater rief die Versicherungsgesellschaft an und musste erfahren, dass Roses neue, verbesserte Psychiatrieversicherung erst in fünfundvierzig Tagen einsetzte. Ich steckte ihren ganzen Kram in einen Müllsack, und wir verließen die Anstalt, wobei Rose dem armen sabbernden Jungen auf der Couch zuwinkte.

»Das wird schwierig werden – nicht insgesamt schlimm, aber schwierig – für die ganze Familie, und ich hab mir gedacht, wir sollten über jedermanns Erwartungen reden. Ich jedenfalls mache mir Sorgen.« Mein Vater hatte ein Familientreffen einberufen, sobald Rose ihre dreißig Stoffbären der Reihe nach an ihren jeweils besonderen Platz gesetzt hatte.

»Keine Medikamente«, sagte Rose, die Augen gesenkt, und ihre Wurstfinger, jene Finger, die einst mein Haar zu Zöpfchen geflochten und mir Tulpen auf die Wangen gemalt hatten, zerrten am Saum ihres schmutzigen Kittels.

Mein Vater schaute verzweifelt meine Mutter an.

»Rosie, möchtest du das neue Auto fahren?«, fragte meine Mutter.

Roses Gesicht hellte sich auf. »Und ob ich das gern fahren würde! Ich würde nach Kalifornien fahren und die Bären im Zoo von San Diego besuchen. Ich würde dich mitnehmen, Violet, aber du hast den Zoo immer gehasst. Erinnert ihr euch, wie sie im Zoo in der Bronx geweint hat, als sie rauskriegte, dass die Tiere beim Schließen nicht nach Hause durften?« Rose legte ihre feuchte Hand auf meine und drückte sie mitfühlend. »Arme Vi.«

»Wenn du deine Medikamente nimmst, wirst du schon bald Auto fahren können. Das ist die Abmachung: Medikamente, Auto«, sagte meine Mutter. Es klang aufmunternd, doch ohne Überschwang, sie war darauf bedacht, Roses Wahnvorstellungen nicht zu verstärken.

»Abgemacht, Schätzchen.«

Ich wohnte damals etwa eine Stunde entfernt, unterrichtete tagsüber Englisch, schrieb nachts Gedichte. Alle paar Tage kam ich zum Essen nach Hause, rief jeden Abend an.

Mein Vater sagte ruhig: »Es ist sehr anstrengend. Aber ich glaube, es läuft ganz gut. Rose geht vormittags mit deiner Mutter spazieren, und sie sieht viel fern. Sie ist nicht in der Tagesklinik, und sie mag nicht zum Chor zurück. Ihre Freundin Mrs Robicheaux ist einige Male hergekommen. Was für eine angenehme Frau. Rose wollte nicht mal mit ihr reden. Sie saß bloß da, starrte die Wand an und summte. Eigentlich läuft es doch nicht so gut, vermutlich kriegen wir's aber hin. Tut mir leid, Liebes, ich möchte dich nicht deprimieren.«

Meine Mutter sagte mit Nachdruck: »Bei uns läuft es bestens. Wir haben unseren festen Tagesablauf, und daran halten wir uns, uns geht es bestens. Weißt du, du brauchst nicht so oft nach Hause zu kommen. Warte bis Sonntag, komm nur dann. Führ dein eigenes Leben, Vi. Sie führt auch ihres.«

Ich blieb die ganze Woche weg, wagte nicht anzurufen. Ich war meiner Mutter dankbar für ihre strenge Gelassenheit und ihre Zurückhaltung, Eigenschaften, die mich als Kind auf die Palme gebracht hatten.

Ich kam am frühen Sonntagnachmittag, um meinem Vater im Garten zu helfen; etwas, was wir immer gern gemacht hatten. Wir jäteten Unkraut, stützten die Tomaten ab und vertilgten Blattläuse, während meine Mutter und Rose beim See unten waren. Ich betrat nicht ein einziges Mal das Haus, erst um vier Uhr, als ich ein Glas Wasser brauchte.

Jemand hatte den Klavierschemel ordentlich in fünf Teile zerbrochen und sie dort liegen lassen, wo der Schemel gestanden hatte.

»Uns ging's so gut, da hab ich's nicht über mich gebracht, das anzusprechen«, sagte mein Vater im Eingang und achtete darauf, nicht mit den Gartenstiefeln in die Küche zu trampeln.

»Was hat Mami gesagt?«

»Sie hat gesagt: ›Besser der Schemel als das Klavier.‹ Und deine Schwester hat sich auf den Boden gelegt und geweint. Deine Mutter hat sie dann zum See runtergebracht. Das kann so nicht weitergehen, Vi. Uns bleiben noch siebenundzwanzig Tage, deine Mutter kriegt keinen Schlaf, weil Rose nicht schläft, und könnte ich nur die siebenundzwanzigtausend Dollar bezahlen, um sie in der Klinik unterzubringen, bis die Versicherung einsetzt, dann würde ich es.«

»Gut. Tu's. Zahl das Geld und bring sie wieder nach Hartley-Rees. Es war die netteste Klinik, und die Maltherapie da hat ihr Spaß gemacht.«

»Ich würde es ja tun, wenn ich könnte. Die Versicherungspolice besagt aber, dass sie mindestens fünfundvierzig Tage symptomfrei sein muss, bevor ihr Versicherungsschutz beginnt. Symptomfrei heißt: kein Klinikaufenthalt.«

»Mein Gott, Daddy, wie konntest du nur so eine Police abschließen? Sie ist nicht mal fünfundvierzig Minuten lang symptomfrei gewesen.«

»Es war die einzige, die ich für Langzeitpsychiatrie bekommen konnte.« Er legte sich die Hand über den Mund, um, was immer er sagen wollte, zu unterdrücken, und ging in den Garten zurück. Ich konnte nicht sehen, ob er weinte.

Er blieb draußen, und ich blieb drinnen, bis Rose und meine Mutter vom See heraufkamen. Roses durchnässte Trainingshose war bis zu den Knien hochgekrempelt, und sie trug einen Eimer mit Muscheln und Tang, den sie nach gutem Zureden meiner Mutter auf der hinteren Veranda stehen ließ. Meine Mutter küsste mich leichthin und bat Rose, nach oben auf ihr Zimmer zu gehen und die nasse Hose auszuziehen.

Roses Augen weiteten sich. »Niemals. Ich werde nie ...« Sie kniete sich hin und begann heftig und rhythmisch mit dem Kopf auf den Küchenboden zu schlagen, wobei sie ihr ganzes Gewicht in die Schläge legte. Meine Mutter fasste sie um die Taille und versuchte, sie festzuhalten. Rose schüttelte sie heftig ab, ohne sich auch nur umzudrehen, um zu sehen, was sie da bremste. Meine Mutter blieb mit dem Kopf am Kühlschrank liegen.

»Bitte, Violet.«

Ich warf mich auf den Küchenboden, um die Stelle zu werden, gegen die Rose mit dem Kopf knallte. Sie hielt einige Zentimeter vor meinem Bauch inne.

»Oje, Vi, Mami, es tut mir leid. Es tut mir leid, hasst mich nicht.« Sie kam taumelnd auf die Füße und lief heulend auf ihr Zimmer.

Meine Mutter stand auf, wusch sich brüsk das Gesicht und rieb es mit einem Geschirrtuch trocken. Mein Vater hörte das Heulen, kam hereingerannt und zog seine langen nackten Füße aus den Gummistiefeln.

»Galen, Galen, lass mich sehen.« Er hielt ihren Kopf und suchte ihr kleines bleiches Gesicht nach Blutergüssen ab. »Was ist passiert?« Meine Mutter schaute mich an. »Violet, was ist passiert? Wo ist Rose?«

»Rose hat sich aufgeregt, und als sie nach oben gerannt ist, hat sie Mami umgestoßen.« Ich habe nur dreimal im Leben gelogen, und das war meine zweite Lüge.

»Sie fühlt sich bestimmt furchtbar, weil sie dich umgestoßen hat, ausgerechnet dich. Es musste ja dich treffen, aber ich weiß, sie hat das nicht gewollt.« Er machte meiner Mutter eine Tasse Tee, und all die Liebe, die er für sie empfand, trotz ihrer stummen Wutanfälle und ihrer abwesenden Blicke, strömte durch die Teekanne, wärmte ihre Tasse und erfüllte ihre kleinen, filigranen Hände. Sie lehnte den Kopf gegen seine Hüfte, und ich schaute weg.

»Machen wir Essen, dann rufe ich sie. Oder du rufst sie, David. Vielleicht möchte sie dein Gesicht lieber zuerst sehen.«

Das Essen wurde von unserem ständigen Aufschrecken und Innehalten und von Roses verzweifeltem Bemühen bestimmt, sich unter Kontrolle zu halten. Sie konnte kaum essen, summte immer wieder das Titellied von McDonald's, unterbrach es nur, um sich Saft über den Kittel zu schütten, und fing an zu weinen. Mein Vater schaute meine Mutter an und reichte Rose seine Serviette. Sie tupfte apathisch an sich herum, aber die Tränen versiegten.

»Ich möchte ins Bett. Ich möchte ins Bett, das wäre nett. Dann wär ich im Kopf, dann wär ich im Kopf. Ich möchte ins Bett, in mein Bett, in meinen Kopf, so nett, und ich trag Violett. Violett war ihr Hut, das tat mir so gut, o bitte, bitte, trag ja kein Violett, das wäre nett, denn Violett …«

»Schon gut, schon gut, Rose. Schon gut. Ich gehe mit dir nach oben, und du kannst dich zum Schlafen fertig machen. Und dann kommt Mami rauf und sagt dir auch gute Nacht. Alles ist gut, Rose.« Mein Vater streckte die Hand aus, und Rose nahm sie, und gemeinsam gingen sie aus dem Esszimmer, sein langer Arm um ihre Taille.

Das Gesicht in die Hände gestützt, blieb meine Mutter einen Augenblick lang am Tisch sitzen, dann begann sie, die Teller zusammenzustellen. Wir deckten wortlos den Tisch ab, während meine Mutter Schuberts »Schlummerlied« summte, ein Wiegenlied über Wald und Strom, die das Kind mahnen, schlafen zu gehen. Sie hatte uns, als wir klein waren, jeden Abend dieses Lied gesungen.

Mein Vater kam in die Küche und winkte meiner Mutter. Sie gingen nach oben und kehrten nach wenigen Minuten wieder zurück.

»Sie ist eingeschlafen«, sagte sie, und wir setzten uns auf die Veranda und hörten den Grillen zu. Ich erinnere mich nicht an den Rest des Abends, aber ich erinnere mich an dessen ruhige Traurigkeit, und ich erinnere mich an den seltenen Anblick meiner Händchen haltenden Eltern, die auf dem Gartentisch saßen und den Sonnenuntergang betrachteten.

Um drei Uhr morgens wachte ich auf und spürte die kühle Nachtluft durch mein Bettuch. Ich ging die Diele entlang, um eine Decke zu suchen, und sah in Roses Zimmer, einfach so. Sie war nicht da. Ich zog mir Jeans und einen Pullover an und ging nach unten. Ich konnte ihre Abwesenheit fühlen. Ich ging nach draußen und sah ihre großen, tiefen

Fußabdrücke, die das nasse Gras verdunkelten, bis zum Wald hin.

»Rosie«, rief ich viel zu leise, da ich meine Eltern nicht aufwecken und Rose nicht erschrecken wollte. »Rosie, ich bin's. Bist du da? Bist du in Ordnung?«

Ich fiel fast über sie. Riesig und weiß im Mondlicht, ihr geblümter Kittel von Licht und Schatten gebleicht, ihre Trainingshose völlig nass. Ihr Kopf war nach hinten geworfen, ihr schneeweißer Hals freigelegt wie eine griechische Säule.

»Rosie, Rosie …« Ihr Atem ging ganz langsam, und ihre Lippen waren nicht so rosig wie sonst. Ihre Augenlider flatterten.

»Feierabend«, flüsterte sie. Ich glaube, das hat sie gesagt.

Ich setzte mich zu ihr, brachte das Glas mit dem Seconal neben ihrer Hand zum Vorschein und schaute zu, wie die Sterne verblassten.

Als die Sterne nicht mehr zu sehen waren und die Sonne die Luft erwärmte, ging ich zum Haus zurück. Meine Mutter stand auf der Veranda, in eine Decke eingewickelt, und beobachtete mich. Jeder Schritt kostete mich ungeheure Kraft; ich hatte vor Augen, wie meine Mutter mich schlug, mich niederschoss, weil ich ihren Liebling hatte sterben lassen.

»Kriegerköniginnen«, sagte sie und umschlang mich mit ihren dünnen, starken Armen. »Ich habe Kriegerköniginnen aufgezogen.« Sie küsste mich wild und ging dann allein in den Wald.

Später am Morgen weckte sie meinen Vater, der nicht in den Wald gehen konnte, und noch später rief sie bei der Polizei und der Leichenhalle an. Sie stellte das Telefon ab, legte sich hin und verließ das Bett erst am Tag der Beerdigung. Mein Vater versorgte uns mit Essen und suchte die Leute auf, die man aufsuchen musste, er wählte auch den Sarg für Rose aus.

Meine Mutter spielte Klavier, und Addie sang ihre reinen, goldenen Töne, und ich schloss die Augen und sah meine Schwester vor mir, vierzehn Jahre alt, die Löwenmähne nach hinten geschleudert und die Augen fest geschlossen gegen das grelle Licht des beleuchteten Parkplatzes. Jene süßen Klänge hielten uns fest, umflossen uns, wirbelten durch unsere Herzen und stiegen auf, immer höher.

Psychoanalyse hat mein Leben verändert

Drei Wochen lang, vier Tage die Woche, erzählte Marianne Dr. Zurmer ihre Träume. Fette nackte Frauen überreichten ihr Tigerliliensträuße, unverständliche Zeichen und Wegweiser markierten stille graue Korridore, körperlose Penisse spien Azaleenblüten in eindrucksvollen rosa- und purpurfarbenen Bögen. Sie sprach auch über ihre Ehe, ihre Scheidung und ihre Eltern. Hinter ihr nickte Dr. Zurmer, machte sich Notizen und ließ ihre knotigen, ältlichen Füße aus eleganten schwarzen Samttretern gleiten, wackelte mit den Zehen hin und her, bis alles wieder durchblutet war. Marianne konnte ihr regelmäßiges, aufmerksames Atemholen hören und gelegentlich auch das leichte Kratzen ihres zigarrenähnlichen Füllers.

Am Ende eines weiteren ihrer langen Träume, in dem Mariannes Vater verzweifelt versuchte, durch ununterbrochen wehende Blumenblätter zu Marianne zu gelangen, legte Dr. Zurmer den Füller hin.

»Warum setzen Sie sich nicht auf, Dr. Loewe?«

Marianne rührte sich nicht, in Gedanken noch bei dem sanften Wehen und den paar weißen Blütenblättern, die sich im Bart ihres Vaters verfangen hatten, als er sich abmühte, zu ihr zu gelangen. Dr. Zurmer dachte, sie habe ihre Patientin so verschreckt, dass sie sich nicht bewegen mochte.

»Schließlich gibt es zwei hier im Zimmer. Warum sollten wir so tun, als wäre nur einer von uns real, nur einer von uns anwesend?«

Marianne setzte sich auf.

»All diese weißen Blumenträume«, sagte Dr. Zurmer, »wovon handeln sie?«

»Sicherlich von meiner Mutter. Ich weiß nicht, ob Sie sich daran erinnern, der Name meiner Mutter war Lily. Und sie glich einer weißen Blume, dünn, blass, grazil. Ließ sich immer nur treiben, war überhaupt nicht gefestigt. Nur ein bisschen von allem, verstehen Sie, Immobilien, Haus anstreichen, eine Zeit lang deutete sie Teeblätter in einem Pseudo-Zigeunerlokal. Ich will damit sagen, sie ist jetzt zwar Geschäftsfrau, damals aber … Mein Vater war der Gefestigte, aber sie hat ihn vertrieben.«

Dr. Zurmer sagte: »Er war in sich gefestigt, ist aber verschwunden. Sie sagen, sie ›ließ sich treiben‹, aber sie hat Sie nie verlassen. Und sie hat immer für Ihren Lebensunterhalt gesorgt, oder?«

»Er ist nicht einfach so verschwunden. Meine Mutter hatte eine Affäre, eine von vielen, da bin ich mir sicher, sie war so eine gottverdammte Ballkönigin, und er konnte das nicht ertragen und ist gegangen.« Marianne war froh, dass sie »gottverdammte« sagen konnte.

»Verständlich, dass er sich entschied, die Ehe zu beenden. Nicht jeder täte das, aber verständlich ist es. Nur warum hat er danach den Kontakt zu Ihnen abgebrochen?«

»Es blieb ihm keine andere Wahl. Sie erhielt irgendwie das Sorgerecht, und dann zog er wegen seiner Arbeit nach Kalifornien. Ich war einmal in Kalifornien, etwa eine Woche, aber dann, ich weiß nicht, hat er wieder geheiratet; er starb bei einem Autounfall.« Marianne begann zu weinen und wünschte sich zurück auf die Couch, wollte unsichtbar sein.

»Wie alt waren Sie, als Sie nach Kalifornien sind?«

»Neun.«

»Wie sind Sie dort hingekommen?«

»Meine Mutter ist mit mir geflogen.«

»Ihre Mutter ist mit Ihnen nach Kalifornien geflogen, damit Sie Ihren Vater besuchen konnten?«

»Manchmal war sie überängstlich. Ich erinnere mich, wie er gesagt hat, wenn ich alt genug wäre, um allein zu fliegen, dürfte ich kommen. Ich hab gedacht, neun ist alt genug, aber meine Mutter hat mich begleitet.«

»Natürlich. Warum denn eine Neunjährige allein auf eine viereinhalbtausend Kilometer weite Reise schicken, wenn kein Notfall vorliegt?«

»Viele Leute machen das.«

»Viele Leute benehmen sich egoistisch und unverantwortlich. Und anscheinend hat ja auch Ihr Vater nicht geglaubt, neun sei wirklich das richtige Alter. Er war doch wohl gewillt, ein Jahr oder auch zwei zu warten, bevor Sie beide sich wiedersahen.«

»So war es nicht.«

»Ich denke schon. Sie sind jetzt fast vierzig. Ich bin fast fünfundachtzig. Wir werden nicht die Zeit für eine lange Analyse haben, Dr. Loewe, was auch nichts macht. Ich werde Ihnen sagen, was ich sehe, wenn ich etwas sehe, aber auch Sie müssen bereit sein, hinzusehen. Ihre Mutter wusste, wie wichtig Ihnen Ihr Vater war, und obwohl Ihr Vater sie verlassen hatte, war sie bereit, sich die Zeit zu nehmen und das Geld aufzubringen, nur um sich zu versichern, dass Sie ihn sahen, trotz seiner augenfälligen Gleichgültigkeit. Sie müssen darüber nachdenken, warum Sie Ihren Vater als Held dieser Geschichte brauchen. Morgen dann wieder, ja?«

Marianne ging nach Hause, weniger froh als nach ihrer ersten Sitzung. Vor drei Wochen, als sie das Wartezimmer mit dem grauen Teppichboden betrat, mit den beiden Schwarz-weiß-Fotos vom Sierra Club und dem staubigen Mahagoni-Couchtisch, auf dem nur die *Paris-Match* von der Vorwoche und die *New Yorker* des letzten Jahres lagen, hatte Marianne gewusst, dass sie in sicherer und zuverlässiger Obhut war. Trotz Dr. Zurmers unerwarteter Vorliebe für unförmige Strickjacken in leuchtenden Farben, die durch die sorgfältig auf die Taschen aufgestickten Blumen charmant und europäisch wirkten, war sie genau das, was Marianne sich erhofft hatte.

Am Dienstag unterbrach Dr. Zurmer Mariannes Erinnerungsbericht über ihren Großvater, wie er sich mit einem altmodisch schlichten Rasiermesser den Bart abnahm, und sagte ihr, Beige sei nicht ihre Farbe.

»Beige ist für Rothaarige, für einen ganz bestimmten Blondtyp. Nicht für Sie. Mein Haar hatte vor fünfzig Jahren dieselbe Farbe. *Châtain*. Ich meine, Kastanienbraun. Eine hübsche Farbe, selbst mit etwas Grau. Ihnen würde Grün sehr gut stehen, die verschiedensten Grüntöne, wie Frühlingslaub. Vielleicht noch ein Ring oder ein Armband dazu, um die Aufmerksamkeit auf Ihre hübschen Hände zu lenken.«

Marianne sah Dr. Zurmer an, und Dr. Zurmer lächelte zurück.

»Wir müssen für heute Schluss machen. Bis morgen, Dr. Loewe.«

Marianne ging nach Hause und fütterte ihre Katze, und als sie den marineblauen Bademantel anzog und die hinten offenen Hausschuhe, beobachtete sie sich dabei im Spiegel.

In den Sitzungen der darauffolgenden Woche gab Dr. Zurmer Marianne den Namen einer guten Masseurin, eines im Haarfärben erfahrenen Friseurs und eines Ladens, der sich auf Schweizer Schuhe mit schmalen Weiten spezialisiert hatte, was sich alles als genau richtig für Mariannes Füße und Empfindlichkeiten herausstellte. Am Ende der Donnerstagssitzung schlug Dr. Zurmer vor, dass Marianne sich weniger auf Vergangenes als auf Gegenwärtiges konzentrierte.

»Ihre Mutter lädt Sie jedes Wochenende in ihr Strandhaus ein, Dr. Loewe. Warum nicht mal hin? Ich glaube nicht, dass sie vorhat, Sie zu verschlingen oder zu demütigen. Ich glaube vielmehr, sie möchte ihren Freunden ihre hochintelligente Tochter vorführen, und sie möchte, dass Sie die Existenz würdigen, die sie sich aufgebaut hat mit Strandhaus und Gastronomiegeschäften und so weiter. Das ist nicht wenig für eine Frau mit dem Hintergrund Ihrer Mutter, für die zarte Blume, die sie Ihrer Meinung nach ist. Das Leben ist kurz, Dr. Loewe. Besuchen Sie sie und finden Sie heraus, was wirklich ist. Schlimmstenfalls sind Sie dieser schrecklichen Hitze entronnen, kommen zurück und sagen mir, dass ich mit meinen Ideen auf dem Holzweg war.«

Bezaubert von Dr. Zurmers gelegentlich veraltetem Wortschatz und der Vision, wie sie und ihre Mutter bei Sonnenuntergang den Strand entlangliefen und ihre gleich kurzen, stämmigen Beine und schmalen Füße durch den Sand glitten, wandte sich Marianne zum Gehen und wartete nicht erst auf die Worte, mit denen Dr. Zurmer sie entließ.

Dr. Zurmer wollte aufstehen und konnte nicht. Ihr Kopf fiel nach vorn, und ihre Halbbrille, die dem Gesicht Strenge und Freundlichkeit verlieh, landete auf dem Boden.

Marianne hockte sich neben Dr. Zurmers Sessel und legte leicht die Fingerspitzen auf Dr. Zurmers Schulter. Dr. Zurmer schaute nicht hoch.

»Bitte bringen Sie mich nach Hause. Mir ist nicht gut.«

»Soll ich einen Arzt rufen? Oder einen Krankenwagen? Die können Sie ins Krankenhaus bringen.«

»Ich will nicht ins Krankenhaus. Bitte bringen Sie mich nach Hause.« Dr. Zurmer hob den Kopf, und ohne ihre Brille sah sie sehr verletzlich aus, beinahe reptilartig, eine alte Schildkröte, arrogant in ihrer Langlebigkeit, ergeben in ihr Schicksal.

Voller Angst fuhr Marianne Dr. Zurmer nach Hause und bedauerte, dass Kleenextücher und Heath-Bar-Papier auf dem Rücksitz herumstoben, wo Dr. Zurmer lag, die matt gepuderte Oberfläche ihrer feinen alten Haut schmerzverzerrt und feucht. Als sie sich einem kleinen Haus in spanischem Stil näherten, an dem sich Efeu bis zum roten Ziegeldach hinaufrankte und verwilderte Ringelblumen den Vorderweg säumten, gab Dr. Zurmer Marianne ein Zeichen, in die Auffahrt zu fahren. Marianne konnte sich nicht vorstellen, Dr. Zurmer die Strecke bis zum Haus zu tragen, auch wenn sie wahrscheinlich in der Lage war, sie hochzuheben, sie glaubte allerdings nicht, dass Dr. Zurmer die immerhin knapp hundert Meter allein schaffen konnte.

»Ist jemand zu Hause? Ich kann Bescheid geben, dass Sie hier sind, und dann könnte uns jemand behilflich sein.«

Dr. Zurmer nickte zweimal, dann sank der Kopf zurück gegen den Sitz.

Ein dünner alter Mann, kleiner als Marianne und schwer auf einen Stock mit Gummispitze gestützt, öffnete die Tür. Marianne erklärte, was passiert war, und erwähnte sogar, dass sie Dr. Zurmers Patientin sei, eine Äußerung, die gegenüber dem Mann, der offensichtlich der Ehemann der Psychoanalytikerin war, eine merkwürdige, eine peinliche Angelegenheit schien. Er nickte und folgte Marianne zum Auto. Marianne war klar, dass dieser kleine alte Mann nicht imstande sein würde, seine Frau zum Haus zu tragen, und dass sie, Marianne, noch weitere Minuten bleiben und Dr. Zurmer hineinbringen musste, wahrscheinlich in ihr Schlafzimmer, womöglich ins Badezimmer, was kein angenehmer Gedanke war.

»Otto«, war alles, was Dr. Zurmer sagte.

Sie sprachen leise russisch, und Marianne zog Dr. Zurmer sanft vom Rücksitz und reichte dem Mann ihre Aktentasche, dann brachte sie Dr. Zurmer halb tragend, halb schleppend unter seinem kritisch-ängstlichen Blick in Richtung Haus. Dr. Zurmers Mann schien kein Englisch zu sprechen, oder aber er sprach nicht mit anderen Leuten, nur mit seiner Frau.

Marianne war so darauf konzentriert, Dr. Zurmer nicht fallen zu lassen und Mr oder Dr. Zurmers Handzeichen zu folgen, dass sie das Haus ihrer Analytikerin kaum wahrnahm, obwohl sie es sich während der letzten drei Wochen vorzustellen versucht hatte, bisweilen mit lustvoller Ausführlichkeit. Dr. Zurmer glitt aus Mariannes Armen auf ein großes Bett mit weißer Spitzendecke und sagte: »Vielen Dank und auf Wiedersehn.« Marianne, die nicht hatte kommen und nicht hatte bleiben wollen, empfand das als ein wenig abrupt, ja sogar schroff, aber sie war höflich und sagte, gern geschehen, und sie finde schon allein den Weg hinaus, das mache am wenigsten Umstände. Der alte Mann hatte sich neben seine Frau gelegt und wischte ihr das feuchte Gesicht mit dem Taschentuch ab.

Marianne ging langsam die enge Wendeltreppe hinunter, sah die zerkratzten Messingstangen, die den verblichenen grünen Teppich festhielten, und studierte die Gesichter in den gerahmten Fotos, die über die Wand neben ihr verteilt waren wie dunkle Fensterchen. Zwei magere Jungen in weiten dunklen Badehosen bauen eine große Sandburg mit Mauer- und Ecktürmchen, die schon mit Muscheln, Ästen und den Resten von Königskrabben geschmückt und von einem Burggraben umgeben ist, dessen Wände bis zu den Knien eines jüngeren, größeren Otto Zurmer reichen. Auf einem anderen

Foto hocken die beiden mageren Jungen, jetzt im Teenageralter, auf einer Steinmauer, Rücken an Rücken wie Bücherstützen, mit gleicher Sonnenbrille, gleicher nackter Brust und dem gleichen furchtlosen und nicht enden wollenden Grinsen.

Marianne war sich bewusst, dass sie sich Zeit ließ, ja etwas Verbotenes tat, und sie warf noch einen schnellen Blick auf das Foto, das sie am meisten interessierte. Dr. Zurmer, deren Vorname Anya war, wie Marianne auf dem Messingschild an ihrer Praxistür gelesen hatte, sitzt in einem Samtsessel, die Beine seitlich gestellt und die schlanken weißen Seidenknöchel übereinander gekreuzt. Sie kann nicht über zwanzig sein, und sie sieht verwöhnt aus in dem spitzenbesetzten Kleid, das Haar sorgfältig gelockt, und sie ist schön; sie guckt unsicher auf den Betrachter, erwartungsvoll und ängstlich.

Marianne verbrachte die nächste Woche damit, noch härter an dem Buch zu arbeiten, das zu schreiben sie sich vorgenommen hatte, die Tomaten in ihrem kleinen Garten hochzubinden und sich das Haar färben zu lassen. Es fiel prächtig und auffällig aus, die Farbe von elegantem Ledergepäck, die Farbe von teurem Brandy, die Sorte, die nur von gutaussehenden alten Männern in Ohrensesseln, frühabends am Kaminfeuer sitzend, getrunken wird. Marianne war versucht, ein Kopftuch zu tragen, bis die Farbe schwächer wurde, aber sie brachte es nicht übers Herz, es zu verdecken, und nachts breitete sie ihr Haar fächerförmig auf dem Kissen aus und bewunderte, was sie von den schönen, glänzenden Strähnen sehen konnte.

Sie wartete darauf, etwas von Dr. Zurmer zu hören, und nahm sich vor, eine Mitteilung auf dem Anrufbeantworter zu hinterlassen, falls sie bis Freitag keine Nachricht von ihr hatte. Am Freitag rief Dr. Zurmer an. Sie sagte Marianne, dass es ihr noch nicht gut genug gehe, um in die Praxis zurückzukehren, sie könne sie aber für eine Sitzung bei sich zu

Hause empfangen. Sie fragte nicht, was Marianne dabei empfand, ihre Therapeutin in deren Zuhause aufzusuchen, wo der kleine Dr./Mr Zurmer herein- und herauslief, sie erkundigte sich nur, ob ihr Montag um neun passte. Das war die übliche Zeit, und Marianne sagte ja und hängte rasch auf, um Dr. Zurmer nicht zu ermüden, die sich elend anhörte.

Dr. Zurmers Mann ließ Marianne wortlos herein, als sie aber über die Schwelle getreten war, nahm er ihre Hand in seine beiden und dankte ihr in perfektem Englisch.

»Bitte nennen Sie mich Otto«, sagte er. Sein Lächeln war sehr freundlich, und Marianne sagte ihren Namen und war mit sich und ihm zufrieden.

Dr. Zurmer saß im Bett, gestützt von einem Dutzend großer und kleiner Battenberg-Spitzenkissen, das silbergraue Haar gebürstet, elegant und geschmeidig wie Nerz. Sie trug ein bemerkenswert nüchternes graues Satinbettjäckchen. Marianne konnte nicht sagen, ob Dr. Zurmers Gesicht ein wenig länger und schlaffer geworden war oder ob sie in einer Woche vergessen hatte, wie Dr. Zurmer genau aussah.

»Ich fühle mich heute viel besser. Ein ganz kleiner Schlag, hat mein Arzt gesagt. Und anscheinend ist kein Schaden angerichtet. Vielen Dank, Dr. Loewe. Also werde ich während unserer Sitzungen liegen, und Sie sitzen aufrecht.«

Marianne begann damit, Dr. Zurmer ihren letzten Blumentraum zu erzählen, doch sie brachte das schnell hinter sich, um über das Foto von Dr. Zurmer zu sprechen, die Jungen blieben unerwähnt; danach lehnte sie sich in den kleinen Brokatsessel zurück und sah zur Decke hoch, um über die verwirrende, faszinierende Merkwürdigkeit zu sprechen, in Dr. Zurmers Haus zu sein. Dr. Zurmer lächelte und schüttelte verständnisvoll den Kopf, wonach sie einschlief. Marianne blieb ganz still sitzen, nur ein wenig beleidigt, und schaute zu, wie Dr. Zurmer atmete. Neben ihrem Ellbogen stand eine Frisierkommode aus Mahagoni, auf der gestickte und gehäkelte Zierdeckchen lagen, darauf verteilt waren vier kleine Fotos im Silberrahmen und drei Parfumflakons aus gestreiftem Muranoglas. Die Fläschchen mit den vergoldeten Stöpseln waren fast leer. Ein Foto zeigte, wie von Marianne erwartet, die zwei jungen Männer von der Steinmauer und dem Strand, ein ganzes Stück älter geworden, beide im Anzug. Sie waren offensichtlich auf einer Hochzeit, hinter ihnen erkennbar die Tische mit den Leinentüchern und den Gladiolen, auch wenn die Braut fehlte. Ein zweites Foto zeigte Dr. Zurmer und Otto eng umschlungen vor dem Leuchtturm in Gay Head, und das Bild glich dem von Marianne und ihrem Exmann am selben Ort in der kurzen guten Zeit ihrer Ehe. Auf den beiden anderen Fotos sah man eine dunkelhäutige Frau im Bademantel, die etwas in einer blau-weißen Decke eingehüllt hielt, ein Baby wahrscheinlich, und schließlich war da ein sehr kleiner Junge mit schwarzen Locken, Segelohren und den gleichen, leicht schräg stehenden, langwimprigen Augen wie die der Frau.

Als Marianne die Vordertür erreichte, kam Otto schwerfällig auf sie zu.

»Tee?«, fragte er und wies mit dem Stock hinter sich.

Marianne verneinte und fuhr nach Hause, um sich Telefonnummern anderer Psychoanalytiker herauszusuchen.

Am Donnerstag rief Otto an. »Bitte kommen Sie heute«, sagte er. »Sie möchte Sie gern sehen.«

Marianne hatte schon ein Gespräch mit einem anderen Analytiker vereinbart, einem Mann mittleren Alters mit gutem Ruf und einem Büro, das auf den Fluss hinaus zeigte, aber sie ging dennoch hin.

Dr. Zurmer saß wieder aufgerichtet da, das Bettjäckchen

offen über einem Flanellnachthemd, ihr Haar büschelweise zu weichen Silberwölkchen aufgebauscht.

Sie streckte die Hand nach Mariannes Hand aus und hielt sie auch fest, als Marianne sich setzte, viel näher, als sie es eigentlich vorgehabt hatte.

»Wie es scheint, geht es mir nicht gut genug, um wirklich Ihre Analytikerin zu bleiben. Aber ich finde, dass uns das nicht daran hindern sollte, uns an der Gesellschaft des anderen zu erfreuen, oder? Sie kommen mich besuchen, und wir trinken Tee.«

Marianne konnte sich nicht vorstellen, warum Dr. Zurmer wollte, dass sie zu Besuch kam.

»Warum nicht? Sie sind gescheit, eine sehr liebenswürdige Person, Sie haben eine wunderbare Phantasie und Sinn für Humor – ich kann das an Ihren Träumen erkennen. Warum sollte ich mir nicht wünschen, dass Sie mich besuchen? Otto wird uns Tee bringen. Bleiben Sie sitzen.«

Über blassem grünem Tee, in dem braune Blättchenreste schwammen, lächelten sich Marianne und Dr. Zurmer an.

»Mich haben Ihre Fotos auf der Kommode sehr interessiert«, sagte Marianne.

»Was interessiert Sie daran?«

»Ich mache bloß einen Besuch, vergessen Sie das nicht. Tee und Konversation.«

Dr. Zurmer tat so, als wiese sie sich selbst zurecht, und lächelte Marianne breit an, ihre Wangen falteten sich zusammen wie Seidenrüschen.

»Touché«, sagte sie. »Holen Sie doch bitte einmal die Fotos zu mir her. Und im Zeitschriftenständer da drüben ist ein Album. Ah, sehen Sie sich das an, der kleine Alexej. Alle haben sie diese Badezuber-Fotos versteckt. Und das ist Alexej bei den Wölflingen, ich glaube, das hat sechs Monate gedauert. Er hat die Uniform geliebt, aber er hatte nicht das Zeug zum

Pfadfinder, überhaupt nicht. Und das ist er mit seinem Bruder Robert. Sie haben vermutlich ein paar von diesen Fotos an der Wand gesehen. Ist in Martha's Vineyard. Wir wohnten immer in einem kleinen Farmhaus, zwei Schlafzimmer und eine winzige Küche. Freunde von Otto haben es uns jeden Sommer überlassen. Otto hat ihr Haus entworfen, das große Haus im Hintergrund hier, und auch ihr Haus am Stadtrand von Boston, das hätte ich fast vergessen. Wir waren für sie die gehätschelten Haustiere, aber für die Kinder war's herrlich. Das ist Roberts College-Abschlussfeier. Ich weiß nicht mehr, was all die Armbinden symbolisieren, er hat gegen alles rebelliert. Pech für ihn, wir waren fortschrittlich, und so war es für ihn schwierig, uns aufzuschrecken. Er ist doch tatsächlich Banker geworden, und das war's dann. Und hier ist Alexej bei seiner Abschlussfeier, keine Armbinden, bloß das Haar. Aber was für herrliches Haar, ich wollte, dass er es lang lässt, ich fand, er sah wie Apoll aus. Und hier sind die Hochzeitsaufnahmen, Alexej und seine Frau Maria. Libanesin. Sie haben sich beim Studium kennengelernt. Und das hier ist mein einziger Enkel, Lee. Schön wie der Tag. Und auch noch so brav wie schön. Sehr intelligentes Kind. Alexej ist ein wunderbarer Vater, Vater und Mutter in einem. Dieses große Foto zeigt Lee im letzten Jahr, an seinem vierten Geburtstag. Das ist sein Lieblingsbär, ich erinnere mich im Augenblick nicht an den Namen, Sie wissen schon, dieser Bahnhof.«

»Paddington. Reizend. Lee ist einfach reizend.«

»Maria hat die beiden vor fast zwei Jahren verlassen. Sie hat eine narzisstische Störung. Sie konnte partout die Mutterrolle nicht spielen. Man schafft nicht, wozu einem das nötige Rüstzeug fehlt. Und so ist sie auf und davon, zurück in den Libanon. Auch sehr selbstzerstörerisch, in so ein Land wie den Libanon zurückzukehren, geschieden, Mutter, eindeutig keine Jungfrau. Sie wird sich den Rest ihres Lebens um ihren

Vater in dessen Haus kümmern. Wer weiß? Vielleicht war das immer schon ihr Wunsch.«

Dr. Zurmer sagte »narzisstische Störung«, wie man »unheilbarer Krebs« sagte, und Marianne nickte, da sie verstand, dass Maria aus dieser Welt verschwunden war.

»Und das ist ein Foto, das Alexej von mir und Otto vor zwei Jahren gemacht hat. Jene beiden Liebenden, die die Götter in Bäume verwandelt haben, oder waren es Sträucher? Philomena? Damit sie sich nie zu trennen brauchten. Wir sehen so aus, oder? Wir sind schon dabei, in Erde überzugehen.«

Dr. Zurmer lehnte sich zurück, und das Album schob sich zwischen die beiden.

»Ich kann eigentlich nicht sagen, dass ich ihn noch liebe. Liebt man das Gehirn, das Herz? Würdigt man das eigene Blut? Wir haben einander vor der schlimmsten Einsamkeit bewahrt, und wir haben einander zugehört. Wir sagen nicht allzu Interessantes mehr, wir sprechen von Lee, von Alexej, wir erinnern uns an Robert …«

Marianne wartete auf die schreckliche Geschichte. »Er starb bei einem Autounfall, gleich nach der Hochzeit. Ich trauere immer noch, und ich bin auch noch immer ungehalten. Er hat zu viel getrunken, ja, das hat er. Alexej nie. Meine schlimmen russischen Gene. Er hat nichts hinterlassen, eine Wohnung voll mit Trödel, einen Beruf, den er nicht mochte, Schulden. Ich dachte, vielleicht taucht ja eine schwangere Freundin auf, aber das war nicht der Fall. Ich jedenfalls hätte es so gemacht, wenn ich gekonnt hätte. Ich muss mich ausruhen, meine Liebe.«

Dr. Zurmer sank in ihre Kissen zurück und bat Marianne, die unterste Schublade der Mahagonikommode herauszuziehen. Marianne brachte ihr den einzigen Gegenstand darin, ein grünes Satinband, breit und kühl, das sich in ihren Händen kräuselte wie etwas Lebendiges. Dr. Zurmer band es ihr um die Taille und verwandelte Mariannes weiße Bluse und die Khakihose in etwas Verwegenes, Exotisches, mit einem Anflug von reizvoller Androgynie.

»Genau so. Wenn Sie gehen, sagen Sie Otto bitte auf Wiedersehen. Er mag Sie sehr. ›So ein liebenswertes Mädchen‹«, sagte sie und imitierte Ottos Akzent, der, wenn überhaupt vorhanden, weniger bemerkbar, weniger guttural als ihr eigener war. »Wenn er nicht in der Küche ist, warten Sie nur einen Augenblick. Er holt sich wahrscheinlich die Zeitung, macht seinen Spaziergang. Möge es Ihnen gut gehen, Marianne. Kommen Sie bald wieder.«

Bei dem Mann, der am Küchentisch saß, handelte es sich so eindeutig um den etwas größeren Jungen von den Fotos, den bärtigen Bräutigam, dass Marianne ihn vertraut anlächelte, mit Zärtlichkeit und Aufgeschlossenheit, als hätten sich ihre Poren weit geöffnet. Er starrte sie an und faltete dann mit großen höflichen Gesten die Zeitung zusammen und steckte sie hinter den Toaster.

»Sie müssen Marianne sein.«

»Ja. Ich wollte gerade Ihrem Vater auf Wiedersehen sagen, bevor ich nach Hause gehe«, sagte sie.

»Das wird ihn freuen. Ich bin Alex Zurmer. Ich weiß nicht, wo Pa ist.« Er sah sie wieder an, ihre tiefbraunen Augen und ihren langen Hals, das süße Giräffchen, und sah zu, wie ihre nackten knochigen Finger mit dem Saum der glänzenden grünen Schärpe spielten. Alex zog die Schultern hoch und hob die Handflächen gen Himmel, ergriffen von Ehrfurcht und Dankbarkeit wie Noah, als er erfuhr, dass er fürs Weiterleben und die Ankunft der Tauben auserwählt war. Er sah zu, wie sich Mariannes rastlose Finger mit den angekauten Nägeln in die dicken Quasten am Schärpenende gruben und wieder lösten, und er konnte fühlen, wie sie sein Gesicht berührten und ihm das Haar hoben.

»Trinken wir Tee, Marianne, während wir warten«, sagte er, und er stand auf, um ihr einen Stuhl hervorzuziehen, und sie legte entschlossen die Hand neben die seine auf den Stuhlrücken.

»Ja«, sagte Marianne. »Und genehmigen wir uns doch auch ein paar Kekse. Wenn Sie Tee machen, werde ich aus den Blättern lesen.«

Semper Fidelis

Ich gehe abends einkaufen. Donnerstagabends winke ich der Krankenschwester zum Abschied zu und tue beim Losfahren so, als bliebe ich lieber. Das neue Einkaufszentrum hat drei Warenhäuser, ein Kino und Hunderte von kleinen Läden, und ich bin schon in allen gewesen, außer im »Compleat Sportsman«. Ich verstehe es selbst nicht, aber ich kann einen Film nicht bis zum Ende ansehen, wenn ich weiß, ich sollte beim Einkaufen sein. Ich esse warme Erdnussbutterplätzchen und bummle fast zwei Stunden herum, stöbere dabei durch die mickrigen Jazzabteilungen der Plattenläden und blättere in Bestsellern. Um halb zehn, wenn das Einkaufszentrum schließt und nur noch ich, umherziehende ältliche Leute und junge Sicherheitsbeamte übrig bleiben, gehe ich Lebensmittel einkaufen.

Rund um die Uhr geöffnete Lebensmittelläden sind anscheinend persönliche Rettung und Lieblingsort von leicht weggetretenen jungen Frauen aller Hautfarben, die ihre verknautschten Babys wie Sonderartikel im Einkaufswagen schlafend herumfahren; von Singles, Männern und Frauen mittleren Alters, die zu gesund und zu einsam sind, um Punkt zehn einschlafen zu können; und von Leuten wie mir, die Angst haben, nach Hause zu gehen. Ich glaube, und manchmal wünsche ich es mir sogar, dass mein Mann stirbt, während ich auf einer meiner Donnerstagabend-Einkaufstouren bin.

Max und ich sind fast zehn Jahre zusammen, damals war ich achtzehn und er fünfzig. Wir sind nicht länger ein Skandal oder eine Tragödie. Die Freunde seiner Frau und die anderen Zeugen sind fortgezogen, verstummt oder Freunde geworden, die eingeschränkte Auswahl einer Kleinstadt. Max und ich sind beinahe stinknormal, interessant nur durch unsere Vergangenheit und ihren Tribut. Frauen, die mir vor zehn Jahren bei quälend stummen Einladungen zum Abendessen in die Suppe gespuckt hätten, es womöglich auch getan haben, bringen mir jetzt püriertes Gemüse für Max mit und Artikel über die Aprikosenkernkliniken in Mexiko. Ich bin Ehefrau geworden, werde bald Witwe sein, und ich fühle mich nach zehn Jahren Ehe hilfloser und unwissender als mit achtzehn, als ich mit zwei T-Shirts, einer Schachtel mit Platten und ohne Schuhe zu Max in die Wohnung zog. Bei unserem ersten Ausflug stellte Max mich dem Vorsitzenden seines Fachbereichs vor und kaufte mir Turnschuhe.

Er ist schon drei Wochen lang nicht mehr aus dem Bett gekommen, und er hat seit dem Morgen nicht gesprochen. Ich habe mir immer vorgestellt, einmal eine Witwe à la Audrey Hepburn zu sein, langhalsig und blass in einem engen schwarzen Leinenkleid. Stattdessen ertrinke ich fast in einem Fluss aus Zucker und hülle mich in alte Trainingshosen und Flanellhemden von Max. Ich putze mich nur donnerstagabends heraus, mit einem übergroßen Sweatshirt und schwarzer Strumpfhose, und mit den hochhackigen schwarzen Stiefeletten betone ich meine Beine. Ich habe mich nie zuvor im Leben so angezogen, und ich bin froh, wenn ich wieder in Turnschuhe und Jeans schlüpfen kann, bevor ich ins Haus gehe.

Ray im Deli Counter ist der, den ich gesucht habe. Er hat zuerst meine Stiefel bewundert und dann meine ganze Aufmachung, und nach drei Donnerstagen fühlte ich mich verpflichtet, mir ein neues Oberteil für ihn zu kaufen, damit er was zum Glotzen hat, und er lehnte sich über den Ladentisch, um mir zu sagen, wie gut es ihm gefiel, und zwinkerte mir zu, als er zurück an die Arbeit ging. Ray kann nicht älter als zweiundzwanzig sein, und ich vermute, er ist ein Süchtiger auf dem Weg der Besserung, da er zurzeit wie die Gesundheit in Person aussieht und Dinge sagt wie »immer sachte« und »eins nach dem andern«, die auch mein Bruder, ein noch nicht auf dem Weg der Besserung befindlicher Alkoholiker, von sich gibt, wenn er anruft, um mir Gutes zu wünschen oder sich Geld zu leihen. Ich glaube, Ray ist die richtige Wahl. Ich glaube, wir würden weder über Poesie, Symbolismus, Chemotherapie noch über die Vergangenheit sprechen, und ich glaube, ich würde ein Bier wollen und er nicht, und ich würde meine Hand auf einen dicken Oberschenkel legen, bis ich spürte, wie sich der Stoff unter meinen Fingern spannte, und wenn wir's hinter uns hätten, würde ich aus seinem Lieferwagen steigen oder aus seinem Zimmer im Haus seiner Mutter treten, ihm von Herzen danken und nach Hause zu Max gehen.

Ich komme heim und sehe die Krankenschwester über Max gebeugt, sie streicht sein Bettzeug glatt, während ihre großen weißen Nylonbrüste leicht hin und her schwingen und sein Gesicht beschatten. Er lächelt, und ich sehe, dass er meine Anwesenheit nicht bemerkt, die Schwester sehr wohl.

»Die Perlen«, sagt sie und setzt die Unterhaltung fort, »waren äußerst wertvoll, und ungeachtet des Testaments sind wir beide, meine Schwester und ich, der Meinung, dass sie uns hätten zufallen sollen. Die Perlen unserer Mutter hätten uns zufallen sollen, da sie uns bereits gehörten.«

Ich kann nicht im Entferntesten verstehen, wovon sie redet, es klingt aber gefährlich metaphorisch. Vielleicht stehen die Perlen für Max' Gesundheit oder seine erste Ehe oder unseren Schwur, einander treu zu bleiben: Dinge, die für immer verloren sind und mehr geschätzt werden, wenn sie fehlen, als wenn sie präsent sind. Ich möchte, dass sie den Mund hält, möchte sie davon abbringen, uns beide zu quälen, aber Max lächelt wieder, und sein knochiges graues Gesicht bekommt unversehens weichere Züge, und sogar ich bemerke, dass er nicht gequält wird. Ich klopfe gegen den Türrahmen, und mir ist bewusst, dass Max in seinem jetzigen Zustand zu unschuldig ist und die Krankenschwester zu sehr mit sich beschäftigt, um die Ironie, die in meinem Anklopfen liegt, zu würdigen. Ich spiele eine Rolle ohne Publikum, und das seit einiger Zeit. Wenn man sich selbst bemitleidet, kann es dann noch eine Tragödie sein? Oder ist man zu einem ziemlich uninteressanten zweiten Hauptdarsteller herabgesunken, Hintergrund für die Helden, blind und schön, mutig das Messing putzend, während das eisige Wasser bereits ihre Knöchel umspielt? Mir scheint – und ich wäre nicht traurig, das herauszufinden –, ich bin gar nicht da.

»Liebste«, sagt er, und die Krankenschwester runzelt die Stirn.

»Er hat schon nach Ihnen gefragt«, sagt sie, und ich verzeihe ihr ihre Bissigkeit, weil sie sich um ihn zu kümmern scheint, weil sie spürt, es macht etwas aus, dass er mich vermisst. Die anderen Schwestern sorgen sich dienstbeflissen um seine Gesundheit, seine Krankheit; seine Gefühle sind nur Symptome für sie. Einen Augenblick lang liebe ich sie, weil sie ihn liebt; er hat mich dazu gebracht, Leute zu lieben, die ich nicht mögen würde, wenn er am Leben bliebe.

»Dawns Mutter ist vor kurzem gestorben, hat sie mir erzählt.«

Bewegt von Liebe und gerührt von seinem Versuch, uns zusammenzubringen und für sich zu behalten, lächle ich Dawn an. »Das tut mir aber leid«, sage ich in dem Versuch, gut zu sein. »Ich habe meine Mutter im letzten Jahr verloren. Und ich habe auch eine Schwester.« Gut so! Mir fallen keine weiteren überraschenden Übereinstimmungen ein, die uns zusammenbrächten.

»Meine Schwester ist meine beste Freundin«, sagt Dawn, die im Sessel nahe am Bett sitzt wie eine Besucherin, die gerade bei Max vorbeischaut.

»Meine auch.« Erstaunlich. Dawn und ich müssen direkt nach der Geburt voneinander getrennt worden sein.

Meine Schwester Irene *ist* meine beste Freundin, und während mein Vater weinte und meine Mutter Glückwünsche über einen Whisky-Soda hinweg murmelte, lotste mich meine Schwester nach oben in ihr früheres Zimmer, um über meine Heirat mit Max zu reden.

»Du kannst jeden kriegen, das weißt du. Selbst nach all dem hier. Du kannst auf eine Schule in Kalifornien überwechseln, und keiner wird je davon erfahren. Du musst ihn nicht heiraten.«

»Ich liebe ihn, Reen. Ich möchte ihn heiraten.« »Okay. Okay, ich werde da sein. Zumindest wird er dich nicht einer jüngeren Frau wegen verlassen. Nicht ohne verhaftet zu werden. Soll's der Friedensrichter sein oder was mit Schleier und Schleppe?«

»Der Friedensrichter. Mittwoch.«

»Ist gut. Wie wär's mit einem Kostüm? Einem Seidenkostüm, Rosen im Haar? Es wird dich nicht umbringen, einen Schönheitssalon aufzusuchen.«

Und meine Schwester brachte mich dazu, mir in nicht mal achtundvierzig Stunden die Beine enthaaren, die Poren reinigen und die Augenbrauen zurechtzupfen zu lassen. Auf den

Fotos sehe ich strahlend aus, nur ein klein wenig zu jung für das elfenbeinfarbene Seidenkostüm, das Irene in nicht mal fünfundvierzig Stunden aufgetrieben, dem Mannequin praktisch mit den Nadeln vom Leib gerissen und bezahlt hatte. Ich habe elfenbeinfarbene Rosen im hochgebürsteten schwarzen Haar, und Max lacht in die Kamera, die sein bester Freund hält, der den ganzen Nachmittag über erstaunt blickt und liebenswert und betrunken ist. Meine Schwester sieht wie die Brautmutter aus, erschöpft, wachsam, doch weitgehend zufrieden. Meine Eltern waren nicht da, weil ich sie trotz aller Bitten von Max nicht eingeladen hatte.

Ich hätte sie einladen sollen. Ich bin bald dreißig, und wenn ich es mir recht überlege, sollte man, wenn man im Zweifel ist, jemanden einzuladen, es dennoch tun, egal, wer es ist. Die fernen Verwandten, die Cocktail-Getreuen, die Freunde, die zwei Jahre nacheinander keine Weihnachtskarten geschickt haben. Lade sie ein, solange du's kannst.

Dawn steht auf, will gehen, und ich kann sehen, dass sie Max nicht liebt; er ist bloß ein besserer Durchschnittsfall, macht weniger Mühe als manch anderer. Ich darf sie ungeniert hassen, und ich bringe sie zur Tür und öffne sie für sie, ohne etwas zu sagen, eine Form zivilisierter Grobheit, die ich meiner Mutter abgeguckt habe.

»Komm her«, sagt Max, aber ich kann nicht in diesem Bett liegen.

»Ich nehme das Feldbett.« Als wir das Krankenhaus verließen, riet mir eine kluge, zornige Frau aus der Psychogruppe, ich solle mir ein Feldbett zulegen, und sie tat nicht mal so, als hörte sie zu, als ich sagte, wir würden weiterhin das Bett teilen.

»Zieh dich langsam aus, Liebste. Ich hab noch Augen im Kopf.«

In den Büchern, die ich vor ihm verstecke, Anleitungen zum Trauern, Ratgeber für Witwenschaft und die Zeit davor, erwähnen die Autoren mit Behutsamkeit, dass gewöhnlich der gesunde Eheteil wegen des mangelnden sexuellen Interesses von Seiten des Sterbenden verletzt und frustriert ist. Das scheint bei uns nicht der Fall zu sein.

Ich werfe meine Kleidungsstücke ab und lege mich auf das Feldbett, wie eine Pfadfinderin, T-Shirt, Unterhose und Socken habe ich an. Ich höre ein nass blubberndes Geräusch, was jetzt seine Art zu lachen ist.

Max lässt eine kühle, zerbrechlich wirkende Hand auf meinem Bauch ruhen.

»Wie war der Supermarkt?«

»War okay. Ich hab Lebensmittel gekauft.«

»Und das Einkaufszentrum?«

»War prima. Hab Socken gekriegt.«

Er streicht mit zwei trockenen Fingerkuppen über meinen Bauch, und ich fühle, wie das Fleisch am Fingerende hinter dem Knochen herschleift. Ich möchte mich übergeben, und ich möchte weinen.

»Lernst du nicht mal jemanden kennen?«

»Wen denn?«, frage ich. Trotz allem glaube ich nicht, dass Max eifersüchtig ist; wir haben uns nur die meiste Zeit missverstanden. Er hat mich oft darauf hingewiesen, wenn wir von Partys nach Hause fuhren, dass er besonderen Wert darauf gelegt habe, die jüngeren Frauen nicht zu bewundern, die Leute sollten nicht denken, ich sei Teil seines Jugendkults und somit nicht einzigartig. Er sagte, die gleiche Rücksicht schulde ich ihm, und ich solle meine impulsive Sexualität verbergen, damit die Leute nicht glaubten, meine Ehe mit ihm sei nichts als eine hormongesteuerte jugendliche Unbekümmertheit. Wie oft haben wir uns darauf verständigt, dass er keineswegs eifersüchtig, unsicher, besitzergreifend sei, und das Gespräch übers Flirten müssen wir unzählige Male in unseren zehn gemeinsamen Jahren geführt haben.

Max knufft mich leicht. »Ich weiß nicht, irgendwen. Einen netten jungen Mann?«

»Nein. Niemanden.« Ich drehe mich zur Seite, außer Reichweite seiner Finger.

»Ist schon gut, sei nicht eingeschnappt. Dawn hat mir meine Medikamente schon gegeben. Gute Nacht, Schatz.«

»Gute Nacht.« Du sadistischer Dreckskerl.

Ich liege auf dem Feldbett und lausche seinen kreidigen, unregelmäßigen Atemzügen, bis er eingeschlafen ist, dann gehe ich nach unten und zahle Rechnungen. Sein Zimmer, unser Zimmer, füllt sich nachts mit einem dicken nassen Nebel aus dunklen Flüssigkeiten und unsichtbar tropfenden Wunden. Noch etwas, was ich nicht ausspreche.

Am nächsten Donnerstag lächle ich Ray, der mit der zweiten Schicht von Käufern sehr viel zu tun hat, aufmunternd an. Ich ertappe mich dabei, wie ich mir hinter einem ganz dunklen Jungen eine Nummer ziehe, einem Jungen, so dunkel, dass der Umriss seines braunen Körpers wie mit Kohle gezeichnet scheint. Alles ist Rundheit an ihm, hohe volle Karibik-Wangen, runde schwarze Augen, runde Arme und Schultern, die Hose vorn und hinten gerundet. Meine eigene Körperfülle ist geschrumpft und locker geworden, und mit jedem Jahr gleitet das Fleisch etwas mehr vom Knochen herunter. Ich möchte diesen Jungen wie eine Melone aufschneiden und essen, Stück für Stück. Ihn aufschneiden, ihn schmecken, ihn nehmen und ihn verletzen. Ich könnte Max erzählen, dass ich ihn jetzt besser verstehe als vor zehn Jahren, aber er würde empört sein, dass ich glaube, diese Mischung aus Gier und Groll gleiche seiner Liebe für mich. Ich bin nur empört über mich selbst; was ich diesem Jungen antun will, würde Max niemals tun.

Ray und ich tauschen hingebungsvolle, zärtliche Blicke; als Liebeskandidaten sind wir so zärtlich neckisch und wehmütig, dass es schon komisch ist, was wir einzig und allein wollen: uns besinnungslos ficken, und dann nichts wie weg, bevor es uns erwischt. Meine Einstellung ist nicht gerade löblich.

Ich gehe nach Hause zu Max und Dawn. Sie sitzt in meiner Küche und trinkt schlückchenweise Tee aus meinem Nixenbecher, einem Geschenk von Max nach einer schrecklich verregneten Woche auf Block Island. Der blauschillernde Fischschwanz ist der Henkel, und Dawns Finger umklammern ihn.

Nachdem sie fort ist, fragt Max mich wieder.

»Ich lerne niemanden kennen, du meine Güte. Ich bin kein junges Mädchen. Ich bin achtundzwanzig und sehe wahrscheinlich wie neunzig aus. Wen soll ich da kennenlernen?«

»Einen könntest du schon kennenlernen. Sieh mich an. Ich bin sechzig. Ich bin bald ein toter Mann, von Krebs zerfressen, und ich habe Dawn kennengelernt.«

»Na prima. Hoffentlich werdet ihr glücklich miteinander.« Ich mache das Licht aus, damit er nicht sehen kann, wie ich mich umziehe, und ich frage mich, ob er Dawn dazu bringt, sich donnerstags für ihn auszuziehen.

»Komm schon«, sagt er, rundum von Kissen umgeben, damit er sich nicht hinlegen kann und die eigene Lunge ihn erstickt. »Sag mir. Warum solltest du nicht jemanden kennenlernen?«

Ich versuche, ihn im Dunkeln zu sehen, so, wie er ist; alles, was breit war und mit festen Knochen, ist jetzt am Rand durchsichtig, leicht vertieft und im Innern hohl.

»Wen sollte ich schon kennenlernen?«

»Einen gutaussehenden jungen Mann im Einkaufszentrum. Keinen Verkäufer, du hast nichts für Verkäufer übrig. Die bemühen sich so krampfhaft, nicht?«

»Ja.« Ich möchte ihm sagen, ruh dich doch aus, aber ich glaube nicht, dass ich das ihm zuliebe sagen würde.

»Groß und dunkel. Lieb, nicht allzu helle. Selbstverständlich nicht dumm, aber nicht intellektuell. Kein Akademiker. Ich will dir den langen pedantischen Vortrag ersparen, du hast ja nur ein paar Stunden.«

»Gute Idee. Wie lange habe ich?«

»Du hast doch deinen Zeitplan besser im Kopf als ich. Zwei Stunden im Einkaufszentrum, anderthalb Stunden im Supermarkt. Aerobic können wir lassen, denke ich. Ich kann mir dich nicht mit einem Mann vorstellen, der Aerobic macht.«

Er hat recht. Ich mag sie groß und kräftig oder mager und geschmeidig, kann aber die Zwangsathleten nicht ausstehen, die ständig Puls, Bizeps und Cholesterinspiegel messen.

»Erzähl schon, Schatz. Erzähl mir von dem Mann, den du im Supermarkt kennengelernt hast.«

»Nicht im Einkaufszentrum?«

»Spiel nicht mit mir. Erzähl, was passiert ist.«

»Er hat dunkles Haar, aber mit heller Haut. Schwarzhaariger Ire und groß. Nicht riesig, dafür breit. Wie 'n Schrank.« Mir wird klar, dass ich den Max beschreibe, den ich nur von Fotos her kenne, den großen wilden Jungen, der einen Fuß angeberisch auf seinen Militärjeep stellt; der sich einige Jahre später durch Harvard boxt und wie ein Pirat grinst, da der Wind ihm die Enden seines Schals nach hinten weht.

»Weiter«, drängt Max.

»Ich treffe ihn tatsächlich im Supermarkt. Ich ziehe mich um, bevor ich hingehe.« Und ich sage Max die Wahrheit über meine Aufmachung, und er sagt »Juhu!«, als ich zu den schwarzen Stiefeletten komme. Wir haben ein wenig Spaß in diesem schrecklichen Zimmer.

»Das wird ihn anmachen. Trägst du einen BH?«

»Also Max, natürlich trage ich einen BH.«

»Das bremst ihn. Na gut, hoffentlich ist es wenigstens einer deiner hübschen, nicht so ein Ace-Bandage. Wie wär's mit dem lila-schwarzen, der mit den Gucklöchern?« Max mag durchsichtige Seidenunterwäsche, und ich kaufe sie, aber ich trage nicht jeden Tag handgearbeitete, siebzig Dollar teure BHs und Strumpfgürtel. Meistens trage ich billige Baumwolldinger, die er hasst.

»Ja, den lila-schwarzen.«

»Und Unterhöschen?«

»Kein Unterhöschen.«

»Wunderbar. Das erste Mal, als ich die Hand auf deinen nackten Hintern legte, hab ich geglaubt, ich müsste sterben und wär bereits im Himmel. Und dann kriegte ich Angst, das sei gar nicht für mich, du würdest eben einfach nie eins anziehen.«

»Max, du hast mich darum gebeten, keins anzuziehen, erinnerst du dich? Ich hab sonst immer welche angehabt.« Ich hatte schon mehr als genug sexuelle Erfahrungen, mit Jungen und auch mit mir selbst, als ich Max kennenlernte, hatte aber nie einen Liebhaber gehabt. Alles Wichtige, was ich weiß, über Literatur, über Menschen, über meinen eigenen Körper, habe ich von diesem Mann gelernt, und er verlässt mich auf die Art, wie – so dachten wir beide – ich ihn verlassen würde: liebend, kummervoll, unwiederbringlich.

»Erzähl mir von diesem großen Kerl.«

»Großer Kerl«, so hab ich Max immer genannt. Da er mit einer Frau verheiratet war, die ihn »mein Lieber« nannte, und von hochgebildeten jungen Frauen verfolgt wurde, die ihn mit »Professor Boyle« anredeten und meinten, er sei Gott, kamen ihm Bezeichnungen wie »großer Kerl« und »Macho« wie belebende Kosenamen vor.

»Er ist der Geschäftsführer.« Ich habe Ray befördert; ich bin mir sicher, dass jemand wie er es mit seinem guten Aussehen und den angenehmen Manieren zum Geschäftsführer bringen wird; eine intime Begegnung mit Ray, dem ersten Roastbeef-Schneider, würde uns doch alle etwas herabwürdigen.

»Schön. Wo habt ihr es getrieben?«

»Mein Gott, Max, was ist los mit dir?«

»Was fragst du? Los, mach schon, werd jetzt nicht zimperlich. Wo habt ihr es getrieben?« Diese erzürnte, drängende Stimme hat mir immer Riesenangst gemacht, und ich kann es nicht ertragen, dass sie es nun nicht mehr vermag.

»Wir sind zum Wadsworth Park gefahren.« Wo Max und ich immer hingingen, als ich noch bei meinen Eltern wohnte und er noch mit seiner damaligen Frau zusammenlebte. Erst vor kurzem, als ich seine Pillen aussortierte – oder war's, als ich sein mitgenommenes Gesicht rasierte –, hab ich mich bei dem Gedanken ertappt, so ist es, wenn man eine Ehefrau ist. Jetzt, da wir uns nicht in den neugierigen, erregten Blicken der anderen sehen können, schwinden die Unterschiede, die uns geprägt haben. Wir sind nur noch ein Mann, der im Sterben liegt, und eine Frau, die es nicht tut.

»In einem kleinen Sportwagen?«

»Gar nicht übel.« Ich zögere, um Fehler zu vermeiden, ich habe Angst, dass ich nicht die richtige Geschichte erzähle.

»Ihr hattet eine Decke, und du hast nicht auf die Wanzen geachtet.«

»Max, was willst du von mir?«

»Ich möchte, dass du mir erzählst, was passiert ist, als ihr in den Wald kamt. Hast du ihn zu den großen Felsen am Fluss geführt?«

Der Wald ist zu beiden Seiten des Wassers ganz dicht und schirmt zwei genau gleiche Granitplatten ab. Wenn wir dort waren, drückte Max mich immer so weit nach hinten, dass meine Haarspitzen im kalten Wasser hingen und Blätter einfingen, während ich unter ihm lag.

»Gut. Wir sind zu den Felsen gegangen und haben uns geliebt. Dann habe ich mich umgezogen und bin nach Hause gekommen.«

»Erzähl mir das nicht so«, sagt er und beginnt leicht zu husten, sein ganzer Körper federt dabei auf der plastiküberzogenen Matratze. Er schläft ein, immer noch hustend, und ich gehe nach unten und tue nichts.

Den Rest der Woche nimmt er immer wieder Gespräche auf und lässt sie fallen, und Dawn erweist sich als sehr geschickt mit Spritzen und im Bettbeziehen, was mich nicht überraschen sollte. Am Donnerstag kostümiere ich mich fürs Einkaufen, während Max mir zuschaut und aufmerksam lächelt. Dawn liest in der Küche Illustrierte und wartet auf mein Verschwinden.

»Heute Abend?«, fragt er und bringt kaum die Worte über die Lippen.

Ich antworte nicht, schnüre mir nur die Stiefeletten und setze mich hin, um mir das Haar zu bürsten.

»Weißt du, an wen Dawn mich erinnert? Nicht der Teint, sondern die Figur? Eren Goknar. Erinnerst du dich?«

Ich erinnere mich und bürste mir weiter das Haar.

»Ich frage mich, wo sie ist.«

»Weiß ich nicht. Vielleicht ist sie in die Türkei zurück.«

»Glaube ich nicht. Sie hat mir aus Kalifornien geschrieben, lehrt in Berkeley. Wundervolles Mädchen«, sagt er, wobei er sich mit jedem einzelnen Konsonanten abmüht. Ich gehe aus dem Zimmer.

Ich setze Wasser auf für mich und Dawn, dann eile ich zurück, um Max im Auge zu behalten, habe Angst, dass er stirbt, während ich wütend auf ihn bin.

»Bereit?«

»Ja. In ein paar Stunden bin ich zurück.«

»Ich habe übrigens mit Eren geschlafen«, sagt er und seufzt.

»Ich weiß«, sage ich, auch wenn ich es bis dahin nicht gewusst habe. Und ich weiß, dass er mich absichtlich wegstößt, mit einer Heftigkeit, als würde ich ihn weniger vermissen, weil er es mit Eren Goknar getrieben hat. Er kann mich nur so verlieren, wie ich mich selbst verlieren kann, wir sind wie diese Hausschlüssel, die auf deine Stimme hin einen Piepslaut abgeben; praktisch sind sie es, die dich finden. Ich küsse die Luft in der Nähe von seinem Gesicht und kehre zu Dawn zurück, die Tee gemacht hat. Wir plaudern zwei Stunden, immer wenn sie von ihren Gängen nach oben zurückkommt, und sie fragt mich nicht, warum ich nicht ausgehe. Ich schicke sie um elf nach Hause.

Max öffnet kaum die Augen, als ich das Nachtlicht anmache, um mich auszuziehen. Er hebt die Hand ein wenig, und ich gehe, noch in Unterwäsche, zu ihm.

»Weg damit«, flüstert er. Er wendet den Kopf ab und hustet, der kratzende rauhe Klang eines Strohhalms in einem fast leeren Glas.

Ich ziehe mich ganz aus und steige ins Bett, darauf bedacht, mich nicht an ihn zu drücken, jetzt, wo ihm anscheinend schon die Laken weh tun.

»Hast du?«

Ich gleite näher an ihn heran, bis wir Auge in Auge sind, und ich küsse seine trockenen Lippen und spüre die kleinen Hubbel und Risse um seinen Mund.

»Ja, ich hab den Mann gefunden, von dem ich dir erzählt habe. Den Großen. Er hatte heute schon Schluss, als ich dort auftauchte. Ich brauchte nicht mal zu warten.«

Max schließt die Augen, und ich lege seine Hand auf das obere Ende meines Beins.

»Es war so dunkel, wir sind nicht zum Park. Wir sind in ein Motel gegangen. Eine geschmacklose rote Tapete gab's da, und das Bett war ein riesiges Herz mit einem roten Samtüberzug.«

»Route 68«, sagt er.

»Ja, genau. Erinnerst du dich an das große Bett? Und das Kopfteil mit den kleinen Pfosten, an denen man sich festhalten konnte?«

Ich bewege seine Hand auf meinem Bein auf und ab, ganz sanft.

»Er hat mich ausgezogen, Max. Er hat sich hingekniet und mir die Schuhe aufgemacht, dann hat er mich aufs Bett gelegt und mich ausgezogen. Er war noch im Anzug.«

»Anzug?«, flüstert Max.

»Seiner Arbeitskleidung, meine ich. Kein Anzug. Er ließ das Licht brennen und hat mich überallhin geküsst, aber jedes Mal, wenn ich versucht habe, ihn zu berühren, hat er mir die Hand festgehalten. Er wollte nicht, dass ich ihn berührte, erst später.«

Max bewegt den Kopf etwas, um zu nicken, und ich richte ihm die Kissen zurecht.

»Er hat die Innenseiten meiner Schenkel geküsst und die Rückseite meiner Beine, danach hat er sehr lange meinen Rücken geküsst, und als er mich umgedreht hat, war er nackt. Und er hat mich zu sich hochgezogen, ein bisschen hing ich in der Luft, und dann hat er uns beide aufs Bett geworfen und ist in mir gekommen, und er kam und kam immer noch mal, bis ich zu weinen anfing, und dann sind wir unter die Decke gekrochen und haben beide geweint, bis wir eingeschlafen sind.«

Ich lege mein nasses Gesicht neben das von Max und lausche auf seinen Atem.

»Es war das Beste, Max. Ich habe mein ganzes Leben nichts Vergleichbares erlebt. Hörst du mich? Ich habe mein ganzes Leben nichts Vergleichbares erlebt.«

Textnachweis

Die Erzählungen der vorliegenden Auswahl stammen aus folgenden Bänden:

Aus dem Band *Where The God Of Love Hangs Out*,
New York: Random House, 2010:
Zwischen hier und hier
William und Clare
Deine Grenzen, deine Flüsse, deine kleinen Dörfer
Ich mag es, wenn du kommst, ich hasse es, wenn du gehst
Das alte Unmöglich
Mitgefühl und Barmherzigkeit
Permafrost
Wo der Gott der Liebe haust

Aus dem Band *A Blind Man Can See How Much I Love You*,
New York: Random House, 2000:
Das sieht doch ein Blinder, wie sehr ich dich liebe
Dem Paradies entgegen
Arm und Fuß auf Sternenlicht
Die Geschichte

Aus dem Band *Come To Me*, New York: Harper Collins, 1993:

Liebe ist ein seltsames Kind

Drei Geschichten

Hyazinthen

Dein Anblick

Silbriges Wasser

Psychoanalyse hat mein Leben verändert

Semper Fidelis

Die Erzählungen aus *Where The God Of Love Hangs Out* und *A Blind Man Can See How Much I Love You* wurden von Kathrin Razum aus dem Amerikanischen übersetzt, die Erzählungen aus *Come To Me* von Adelheid Dormagen.